Comparative Literature

比较文学

付飞亮　李应志　主编

西南大学出版社
SWUP
国家一级出版社　全国百佳图书出版单位

图书在版编目(CIP)数据

比较文学 / 付飞亮, 李应志主编. -- 重庆 : 西南大学出版社, 2022.5

ISBN 978-7-5697-0134-0

Ⅰ. ①比… Ⅱ. ①付… ②李… Ⅲ. ①比较文学－高等学校－教材 Ⅳ. ①I0-03

中国版本图书馆CIP数据核字(2020)第013900号

比较文学

BIJIAO WENXUE

付飞亮　李应志　主编

责任编辑：赖晓玥

责任校对：时曼卿

装帧设计：熊　熊

排　　版：杨建华

出版发行：西南大学出版社(原西南师范大学出版社)

地址:重庆市北碚区天生路2号

市场营销部:023-68868624

邮编:400715

印　　刷：重庆新生代彩印技术有限公司

幅面尺寸：185mm×260mm

印　　张：15.25

字　　数：306千字

版　　次：2022年5月 第1版

印　　次：2022年5月 第1次印刷

书　　号：ISBN 978-7-5697-0134-0

定　　价：58.00元

目　录

绪 论

导 读

中国自古以来便有文学的比较，如编修中国第一部诗歌总集《诗经》的孔子，在比较基础上将诗歌分为"风"、"雅"、"颂"三大部分；在比较十五国风后认为"《关雎》乐而不淫，哀而不伤"，"郑声淫"，主张"放郑声"。唐代魏征则比较了南北方词人风格的不同："江左宫商越，贵于清绮；河朔词义贞刚，重乎气质。气质则理胜其词，清绮则文过其意。理深者便于时用，文华者便于咏歌，此其南北词人得失之大较也。"[1]文学史上关于李白和杜甫孰优孰劣的比较与评述，自中唐"抑李扬杜"的元稹开始，直到郭沫若的《李白和杜甫》等，一直争论不休，或是"抑李扬杜"，或是"抑杜扬李"，或是"李杜并重"，均为比较。近人刘师培也对中国南方与北方的文学进行过比较："大抵北方之地，土厚水深，民生其间，多尚实际；南方之地，水势浩洋，民生其际，多尚虚无。民崇实际，故所著之文不外记事析理二端；民尚虚无，故所作之文或多为言志抒情之体。"[2]

但是，所有上述这些都不能算是比较文学研究的范例。比较文学作为一门学科，是源自西方的舶来品，要求研究的对象具有跨民族、跨语言、跨文化和跨学科的性质；而且比较文学也不仅仅是文学的比较，它也研究不同文学之间的关系与影响，关注文学与艺术、文学与其他人文社会学科之间的关系。

20世纪初以降，中国比较文学走过百年风雨，大致可划分为四个时期：初期（1900年至1949年）、阻滞期（1950年至1977年）、复兴期（1978年至1999年）和转型期（2000年至今）。从方法论的角度来看，中国初期的比较文学研究绝大多数采用的是平行研究方式；阻滞期多采用影响研究模式；复兴期大多采用平行模式；转型期有回归影响研究的趋势，其中尤为引人注目的是力求融合影响研究与平行研究的比较文学变异学研

---

1 [唐]魏征：《隋书·文学传序》，转引自罗根泽：《中国文学批评史》，上海：上海书店出版社，2003年版，第255页。

2 刘师培：《南北文学不同论》，转引自罗根泽：《中国文学批评史》，上海：上海书店出版社，2003年版，第256页。

究。中国比较文学研究总体上来看，以平行研究居多，影响研究一直不盛，原因是多方面的，既有趋强趋新的心理与民族情感等功利因素，又有民族文化重“性灵”等传统因素。即使有少数的一些影响研究的倡导者，如季羡林，也常常对平行研究与影响研究认识不清，将两者混淆，导致其研究模式通常是以平行研究的类比开始，以影响研究的结论告终，其实质是做了一半的平行研究，却被强行披上影响研究的外衣。中国学者大多是拿本国的古典文学来与西方文学类比，或宣示其对西方的影响力。无论是平行研究还是影响研究，都折射出中国现代文学的弱势处境。以曹顺庆为代表的中国学派，主张比较文学变异学研究，是中国当代文学研究抵抗后殖民主义的一种策略。

第一节　中国比较文学的分期及研究方法

第一，20世纪初到40年代，是中国比较文学的初期阶段。这一时期，比较文学学者大多采用平行研究的方法，这一现象非常显著。

胡适、陈独秀等“五四”时期激进的学者，大都持这样一种论调：西方文化远胜东方（中国）文化。因此，他们怀着一种匡世济民的热忱，提倡学习西方文化，抛弃中国旧文化。而以刘师培、吴宓等为代表的文化保守主义者，却主张发扬“国粹”，在现代社会延续中国文化道统。但有意无意，这些保守主义者也以西方文化作为衡量中国文化价值的标准，实际上也暗含了中国不如西方的判断。这种文学之间的比较，包含鲜明的价值判断因素，尚未摆脱“比较”一词在美学意义上的全部含义，是法国学派所不支持的一种原生态的比较，在严格意义上讲，并不属于比较文学研究的范畴——毕竟，比较文学并不是文学的比较。

“五四”前后的这种文学比较，即使在一定程度上摆脱了政治、经济、军事、哲学、语言学、社会学等方面单纯的优劣评判，能称得上真正的比较文学研究的，也大多属于平行研究范畴，如梁启超的《丽韩十家文钞序》、王国维的《红楼梦评论》与《人间词话》、鲁迅的《摩罗诗力说》等，鲜见影响研究论著。

这种平行研究的方法一直为初期的比较文学学者所沿袭。如郑振铎的《民间故事的巧合与转变》和《中山狼故事之变异》，梁宗岱的《诗与真》和《诗与真二集》，钱锺书的《谈艺录》，闻一多的《诗的格律》和《文学的历史动向》，朱光潜的《诗论》，朱自清的《新诗杂话》，杨宪益的《零墨新笺》，李健吾的《咀华集》和《咀华二集》，李广田的《诗的艺术》等一大批论著，皆为平行研究的成果，其中不乏经典之作。钱锺书的《谈艺录》秉着

“东海西海，心理攸同；南学北学，道术未裂”[1]的理念，对中西文论进行了相互阐发比较，是平行研究的典范。这一时期，大概只有郑振铎与沈雁冰合著的《法国文学研究》和陈铨的《中德文学研究》是典型的影响研究，算是难得的例外了。

第二，1950年到1977年，属于中国比较文学阻滞期。由于受“极左”思潮的影响，比较文学被指责为资产阶级的、形式主义的、反马克思主义的伪科学，因此，中国的比较文学研究受阻，其发展一度陷入停滞。但仍有少数学者在进行比较文学研究，并取得了一定的成绩。如冯雪峰的《鲁迅和果戈理》和冯至等的《五四时期俄罗斯文学和其他欧洲国家文学的翻译和介绍》，曹未风的《莎士比亚在中国》和《鲁迅先生与外国文学》，阿英的《易卜生的作品在中国》，范存忠的《〈赵氏孤儿〉杂剧在启蒙的英国》和钱锺书的《林纾的翻译》等。

可以看出，这一时期，在比较文学研究领域出现的仅有的这些著述中，几乎全部采用了影响研究的方式。这种情形在中国比较文学史上绝无仅有，实在是值得注意的奇特现象。究其原因，大概是政治运动的冲击，使得比较文学研究本身就成为一个危险的领域，而比较文学中的平行研究的危险尤甚于影响研究。平行研究的主旨是追求具有普世价值的理论，这种普世价值自然与主张文学阶级性的马克思主义文论相违背，因此，学者们不敢贸然踏脚，是情理之中的事。

第三，1978年到20世纪末，是中国比较文学的复兴期，也是比较文学研究的快速发展期。尤其是1998年，比较文学与世界文学作为一个新的学科在中国高等院校中文系诞生，成为中国语言文学的二级学科，使从事比较文学研究的人数成倍增长，比较文学的地位得以大幅提高。这一时期的比较文学成果，大部分运用了平行研究的方法。如标志着中国大陆比较文学研究复兴的巨著——钱锺书的《管锥编》，据赵毅衡考证，里面涉及中西文学互相参照比较的条目有二百多条，基本上都是平行研究：“在前四卷一千二百多个条目中，包括有中西文学互相参照比较的条目共二百多条。我们把这二百多条略事整理，可以发现一个奇怪的情况：涉及中西文学实际影响的条目实际上只有六七条。……以钱先生阅读之广、记忆力之强，在中西文学交流的长期历史中，完全可多找出一些实际影响的例子，但钱先生宁愿把注意力集中在另一方面——平行研究方面。”[2]又如王元化的《文心雕龙创作论》、宗白华的《美学散步》、朱光潜的《悲剧心理学》、金克木的《比较文化论集》、杨周翰的《攻玉集》、范存忠的《英国文学论集》、曹

1　钱锺书：《谈艺录》，北京：中华书局，1984年版，第1页。

2　赵毅衡：《〈管锥编〉中的比较文学平行研究》，《读书》，1981年第2期。

顺庆的《中西比较诗学》、黄药眠与童庆炳主编的《中西比较诗学体系》、卢善庆的《近代中西美学比较》、狄兆俊的《中英比较诗学》、周来祥与陈炎合著的《中西比较美学大纲》等，主要还是对中西文学与文论进行平行研究。

这一时期，只有茅盾的《外国戏剧在中国》、季羡林的《中印文化关系史论文集》、李明滨的《中国文学在俄苏》和赵毅衡的《诗神远游——中国如何改变了美国现代诗》等少数的比较文学学术专著运用影响研究方法。这些少数派，几乎被数量上居绝对优势的平行研究淹没。

第四，从21世纪开始，中国比较文学进入了反思与探索并存的转型期。新时期的比较文学，依然是平行研究居多，但是由于季羡林等老一辈学者对平行研究的批判与反思，有向影响研究路数回归的趋势。这一时期，出现了一批运用影响研究手法的比较文学著作，如2004年出版的"北京大学比较文学学术文库"，包括孟华的《他者的镜像：中国与法兰西——孟华海外讲演录》、张哲俊的《中国古代文学中的日本形象研究》等。

第二节　平行研究占主导地位的原因

在中国比较文学的发展历程中，从方法论看，平行研究占绝对的主导地位，而影响研究一直不盛，原因何在？笔者认为大致有以下四个原因。

一、趋强趋新的心理

崇拜强者的心理在此多少也有一定的影响。美国自第一次世界大战之后，跃居世界强国，超越法国，并逐步成为世界霸主。美国学派的平行研究模式，是其在文学研究领域对欧洲的挑战与超越。其奉行的路数，与20世纪中期一度盛行的新批评有内在的关联，都是主张抛弃传统的历史背景研究，而代之以关注文本本身的美学价值。只不过比较文学将新批评的这种关注扩大到不同民族、不同文化、不同语言之间的文本之上，甚至引进到学科的跨越之上。这种在文学研究上的开放心态，一方面与美国的强大的政治、经济、军事实力相契合，另一方面，也是对日趋保留的欧洲大陆的厌烦与挑战。中国学者在面临外部政治或文化势力入侵时，或有感于民族文化的危机，或有感于国运的衰微，出于借外国先进科学文化振兴中华民族之梦想，出于对强者的崇拜，借鉴学习美国是情理之中的。在科学技术上学习美国，在比较文学上像美国学派一样主张平行研究,似乎不值得大惊小怪。此外,中国人在“五四”之后,抛弃了传统的精神,抛弃了经典之学,走到了另一个极端,表现为普遍地好新好奇,追求时尚之学。美国学派的平行研究,在时间上后于法国学派的影响研究,因此给人的感觉是更时尚、更新鲜,而法国学派自然显得更老旧、已过时。在趋新的心态之下,中国人更愿意进行平行研究,自然是毫不奇怪了。

二、民族情感

中华民族自古以来就具有强烈的民族自尊心,而在比较文学研究中,最能给国家或民族挣面子的事,莫过于本国或本民族的文学影响了他国或他民族的文学。这也是法国学派影响研究最热衷的领域。法国学派的研究往往显示欧洲文学,尤其是法国文学如何影响了其他国家,如何引领了世界文学的潮流;其他国家受到法国文学的多少恩惠,欠了法国文学的多少债;等。因此,影响研究被美国学派指责为“文学的外贸”。中国比较文学学者出于民族本性与民族自尊心,本能的反应应该是选择法国学派的影响研究,但中国现当代文学多受西方文学的影响,而鲜有输出影响者,因此,学者们无奈之下,只能求助于中国古典文学。然而,因年代久远,要考证中国古典文学流传至西方的路径,拿出中国古典文学影响西方文学的确凿证据,实属不易。这也是影响研究难做与成果少的客观原因。于是,中国大多数的比较文学学者只好拿本国的古典文学来与西方文学类比,以平行研究为法宝,凸显出“你们西方有的我们中国也有,你们西方没有的我们中国还有”的心态。

但吊诡的是,由于我国在近代以来遭受过列强的欺凌,一部分国人被船坚炮利的西方侵略者吓破了胆,变得非常自卑,堕入妄自菲薄这种与强烈的自尊心相背离的一端。然而,无论是自尊还是自卑,中国大部分比较文学的学者最终都选择了平行研究的方式。前面已讲了,自尊心如何使学者们以平行类比的方式挣得“我们祖上也阔过”的面子,现在看看自卑心为何也让学者们选择了平行研究这一看似奇怪的现象。“五四”前后,因为看到中国与西方在政治、经济、文化、科学技术等各方面的差距,出于自卑心,或者是出于爱国心——这两种心理的表现在某种程度上具有惊人的相似,都表现出对本国传统文化的批判,批判其处处不如西方——许多学者不好意思去研究中国如何影响了西方,或认为没有必要去研究中国受到了西方的多少影响。不好意思是因为自卑——中国都这样落后挨打了,怎么还好意思去吹嘘自己过去的辉煌呢?认为没有必要也是因为自卑——中国如果早点接受西方的影响,如何会落到今日如此受列强凌辱的境地？这种心态，使比较文学学者大多摒弃影响研究而选择平行研究。当然，这种平行比较大多是前面我们说过的中西方文化、政治等方面的对比，其或明显或暗含的价值判断也是相似的，即中国不如西方。

如朱光潜写于20世纪40年代的《诗论》，属于比较文学平行研究的著作，但里面其实也隐含着中国诗学不如西方诗学的价值判断。他在1942年抗战版序中说："诗学在中国不甚发达……中国人的心理偏向重综合而不喜分析，长于直觉而短于逻辑的思考。谨严的分析与逻辑的归纳恰是治诗学者所需要的方法。诗学的忽略总是一种不幸。"[1]因此，他认为中国诗学应该向西方学习。1984年三联版《后记》中，朱光潜又写道："在我过去的写作中，自认为用功较多，比较有独到见解的，还是这本《诗论》。我在这里试图用西方诗论来解释中国古典诗歌，用中国诗论来印证西方诗论。"[2]阐发学本应该是中西诗学相互阐释、相互印证的一种学术行为。但是，从朱光潜的"用西方诗论来解释中国古典诗歌，用中国诗论来印证西方诗论"这貌似公允的话中，还是可以发现其着重点和立足点在于西方诗论。为什么说这句话"貌似公允"呢？首先，乍一看，这是非常完美的并列结构，表示对西方诗论和中国诗论同等待之，一视同仁。但是，这句话真正的关键却在于其使用的两个动词——"解释"和"印证"。"解释"的行为是主动的、积极的，"印证"的态度是被动的、消极的。当然，如果要进一步发挥，扯上文化批评，还可以说前者是阳性的、主宰的、中心的，后者是阴性的、驯顺的、边缘的，如此等等，不一而足。总之，这句话虽然使用了并列结构，但是前半句话和后半句话的态度却都倾向于将西方诗论作为中心。这一点，从《诗论》的整体内容来看，也可以得到印证。这其实反映了朱光潜潜意识里很自然地将西方诗论置于优越地位，认为中国诗论只是辅证西方诗论正确性的材料而已。

三、平行研究与中国民族传统特性相契合

中国古人就喜欢平行研究，如对于南北方等地域文学异同的比较，作家作品优劣、异同的评论，诗画乐禅的跨学科比较等。当然，里面也有些是讲不同地域的风格或作家彼此间的影响，但这一类的讨论非常少，更多的是平行比较。

例如，《世说新语》文学篇说："北人学问，渊综广博，南人学问，清通简要；北人看

---

1 朱光潜：《诗论》，北京：北京出版社，2005年版，抗战版序，第1页

2 朱光潜：《诗论》，北京：北京出版社，2005年版，第345页。

书，如显处视月，南人学问，如牖中窥月”。[1]颜之推在《颜氏家训·文章》中说，“江南文制，欲人弹射，知有病累，随即改之”“山东风俗，不通击难”。[2]令狐德棻等撰《周书·王褒庾信传论》说：“（南方）其体以淫放为本，其词以轻险为宗，故能夸目侈于红紫，荡心逾于郑卫；（北方）建言务存质朴……虽属词有师古之美，矫枉非适时之用，故莫能常行焉。”[3]魏征在《隋书·文学传序》中说：“江左宫商发越，贵于清绮；河朔词义贞刚，重乎气质。”[4]南北文学的比较，在中国文化与文学中一直长盛不衰，并扩展到书画、禅学、戏曲等领域。

作家作品的比较，也早已有之。汉初刘安认为：“国风好色而不淫，小雅怨诽而不乱，若《离骚》者，可谓兼之矣。”[5]扬雄在《法言》中也对众作家进行过点评：屈原过以浮，司马相如过以虚；司马迁之说，圣人将有取，刘安之说，鲜取焉尔；孔子爱义，司马迁爱奇。[6]至于曹丕《典论·论文》对七子的评论，刘勰在《文心雕龙》中对历代作家作品的研究与点评，更是脍炙人口，为人所熟知。中国历代诗话、词话、曲话对作家作品的风格技巧等方面的比较不胜枚举。

诗画乐禅的跨学科比较，在中国传统文学中也是历史久远。关于诗与音乐的关系，最早出自《尚书·舜典》：“诗言志，歌永言，声依永，律和声。”又如，《毛诗序》云：“诗者，志之所之也。在心为志，发言为诗。情动于中而形于言，言之不足，故嗟叹之；嗟叹之不足，故永歌之；永歌之不足，不知手之舞之，足之蹈之也。”这里面已初具诗与乐的比较了。[7]孔颖达在《毛诗正义》中云：“诗是乐之心，乐为诗之声，故诗乐同其功也。”《文心雕龙·乐府》云：“诗为乐心，声为乐体。”诗画比较也极为常见，如苏轼《东坡题跋·书摩诘〈蓝田烟雨图〉》云：“味摩诘之诗，诗中有画；观摩诘之画，画中有诗。”清人叶燮在《赤霞楼诗集序》说：“画者，天地无声之诗；诗者，天地无色之画。”“画者，形也，形依情则深；诗者，情也，情附形则显。”[8]类似言论，比比皆是。至于以禅喻诗，亦早已有之。宋人李之仪《与李去言书》云：“说禅作诗本无差别。”[9]南宋刘克庄在《题何秀才诗禅方

1　余嘉锡：《世说新语笺疏》，北京：中华书局，1983年版，第216页。

2　［南北朝］颜之推：《颜氏家训译注》（精编本），北京：商务印书馆，2016年版，第93页。

3　中国文史出版社编：《二十五史 卷四 魏书 北齐书 周书》，北京：中国文史出版社，2003年版，第935页。

4　［唐］魏征：《隋书》（简体字本）（下册），北京：中华书局，2000年版，第1163页。

5　［汉］班固：《离骚序》，见郭绍虞主编：《中国历代文论选》（第1册），上海：上海古籍出版社，2001年版，第89页。

6　罗根泽：《中国文学批评史》（上），上海：上海人民出版社，2015年版，第86页。

7　［南北朝］刘勰：《文心雕龙》，南京：凤凰出版社，2011年版，第26页。

8　于民主编：《中国美学史资料选编》，上海：复旦大学出版社，2008年版，第496页。

9　罗根泽：《中国文学批评史》（下），上海：上海人民出版社，2015年版，第699页。

丈》中说："诗家以少陵为祖，其说曰：'语不惊人死不休。'禅家以达摩为祖，其说曰：'不立文字。'诗之不可为禅，犹禅之不可为诗也。……夫至言妙义固不在于言语文字，然舍真实而求虚幻，厌切近而慕阔远，久而忘返，愚恐君之禅进而诗退矣。"[1]南宋诗论家严羽在《沧浪诗话》中以禅喻诗，更是显例。[2]

虽然这种平行研究可能还不是比较文学学科意义上的研究方式，但这种爱平行比较和跨学科比较的天性和传统，有助于中国学者更倾向于接受比较文学平行研究。

四、中国人重"性灵"的传统

中国学者讲究灵性、灵气，反对僵直、死板；讲究顿悟，而以渐悟为劣；在义理、考据之间，更倾向于义理之学，而厌烦考据之风。

渐悟类似于一步一个脚印，实在地摸索着迂回前进，最终登上峰顶，得见佛光。顿悟要求电光火石一刹那的灵光附体，醍醐灌顶。影响研究埋首于地下，挖掘历史的遗迹，耙梳相隔两地者的交通往来之证据，这种踏实而略显烦琐的学术气质，确实更近于渐悟。而从平行研究的特点来看，天马行空，高蹈而鹏举，凭丰富的想象力找到不同事物之间的类似点，其学术气质确实类似于顿悟。考据之学，讲究源流实证，近于影响研究；义理之学，讲究一般规律，近于平行研究。因此，这种学术精神的传承，也是中国比较文学学者选择平行研究的一个原因。

第三节　影响研究的呼吁与迷误

季羡林早年基本上只认同比较文学的影响研究，而排斥平行研究。然而，在相当长的时期内，他混淆了影响研究与平行研究，导致其实践与理论常相背离。他声称自己做的是影响研究，然而实际上却是做了一半的平行研究。他既不能像平行研究一样最后抽绎出一般的理论，又不能像影响研究一样给出跨民族、跨语言、跨文化之间的文学影响的路线或关系。季羡林的比较文学研究模式可以归纳为：以平行研究式的类比开始，以影响研究式的结论告终；其实质是做了一半的平行研究，被强行披上了一件影响研究的外衣。这模式是不可取的。产生这种错误的部分原因在于对资料搜集性质的误判，使他混淆了影响研究与平行研究的界限。这种混乱对比较文学学科，无论是

1　郭绍虞：《中国文学批评史》(下)，北京：商务印书馆，2010年版，第87页。

2　参见曹顺庆主编：《比较文学学科史》，成都：巴蜀书社，2010年版，第577-613页。

理论还是实践，都产生了非常不利的影响。

季羡林曾毫不掩饰对平行研究的轻视，而呼吁影响研究方式。如在《比较文学与民间文学》一书中，他说："简言之，我赞成比较文学研究直接影响的一派。这一点我是无法否认的。限于自己的气质，做学问，我喜欢摸得着看得见的东西，对那些高高在上玄之又玄的东西，我不擅长，也不喜欢。"[1]他反对平行研究，是因为不相信两个类似的文学现象能各自独立地在不同的地方产生。在《一个流传欧亚的笑话》一文中，他先找到两个分别在欧洲和亚洲流传的类似的笑话，然后就断定它们的来源相同，理由是"创造一个笑话同在自然科学或精神科学上发见一个定律同样的难"，因此不可能在两个不同的地方产生相同的笑语；而且"在中国同欧洲流行的许多寓言和童话都不是在中国或欧洲产生的，而是来自印度"，因此他进一步断定这两个笑语源自印度。[2]1947年在《从比较文学的观点上看寓言和童话》一文中，季羡林从印度找到类似曹冲以船称象的故事，又找到类似于古希腊伊索寓言中的鹳帮狼从喉咙里取骨刺的故事，然后就断定这两个故事都源自印度。他的理由同样是："创造一个真正动人的故事，同在自然科学上发现一条定律一样的困难。两个隔着几万里的民族哪能竟会创造出同样一个故事来呢？"[3]

可以看出，这种研究充满了主观臆测，丝毫谈不上什么考据，也没有什么逻辑性。稍微懂得一点逻辑学知识的人都能看出，这种因果逻辑关系是错误的。而且，"创造一个真正动人的故事"，是否真的"同在自然科学上发现一条定律一样的困难"？这是颇值得怀疑的。退一步讲，承认两者的难度相同，也不能说就没有两位科学家发现同一条定律的可能性。如英国的牛顿（Isaac Newton）和德国的莱布尼茨（Gottfried Wilhelm Leibniz）二人没有交换过意见，但几乎同时建立了微积分理论；德国的克劳修斯（Rudolf Julius Emanuel Clausius）和英国的开尔文（Lord Kelvin）二人各自独立发现热力学第二定律；法国的费尔（Albert Fert）和德国的克鲁伯格（Peter Grüenberg）同时各自独立发现巨磁阻效应而同获2007年的诺贝尔物理学奖；法国的蒙塔格尼尔（Luc Antoine Montagnier）和美国的盖洛（Robert Gallo）分别独立发现了HIV病毒。在文学上，各自独立产生的类似的现象更是比比皆是。人心相通的理念并非毫无根据，甚至从一些跨民族跨文化跨语言的相类似的比喻中也可以窥其一斑。如东西方都用家畜比喻"不重要，可牺牲的人"，用大型野兽比喻"强权"，用狼和狐狸等小型野兽比喻"狡猾凶残的

1 季羡林：《比较文学与民间文学》，北京：北京大学出版社，1991年版，第2页。
2 季羡林：《比较文学与民间文学》，北京：北京大学出版社，1991年版，第34页。
3 季羡林：《比较文学与民间文学》，北京：北京大学出版社，1991年版，第45页。

人”。在各个文化中,用上下左右的位置来比喻,意义都相近,上下是社会地位,左右是政治立场。[1]20世纪初出现的形式论“星座效应”,也充分证明产生类似文学现象的可能性。例如英国的T.S.艾略特(Thomas Stearns Eliot)和瑞恰慈(Ivor Armstrong Richards),没有听说过俄国的什克洛夫斯基(Viktor Shklovsky)或雅克布森(Roman Jakobson);瑞士的索绪尔(Ferdinand de Saussure)与美国的皮尔士(Charles Sanders Peirce)也没有听说过对方的名字;正在英国开始叙述形式研究的福斯特(Edward Morgan Forste)和卢伯克(Percy Lubbock)等人完全不知道在德国或俄国出现的叙述形式研究。形式主义文论各流派,自发同时出现在欧美各国:从莫斯科、彼得堡、布拉格、日内瓦,到大洋两岸的两个剑桥,他们不了解别人也在思考类似的问题。[2]

当然,呼吁影响研究方式,并没有什么对错之分,但是混淆平行研究与影响研究的概念,问题就严重了。1946年,季羡林在《一个故事的演变》中认为,中国关于乞丐从一罐子残羹剩饭中幻想出鸡出蛋、蛋生鸡,终成富翁娶妻生子的美梦,最终把罐子打碎而梦碎的故事源自印度。他的依据是梵文中早就有类似的故事。[3]至于这个故事是如何从印度传到中国,在中国的传播路径如何,是什么时候传过来的,由何人传过来,一概未加论证。甚至提都未提,仿佛只要找到印度有这个相似的故事就算结束了,成功了。这种做法,并不是说就不可以,只不过未免有点不是脚踏实地的、扎实的、令人信服的考据,不是影响研究的那种套路,而有点类似于寻找相似性的平行研究了。季羡林口口声声说自己更愿意做脚踏实地的考据工作,也确信自己所做的是影响研究,但是实际上却并非如此,反倒做的正是他自己所反感的平行研究。更糟糕的是,他这种平行研究还只是做了一半,即只是找出相似点,而没有继续从中归纳出什么义理或抽绎出什么理论。他的与之相类似的文章还有《柳宗元〈黔之驴〉取材来源考》、《“猫名”寓言的演变》、《〈西游记〉与〈罗摩衍那〉》、《一个流传欧亚的笑话》、《从比较文学的观点上看寓言和童话》等,都是以平行研究式的类比开始,然后以影响研究式的结论而告终。

在1985年《资料工作是影响研究的基础》一文中,季羡林写道:“你如果对一个故事发生了兴趣,想到别的国家的文学中去找相同或者相类的故事,那真如大海捞针。结果总是捞不到的。有时候,‘踏破铁鞋无觅处,得来全不费工夫’,这样的偶然性会给人们带来极大的喜悦,一篇短短的不起眼的短文,往往产生于这样的偶然性。其中滋

1 赵毅衡:《修辞学复兴的主要形式:符号修辞》,《学术月刊》,2010年第9期。

2 赵毅衡:《重访新批评》,天津:百花文艺出版社,2009年版,第5-6页。

3 季羡林:《比较文学与民间文学》,北京:北京大学出版社,1991年版,第23页。

味，如人饮水，冷暖自知，实不足为外人道也。”[1]从其所描述的搜集资料的过程来看，不像是影响研究，而更像是平行研究的第一步——寻找跨民族、跨语言、跨文化文学现象的类同。在寻找类同性的过程中，充满了偶然性，需要丰富的想象力，或者说是灵感，也即季羡林所提及的“踏破铁鞋无觅处，得来全不费工夫”。所以说，季羡林所说的搜集资料的过程，其实并不是他所认为的是影响研究的开始，而是平行研究的开端。这也是他对自己一些名为“影响研究的论文产生”误认与误判的原因。那些论文实际上是做了一半的平行研究的论文。

当然，其他学者典型的影响研究，也可能存在问题。如戈宝权的《中外文学因缘》，其研究路数无疑属于比较文学影响研究。作者在该书的前言中颇为自豪地提到《〈阿Q正传〉在国外》一书出版后，黄源写信说：“读兄书，其中很多第一手材料，不知花多少时间精力调查、探索而得，深为感佩！这里虽则没有什么深奥的哲理，但这种实事求是的解决一个个实际问题的精神，正是我们做学问的基本基础。”紧接着又提及日本大阪外国语学院相浦杲的赞誉，他认为中国写的文章，多偏重于空论，而戈宝权的论文则以丰富的史实来说明问题。[2]可以看出，戈宝权对自己重史实的研究特色颇为得意。然而，该书存在的问题倒不是混淆了影响研究与平行研究，而是其选编了作者建国以来在比较文学方面的40余篇论文，其中大部分是讲外国作家作品对中国的影响，真正讲到中国文学对外国的影响的很少，只有《鲁迅在世界文学上的地位》、《〈阿Q正传〉的世界意义》和《谈茅盾对世界文学所作出的重大贡献》等寥寥几篇，明显折射出中国现代文学与理论的弱势处境。

第四节　方法论的困境与变异学的突破

中国比较文学学者，尤其是年轻学者，在方法论上常常充满疑惑。一方面，以季羡林为代表的学者对X+Y式比附的批判，让初学者不敢轻易运用平行研究，以免贻笑大方；另一方面，有些所谓的影响研究，看起来却不那么纯粹，常常与平行研究混淆，难以区分。即使是在季羡林的比较文学论述中，也存在这种迷误。而且采用影响研究，又容易陷入民族自尊心受挫的境地。这种方法论上的困境，制约着中国比较文学的进一步深入发展。直到2005年，曹顺庆提出比较文学中国学派的变异学理论，才打开了比

1　季羡林：《比较文学与民间文学》，北京：北京大学出版社，1991年版，第195-196页。

2　戈宝权：《中外文学因缘——戈宝权比较文学论文集》，北京：北京出版社，1992年版，前言，第11页。

较文学研究的新局面。

在专著《比较文学学》中，曹顺庆首先提出“变异性”：“从‘变异’这个角度出发，我们可以从以前比较文学文类学研究的‘求同’思维中走出来，从而拓宽文类学的研究视野，为比较文学文类学研究在广度和深度上开拓一片新的园地。”[1] 2006年初，他为变异学下了一个明确的定义：“比较文学变异学将比较文学的跨越性和文学性作为自己的研究支点，它通过研究不同国家之间的文学现象交流的变异状态，以及研究没有事实关系的文学现象之间在同一个范畴上存在的文学表达上的异质性和变异性，从而探究文学现象差异与变异的内在规律性所在。”[2]接着，他进一步完善了变异学的理论体系，将变异学定位为比较文学学科理论的重大突破，其研究从语言、跨国与跨文明形象、文学文本、文化、文学的他国化五个层面进行，具体包括文化过滤与文学误读、译介学、形象学、接受学、文学的他国化。[3] 此后，他又发表了一系列相关论文，系统阐释变异学的理论背景、理论核心、价值意义等，在国内外学界产生了重大影响。

变异学的理论逻辑，首先是分析影响研究与平行研究本身的缺憾。影响研究面临的困惑是：实证性的文学关系也同时包含变异的问题。因为当一国文学传到另一国时，它会不可避免地产生变异。实际上，国际文学关系的两大支柱应当是实证与变异，也就是实证性的国际文学关系与变异性的国际文学关系。在法国学派的研究中，国际文学关系研究只突出了实证性的一面，即只注重研究存在着事实联系的不同国家的文学，而忽略了变异性的一面。法国学派不但回避谈论审美判断与平行比较的问题，也没有认识到在影响研究中存在着的变异。这是法国学派学科理论的两大缺憾。

平行研究面临的困惑是：有人提倡比较文学无边论，又有人提倡比较文学应该有边界。然而，无论是提倡比较文学无边论还是有边论，都是在比较文学的“求同”之上进行研究的，这证明了美国学派倡导的比较文学的根本立足点是建立在“求同”的基础之上的，都没有认识到比较文学的变异性实质。美国比较文学界两种对立的观点揭示了比较文学学科理论面临的一个危机，而这种危机美国学者却恰恰没有看到：那就是只注重求同，韦勒克（René Wellek）主张“大同”，即全人类都可以“同”，而韦斯坦因（Ulrich Weisstein）只承认“小同”，即西方文化的“同”。他们都没有认识到异质与变异性。美国学者在运用平行研究看待问题时，往往会忽略异质性的问题，这使得比较文学面临着危机。

1　曹顺庆主编：《比较文学学》，成都：四川大学出版社，2005年版，第269页。

2　曹顺庆，李卫涛：《比较文学学科中的文学变异学研究》，《复旦学报（社会科学版）》，2006年第1期。

3　曹顺庆主编：《比较文学教程》，北京：高等教育出版社，2006年版，第97–98页。

变异学的理论核心是差异性与变异性的可比性。在以往的比较文学研究中,“同源性”、“类同性”是“可比性”的基本立足点,而变异学探讨的是完全不同的对象是否存在可比性的问题。变异学的根本理论认识是:异质性也是可以比较的。同源中包含了变异,因为同源的文学从一个国家传到另一个国家,在语言翻译层面、文学形象层面、文学文本层面和文化层面都会产生变异,这就是异质性的体现。

通常情况下讲的变异是影响研究中的变异。但是,当进行平行研究时,两个毫不相关的对象在研究者的视野中相汇了,双方的变异因子从交汇处产生了,这就是平行研究中的变异问题。平行研究中的变异,最根本之处是体现在双方的交汇中,是文明的异质性交汇导致了不同文明文学的变异。平行研究中的变异,最突出之处体现在话语变异上。对文学作品而言,“理论”就是一个“话语”,文学理论就是文学作品的话语。西方的理论话语到了中国以后,产生了两方面的话语变异:一方面,在知识谱系上,西方文论几乎整个地取代了中国文论。现当代的中国学术与文学研究几乎都是照搬西方的文学和理论,导致我们的话语方式和言说方式都是西方式的。另一方面,西方理论自身也产生了变异,即西方文论的中国化。另外一种话语变异是中国文学理论在与西方文论的碰撞中出现的“激活”问题。也就是说话语在变异中被“激活”后,会产生新的东西,这是一个生产性的过程。这种“激活”是在西方文化与文论的启发下对中国传统价值的再发现,也是对传统文化精神的回归和承续。比较文学话语变异最典型的个案,就是中国学者提倡的“阐发法”。在整个当代中国,学者们都形成了一个基本思路,即用西方文学理论(或是西方话语言说方式)来解读中国文学作品,这使得中国文学作品与西方理论都产生了变异。

变异学研究正是比较文学研究的一个新视角、新方法和新理论,弥补了法国学派影响研究和美国学派平行研究的重大缺憾,开启了一个注重异质性和变异性的新阶段,最终打破了中国比较文学的方法论困境。采用变异学进行比较文学研究,再也不用担心落入民族虚无主义或被指责“拉郎配”式的比附了。变异学既开拓了比较文学研究的新领域,同时也增强了中国人的民族自尊心与自信心。变异学实质上是处于弱势地位的中国比较文学试图抵抗西方强势文化的策略,与后殖民主义理论思潮有关,尤其是与美国哈佛大学霍米·巴巴(Homi K. Bhabha)的文化杂交理论有内在的共通性。

文化杂交理论以解构主义的姿态,主张东方人对西方文化入侵进行抵制和反抗。霍米·巴巴认为,殖民主义的权力并不是完全为殖民者所占有。[1]处于弱势地位的被殖

1 Homi Bhabha, “Difference, Discrimination and the Discourse of Colonialism”, from Francis Barker, Peter Hulme, Margaret Iverson, Dianna Loxley, The Politics of Theor,. Colchester: University of Essex, 1983, p.200.

民者可以利用种族、性别、文化和气候上的差异的力量扰乱殖民话语的权威性，以模仿、嘲笑等诡计来威胁权威，以混乱和分裂的杂交文本出现于殖民话语之中。通过提出这些跨文化的、混杂的要求，本地人既挑战了话语的边界，又巧妙地通过设置与文化权威进行协商的其他特定的殖民空间而改变了其术语，最终解构了殖民话语的权威性。[1]文化杂交实际上是一种抵抗的策略。变异学采取的正是这种文化杂交策略，通过改写法国的影响研究，改写美国的平行研究，使中国比较文学研究摆脱西方中心主义的阴影，获得自己的合法性。这种改写和杂交，具体体现在：先是默认来自西方强势文化的影响研究与平行研究的权威性，但是又以实证性的文学关系和同时包含变异的问题来动摇影响研究的稳定性，以中国文化与西方文化的差异性与跨文明的异质性来动摇平行研究的稳定性；在动摇了影响研究与平行研究的稳定性之后，用文化过滤与文学误读、译介学、形象学、接受学、文学的他国化等变异学的术语来混合和改写影响研究与平行研究，达到你中有我、我中有你的一种状态，进而为中国比较文学研究赢得一定的话语权。

中国比较文学的百余年发展史，从方法论上来看，经历了从法国学派的影响研究和美国学派的平行研究（当然是以平行研究居多），最终到中国学派的变异学研究的变迁。影响研究是历史实证的研究，其哲学上的依据远可追溯到实证主义，近可依恃科学主义，操作层面上则是考据之学。平行研究是审美的研究，哲学上的依据是理一分殊的普遍性，近可引英美新批评为据，操作层面上是义理之学。变异学研究实质是影响研究与平行研究的融合，其背后的学理基础是后殖民主义，操作层面上是考据与义理同行，严谨与想象并举。影响研究是法国的文学外贸主义，体现了法国人的自傲与欧洲中心主义。而平行研究是美国人为了与法国人、欧洲人抗衡——因为美国历史不长，文学传统没有欧洲丰富悠久，在影响研究方面不占优势，不能体现美国人的经济政治军事外交等方面的真正实力，所以他们提出不用考虑影响关系的平行研究来打破欧洲中心主义，但有意无意落入西方中心主义（包括美国在内）。而我们中国的一些学者在进行影响研究时，往往需要靠古典文化对西方的影响来宣示中国文化的影响力；在进行平行研究时也多是用古典文化来与西方文化类比，很少有拿现当代的作家作品与西方作家作品类比的。新世纪的中国，政治经济军事等实力都大为增强，但文化软实力还亟须提升，比较文学研究的话语权仍把持在西方学者手中。中国学者采用文化话

1 Homi K. Bhabha, "Signs Taken For Wonders–questions of ambivalence and authority under a tree outside Delhi, May 1817", from The Location of Culture, London: Routledge, 1994, pp.113–119.

语杂交的战略,以变异学研究解构影响研究与平行研究的权威,其深层的心理诉求是重塑民族自尊与自信。总之,变异学体现了继承与创新的双重努力,是新世纪比较文学研究方法的突破,具有划时代的意义。

思考题:

1. 中国比较文学划分为四个时期的依据是什么?
2. 平行研究为何在中国比较文学研究中占主导地位?
3. 影响研究为何在中国比较文学研究中较为薄弱?
4. 为何说变异学是中国比较文学研究的重大突破?

第一章

什么是比较文学

第一节　比较文学的历史与定义

导　读

1951年，法国比较文学学者卡雷(Jean-Marie Carré，又译伽列)在为学生基亚(Marius-Francois Guyard)所著《比较文学》一书所作的序言中说："比较文学不是文学的比较。问题并不在于将高乃依与拉辛、伏尔泰与卢梭等人的旧辞藻之间的平行现象简单地搬到外国文学的领域中去。我们不大喜欢不厌其烦地探讨丁尼生与缪塞、狄更斯与都德等等之间有什么相似与相异之处。"[1]既然比较文学不是文学的比较，那么，比较文学到底是什么呢？

一、比较文学的定义之争

在全球化的背景之下，中西文学之间的交往和碰撞日益频繁。"比较"不再只是一种评判优劣和表现好恶的方法，更是一种具有现代意义的国际性的文化理念。在纷繁复杂的现代社会，其实处处都留下了不同文化之间相互影响和作用的痕迹。在好莱坞大片大行其道的今日，在影院里我们却可以发现这样一个显著的现象：那就是不少卖座的经典西式大片其实是在东方文化影响下所衍生出来的。一个典型的案例就是由美国梦工厂动画公司拍摄的动画片《功夫熊猫》。在影片中，尽管融入了不少西方的现代元素，但无论是人物形象、服饰装扮、故事背景等，仍带有十分浓厚的中国风味。但问题在于，为什么原本属于中国元素的"熊猫"却在国外大放异彩？这一影响与接受的过程是怎样发生的？其中发生了一系列怎样的变化？功夫熊猫的故事无疑是梦工厂公司结合"中国元素"改编之后的结果，由于中西方不同的审美观念和文化传统，梦工厂的"功夫熊猫"与中国传统熊猫的形象必然会有所不同。中国观众与西方观众眼中功夫熊猫的形象也会不同。而这样一来，功夫熊猫形象流变的过程，其实处处充满着"比较文学"中"形象学"所要关注和研究的问题。因此，在全球化进程日益加快的当今，"比较文学"绝非泛泛而谈的抽象理论，而是可以应用于实践，并体现在我们日常生活中。那么，到底何为"比较文学"？其发展历史是怎样的？这正是本节首先需要解答

1　[法]J.M.伽列：《〈比较文学〉初版序言》，见北京师范大学中文系比较文学研究组编：《比较文学研究资料》，北京：北京师范大学出版社，1986年版，第42页。

的基本问题。

自19世纪末,“比较文学”作为一门学科在欧洲诞生以来,关于这一名称与实质的争论就一直在持续。可以说,“比较文学”一词字面上的语意与其学科定义之间是不一致的,很容易造成误会。那么,这种名与实的矛盾是怎样产生的呢?这就有必要对“比较文学”这一词的来历作一番历史性的梳理。

对“比较文学”一词的理解尽管是一个基础性的理论问题,却不可小视。东西方各国比较文学研究在不少重大理论问题上之所以充满分歧与误解,其根本原因之一就在于在“比较文学”一词的理解上没能达成一个清晰而完满的共识。为了对“比较文学”这一学科作出较为全面而深刻的认识,我们有必要先对“比较文学”这一名称作出一番历史性的梳理与说明。

“比较文学”这一称谓的出现,与18世纪末到19世纪初在欧洲所形成的特殊文化背景密切相关。当时,从自然科学到人文学科等各个知识领域,都出现了以“比较”为名义的学术文化研究热潮,法国在这方面正可谓是扮演了先锋者的角色。据法国影响研究学者巴尔登斯贝格(Fernand Baldensperger)的考证,早在1780年,伽拉(Garat)就在《法兰西信使报》上对文学上的比较研究作出了纲领性的建议:“对那些拥有文学的民族引以自豪的作家进行比较研究,也许是最适宜于孕育和培养大量人才的研究。”[1]真正使“比较文学”这一术语在法国产生广泛影响的先驱者当属维耶曼(Abet-Francois Villemain),他在1828年至1829年在巴黎大学开设了“比较文学”的相关课程,并将演讲稿整理为《十八世纪法国文学图式》出版,在书中他使用了“比较文学”(littérature comparée)这一术语。[2]不久,昂培尔(Jean-Jacques Ampere)接替维耶曼开设了有关“比较文学”的课程和系列讲座,在法国文学界取得较大的影响。此后,“比较文学”这一术语就开始在法文中广泛流行开来。但需要指出,这一时期涉及的“比较文学”的各种论著、演讲及教学主要是对不同国家或不同民族的文学进行史实性的罗列和整理,并未形成一种系统的理论研究方法,“比较文学”也还并未成为一种独立的学科门类。但不管怎样,即便“比较文学”这一术语本身并未得到清晰的解释和阐发,充满含混和歧义,却被广泛地接受和流传,这就导致后来比较文学的名与实的争论。

真正使“比较文学”这一术语受到学术界广泛关注的是爱尔兰人波斯奈特

1 [法]巴(尔)登斯贝格:《比较文学:名称与实质》,徐鸿,译,见干永昌等编选:《比较文学研究译文集》,上海:上海译文出版社,1985年版,第33页。

2 [美]韦勒克:《比较文学的名称与实质》,刘象愚,译,见北京师范大学中文系比较文学研究组选编:《比较文学研究资料》,北京:北京师范大学出版社,1986年版,第22页。

(Hutcheson Macaulay Posnett),他在1886年出版了《比较文学》(*Comparative Literature*)一书,成为比较文学发展史上的一个标志。在该书中,波斯奈特的文学观深受社会达尔文主义(Social Darwinism)和歌德(Johann Wolfgang von Goethe)的世界文学观念的影响。基亚认为,该书"标志着比较文学的时代已经开始了"。[1]

总的来看,"比较文学"这一术语较早出现在19世纪中叶的法国,并在英国产生了广泛的影响,随之波及整个欧洲,但这并不代表在"比较文学"这一概念上欧洲各国取得了一致意见。经过历史的演变和发展,欧洲诸国对"文学"的观念本身理解也不尽相同,对于"比较文学"这一词的翻译与解读也就出现了差异。波斯奈特早在20世纪初就指出法语中的"比较文学"及其意大利语、西班牙语、葡萄牙语中的对应术语,从语义学的角度来看都不能令人满意,因为它们都是受自然科学影响(比较解剖学等)创造出来的。[2]这种名称与内容及研究方法的不一致就导致了"比较文学"在欧洲各国具有不同的特征和倾向。

当然,仅仅靠对"比较文学"一词作出语言上的分析并不能断定其实质所在,但通过在不同语言中细微的差别,也可以反映出一种倾向,即便这种倾向可能是模糊不清的。而在汉语中,"比较"一词较早出现在《颜氏家训·省事》:"不顾羞惭,比较材能,斟量功伐。"此处"比较"有辨别高下之意。在现代汉语中,"比较"一般被视作"确定事物同异关系的思维过程和方法"。[3]而一旦将"比较"与"文学"相结合,似乎指涉的是一种既求同又求异的文学比较。显然,字面上的理解并不能反映出比较文学学科的实质。由此可见,"比较文学"的名与实的困惑在中西话语体系中都存在,从而产生了不可避免的误读,并直接影响到"比较文学"的传播和接受。

在中国,大概是在20世纪初,关于"比较文学"的译介活动就已经开始。早在1904年,清末文人黄摩西撰写的《中国文学史·分论》中,对波斯奈特及其所著的《比较文学》一书就有过相关的介绍。[4]1919年,近代出版家章锡琛翻译了日本学者本间久雄(Kuo-Honma)的《新文学概论》,书中也出现了有关"比较文学"的内容。1931年,傅东华通过英文转译了法国学者洛里哀的著作《比较文学史》,第一次把法语"littérature comparée"翻译为"比较文学"。不久,在1937年,戴望舒翻译了法国学派代表人物梵·第根(Paul Van Tieghem)的《比较文学论》。可以说,在20世纪上半叶,"比较文学"已经在国内文

1 [法]马法·基亚:《比较文学》,颜保,译,北京:北京大学出版社,1983年版,第2页。

2 [美]乌尔利希·韦斯坦因:《比较文学与文学理论》,刘象愚,译,沈阳:辽宁人民出版社,1987年版,第7页。

3 辞海编辑委员会编:《辞海》,上海:上海辞书出版社,1989年版,第35-43页。

4 孙景尧:《沟通——访美讲学论中西比较文学》,南宁:广西人民出版社,1991年版,第32页。

学研究领域受到关注,并产生了一定的影响。但这一时期,“比较文学”在中国并未形成一个明晰而完整的学科概念,其重要原因就在于“文学”这一概念在西方文化冲击下正处于一个由传统向现代的转型期,其中存在一系列不稳定的文化因素。近代西学东渐之后,传统的“文学”观念在西方话语体系的影响下被打破。“文学”一词在译介中难免发生文化过滤与变异,这也直接或间接地影响了对“比较文学”这一概念的理解。

从某种意义来说,在对“比较文学”这一概念的认识上的差异与文学观念的现代转型有关。由于受到西方现代文学观念的影响,“比较文学”的“文学”从字面上容易被理解为具有审美意义的文学作品,而非一种具有专业学科色彩的文学研究,这样一来,就很容易偏离“比较文学”真实的学科内涵。由于“比较文学”这一合成词并不来源于中国传统语境下的文学理论范畴,而是从欧美学术话语体系中借鉴过来的,在接受与传播过程中,对于该词的译介难免会产生异质文化之间的过滤。有学者从语义的层面,指出汉语中的“比较文学”一词作为一个组合概念本身存在歧义。若将“比较文学”视作一个偏正词组,从词性上分析,“文学”是名词,而“比较”则是形容词;从语法修辞上来说,“文学”作为名词是一个被形容词“比较”修饰的中心词。从这种语法修饰层面来看,“比较文学”在字面上的意思可以被解释为“比较的文学”。[1]这样一来,字面上很容易给人一种感觉,似乎“比较文学”就是将各类文学作品凑到一块儿加以比较,这无疑就会陷入X+Y的文学比附,而将比较文学的研究对象简单化。而若将“比较文学”视为一个动宾词组,“比较”可以被看作动词作谓语,“文学”则被看作名词作为宾语。那么,从表面上来理解,“比较文学”又可以理解为“对文学的比较”。[2]这样一来,自然就给人一种直观的印象,认为将古今中外不同作品或作家拿来加以比较就是“比较文学”,或者简单地将比较法看作该学科的一种标志性的方法论,而似乎不比较就不是比较文学,这显然与比较文学的学科研究方法不符。

这就是说,汉语语境下,“比较文学”这一词语依然会使人产生一些不必要的误读和误解。这可能正如法国学者布吕奈尔(Pierre Brunel)所言:“说它(littérature comparée)是有缺陷的词,因为它很含混;而说它是必要的,因为它的使用已很有些年头。它能否让位给一个比较不令人困惑和比较不神秘的词呢?然而提出来的所有代替它的词都显得过长或过于抽象,因而不能成立。”[3]“比较文学”一词所体现出的这种语言上的含混不清,无论是在西方还是中国都存在。这意味着比较文学的语词定义与其学

1 杨乃乔主编:《比较文学概论》,北京:北京大学出版社,2002年版,第56-57页。

2 杨乃乔主编:《比较文学概论》,北京:北京大学出版社,2002年版,第57页。

3 [法]布吕奈尔等:《什么是比较文学?》,葛雷,张连奎,译,北京:北京大学出版社,1989年版,第15页。

科定义之间是存在矛盾的，这正是“比较文学”的名与实之间的矛盾。

但不管怎么说，自19世纪比较文学作为一门专业化的学科诞生以来，尽管这一名称存在一些不足，却已经成为一种习惯性的用法，在东西方都产生了广泛的影响，并在国际上取得了共识。因此，无论是望文生义还是执拗于语义上的缺陷，都不能消除对“比较文学”这一语词的误读，而只有深入把握比较文学独特的学科特质，才能真正了解到这个术语背后所蕴含的学科内涵。

二、比较文学的学科定义

从某个角度来看，比较文学的学科发展史，就是一部关于其学科定义的论战史，其中充满着种种危机。由于比较文学这门学科复杂而曲折的背景，关于比较文学的学科定义，可谓众说纷纭。“比较文学”的研究范畴与对象是什么？基本特征是什么？学科的自足性和合法性表现在什么方面？运用怎样的研究方法？对研究主体有哪些要求？……一系列的疑问，最终都指向一个不可回避的根本性的问题，那就是“比较文学”作为一门独立的专业学科指涉的到底是什么？这个问题不能解决，比较文学作为一门学科也就无法得到正名。下面我们将从比较文学的不同派系中选取一些具有代表性的观点进行分析和梳理，以便对比较文学的学科内涵作出一个全面深刻的认识。

1886年，波斯奈特出版了世界上最早的一部有关比较文学的理论专著《比较文学》。受达尔文及斯宾塞等人的影响，他试图用进化论的观点来解释文学。他说：“对属于不同社会状态的文学进行比较，这种关系经历了顺序的变化，在这种变化中，我们找到了我们把文学当作可以用科学解释来对待的主要理由。……我们采用社会生活逐步扩展的方法，从氏族到城市，从城市到国家，从以上两种到世界大同，作为我们研究比较文学的适当顺序。”[1]

一方面，波斯奈特将文学看作进化、衰亡的过程，强调了文学与社会发展之间的相互联系，并指出文学发展将走向世界大同，似乎和歌德理想中的世界文学有相契合之处。另一方面，他强调将比较作为一种文学研究的科学性的方法论来看待各国文学，强调一种广阔的文学研究视野，也是具有一定的积极意义的。不过，作为早期的比较文学者，其认为的“比较”强调的仍是一种方法论，并附属于以文学进化论为中心的文艺学观点，而没有形成明晰的比较文学自身的学科特质。

1 [英]波斯奈特：《比较法和文学》，周纯，译，见于永昌编：《比较文学研究译文集》，上海：上海译文出版社，1985年版，第383–384页。

20世纪上半叶，比较文学在法国兴起，并在欧洲产生了广泛的影响，形成了比较文学中的法国学派。由于受当时盛行的实证主义和科学主义思潮的影响，法国学派将影响研究作为比较文学的根本特征。法国学派代表人物梵·第根强调对事实材料的搜集和考察，去除一切可能导致主观臆断的因素，力图达到一种客观的科学效果。但其中对于非实证的美学因素的排斥，相当程度地限制了比较文学的研究范围。同时，他注重一种渊源学的研究方式，重视影响者对被影响者的作用，实际上变相地表现了其民族中心主义的倾向。

这种以事实性的影响为中心的研究模式在法国学派代表人物卡雷的发扬下进一步深入："比较文学是文学史的一个分支；它研究在拜伦与普希金、歌德与卡莱尔、瓦尔特·司各特与维尼之间，在属于一种以上文学背景的不同作品、不同构思以至不同作家的生平之间所曾存在过的跨国度的精神交往与实际联系。比较文学主要不是评定作品的原有价值，而是侧重于每个民族、每个作家所借鉴的那种种发展演变。"[1]

卡雷的学生基亚也认为，"比较文学并非比较，比较文学实际上只是一种被误称了的科学方法，正确的定义应该是：国际文学关系史"。[2]这样一来，比较文学就成了文学史的副产品，成为一种以实证为中心的文学研究方法，其研究对象被严格局限在所谓的可以证实的事实联系之上。而一旦涉及具有美学意义的文学批评反而成了某种僭越。而这种倾向在随后兴起的美国学派那里走向了另一面。

美国学派代表人物亨利·雷马克于1961年发表《比较文学的定义和功用》一文，他给比较文学下的定义是："比较文学是超越一国范围之外的文学研究，并且研究文学和其他知识领域及信仰领域之间的关系，包括艺术（如绘画、雕刻、建筑、音乐）、哲学、历史、社会科学（如政治、经济、社会学）、自然科学、宗教等等。简言之，比较文学是一国文学与另一国或多国文学的比较，是文学与人类其他表现领域的比较。"[3]这个定义阐发了美国学派将平行研究作为理论基础的研究特点。在此，比较文学的跨国性再次被强调，但没有进一步明确，由此而显得宽泛并缺乏边界。同时，美国学派注重文学跨学科研究，试图探求一条文学与其他学科之间相互沟通和互相阐发的研究路线。这种宏大的意图，有助于使比较文学研究走向多层次发展，但另一个问题在于怎样避免各门

1　[法]J.M.伽列：《〈比较文学〉初版序言》，见北京师范大学中文系比较文学研究组编：《比较文学研究资料》，北京：北京师范大学出版社，1986年版，第43页。

2　[法]马法·基亚：《比较文学》，颜保，译，北京：北京大学出版社，1993年版，前言，第1页·

3　[美]雷马克：《比较文学的定义和功用》，张隆溪，译，见北京师范大学中文系比较文学研究组选编：《比较文学研究资料》，北京：北京师范大学出版社，1986年版，第1页。

具有亲缘关系的文艺学科之间可能出现的模糊和混乱。总的来说，相比于法国学派的影响研究，美国学派看到了比较文学的开放性和综合性的特点，解放了比较文学只注重实证和考据的研究路数，是具有进步意义的。不过，过于放大比较文学的研究领域，也对比较文学作为一门专业化的学科本身产生了一些负面影响。

而苏联学者对比较文学也有相关的论述，苏联《大百科全书》将比较文学称作“历史-比较文艺学”：“历史-比较文艺学是文学史的一个分支，它研究国际联系与国际关系，研究世界各国文艺现象的相同点与不同点。文学事实类同，一方面可能出于社会和各民族文化发展相同，另一方面则可能出于各民族之间的文化接触与文学接触，相应地区分为：文学过程的类型学的类似和文学联系和相互影响，通常两者相互为用，但不应将它们混为一谈。”[1]

可以说，“历史-比较文艺学”的说法与法国学派所称的“国际文学关系史”有相通之处，都强调历史性的事实研究。但苏联学者还强调一种类型学研究，这就包括了那种没有直接联系的研究范围。因而，他们相信在类似的社会进程下，可以对不同地域的民族文学所形成的具有类同性的文学类型进行综合性的比较研究，而这又与美国学派的平行研究有相近之处。

在中国，系统性、成规模的比较文学研究大概在20世纪七八十年代才出现，但很快就在学术界引起了广泛的关注和反响，并形成了影响颇大、具有争议的“中国学派”。其中，关于比较文学的学科定义，众多的学者都发表了自己的看法。

陈挺在《比较文学简编》中说道：“我们认为，通常说的比较文学是狭义的，即指超越国家、民族和语言界限的文学研究，主要研究两种或两种以上民族文学之间的相互关系、两国或两国以上文学之间的互相影响，找出它们之间的异同，通过这些关系、影响、异同的研究，认识各民族文学各自的特点，探索文学发展的共同规律。广义的比较文学还可以包括文学与其他艺术形式（音乐、绘画等）与其他意识形态（历史、哲学、政治、宗教等）之间的相互关系的研究。”[2]这种将比较文学分为狭义和广义，基本对应了法国的影响研究和美国的平行研究，依照的依然是西方比较文学的研究模式。

杨乃乔编写的《比较文学概论》中说：“比较文学是以跨民族、跨语言、跨文化与跨学科为比较视域而展开的文学研究，在学科的成立上以研究主体的比较视域为安身立命的本体，因此强调研究主体的定位，同时比较文学把学科的研究客体定位于民族文

1 见于永昌等编选：《比较文学研究译文集》，上海：上海译文出版社，1985年版，第427—428页。

2 陈挺：《比较文学简编》，上海：华东师范大学出版社，1986年版，第2页。

学之间与文学及其他学科之间的三种关系：材料事实关系、美学价值关系与学科交叉关系，并在开放与多元的文学研究中追寻体系化的汇通。”[1]在此，作者明确强调了比较文学的“四跨”，尤其是其中的跨文化，无疑对中西比较文学的研究有重要意义。同时，也指出研究主体应具有一种开放性、跨越性的比较视野。至于这里所说的“三种关系”，则依然是对传统的影响研究和平行研究的沿袭。

关于中西比较文学，袁鹤翔认为：中西比较文学是一门专门学问，以中西文学为研究对象，从文学的性质、观念、有限度的背景、发展演变的历史、批评理论、文学主题、种类等方面来作慎重的比较或讨论；其目的不在“求同”也不在“求异”，而是把中西文学作品当作整个人类思想演进史中不可少的一部分来看，借此以求增进中西两个世界相互的深切了解和认识，这种研究即是中西比较文学。[2]中西两种异质文化下的比较文学研究是当前的一个热点，也是一个难点。袁鹤翔在此试图超越一般性的“求同”和“求异”，以促进中西文化的交流为目标，力图上升到“总体文学”的理想，有一定的积极意义。但怎样形成具有中国自身理论特色的中西比较文学研究，作者在此似乎还没有给予明确的建议。

与不少中国学者倡导沿袭西方比较研究思路不同，曹顺庆在对法国学派和美国学派进行总结和反思的基础上，于1995年正式提出了中国学派的基本特征——“跨异质文化”：

> 这种跨越异质文化的比较文学研究，与同属于西方文化圈内的比较文学研究，有着完全不同的关注焦点，那就是把文化的差异推上了前台，担任了主要角色。从根本上说来，比较文学的安身立命之处，就在于“跨越”和“沟通”：如果说法国学派跨越了国家界线，沟通了各国之间的影响关系；美国学派则进一步跨越了学科界线，并沟通了互相没有影响关系的各国文学，那么，正在崛起的中国学派必将跨越东西方异质文化这堵巨大的墙，必将穿透这数千年文化凝成的厚厚屏障，沟通东西方文学，重构世界文学观念。因此，可以说“跨文化研究”（跨越中西异质文化）是比较文学中国学派的生命泉源，立身之本，优势之所在；是中国学派区别于法、美学派的最基本的理论和学术特征。[3]

明确将跨异质文化研究作为中国学派的基本学科特征，这对中国比较文学研究的

1 杨乃乔主编：《比较文学概论》，北京：北京大学出版社，2002年版，第103页。

2 黄维樑，曹顺庆主编：《中国比较文学学科理论的垦拓——台港学者论文选》，北京：北京大学出版社，1998年版，第82页。

3 曹顺庆：《比较文学中国学派基本理论特征及其方法论体系初探》，《中国比较文学》，1995年第1期。

理论建设具有十分重要的意义。此后，为避免文化这一词可能引起的含混和误会，曹顺庆将“跨文化”改为“跨文明”，指出“文明是文化差异的最大包容点”，并将跨异质文明研究看作比较文学的新的阶段和中国学派的理论立足点。[1]而所谓“异质”，就是对不同文化之间差异的重视，差异性并非就意味着不可通联，而是可以互补和互证的。与此同时，为了纠正传统的法国学派和美国学派重“求同”轻“辨异”的特点，他进一步提出了文学变异学，强调差异性与异质性也是比较文学的可比性的基础之一，注重对文学变异现象的研究和探讨，而这对中国学派自身理论的建设，无疑起到了十分重大的推进作用。

在对国内外关于比较文学的定义作出整体上的梳理和分析之后，结合西方传统的比较文学研究流派和中国学派自身的研究特点，本书对比较文学作出的学科定义是：比较文学立足于平等、多元、包容的国际性视野，注重不同文明下的差异性、异质性和互补性，力图突破不同文明、不同民族、不同语言、不同学科之间的人为设限，关注不同文学传统下的变异和融通，从而形成一种超越地域、种族、语言的跨越性的文学研究。其根本目的在于发现总体性的文学发展规律，并最终实现世界各国文学之间的互阐、互证和互补。

这个定义汲取了法国学派、美国学派等传统意义上的西方比较文学研究特点，并进一步加以调整和完善。由于比较文学的学科从来就不是直线发展，而是充满曲折的，呈现出一种“螺旋式”的演进，因而不存在新理论替代旧理论的问题。根据时代的需求，适时地修正和革新是必要的，但对前人的观点也需要不断地总结和反思，取其所长，补其所短。在此，特别强调异质文明下的差异性和互补性，正是在比较文学研究第三阶段的时代背景和新的理论要求之下所作出的应对策略，而这对激发中国学派自身活力和理论建构有着十分重要的意义。

三、比较文学的历史

（一）比较文学的第一阶段

比较文学作为一门独立的专业学科，根据其学科发展历程、现状和前景，从总体上可以分为三个阶段，第一个阶段在欧洲，属于形成期，以法国的影响研究为核心；第二阶段在美国，属于发展期，以美国学派的平行研究为典型；第三阶段在东方，属于进一

---

1 曹顺庆：《比较文学学科理论的“跨越性”特征与“变异学”的提出》，《中外文化与文论》，2006年第1期。

步扩张期，以正在形成的中国学派为代表。以下本节将据此分为三部分加以探讨。

比较文学于19世纪产生于欧洲，与当时特殊的历史背景及文化思潮密切相关。第一，从社会文化思潮来看，当时盛行的法国哲学家孔德（Auguste Comte）的实证主义（positivism）对比较文学的形成产生了十分深远的影响。孔德将人类进化分为三个阶段，第一阶段是神学阶段（Theological Stage），第二阶段是玄学阶段（Metaphysical or Abstract Stage），第三阶段是实证阶段（Positive Stage），即科学的阶段。因此，实证主义反对神秘玄想及形而上抽象的理论，而强调逻辑与实证的方法。实证主义者认为在足够可实证的条件下，任何现象都是可以解释和推断的，这在自然科学和人文社会科学中是一致的。同时，科学的知识可以通过经验法和逻辑演绎法加以验证，而不是为信仰和常识所左右。而且，科学应该尽可能保持一种价值中立，在对具体事实和现象的观察和实证中，寻求一种不含偏见的客观化的知识。这几点对法国学派影响研究注重事实、考据和实证的理论特点的形成产生了直接影响。

第二，从自然科学来看，达尔文的生物进化论对比较文学的形成产生了十分重要的影响。一方面，进化论强调生物兴衰的自然发展机制。法国学者布吕纳季耶（Ferdinand Brunetière）在《文学史中的文学类型演讲》一书中，就运用进化论的观点，将文学的演进看成是一个诞生、成长、演变、衰落的过程。而这种文学进化论同样深刻地影响到英国比较文学学者波斯奈特。另一方面，达尔文进化论也强调一种以事实为基础的科学考证的研究思路，这进一步加深了法国影响研究学派的崇尚实证的研究特色。

第三，从欧洲学科演变来看，比较作为一种方法论广泛地出现在自然科学、语言学、社会学、历史学、宗教学、艺术学等各种学科领域，这也促成了比较文学的形成。1800年，法国古生物学家居维叶（Georges Cuvier）出版了《比较解剖学讲义》，较早将比较的方法运用到生物学的领域。巴尔登斯贝格指出，这种“比较生理学”对认识不同民族及国家文学的亲缘关系是具有启发作用的。[1]可以说，当时“比较”成为一种文化潮流出现。在这种学科交叉与互渗的大背景之下，比较也逐渐作为一种特殊的方法运用到文学研究领域，并促进了比较文学的学科观念的形成。

第四，从文学观念的演变来看，随着18、19世纪以来欧洲各国文学之间的交往加强，浪漫主义文学思潮开始兴起，深刻地促成了比较文学的形成。早在1737年，法国启蒙主义者伏尔泰（Voltaire）就写作了《论史诗》，对不同国家文学中各个时代的各种

1　[法]巴（尔）登斯贝格：《比较文学：名称与实质》，徐鸿，译，见干永昌等编选：《比较文学研究译文集》，上海：上海译文出版社，1985年版，第37-38页。

史诗类型进行了比较和鉴赏。19世纪初，法国浪漫主义的先驱斯达尔夫人(Madame de Stael)撰写了《论文学》和《论德国》两部具有比较文学意识的重要著作。在《论文学》中，她把欧洲文学分为南北两种类型，并提出文学风格与地缘气候之间的关联。而在《论德国》中，她不仅对法国与德国两国之间的文学作出比较，还试图纠正法国人对德国的传统性的民族偏见。因此，梵·第根将她称为“世界比较文学的先驱”。在19世纪初的德国，浪漫派施莱格尔兄弟(Fridrich von Schlegel & August Wilhelm von Schlegel)的《论戏剧艺术和文学》则对欧洲各国的戏剧及文学作出了比较研究。同时，浪漫主义作家重视中世纪文学和民间故事。如格林兄弟(Jacob Ludwig Karl Grimm & Wilhelm Karl Grimm)在1807年至1812年之间，搜集整理并出版了《儿童与家庭童话集》，在1818年，又出版了《德国传说》。格林兄弟将历史的维度与比较的方法相结合来研究民间传说、故事和神话，对诸如唐璜、浮士德等传统文学人物在各国之间的流传、接受及变形进行了比较性的探讨，还指出印度故事集《五卷书》与欧洲传统文学情节之间的渊源，为比较文学中的“主题学”、“渊源学”、“媒介学”等影响研究理论的发展起到了推动作用。不可忽略的是，不少浪漫主义作家还具有一种平等的民族意识和理想的世界大同的观念，如歌德受赫尔德(Johann Gottfried Herder)的影响，提出了“世界文学”这一概念，强调不同民族文学之间的平等交流和融合。

正是在这几大因素的综合影响下，比较文学在欧洲应运而生，而法国成为其重要的发源地。早在1816年，两位法国编辑家诺埃尔(Fransois Noél)和拉普拉斯(Ernest Laplace)就出版了一本名为《比较文学教程》的文学选，其中包括古典文学、法国文学及英国文学。但真正使“比较文学”得以广泛流传的是维耶曼。19世纪20年代后期，他在巴黎大学讲授文学课程时，提到“比较研究”、“比较历史”及“比较文学”等重要术语。在维耶曼之后，“比较文学”广泛出现在法国学术界。1895年，戴克斯特(Joseph Texte)完成了博士论文《让·雅克·卢梭和文学世界主义之起源》，对比较文学学科的形成具有开创性意义。1897年，他在里昂大学开设了“文艺复兴以来日耳曼文学对法国文学的影响”的系列讲座，是比较文学走向专业化的学科之路的重要标志。同时期重要的比较文学学者还有路易-保尔·贝茨(Louis-Paul Betz)，他在1895年完成了博士论文《海涅在法国》，并在1899年出版了《比较文学书目》，对早期的比较文学的发展历程作出了总结，具有重要的史料价值。

到了20世纪二三十年代，比较学科在各大高等学院都开设了正式的讲座，并形成规模。如巴黎大学(1910)、斯特拉斯堡大学(1919)、法兰西学院(1925)、里尔大学

(1930)等。可以说,比较文学作为一门独立的学科已在法国初步形成。在这种背景之下,比较文学最早的流派法国学派开始形成。法国学派早期的领袖是巴尔登斯贝格,重要代表人物有梵·第根、卡雷、基亚、阿扎尔等。这一学派将不同民族国家之间的实证性的影响关系视为比较文学研究的中心,因而又被称为"影响研究学派"。

1900年,巴尔登斯贝格接替戴克斯特担任比较文学讲座教席,积极开展与比较文学相关的学术活动。1921年,他和阿扎尔创办了《比较文学评论》杂志。1930年,他和阿扎尔、梵·第根等几位比较学者在巴黎大学成立了"近代比较文学研究院"。他一生著述颇丰,如《歌德在法国》(1904)、《文学史研究》(1907)、《1787-1815年法国流亡贵族中的思想动向》(1925)、《巴尔扎克所受的外来影响》(1927)等等。同时,他还进一步整理和扩充了贝茨的《比较文学目录》(1899)。可以说,经过巴尔登斯贝格多方面的努力,法国影响研究作为一种体系化的比较文学研究理论逐渐确立下来。

这一时期另一位关键性的比较文学学者是梵·第根,他于1931年出版了《比较文学论》一书,在该书中,他系统详细地阐明了比较文学的学科理论和原理。他认为比较文学应运用实证的方法来考察不同国家或民族文学之间所存在的相互借鉴和影响的关系,强调影响路径的可验证性。他指出:"真正的'比较文学'的特质,正如一切历史科学的特质一样,是把尽可能多的来源不同的事实采纳在一起,以便充分地把每一个事实加以解释;是扩大认识的基础,以便找到尽可能多的种种结果的原因。"[1]卡雷和基亚则继承了这种实证的影响研究理论,并进一步强化了事实联系和逻辑实证的观点,并将比较文学研究范畴限定在欧洲文明之中,形成以"渊源学"、"流传学"、"主题学"等为重心的实证研究特色,深刻影响了整个欧洲的比较文学理论的建构和发展。综上所述,法国影响研究的特点从整体来看至少反映在三个方面:第一,将比较文学视为国际文学关系史,属于文学史的一支。第二,注重实证和考据,重视事实联系和直接影响。第三,不赞同非实证性的文学比较及跨学科研究。

当然,除了法国,欧洲其他国家也对比较文学的发展作出了重要的贡献。1885年,英国比较文学学者波斯奈特出版了《比较文学》,该书借用社会进化论的理论分析文学,将文学的发展分为"氏族文学"、"城邦文学"、"国别文学"、"世界文学"几大类型,并注重运用历史的"比较"方法,对英国比较文学理论的发展产生了很大的促进作用。而1887年,德国人科赫(Max Koch)主编的《比较文学杂志》,则超出了法国影响研究范畴,甚至涉及美国学派"平行研究"的相关内容。不过,总的来说,法国学派作为欧洲比

1　[法]梵·第根:《比较文学论》,戴望舒,译,上海:商务印书馆,1937年版,第17页。

较文学的代表,反映了比较文学第一阶段的主要理论特点,其实证性的影响研究无疑对比较文学的发展起到了巨大的推动作用。但是,其局限性也是十分明显的,无论是"唯科学主义"还是"欧洲中心主义"的倾向,显然都不利于比较文学学科理论的进一步发展,直到美国学派的兴起,这一局面才最终被打破。

(二)比较文学的第二阶段

比较文学的第二阶段以20世纪中期形成的美国学派的平行研究为主要特色。事实上,比较文学的萌芽在美国可以追溯到19世纪后半叶。1871年,查尔斯·沙克福德(Charles Chauncey Shackford)在康奈尔开设了关于"总体文学与比较文学"的讲座,这是美国比较文学发展史上的一个标志性事件。1887年至1889年之间,查里斯·盖利(Charles Gary)在密歇根大学创办了比较文学评论研讨班。1890年至1891年之间,阿瑟·马什(Arthur R.Marsh)在哈佛大学正式开办了比较文学系列讲座,并开设了相关课程。1899年,哥伦比亚大学成立了比较文学系。1903年,美国第一本英文比较文学杂志《比较文学学报》出版。1904年,哈佛大学成立比较文学系,系主任斯科菲尔德(H. C. Schofield)还编写了一套比较文学研究丛书。1906年,坎贝尔(J. Campbell)发表《什么是比较文学》一文,该文指出比较文学作为一门专业学科,不应只是对各国文学史的整理和搜集,还应注重发现不同民族文学之间共通的美学规律。1910年,钱德勒(F. W. Chandler)被聘为辛辛那提大学比较文学讲座教授,他在就职演讲时,则借用社会进化论原理,强调文学与心理学、社会学等相关人文学科之间的相互渗透和交叉关系。可以说,随着比较文学在高等院校的设立,相关期刊及论著的出现及专业学术活动的展开,使比较文学作为一门独立的学科在美国初步形成。但从整体来说,这一时期美国的比较文学研究还没有进一步系统化和理论化,也并未在学术圈产生广泛的影响,进入20世纪20年代以来(第一次世界大战前后),比较文学在美国不但没有取得进一步发展,反而有些萎缩了。

然而,到了20世纪四五十年代,比较文学却在美国出现了一个繁荣期。1942年,在阿瑟·克里斯蒂(Arthur Christy)的倡议下,"全国英语教师协会"成立了"比较文学委员会"。同年,他又创办了《比较文学通讯》杂志。1945年,弗里德里希(Werner Friederich)发表《论比较文学》一文,提出比较文学课程教育的改革问题,在学界受到普遍关注。1949年,《比较文学》杂志在俄勒冈大学创刊。1952年,《比较文学与总体文学年鉴》创刊。1960年,"美国比较文学协会"成立。正是在这种积极的学科发展形势之下,具有鲜明特色的美国学派逐渐开始形成。

美国比较文学的迅速崛起是从对法国传统的影响研究观念的挑战开始的。1953年,美国学者韦勒克针对法国比较文学代表人物卡雷为其学生基亚的《比较文学》一书所写的序言,发表了《比较文学概念》一文,指出法国学派过于强调实证和事实性的联系,限制了比较文学的研究范畴。1958年,美国北卡罗来纳大学所在地教堂山举行了国际比较文学学会第二届年会,韦勒克在会上发布了《比较文学的危机》一文,该文被认为是美国学派的理论宣言,揭开了美国学派与法国学派之间激烈的论战。韦勒克对影响研究作出了明确反驳,他认为法国学派过于依赖文献材料和实证考据。[1]无疑,这种影响研究方法往往容易忽视文学作品非实证性的艺术价值,也不利于各国文学之间的交流,这实际上是对法国影响研究局限性的深刻反省。

教堂山会议之后,美国学者在与法国学派论战的同时,也进一步系统阐明了平行研究的理论。1962年,亨利·雷马克发表《比较文学的定义和功用》一文,在文中,他明确了比较文学的两大特性:跨国性和跨学科。在雷马克看来,比较文学意味着超越不同国家或民族之间的文学比较研究,而且还可以和人类其他知识门类进行比较性的研究。尽管雷马克对比较文学的范畴规定得过于宽泛,但对当时美国平行研究理论的构建仍然具有重要意义。同时,他在文中还对民族文学、世界文学、总体文学等与比较文学相关的重要术语进行了辨析,对法国学派理论上的缺陷作出了反思和总结。关于法国学派与美国学派的论战,需要指出的是,这两派的代表人物并不完全以国别来划分,如法国著名比较文学学者艾田伯(René Etiemble)本身倾向于美国学派的平行研究。1963年,他的专著《比较不是理由:比较文学的危机》在美国出版,在书中他提出"比较文学是人文主义"的观点,对比较文学的论战及发展现状作出了总结性的分析,并对美国学派的平行研究作出了全面的阐发。

1969年,奥尔德里奇(Alfred Owen Aldrideg)编写了《比较文学:内容与方法》一书,他进一步阐明了美国比较文学的观点,并强调在一种国际性的比较视野之下,文学研究可以跨越地理、历史、族群、信仰乃至文化,获得一种超越性的关联。[2]因而,他认同类同性研究和没有直接影响的"平行研究",后来还对美国平行研究理论进一步作了发挥,提出了环宇文学和文化多元主义等重要概念,其目的在于促进不同民族、国家之间文学的相互交流和认识。

---

1 [美]韦勒克:《比较文学的危机》,见北京师范大学中文系比较文学研究组选编:《比较文学研究资料》,北京:北京师范大学出版社,1986年版,第53页。

2 [美]奥尔德里奇:《比较文学:内容与方法》,转引自[美]罗伯特·克莱门茨:《比较文学的渊源和定义》,见北京师范大学中文系比较文学研究组选编:《比较文学研究资料》,北京:北京师范大学出版社,1986年版,第48页。

总体来看,美国学派的平行研究至少有三大特点:首先,强调文学的审美价值,注重对作品"文学性"的美学分析,试图发现不同民族、国家之间的一种普遍性的文学发展规律和审美特征。其次,重视一种并无直接联系的平行研究,其可比性不仅仅局限于同源和影响关系,而是扩展到同异对比和类同关系。再次,提倡文学与其他艺术及知识门类之间的相互阐发,强调文学与绘画、音乐、心理学、社会学等人文学科的交叉互渗的关系。因此,美国学派尽管也存在理论上的缺陷,但却大大扩充了比较文学的研究范畴,摆脱了法国学派偏于实证性的影响研究的历史局限,将比较文学从文学史的分支中解放,这对比较文学学科理论的发展是具有进步意义的。

但是,美国学派与法国学派之间并非处于一种完全对立的关系,也并不仅仅是谁是谁非的问题。一方面,美国学派的平行研究给比较文学理论的发展带来了活力,但另一方面,法国学派传统的影响研究也并非没有可取之处,因而两者仍然具有相通的地方。1973年,美国学派重要代表人物维斯坦因(Ulrich Weisstein)出版了《比较文学与文学理论》一书,他试图调和法国学派与美国学派的分歧。[1]可以说,无论是法国学派还是美国学派,对于比较文学的认识都还有不足,需要进一步改进,这也说明了比较文学这门学科的开放性和包容性的特点。比较文学的学科历史充满曲折,它是在不断的质疑和挑战中逐渐成长起来的,因而,比较文学需要不断注入新鲜血液,而20世纪七八十年代以来,随着东西方文学之间联系的加强,尤其是中西文学之间交流的全面展开,比较文学开始从欧美转向亚洲,其新阶段终于在东方揭开了序幕。

(三)比较文学的第三阶段

比较文学发展的第三个阶段在东方,以正在成形的"跨异质文明研究"为特色的中国学派为代表。事实上,自近代以来,中国比较文学研究就已初露端倪。1898年,梁启超在《译印政治小说序》中,就对中国传统小说和西方政治小说作出了比较性的评述。1904年,王国维在《〈红楼梦〉评论》中借用叔本华(Arthur Schopenhauer)的哲学理论来阐发中国古典小说中的审美意蕴和悲剧意识,开创了以西释中的一种文学理论研究模式,具有标志性意义。1907年,鲁迅在《摩罗诗力说》和《文化偏至论》中,对不同民族及国家文学进行了比较分析,强调在比较和借鉴中寻找新文学之路。鲁迅明确指出:"欲扬宗邦之真大,首在审己,亦必知人,比较既周,爰生自觉。"[2]

到了20世纪三十年代初,清华大学开始出现了与比较文学和世界文学相关的课

1 [美]乌尔利希·韦斯坦因:《比较文学与文学理论》,刘象愚,译,沈阳:辽宁人民出版社,1987年版,第1页。

2 鲁迅:《摩罗诗力说》,《鲁迅全集》(第1卷),北京:人民文学出版社,1981年版,第65页。

程,如吴宓的中西诗之比较、温德的文艺复兴时期的文学、王文显的戏剧概要等,都包含了比较文学相关的内容。1929年至1931年,新批评派重要人物瑞恰慈来到清华大学任教,开设了“比较文学”课程,引起了学界的广泛关注,后来清华大学教员瞿孟生还根据他的授课内容整理出了《比较文学》一书。进入三四十年代以后,中国比较文学学术实践取得了进一步发展,如闻一多的《文学的历史动向》、朱光潜的《诗论》、钱锺书的《谈艺录》,都站在中外文化比较的视野之上,反映出了自觉的比较意识和试图融会中外学术话语的努力。

中国比较文学的全面兴起是从20世纪七八十年代开始的。进入新时期之后,比较文学作为一个学科概念在学术圈产生了广泛的影响,比较文学的学术论文及著述激增,相关的学术活动也逐渐展开,呈现出一个繁荣的局面。70年代末80年代初,钱锺书的巨著《管锥编》成为中国比较文学史上的一个标志性事件。钱锺书站在跨文化的视野之上,突破了民族、国家、语言、学科等研究界限,对中西文论进行了交互性的阐发和历史性的梳理,并试图寻找一种跨越东西文学之间的共同“诗心”与“文心”,代表了中国比较文学走向一个新的高度。但是,这一时期中国比较文学的学科理论仍然没有形成自己的特色,更多的是沿袭法国学派或美国学派的方法和理论。然而,在跨越东西异质文明的现实状况之下,一味依赖传统的欧美学术话语体系已不再能适应新的形势的发展。因此,关于建构“中国学派”的呼声越来越大,并一度引起争论。

知识链接:《管锥编》于1979年由中华书局出版,共四册。是作者用文言文和札记形式写成的研究中国古代典籍和文化的著作,主要是对中国古代《周易正义》《毛诗正义》《左传正义》《史记会注考证》《老子王弼注》《列子张湛注》《焦氏易林》《楚辞洪兴祖补注》《太平广记》和《全上古三代秦汉三国六朝文》等十部重要典籍的研究。内容有学术理论的辨析、阐微、肇论,有文章之法立意的揣摩、解释、辨别;有文字名物的训诂、考证,有文体、句式、意境沿革演进的辨流溯源;有文化史常识、时代环境、风俗习惯的考察、辨正,等等。其范围跨越语言学、文献学、修辞学、民俗学、心理学、文学、美学等领域,包罗万象,雅俗并有。意在打通古今,融会中外。后出版《〈管锥编〉增订》等,合为第五册,共五册。

那么,中国学派的学科理论基本特征是什么呢?总的来说,主要可以分为六点,第一,阐发研究。第二,“文化模子寻根”研究。第三,整合与建构研究。第四,对话研究。第五,跨异质文明研究。第六,文学变异学研究。以下将对此分别加以阐述。

第一,阐发研究。较早明确阐述中国学派的阐发研究特色的当属港台比较文学研究学者。1976年,古添洪、陈慧桦在编著的《比较文学的垦拓在台湾》一书的序中,在比较法国学派和美国学派的得失之后,明确提出了比较文学的中国学派这一概念。[1]概括地说,用西方文学理论来解释中国文学被称为“阐发法”。事实上,港台学者所说的“阐发法”,早在王国维的《〈红楼梦〉评论》中已经有明确的体现,它所强调的正是一种“以西释中”的研究路数。而在钱锺书的《管锥编》中,则不但运用到“以西释中”的方法,还采取了“以中化西”的方法。因此,有人对“阐发法”过于强调“以西释中”和单向阐发的倾向提出了质疑。对此,陈惇、刘象愚的《比较文学概论》中则提出了“双向阐发”,并将阐发研究分为理论阐释作品、理论阐释理论、其他学科阐释文学作品三个方面,进一步丰富和完善了“阐发法”的理论。

第二,“文化模子寻根”研究。叶维廉最早提出这一研究方法,他说:“要寻求‘共相’。我们必须放弃死守一个‘模子’的固执,我们必须要从两个‘模子’同时进行。而且必须寻根探固,必须从其本身的文化立场去看,然后加以比较和对比,始可得到两者的面貌。”[2]叶维廉在此强调一种开放性的比较视野,反对将中西文化当成两个相互排斥的“文化模子”,而试图寻求到一种能够相互包容和相互观照的共通性的文学发展规律。

第三,整合与建构研究。这种研究方法主要是强调不同文化下的各种学术理论和观念的重构和融合。刘若愚在《中国的文学理论》一书中提出了构建一种世界文学理论的构想。要达成这种理想,就要加强不同文化下的学术话语的交流。他正是根据艾布拉姆斯(M. H. Abrams)在《镜与灯:浪漫主义文论及批评传统》中对文学理论的四个分类,[3]把中国传统批评分为六种文学理论,分别为形而上的(metaphysical)理论,决定的(deterministic)理论,表现的(expressive)理论,技巧的(technical)理论,审美的(aesthetic)理论和实用的(pragmatic)理论。在此,作者将中西文论体系加以比照,力图打通中西文论话语之间的隔阂,其目的就在于建构一种超越东西文化的普遍性的诗学观念。

第四,对话研究。对话研究注重突破不同文化间的天然差异,寻找一种可以相互

1 黄维樑,曹顺庆编:《中国比较文学学科理论的垦拓——台港学者论文选》,北京:北京大学出版社,1998年版,第82页。

2 温儒敏,李细尧编:《寻求跨中西文化的共同文学规律——叶维廉比较论文选》,北京:北京大学出版社,1987年版,第11页。

3 艾布拉姆斯将文学理论分为四类,模仿说(Mimetic Theories)、实用说(Pragmatic Theories)、表现说(Expressive Theories)、客观说(Objective Theories)。详见[美]M.H.艾布拉姆斯:《镜与灯——浪漫主义文论及批评传统》,郦稚牛,等译,北京:北京大学出版社,1989年版。

理解和沟通的对话平台。乐黛云曾说："多种文化相遇，最重要的问题是能够相互理解。……要达到上述目的，就必须有一种充满探索精神的平等对话，为寻求某种答案而进行多视角、多层次的反复对话。"[1]这就是说，多元、平等的对话是实现东西文化沟通的重要方式。无论是"西方中心主义"或是狭隘的"本土主义"，都会阻碍东西方文化间的交流，只有抛弃种种偏见和人为的阻隔，才能最终实现不同文化间的真正对等有效的对话。

第五，跨异质文明研究。该研究方法注重探讨本土文化与外来文化之间的差异。从求同转向辨异，重视不同文化之间的异质性因素及其背后的成因，有助于形成多元和开放的文化交互关系。刘介民在《比较文学方法论》中指出："中西比较文学的出发点是发现其共同性，而探求其'异'的价值则是它的主要精神。"[2]以往西方的比较文学研究往往将同源性与类同性作为研究的重心，而忽略了异质文化之间的异质性，尤其是在全球化日益加剧的时代背景下，在西方强势话语的影响下，中国具有民族特质的传统话语反而被相当程度地遮蔽了，或者是说患了"失语症"，这正是一味"求同"的消极后果。

第六，文学变异学研究。在中西异质文化交流不断加剧的背景之下，曹顺庆率先提出了文学变异学这一研究理念。他明确指出："比较文学变异学将比较文学的跨越性和文学性作为自己的研究支点，它通过研究不同国家之间的文学现象交流的变异状态，以及研究没有事实关系的文学现象之间在同一个范畴上存在的文学表达上的异质性和变异性，从而探究文学现象差异与变异的内在规律性所在。"[3]在跨异质文明的比较视域下，变异学将文化过滤与文化误读视作文化交往的常态。在异质文明之间，同质性与异质性相互交织，有形或无形的变异因素存在于不同民族文学之间，无论是在影响关系还是平行关系之中。关于变异学的研究内容，曹顺庆将其分为四个层面，[4]使变异学成为一种可操作化的研究方法和理论。变异学反对非此即彼，而是倡导各种话语交错共生，相互阐发，从而达到不同文明之间平等的对话与交流。可以说，当中西异质文明相遭遇，变异学带来了全新的研究视野和新的理论活力，代表着当今中国比较文学研究进入一个崭新的发展阶段。

1　乐黛云：《多元文化语境中的文学》，长沙：湖南文艺出版社，1994年版，第4页。

2　刘介民：《比较文学方法论》，天津：天津人民出版社，1993年版，第306页。

3　曹顺庆，李卫涛：《比较文学学科中的文学变异学研究》，《复旦学报(社会科学版)》，2006年第1期。

4　变异学的四个层面：第一，语言层面的变异学。第二，民族国家形象变异学研究。第三，文学文本变异学研究。第四，文化变异学研究。详见曹顺庆：《比较文学学科理论的"跨越性"特征与"变异学"的提出》，《中外文化与文论》，2006年第1期。

思考题:

1.本书对比较文学作出的学科定义有何优点?

2.比较文学历史的三个阶段分别有何特点?

3.比较文学中国学派的学科理论的基本特征是什么?

第二节　比较文学的可比性

导　读

陈寅恪1933年在《与刘叔雅论国文试题书》中写道:"即以今日中国文学系之中外文学比较一类之课程言,亦只能就白乐天等在中国及日本之文学上,或佛教故事在印度及中国文学上之影响及演变等问题,互相比较研究,方符合比较研究之真谛。盖此种比较研究方法,必须具有历史演变及系统异同之观念。否则古今中外,人天龙鬼,无一不可取以相与比较。荷马可比屈原,孔子可比歌德,穿凿附会,怪诞百出,莫可追诘,更无所谓研究之可言矣。"对此,季羡林深以为然,他也抱怨道:"(比较文学的)危机何在呢?现在不少作者喜欢中外文学家的比较。在中国选一个大作家,比如屈原、李白、杜甫、关汉卿、曹雪芹、鲁迅等等。又在外国选一个大作家,比如荷马、但丁、莎士比亚、歌德、托尔斯泰等等。选的标准据说是有的,但是我辈凡人很难看出。一旦选定,他们就比呀,比呀。文章有时还写得挺长,而且不缺乏崭新的名词、术语。但是结果呢?却并不高明。我自己往往如堕入云里雾中,摸不着边际,总觉得文章没有搔着痒处,写了犹如不写。比较文学真好像有无限的可比性。可比性而到了无限的程度,这就等于不比。这样一来,比较文学的论文一篇篇地出,而比较文学亡。"[1]诚然,比较文学对那些具有跨越性的文学现象进行比较研究,但是这些跨界限的文学现象是否具有比较研究的可能和比较研究的价值,即这些文学现象是否具有可比性,是关系到比较文学这一学科是否能成立的大问题,是比较文学学科的理论根基。而如何认识这种可比性,如何运用正确的方法来发掘这种可比性,也是比较研究进入实际操作的重要环节。因此,可比性是关系到比较研究能否正常进行并取得科学价值的大问题。

1　季羡林:《比较文学之我见》,见《人民日报》文艺部编:《同志颂·小姐辨——〈人民日报〉1990年杂文选》,北京:北京出版社,1990年9月8日。

比较文学的可比性是比较文学研究赖以存在的逻辑起点。在比较文学发展的不同时期，这种学理依据是不断发展的。总体而言，比较文学的可比性包括四个方面，分别是同源性、类同性、异质性和变异性。

一、同源性

可比性不应该是人为的、外加的东西，可比性来自客观存在。世界是一个有机的整体，文学也是一个整体，各民族文学之间本来就直接或间接地存在着种种联系。跨民族、跨语言、跨文化的文学之间的交流、碰撞、相互吸收、相互影响、相互促进的现象是客观存在、不容置疑的，自古有之。文学交流的结果导致两个或多个民族文学之间的某些文学现象存在着亲缘关系或因果联系。如中国古代文学和日本古代文学之间，英国文学和美国文学之间，易卜生的社会问题剧和中国现代话剧之间等，都存在着亲缘关系和因果联系，也就是说一方影响了另一方。虽然发生时间有先后，但是两者其实可追溯到同一个源头。以法国学派为代表的早期比较文学，专门研究这种跨民族、跨语言、跨文化的文学之间的亲缘关系和因果联系。学者们用历史实证的方法，以实实在在、无可辩驳的事实，来证明这种同源性。如法国学派影响研究的三大支柱——媒介学、流传学和渊源学，其研究对象是存在着事实联系的不同国家的文学，其研究目标便是通过梳理"影响"得以发生的"经过路线"，确定两种或多种文学间的同源性关系。依据梵·第根的观点，这种"经过路线"至少由三个要素构成："起点"(放送者)、"到达点"(接受者)和"媒介"(传递者)；而由于一个国家的"接受者"相对于别的国家来说往往担当着"传递者"的任务，因此这三个要素在比较文学研究者看来是同等重要的。也就是说，当我们梳理这条"线路"时，既可以由"起点"向"到达点"探寻——这就形成了"流传学"；也可以从"到达点"向"起点"追溯——这就形成了"渊源学"；而影响的中介研究，就是媒介学。但无论怎样梳理，影响的源头是相同的。由此可以看出，同源性构成了影响研究赖以存在的基础，成了法国学派比较文学研究的学理依据，即可比性。在以同源性为突出特征的影响研究的可比性中，影响的种类、影响的途径和接受的实证性方式就成为法国学派的具体研究内容。

这种同源性的可比性，在具体研究层面表现了一国文学对另一国文学的影响或具体的译介研究。影响的类型有各种不同的划分方式，如单向影响和相互影响。单向影响是指单方面的，如希腊文学对罗马文学的影响；在历史上的某一特定时期，俄苏文学与欧美文学通过日本对中国文学的影响，基本上都属于单向影响。而相互影响则是指双向的，即双方互通有无，相互交流，你中有我，我中有你。另一种比较细致的划分，主要是依据赵毅衡的分类方法，包括以下几种：

1. 正影响。指一个民族或国家的经济、政治和文化生活都很先进发达，给其他民族或国家以广泛、深刻的影响。同时，由于在文明上优于其他民族与国家，也能坦然接受和吸收其他民族与国家的文学影响。如中国汉唐时期的文学，对西域、日本、朝鲜和越南等民族有深远的影响，同时也接受西域等地的戏曲、舞蹈和音乐等的影响。

2. 反影响。指通过批判外国、外民族的文学，从反面来支持本国、本民族文学的行为，从而得到自己所需要的影响作用。如在“四人帮”时期，文学界一度视外国文学为洪水猛兽，把外国文学与艺术当作反面教材来加于批判，从而肯定当时本国的一些文学艺术主张。如通过批判《一个人的遭遇》，从而否定文学应具有人情味，批“艺术哲学”与德彪西(Achille-Claude Debussy)音乐理论，从而反对形象思维，搞“三突出”。这种做法较为狭隘。

3. 负影响。指外国、外民族的文学被用来反对本国、本民族固有的文学传统的武器，从而开创一种新的局面。表现为学界从外国、外民族文学中去发现能表现和满足他们意愿的东西。如“五四”时期，进步的作家们利用外国文学中的民主主义思想，猛烈地抨击封建专制和社会黑暗。

4. 超越影响。指某一作家作品在国外的影响远远超出其在本国、本民族的地位。如寒山的诗在我国并不出名，知者不多，在日本和美国却享有盛誉，极受欢迎；杰克·伦敦(Jack London)、德莱塞(Theodore Dreiser)在美国文学史上地位不是很高，远远比不上梅尔维尔(Herman Melville)，但是在我国的地位却很高；英国女作家伏尼契(Ethel Lilian Voynich)的《牛虻》在英国可能只是一部三流的作品，但是在苏联和我国却影响深远。

5. 回返影响。指本国、本民族作家、作品先在国外产生巨大的影响，然后反过来影响本国。如李白、王维等人的诗歌在20世纪初影响了英美诗人休姆(Thomas Ernest Hulme)、庞德(Ezra Pound)等人，他们从中国古典诗歌中学习了不少东西，提出了意象派诗歌主张，这些主张又通过当时在美国求学的胡适来影响中国。因为胡适回国后在《新青年》上发表的《文学改良刍议》，提出的八条主张几乎全来自意象派宣言。

6. 虚假影响。指一国文化经由文学在另一国文化上造成的假象，即一个作家有意无意地以虚假的异国内容给作品增加情趣，给读者造成了假象。如美国曼尼克思(William Francis Mannix)“译”了一本《李鸿章回忆录》，并附有前国务卿所撰的评介。

该书自1913年出版以来,人们一直信以为真,直到发现某些史料记载失实,才被认定为是一出骗局。又如林语堂用英文写的《吾国与吾民》,在西方曾风行一时,不少西方人士通过此书来认识中国,但是由于该书专写中国人的小脚、辫子之类,极尽无聊之能事,因此那些西方人从书中得出的中国印象自然是不够真实的。[1]

这类研究,常常因为事实确凿、论证有力,而受到学界的好评。法国学派因为这类研究的丰硕成果而赢得了声誉。因此,同源性的可比性,即具有亲缘关系和因果联系的文学现象的可比性,从学科诞生之始,就为学界所公认,甚至一度成为比较文学影响研究时期唯一具有合法性的可比性。

法国学派普遍主张将非同源性文学现象的比较排除出比较文学研究的领域。如卡雷就认为,并非随便什么事物拿来比较就是比较文学,许多粗疏的平行比较使得比较文学陷入了混乱的状态,比较文学不是去探讨英国的丁尼生(Alfred Tennyson)与法国的缪塞(Alfred de Musset)、英国的狄更斯(Charles John Huffam Dickens)与法国的都德(Alphonse Daudet)之间的什么异同,不存在影响和假借关系的异同类比不具有可比性。[2]法国学派的这种只强调同源性才具有可比性的做法,限制了比较文学的发展,后来遭到了美国学派的挑战。

二、类同性

美国学派主张以平行研究来取代日益显得僵化的法国学派的实证性研究。1958年,在美国北卡罗来纳大学所在地教堂山举行的国际比较文学学会第二届年会上,韦勒克作了题为"比较文学的危机"的报告,指责法国学派的实证性的影响研究只是一种文学的"贸易往来",只关注文本之外的文学影响和源流关系,而忽视了文本自身的文学性关联和审美性契合。雷马克主张比较文学的跨学科研究,认为"比较文学是超越一国范围之外的文学研究,并且研究文学和其他知识领域及信仰领域之间的关系,包括艺术(如绘画、雕刻、建筑、音乐)、哲学、历史、社会科学(如政治、经济、社会学),自然科学、宗教等等"。[3]他们认为,比较文学的可比性就是平行研究的"类同性",从平行研究来看比较文学具有可比性,则不具有影响关系的不同国家文学之间也具有可比性,文学与其他人文社会学科、甚至自然科学之间也具有可比性。这无疑把比较文学从实

1 赵毅衡:《是该设立比较文学学科的时候了》,《读书》,1980年第12期。

2 北京师范大学中文系比较文学研究组选编:《比较文学研究资料》,北京:北京师范大学出版社,1986年版,第42页。

3 [美]雷马克:《比较文学的定义和功用》,张隆溪,译,见北京师范大学中文系比较文学研究组选编:《比较文学研究资料》,北京:北京师范大学出版社,1986年版,第1页。

证性的“事实关系”中解放出来,大大地拓展了比较文学研究的范围。

因此,类同性是指没有任何关联的不同国家的文学在风格、结构、内容、形式、流派、情节、技巧、手法、情调、形象、主题、思潮乃至文学规律等方面所表现出的相似和契合之处,[1]甚至包括文学与其他学科之间的类似的规律与现象。

那么,这些不存在同源性的跨国、跨民族、跨文化之间的文学及文学现象,甚至是文学与其他学科之间,如何会具有类同性呢? 这需要从社会发展与人类历史的共同性规律性的角度来认识,也需要从文学自身的特性来认识。

首先,人类生活在同一个星球,经历过大致相似的历史发展过程,有共同的需要、共同的欲望、共同的困惑、共同的追求,也就必然会产生类似的文学现象。如苏联学者日尔蒙斯基(Viktor Zhirmunsky)相信,人类社会历史发展的一般过程具有共同性和规律性,他考察欧洲文学史,发现各国文学之间出现了许多类同的现象,其称之为“历史类型学的相似或者契合”。而产生类同现象的原因之一,就是各民族在同一历史时期发展各别文学时具有相同的社会关系。各民族的先民,由于经济水平低下,习惯对自然进行幻想性解释,于是都有了属于自己的神话,而且非常相似。如神话中都有创世神话:中国的盘古开天辟地,女娲抟土为人,与古希腊、埃及的繁殖神话一致;神话中都有善、恶之战:中国的天帝与刑天,黄帝与蚩尤间的大战,与希腊宙斯和泰坦族,古希伯莱的耶和华和撒旦之间的大战一致;中外也都有与太阳、洪水搏斗的神话,如后羿射日、大禹治水,与西方的诺亚方舟等相应。

有意思的是北美印地安民间故事有不少同中国的民间故事相似。如印地安人也有龟兔赛跑的故事,也是龟胜了兔子,不过在中国是龟不松劲,老实吃苦,兔子因骄而败;印第安民间故事中则是龟聪明而要奸,在终点、起点、中间放了三个一样的龟,都在头上插一根羽毛作为标志,使疲于奔命的兔子认为自己永远落后。

其次,人类毕竟具有社会性、阶级性,所以共通的感情和道德内容也使文学相似。文学作为人类社会的一种意识形态,不管对其如何定义,总得承认其是人类的一种想象力的创造,承认它与人的关系,承认它是人类的一种思想感情的交流方式,是一种生命活动。世界上的人千差万别,但是,人性是相通的,“人同此心,心同此理”,表现在文学之中,就会产生类似的文学现象。如同为爱情悲剧,莎士比亚(William Shakespeare)的《罗密欧与朱丽叶》则同中国古典名剧《牡丹亭》有相似之处,朱丽叶为爱而死,杜丽娘也因渴望爱而死。

1 曹顺庆主编:《比较文学教程》,北京:高等教育出版社,2006年版,第32页。

再次，文学是一种语言艺术，或者说文学是人类审美活动的物化形态之一，它有自己的一套生产和发展的规律，有自己的特性，这些规律和特性在不同的时空、不同的民族之间，既会表现出它们的差异性，也会表现出它们的共同性。如从文学体裁上来讲，各民族的文学形式大致都包含诗歌、散文、小说、戏剧这四大类，而且一般是诗歌比散文出现得早。中外的散文，都是先有韵诗体，再发展到轻便的散文体。中国的散文常杂有音律，如庄子的《逍遥游》、汉赋等，直到唐代，散文才真正从韵律中解放出来。欧洲也是如此，古希腊的戏剧都是诗韵体，就连英国从乔叟(Geoffrey Chaucer)到莎士比亚也还如此，直到18世纪，从写《鲁滨逊漂流记》的笛福(Daniel Defoe)，写《格列佛游记》的斯威夫特(Jonathan Swift)及大散文家艾迪生(Joseph Addison)等人开始，才有了轻便、流利的散文。从文学作品的内在构成来讲，一般都有主题、意象、形象、情节、结构布局等。从诗律来讲，诗歌节奏的构成元素，不外乎音重、音长、音高、音节数量和节奏停顿等。中外诗都押韵，也都有宽严两种形式。欧洲诗中最谨严的是十四行诗；法文的亚历山大押韵体，英文的平韵五节格和无韵五节格则宽些。中国古诗的古风宽些，而绝句、律诗则十分谨严。

最后，文学与其他意识形态和其他知识领域之间，同样存在着内在的联系。它们都是人类创造活动的一个部分，是人类表达自己对于世界的认识、表达思想感情的不同方式，作家的创作活动、文学的发展演变、读者的接受活动等等，都与人类意识活动的其他方面有着不可分割的联系。[1]作为人类科学研究对象的客观事物和客观世界，本是一个互相联系的完整的整体，人们为了更好地认识它们、研究它们，才把它们分割成许多个体，加以分门别类的整理，并建立起一门门相对独立的学科。如以文学为中心，考察一下它的周围，就会发现它在各个层面上，与多种事物发生着复杂的联系。譬如，它与社会生活的联系，它与人(作者、读者、评论者等)的联系，它与文化背景、文学传统的联系，它与姊妹艺术的联系，等等。它的存在，它的创造和发展演变，并不是孤立的，而是与上述的种种联系分不开的。因此，文学与其他学科之间也存在类同性，具有可比性。

平行研究关键的一步就是要寻找到具有跨越性的文学及文学与其他学科之间的类同性。这既需要遵循一定的原则，掌握一定的方法，也需要大胆的想象。

一般来讲，拿来比较的现象必须是同类的。例如恩格斯(Friedrich Engels)在给明娜·考茨基(Minna Kautsky)的信中说："悲剧之父艾斯契拉斯和喜剧之父阿里斯托芬都

1　陈惇，孙景尧，谢天振主编：《比较文学》，北京：高等教育出版社，1997年版，第57页。

是强烈的倾向诗人，但丁和西万提斯也是如此，而席勒的《阴谋与恋爱》的主要价值就在于它是第一部德国的政治的倾向戏剧。现代俄国和挪威的写了最优秀的小说的作家们也都是有倾向的。”[1]这里，恩格斯就是在这些作家都有倾向性这一点上找到了可比性。

但是，许多不同类的文学现象，也可能具有比较性，也可能具有类同性。只不过这种类同性不像同类文学现象那样直露、明显而已。针对这种情况，一些学者认为，寻找类同性的方法之一，就是把问题提到一定范围之内，也就是提出一个特定的标准，使不同类的现象之间具有类同性，具有可比性，从而进行比较。如一位美国学者提出研究“流放者文学”，我国的大诗人屈原曾被放逐，就可列入这一比较范围。[2]

人们常犯的一种错误是把文学现象表面之间的类同之处当作可比性。文学现象的类同性，是比较研究的切入口，但是，并不是所有的类同性都等于可比性。只有那些具有根本意义的，从中能寻求到某种带有规律性的东西的类同性，才具有可比性。那些表面的、非本质性的类同，并没有比较研究的价值。在进行类同性研究的时候，平庸的学者常常会停留在相似点的罗列上，或流于X+Y式的比附，堕入穿凿附会的泥淖，这种歧途与陷阱，是比较文学初学者必须竭力避免的。

事实告诉我们，表面上的相似，不一定具有多高的研究价值，表面上风马牛不相及的事物有时却存在着内在的可比性。如《红楼梦》里的王熙凤和莎士比亚笔下的福斯塔夫（又译为福斯泰夫），一个是官宦之家的掌权者，一个是混迹于市井的没落骑士，一个是美貌少妇，一个是胖得流油的老头儿，似乎风马牛不相及，但是当方平在《王熙凤和福斯泰夫——谈“美”的个性和“道德化思考”》一文中把这两个人物形象放在一定的范围之下进行观照时，立即就显出了他们独特的比较研究的价值。

知识链接：方平的《王熙凤和福斯泰夫——谈“美”的个性和“道德化思考”》一文，是平行研究中寻找类同性的经典案例。该论文将没有同源性的比较对象置于一定的范围之下，找到可比性。在表面上似乎是不相干的两个人物形象——王熙凤和福斯泰夫之间找到类同性，本来是相当困难的事。但是，在此论文中，作者将两者比较的范围设定为：不符合传统道德的人物形象，也可以具有独特的审美情趣与价值。在这一范围内来审视王熙凤和福斯泰夫，两者幽默诙谐、机智过人、能博人好感的类同性就跃然纸上了。论文在找到两者的类同性之后，并没有就此结束，而是进一步从

1 《马克思恩格斯全集》（第36卷），北京：人民出版社，1975年版，第382–386页。

2 卢康华，孙景尧：《比较文学导论》，哈尔滨：黑龙江人民出版社，1984年版，第133页。

中总结出具有普适性的文学规律——美与道德分属不同的范畴，不可将美与善画等号，"美"有自己的个性和相对的独立性。[1]该论文的研究套路，对如何在平行研究中寻找类同性，及寻找到类同性之后，如何将其归纳、上升成有意义、有价值的文学艺术规律，都有极大的示范作用。

在进行跨学科类同性研究时，更是要极其谨慎。我们不能随意地把文学和其他知识挂钩，因为这样做不利于学科的发展。亨利·雷马克曾经针对这个问题发表过一个重要意见：文学和文学以外的一个领域的比较，只有在系统性的时候，只有在把文学以外的领域作为确实独立连贯的学科来加以研究的时候，才能算作比较文学。一篇论莎士比亚戏剧的历史材料来源的论文（除非它的重点放在另一国之上），就只有把史学和文学作为研究的两极，只有对历史事实或记载及其在文学上的应用进行了系统比较和评价，只有在合理地作出了适用于文学和历史这两种领域的结论之后，才算是比较文学。讨论金钱在巴尔扎克（Honoré de Balzac）的《高老头》中的作用，只有当它主要（而非偶然）探讨一种明确的金融体系或思想意识如何渗进文学作品中时，才具有比较性。

类同性研究丰富了比较文学可比性的内涵，也促进了比较文学学科的发展，但这种类同性的可比性仍然不是比较文学可比性的全部。

三、异质性

无论是法国学派还是美国学派，它们的比较文学学科理论均建立在欧洲文化体系之上，难免会打上欧洲文化的烙印。法国学派把研究的对象限于欧洲不同民族国家的文学影响关系自不必说，即使美国学派的平行研究也是把研究对象限制在欧洲文化体系之内，如美国学者韦斯坦因就说："只有在一个单一的文明范围内，才能在思想、感情、想象力中发现有意识或无意识地维系传统的共同因素。"[2]也就是说，他认为东方和西方文学是不可以比较的，因为不同文明的文学差异太大，找不到共同性。他们为什么会得出东西方文学不可比、中西文化不能比的结论？原因不仅在于他们没有超出欧洲文化中心主义的阈限，更在于他们没有从根本上摆脱比较文学"求同"性的思维方式。不管是法国学派的同源性影响研究还是美国学派的类同性平行研究，都是以"求同"作为比较文学研究的出发点。他们认为东西方文明、中西文化具有明显的异质性，异质的文化是不具有同源性和类同性的，所以没有可比性。

1　详见方平：《王熙凤和福斯泰夫——谈"美"的个性和"道德化思考"》，《文学评论》，1982年第3期。

2　[美]乌尔利希·韦斯坦因：《比较文学与文学理论》，刘象愚，译，沈阳：辽宁人民出版社，1987年版，第5页。

按照这种逻辑,那么大部分中国或者东方人的比较文学研究就将是没有学科理论依据的,都将是不合法的。因为中国、日本、印度等比较文学学者所做的东西方文学的比较,一般都跨越了两大文明。因此,包括中国在内的东方各国的比较文学想要健康发展,就必须面对这一质疑,解决这一问题。

中国学派变异学研究从跨文明研究和总体文学研究出发,批评传统影响研究和平行研究的"求同性"思维,他们认为正是这种"求同性"思维导致了比较文学的学科危机,比较文学从"求同性"的影响研究和平行研究转向"异质性"的跨文明研究是学科发展的必然。忽视文化异质性的存在,而寻求不同文化的类同性,比较文学研究容易流于简单的异同比较,求同性的中西比较文学要么使中国文学成为西方观念的注脚,要么成为一种浅层的比附。以跨文明为基本特征的比较文学研究中,异质性作为可比性的内涵则势必凸显出来,差异性是不同文明比较的前提,异质性是其可比性的根本。以异质性作为跨文明比较中的可比性基础,目的是要真正实现不同文明之间的互补、汇通与融合。

其实,主张类同性的平行研究中本身就存在异质性的问题。美国学派倡导的平行研究的对象之间本来就存在国家、民族、文化、语言和学科上的差异。同一文明圈内也存在着文化差异,为何东西方不同文明之间的异质性就不可以比较呢?在平行研究中,连跨学科之间都可以比较,难道东西方文明之间的异质性要比不同学科之间的异质性还要大吗?这从逻辑上就说不通。再次,变异学与平行研究求同宗旨不同的地方,就在于其重视异质性。当然,变异学注重的异质性是指在平行研究找到类同性的基础之上,再进一步去挖掘类同性背后的差异及原因。正如美国普林斯顿大学厄尔·迈纳(Earl Miner)所说:"形式的一致性应该让位于不同文化的差异性,至少应该让位于欧洲文化与其它文化的差异性。而文化的差异性才能保证在一大堆真正可供比较的材料内部揭示它们之间的区别。"[1]跨学科研究自然也是要"揭示在人类文化体系中不同知识形态的同质与异质"[2],即先要找到共同点,然后再辨析这种共同点中的异质性。其他的传统的平行研究如文类学、比较诗学等也皆是如此。可以看出,这种异质性的可比性,都是建立在平行研究的类同性基础之上的。

当然,变异学在平行研究范围内对异质性的强调,与美国学派对中西异质性的理解和态度有本质的区别。美国学派对异质性的强调,其实质是拒绝对他们认为是完全

---

1 [加拿大]马克·昂热诺等编:《问题与观点:20世纪文学理论综述》,史忠义,等译,天津:百花文艺出版社,2000年版,第225页。

2 曹顺庆主编:《比较文学教程》,北京:高等教育出版社,2006年版,第199页。

异质的中西文化进行类同性探讨。而变异学对异质性的重视,其实质是在对类同性诉求的基础上,对中国学者阐发法的一种补充与完善。因为阐发法为了打破东西方异质性文化之间没有可比性的成见,常易矫枉过正,一味强调中西方的类同,而有意无意地忽视两者之间的异质性。如张隆溪就坦承:“可以直言不讳地说,我作东西方比较研究,其目的正是要不顾深刻的文化差异而发现其中共同的东西,而如此众多的当代或后现代的西方理论,却正好建立在对文化、种族、性别等种种差异的强调上。事实上,正是针对当代西方过分强调差异的理论背景,我的研究才集中在对同一性的强调之上而把不同的文学传统聚集在一起,使之有可能展开跨文化的对话。”[1]而变异学是在承认中西文化间有类同性的基础上,再进一步强调异质性与变异性的。换句话说,变异学包含阐发法而又超越阐发法。

有人曾担心中国学派变异学研究提倡异质性的可比性,将使比较文学研究的可比性范围更加无限地扩大,导致学科领域过于宽广无边,甚至会给比较文学带来又一次危机。他们认为如果承认了异质性研究的合法性,那么就可以把风马牛不相及的任何事物拉在一起乱比。世上没有两片完全相同的树叶,任何同类事物之间都会有异质性,更不要说不同类事物如树叶和石头、树叶和飞鸟之间的异质性了。难道它们都有可比性吗?其实,这是对异质性可比性的误读。并不是说任何异质的事物都是可比的。“异质性”是“差异性”而不是“无关性”,也就是说,异质性的比较并非是毫不相关的事物之间就可以进行的。正如中西方文学的平行比较,其前提是找到一个共同的认知,是首先要找到一种可以彼此交流的平台,打破彼此各不相干的局面,在此基础上再作进一步的深入思考。

异质性研究不能只停留在不同的国家、民族、语言、学科之间的求同辨异上,异质性包含了多元性和互补性。跨文明比较文学研究、总体文学研究的可比性就体现为异质性、多元性、互补性,与此相关的是文明原生性和独立性。意识到这一点,东西文明的对话才有可能,东西文学研究的互补才有可能,才能形成总体文学。而文学的总体性是比较文学发展的最高阶段,是学科发展的初衷,是真正意义上的“世界文学”。从这个意义上说,由异质性的可比性出发,通过不同文明、不同语言、不同国家间的文学探源,彼此互证、互释、互补,以达到总体性是比较文学彻底的回归,是世界文学的实现路径。因此,在以跨文明研究为特征的比较文学阶段,从总体文学的角度出发,异质性是比较文学可比性的重要内容。

1　张隆溪:《道与逻各斯》,南京:江苏教育出版社,2006年版序,第9页。

四、变异性

曹顺庆等人的变异学理论还强调变异性的可比性:“同源的文学在不同国家、不同文明的传播与交流中,在语言翻译层面、文学形象层面、文学文本层面、文化层面产生了文化过滤、误读与‘创造性叛逆’,产生了形象的变异与接受的变异,甚至发生‘他国化’式的蜕变,这些都是变异学关注的要点,在这里,变异性成为可比性的核心内容。”[1]

那么,变异性是否具有可比性呢?也就是说,在比较文学学科领域内,变异性是否具有研究的价值与意义?这其实是不用怀疑的,因为变异学的异质性、变异性的可比性是建立在影响研究的同源性可比性和平行研究的类同性可比性的基础上的,变异学实际上是对法国学派与美国学派的理论的继承和发展,是在比较文学传统理论基础上的开拓和创新。异质性的可比性上节已经论述了,下面具体论述变异性的可比性问题。

法国学派以科学性、实证性的标准,形成了一套包括渊源学、媒介学、流传学等在内的理论体系。他们考察有实证性影响关系的文学之间的相同之处,确实有其积极的意义。但是,在找到相同点之后,即得出输出国通过何种途径在多大程度上影响了输入国,或输入国由于何种途径在多大程度上受到输出国的影响的结论后,他们往往就满足于此。至于这种输入国所接受到的外来事物是否与输出国原初的事物一致,就不再作进一步的研究。而这不能不说是法国学派理论中的一大缺陷。变异学主张在法国学派影响研究的基础上进一步追问下去,即在这种同源性影响下,两者还存在何种差异,发生了何种变异,变异的程度有多大,为什么会发生这种变异等。“比较文学变异学研究与实证性影响研究的不同就在于,实证性的影响研究突出文学传播和交流过程中的‘实证性’和‘文学关系研究’,而变异学突出的是文学传播、交流过程中的变异。”[2]因此,从某种意义上来说,变异学实质上是将法国学派做到一半的研究深入下去,是对法国学派理论的补充和完善。

也就是说,其实影响研究中本身就存在变异性。先来看比较文学接受学。它是建立在西方当代接受美学理论基础上的一种新的比较文学变异研究的研究模式,主要研究一个国家的作家作品被外国读者、社会接受过程中出现的变异。接受学将重点转向读者,强调读者对信息的选择性接受与理解的差异,注重信息的变异性及原因。而变异学中的文化过滤指的是“文学交流中接受者的不同的文化背景和文化传统对交流信

1 曹顺庆主编:《比较文学教程》,北京:高等教育出版社,2006年版序言,第31-32页。

2 曹顺庆主编:《比较文学教程》,北京:高等教育出版社,2006年版,第97页。

息的选择、改造、移植、渗透的作用”[1]。而文化过滤自然会导致文学误读。文化过滤与文学误读在广义上都属于接受学研究范围。影响研究只研究某种事物是如何流传放送至他国的，即把它当作不变的事物，好像能够原封不动地打包传递，而未考虑到由于接受者的文化过滤与误读而产生的变异。杜利辛也发现了这一点：“通常所说的‘影响’意味着甲把某种东西送给乙，而实际上谈论接受更准确一些，乙选择来自甲的某种东西。”[2]而变异学接受学既考察影响研究的内容——何种事物传送进来了，也关注这种事物传送进来后发生的变异，即与原事物相比，有哪些地方发生了变异，发生变异的原因是什么。但是，不管文化过滤与文学误读之后，接受者所获得的信息与原事物是如何的不同，发生了多大的扭曲与变异，不可否认的是它们之间存在同源性。

形象学与译介学也是如此。形象学是对一部作品、一种文学中异国形象的研究。而异国形象只是主体国文学的一种“社会集体想象物”，[3]必然与他国的真实形象存在着差异，甚至会发生严重的变异。但是，无论他者、异国肖像、异国地理环境、异国人、各种套话与真实的异国形象有多大的变异，它们指向的对象还是那个异国。如法国人眼中的德国人，无论离真实的德国人形象有多大的差距与变形，那个形象来源还是德国人，而不可能是中国人或印度人。换句话说，变异的形象源自真实的形象。

译介学过去被归为影响研究，但是，“在翻译中，创造性叛逆几乎是不可避免的”。[4]翻译中的创造性叛逆与误译等，已经脱离了实证性影响研究的范畴了，里面充满各种各样的变异，甚至极端一点的说法认为所有的翻译都是不忠实的，都是误译。这已非影响研究所能容纳了。正如谢天振所说：“译介学最初是从比较文学中媒介学的角度出发，目前则越来越多是从比较文化的角度出发对翻译(尤其是文学翻译)和翻译文学进行的研究。”[5]之所以会产生这种情况，是因为影响研究和平行研究的理论在面对新情况时出了问题，不能应对社会文化发展的新局面。变异学认为译介学是比较文学变异学中研究语言层面的变异的分支学科，它关注的是跨语际翻译过程中发生的种种语言变异现象，并探讨产生这些变异的社会、历史以及文化根源。[6]

如庞德将“学而时习之，不亦说乎”译为“To study with the white wings of time pass-

1　曹顺庆主编:《比较文学教程》,北京:高等教育出版社,2006年版,第99页。

2　[加拿大]马克·昂热诺等编:《问题与观点:20世纪文学理论综述》,史忠义,等译,天津:百花文艺出版社,2000年版,第208页。

3　孟华主编:《比较文学形象学》,北京:北京大学出版社,2001年版,第29页。

4　[美]乌尔利希·韦斯坦因:《比较文学与文学理论》,刘象愚,译,沈阳:辽宁人民出版社,1987年版,第233页。

5　谢天振:《译介学》,上海:上海外语教育出版社,1999年版,第1页。

6　曹顺庆主编:《比较文学教程》,北京:高等教育出版社,2006年版,第112页。

ing/is not that our delight”(学习,时光白色的翅膀飘过,那不是我们的快乐吗)。[1]这种误读,明显地是将“习(習)”字拆成“羽”和“白”两字并进行想象性的解读,纯属译介学中的创造性叛逆,自然也产生了变异。然而,不可否认的是,“学而时习之”无论被庞德歪曲成什么样子,它依然是来源于中国的儒家经典《论语》中的那句话。

知识链接:费诺罗萨(Ernest Fenollosa)在遗稿《作为诗歌手段的中国文字》中对汉字进行了误读:“汉字的基础是记录自然运动的一种生动的速记图画”,“大部分原始的汉字,甚至所谓的部首,是动作或过程的速记图画”,在合成字中,两个事物相加并不产生第三物,而是暗示两者之间的一种根本性的关系。庞德接受了这种误读,“借鉴中文”,为现代西方诗学发明了“表意文字法”(Ideogrammic Method)。但是,庞德对我国古典文化的解读,大多不符合传统的解读,其得出的结论也常常令人捧腹。如他把“新”字解读成“cut underbrush,/pile the logs/keep it growing”(砍伐树丛,将木头堆积在一起,让树生长),这分明是用图像分析法把“新”字拆分成“斤”(斧头)、“木”(树木)、“立”(堆积)。把“定而后能静”翻译成“having this orderly procedure one can ‘grasp the azure’, that is, take hold of a clear concept”。将“静(靜)”字拆出“青”(the azure)和“争”(grasp)。“缗蛮黄鸟”被翻译成“The twittering yellow bird,/The bright silky warbler/Talkative as a cricket”(黄色的叽叽喳喳的小鸟,羽毛闪亮如丝的莺鸟,发出蟋蟀一般的低鸣)。这明显是把“蛮(蠻)”字拆成“丝”(silky)、“言”(talkative)和“虫”(cricket)。庞德把“誠”字拆成“言”(words)和“成”(perfect or focus),认为这个字的含义是“the sun’s lance falling true on the word.”(太阳的长矛准确地落在词语上)。庞德的这种误读,却开创了席卷全美的意象派诗歌,其影响辐射欧洲,甚至对中国的现代新诗也产生了深远的影响。

斯奈德(Gary Snyder)翻译寒山诗时,将“炼药空求仙”中的“炼药”一词译成 “Tried drugs”(嗑药),[2]这不能不说是一种故意的扭曲、变异。因为寒山原诗句中的“药”,是指长生不老的药,本应该是与英语中的“elixir”等值,但译者故意用了一个易指涉海洛因、大麻之类毒品的词“drug”来翻译,以迎合美国当时颓废的社会风尚与思潮,为“垮掉的一代”创造一位域外的精神远祖。这个被斯奈德解读出来的吸食毒品的“嬉皮士”寒山,已经离中国历史上的诗僧寒山相去不可以道里计矣。但是,不管这种翻译对原文是如何的不忠实、不等值,我们不能否认它与原文之间的同源关系。

1 Ezra Pound, The Cantos. New York: New Directions, 1972, p.456.

2 Gary Snyder, Riprap and Cold Mountain Poems. San Francisco: Grey Fox Press, 1965, p.48.

文学他国化是指“一国文学在传播到他国后，经过文化过滤、译介、接受之后发生的一种更为深层次的变异。这种变异主要体现在传播国文学本身的文化规则和文学话语已经在根本上被他国——接受国所同化，从而成为他国文学和文化的一部分。”[1]但是，不管是“中国文论西方化”还是“西方文论中国化”，不管话语规则发生了如何的转换，中国传统文论与西化后的中国文论之间还是有共同的源头的，西方文论与中国化后的西方文论之间也不是毫不相干的。又如禅宗，是佛教中国化发展而来的，不管发生了多少变异，它依然可以回溯到源头——印度佛教。禅宗和佛教的可比性就在于它们的同源性。

在法国学派的影响研究范式中，变异学强调异质性、变异性，但是很明显，这种异质性、变异性的研究是建立在同源性基础上的。法国学派只重视同，考证时也只注意同，没注意由于文化过滤、接受差异等造成的在流传过程中的变异。而变异学在研究具有影响关系的文学之间的同源性的基础上，进一步发掘其间发生的变异，既继承了法国学派的同源性，又弥补了它的不足。

其实，无论是文类学、类型学、主题学、比较诗学，还是跨学科研究等传统的平行研究领域，都绕不开异质性与变异性的问题。因为任何研究，都要有一位研究者，这位研究者自然要属于某一民族、国家、文化。研究者站在自己的角度，从事平行比较研究时，首先要对他国文化、文学有一定的接受与了解，然后才能在熟悉两方面(甚至两方面以上)的情况的基础上进行平行研究。也就是说，所谓的平行研究，并非纯粹的平行，它有一个接受他国文化与文学的阶段，否则，平行研究不可能进行。而他国文化与文学在被接受者接受、理解时，基于文化过滤、文学误读等原因，必然会产生变异。平行研究在这一阶段的变异与影响研究中的变异是相似的，甚至可以说是同一种变异。

如果再考虑将异质文化与文学进行类同比较、互相阐发时，可能再次发生变异，即平行研究第二阶段的变异，那么变异学中的变异性就不难理解了。当我们进行平行研究时，两个毫不相关的对象在研究者的视野中相汇了，双方的变异因子从交汇处产生了，这就是平行研究中的变异问题。不同的文明在碰撞中产生变异，这种变异涉及文明差异的交集。平行研究中的变异体现在双方的交汇中，是文明的异质性交汇导致的不同文明的变异。这种变异，最突出之处体现在话语变异上。而话语变异的最典型的个案，就是中国学者提倡的阐发法。[2]

1　曹顺庆主编：《比较文学教程》，北京：高等教育出版社，2006年版，第147页。

2　曹顺庆：《变异学：比较文学学科理论的重大突破》，《中外文化与文论》，2009年第1期。

阐发法是在借鉴美国学派的平行研究的基础之上,并对其局限性进行了超越而发展起来的。阐发法对西方拒绝承认东(中)西方之间有共同性的观念进行了批判,努力寻求两者之间的共通点,甚至是在看似最不可能相通的地方找出共同点来。如张隆溪在《道与逻各斯》中就说过:“通过把历史上互不关联的文本和思想汇聚在一起,我试图找到一个共同的基础,在这样的基础上,中国文学和西方文学——尽管它们的历史和文化背景完全不同——可以被理解为彼此相通的。……如果与异己而陌生的东西相遇可以被视为阐释学的起点,那么,经验和知识在自我与他者的关联中得以充实(即伽达默尔所谓‘视域的融合’)则是阐释学引领我们走向的最后归宿。……换句话说,把这些彼此无关、迥然相异的作品拿来比较,其目的恰恰是为了‘从分散的事物中看出同一’。”[1]

如对中国传统文论中的“风骨”,有学者就试图用西方的话语来阐释。有人认为“风”是“形式”,“骨”是“内容”;有人认为“骨”是“形式”,“风”是“内容”;还有人认为“风骨”与“风格”类似……这种在中西间文论话语中寻求共同点,正是平行研究跨越东方西异质性后的阐发法所倡导的。只不过阐发法在寻找到这种类同性之后往往就此结束,认为大功告成。而变异学认为阐发法做的还不够,要求更进一步,在寻求类同性的基础上,探究这种类同性之后的异质性,探究以西释中、以中释西或双向阐发时发生了哪些变异,这种变异性产生的原因是什么,这种变异性有何意义等。

实际上,和其他的平行研究一样,阐发法首先要有个阐释主体的接受环节,这一环节属于影响研究,会发生变异。然后是在此基础上的阐释环节,这一环节属于平行研究范畴,容易产生话语的变异。这种变异性就体现在用中国的话语规则来阐释西方的理论,或者用西方的话语规则来阐释中国的理论。如上面所讲到的“风骨”,在刘勰《文心雕龙》中既非“内容”、“形式”,也不是“风格”,而是指像鹰隼一样“骨劲而气猛”的力量。[2]而用西方的形式与内容来解释中国传统文论中的“风骨”,必然会受到西方话语规则的影响而使中国文论发生变异。

但是“风骨”无论被怎样曲解,依然是中国文论中的那个“风骨”,而不可能是“妙悟”或“神韵”;“风骨”无论与“内容”、“形式”和“风格”有多不合拍,它与“内容”、“形式”和“风格”依然是有关联的,依然存在某种程度上的类同性。也就是说,不管怎样,这种

1 张隆溪:《道与逻各斯》,南京:江苏教育出版社,2006年版,序,第7-8页。

2 “风骨作为一个完整的概念,就是要求文章‘刚健既实,辉光乃新’,在思想艺术方面具有刚健、遒劲的力的表现,像鹰隼展翼疾飞那样‘骨劲而气猛’,这正是当时文艺作品普遍缺乏的。”详见敏泽:《中国文学理论批评史》(上册),北京:人民文学出版社,1981年版,第3页。

以西释中,或是以中释西,不论与原来的事物是如何的不同,是如何的面目全非,它们依然存在同源性或类同性。

可以看出,平行研究(包括跨文明的阐发法)中也存在异质性和变异性,研究这种异质性和变异性的前提是寻找到平行研究对象之间的类同性。变异学在平行研究范围中要做的,就是先采用"把问题提到一定范围之内"这种方法,在寻找类同性的基础上,再考察两者之间的异质性与变异性,以及这种异质性与变异性与各自所源的文化传统、与作者心态及其所处的历史时代有何关系,如此等等。

因此,可以得出结论:比较文学的可比性包括同源性、类同性、异质性和变异性。同源性和类同性是比较文学可比性的基础,而变异学提出异质性、变异性也具有可比性,是建立在影响研究的同源性可比性和平行研究的类同性可比性基础之上的。在影响研究范围内,变异学的异质性、变异性的可比性基础依然是同源性;在平行研究范围中,变异学的异质性、变异性的可比性的理论前提仍然是类同性。变异学并非后结构主义弑父式的极端叛逆,而是主张兼收并蓄,与影响研究与平行研究并行不悖、求同存异,更具东方和谐理念的色彩。变异学实际上是对法国学派、美国学派及阐发法理论的继承和发展,而异质性、变异性的可比性也是比较文学发展新阶段的必然结果。

思考题:

1. 为什么说可比性是比较文学学科能否成立的理论基础?
2. 如何才能避免平行研究中X+Y式的肤浅比附?
3. 如何理解异质性与变异性也具有可比性?

第三节　比较文学的特点与方法

导　读

叶维廉指出,人类所有的心智活动,都是有意无意以某种模子,即他最熟悉的样式作为推理和判断的起点的;如果只局限于自己的模式,有可能得到相当狭隘或错误的结果。为了形象地说明这一点,他在《东西比较文学中模子的应用》一文中首先征引了一则寓言:"话说,从前在水底里住着一只青蛙和一条鱼,他们常常一起泳耍,成为好友。有一天,青蛙无意中跳出水面,在陆地上的游了一整天,看到了许多新鲜的事物,如人啦,鸟啦,车啦,不一而足。他看得开心死了,便决意返回水里,向他的好友鱼报告一切。他看见了鱼便说,陆地上的世界精彩极了,有人,身穿衣服,头戴帽子,手握拐杖,足履鞋子;此时,在鱼的脑中便出现了一条鱼,身穿衣服,头戴帽子,翅挟手杖,鞋子则吊在下身的尾翅上。青蛙又说,有鸟,可展翼在空中飞翔;此时,在鱼的脑中便出现了一条腾空展翼而飞的鱼。青蛙又说,有车,带着四个轮子滚动前进;此时,在鱼的脑中便出现了一条带着四个圆轮子的鱼……"在这则寓言中,鱼只局限于鱼的"模子",不知道鱼的"模子"以外人的"模子"是不同的,所以无法从人的观点去想象、结构及了解人。跳出自己的"模子"的局限而从对方本身的"模子"去构思,显然是最基本最急迫的事。在东西方比较文学的研究中,也必须放弃死守一个"模子"的固执态度,必须重作寻根的探讨,始可得其真貌,此即为"文化模子寻根法"。[1]

一、比较文学的特点

比较文学作为一门学科,经过几代人的不断努力,逐渐形成了自己的体系,有自己较为明确的领域、方法和目标,也形成了较为鲜明的特点。

首先,比较文学最为明显的特点是它的跨越性。跨越性这一特点也内含在比较文学的定义之中,因为比较的基本条件就是两个或者多个事物的存在。比较首先是横向的活动,而不是对某一对象本身进行的深度考察。早期比较文学的奠基者基亚把比较文学看成是国际文学的关系史,尽管是从影响的角度来谈论,但是也必须跨出国界;亨利·雷马克进一步指出比较文学应该是国与国之间的文学的比较,以及文学和其他学科、知识体系或者信仰之间的比较。从中我们清楚地看到比较文学的跨越性质。

对于"跨学科",学界一般不会有太多争议,因为意思明确,界限也相对清楚。但是,比较文学的"跨国界"与"跨学科"以及"跨知识、信仰"却并不处在同一层面,"跨国界"是针对空间而言的,而后者针对的则是不同知识领域和文化观念。因此,"跨国界"在某种意义上说并不是一种本质性的跨越。随着比较文学的发展,随着美国学派、中国学派的出现,我们现在对跨越的理解更加深入和全面,尤其是随着中国学派的出现,不同文化之间的跨越研究渐渐显示出比较文学"跨文化"的重要性。今天,比较文学的定义中通常包含了"跨民族""跨文化""跨语言"三个方面,但这三者常常是相互包含的,也就是说,不同的民族,一般而言其文化和语言也是不同的。一个民族之所以称得

1 叶维廉:《叶维廉文集》(第1卷),合肥:安徽教育出版社,2002年版,第26-32页。

上是一个民族，就在于它有自己独特的风俗习惯，而支撑这些不同风俗习惯的则是其背后的独特文化传统，其中包含了对世界人生的不同观念。不同民族之间的文学比较之所以是必要的，很大程度上也就是因为文学反映出来的这种文化观念上的异同。比较文学的最终目的，除了寻求文学的共同规律外，就是寻求不同文化观念之间求同存异的相互认识和理解。当然，这三者也并不总是完全统一的，在世界经历了西方发达国家的漫长殖民统治之后，在今天的全球化语境下，民族、语言、文化之间的相互影响和渗透是难以避免的，相同的民族，却不一定有着相同的文化，更别说相同的国家了。这就意味着，在"跨越性"这个特征中，虽然"跨文化"是一个核心，却不能完全抛弃"跨民族"和"跨语言"这样的提法，甚至"跨国家"在某种意义上也还是有提倡的必要的。跨越性内含于比较的定义之中，它是比较文学最为根本的特征。

其次，比较文学也具有综合性。所谓综合性，是指比较文学研究常常超出文学本身而进入历史文化的其他领域，这种综合性可以说包罗万象，为了解释不同国别、民族，不同文化、语言和不同学科之间的、围绕文学而产生的联系，尤其是文学的流传、影响关系，比较文学的研究除了经常涉及语言学、哲学、历史、政治和不同艺术门类外，还会经常和宗教、民俗、考古、神话等学科联系在一起。

作为法国影响研究的代表人物之一，基亚在其所著的《比较文学》中，就特别提到了"历史"这一比较文学工作者的"装备"，他认为比较文学研究者首先"应该是或者应该成为一位历史学家"，因为"必须具有足够的'历史修养'，才能把自己所观察到的文学现象放置到它的总背景上来"[1]。基亚还谈道，比较文学研究者不仅需要成为本国的历史学家，还需要成为外国的历史学家，也还需要懂得多国语言，以尽量考察原著，辨别文学的翻译，这实际上也表明研究者还需要是一个优秀的翻译家，等等。显然，基亚主要是从影响关系的角度来看待比较文学的，这样的文学研究几乎就是文学的跨国历史研究。

实际上，需要历史修养的，不仅仅是影响关系的研究，在文化寻根的比较研究中，尤其是在中国学派关注的不同文化背景的文学比较中，同样需要历史的修养。研究者不仅需要对某国或某民族的地理、人文、风习的历史有研究，还需要对其哲学、宗教等文化根基的历史进行了解。因为对文学差异的文化根源的探索，已经远远超出文学本身，而进入到所有影响文学创作和文学现象的因素中去了。

综合性还更加明显地表现在跨学科比较中，没有对哲学的了解，我们就无法把文

---

1 ［法］马法·基亚：《比较文学》，颜保，译，北京：北京大学出版社，1983年版，第4页。

学跟哲学进行比较,没有对音乐和绘画艺术的研究,那么对文学和艺术之间的相互影响关系进行研究就是不可能的。并且,从一定程度上说,交叉学科的比较研究是没有等级的区分的,对文学之外的其他学科的研究不仅是必须的,而且同样也必须具有精微细致的专业水平,而不是泛泛而谈。也就是说,如果没有对其他学科的专业的研究,我们就无法进行这种跨学科的比较。

比较文学的综合性实际上对研究者提出了很高的要求。就像艾田伯谈道的:"我希望我们的比较学者尽可能博学多闻;我甚至希望他具有百科全书编纂者那样的雄心,狄德罗那样的雄心。"甚至他希望"我们的比较学者是有情趣和会享乐的人"[1]。这种高要求当然一定程度上也是比较文学学者的一种理想目标。在实际的研究工作中,我们有时候不得不通过合作的形式来弥补个人学识和精力的不足。通过多人分工协作来完成单个的研究者难以完成的比较文学研究任务。日本学者野上丰一郎提出的"分担研究"概念就是针对这种情况的,他认为研究者"不仅需要研究语言学方面的知识,而且也需要对世界文学史诸方面的知识进行研究。例如:政治的、宗教的、哲学的、科学的、文学的等等。要到所有的部门进行调查时,这种情况依靠一个人去完成终究是不可能的"。而加上比较文学的研究没有主流边缘文学之分,既有一流作家,也有为数众多的小作家。这样庞大的工作常常需要合作完成,例如戴克斯特和巴尔登斯贝格,都使用过很多助手。[2]

再次,比较文学具有开放性的特征。所谓开放性,在这里主要是指比较文学的研究对象和研究方法都是开放的。就研究对象来说,比较文学不仅不受民族、文化和语言的限制,同时也不受时间、空间的限制。理论上说,一切文学作品,一切流派、思潮、作家、团体,体裁、形式,在今天还继续存在的和已经消失的创作方式、方法,经典的和非经典的,文人创作的和口头流传的,正统的和非正统的,高雅的和通俗的,主流的和边缘的,等等,一切文学的以及与文学有关的东西,只要能够在比较中获得价值和意义,只要能够启发我们,有益于我们对不同民族的文学、文化的理解,有益于我们对共通文学规律的认识,那就可以成为比较文学的对象。

我们知道,比较文学的比较是在两个或者两个以上的对象之间进行的,是具有跨越性的研究,在这个方面,"开放性"还意味着比较对象在跨越方面是没有限制的,除了"四个跨越",也可以存在其他的跨越形式,例如跨历史阶段。即使是本民族的文学,跨

1 [法]艾金伯勒:《比较文学的目的,方法,规划》,见干永昌等选编:《比较文学研究译文集》,上海:上海译文出版社,1985年版,第106-107页。

2 [日]野上丰一郎:《比较文学论要》,见刘介民编选:《比较文学译文选》,长沙:湖南人民出版社,1984年版,第41页。

越历史阶段的不同文学现象也可能存在比较的价值。同样的道理，不同地域文学之间的跨区域比较也是可行的，例如欧洲和中国都存在“南北”文学特点的比较，斯塔尔夫人的《论德国》即是一个著名的例证，中国对《诗经》、《楚辞》传统的文化解析也不鲜见。前者跨越国别民族，后者虽然也涉及华夏历史上的国别民族，但总体来说，研究的目光还是聚集在南北地域的区别上。近年来有学者提出“跨文明”的比较，这是一个更宏观的跨越比较方式，虽然“跨文化”在一定程度上涉及不同文明的问题，但是，“文化”概念的范围甚广，涵盖可大可小，可在一国甚至同一民族之内，也可在异国异族之间。“文明”这一概念的所指相对而言还是较为固定的，当然我们也可以把它看成“文化”概念的一个特殊类型，即一种大文化圈之间的比较视野。鉴于“文化”概念的宽泛性，把其中宏观意义上的、含义特殊的文化领域进行单独划分，还是有一定的价值和意义的。在不久的将来，随着研究的扩展，我们也许还会看到更多的跨越和比较方式，这是比较文学开放性带来的必然结果。

比较文学的开放性也体现在其研究方法上。由于不同历史时期人们对比较文学的认识是不同的，相应地，人们进行研究的方法也会有所不同。早期的比较文学研究主要是指法国的影响研究。比较文学由于被看成文学史研究的一部分，其主要的方法是实证主义的历史考据，注重对文学相互影响和流传的实际证据的收集和分析，带有十分明显的历史学科的影子。但是在比较文学发展的第二个阶段，美国学派的平行研究主要注重的是文学内部的审美研究，采用的方法则是在当时影响很大的形式主义和新批评的方法。形式主义注重对文学内部结构尤其是语言等形式因素的分析，而新批评则主要采用文本细读，注重文本修辞和意义的生成。

如果仅仅局限在其中的某一种方法上，那比较文学就无异于画地为牢。影响研究的烦琐考证固然很具有事实的说服力，但是往往逸出文学本身，变成文学事实的研究，与其他历史事实的研究没有了区别。然而，纯粹审美研究的主观性又太强，对文学内容的理解，对文学的审美价值的欣赏和分析，常常因人而异。艾田伯在著名的《比较文学的目的、方法、规划》一文中提倡综合性的方法，原因就是看到了两种方法的弊端。当比较文学进入中国，中国比较文学学者们所用的方法则主要是“文化模子寻根法”和“阐发法”等，既不是历史考证，也不完全局限在文本内部，而是具有了一定的综合性，从异质文化的比较角度为比较文学学科开辟了新的疆土和研究手段。

随着西方理论热潮在20世纪后半叶兴起并进入中国，我们看到了各种新思想和新的理论方法的出现，创新性和多元性成为一个时代的主流观念。在这种情况下，提倡比较文学在方法上的开放性更是比较文学获得生命力的一个重要途径。

在具体的研究过程中，比较文学其实并没有固定的方式方法，“比较”作为一种分析框架也不是唯一的。乐黛云在《比较文学原理》一书的前言中，就提到比较文学研究方法的开放性问题，认为比较文学“决不只局限于‘比较’，甚至有时完全不用‘比较’。在比较文学的论述过程中，描绘、特性刻画、阐释、叙述、解说、评价等方法同‘比较’的方法一样经常被应用”[1]。我们相信，随着比较文学学科的发展和新的理论领域和视野的开辟，还会不断出现新的研究方式。

除了跨越性、综合性和开放性，比较文学还具有一个较为明显的特征，那就是宏观性。从最开始的国家与国家之间的影响关系，到不同文化之间的平行研究、交叉学科研究和异质性考察，再到异质文明的比较，比较文学的视野都具有与通常的文学研究所不同的宏观色彩。从空间来看，比较文学跨越国家民族甚至文明；从时间上看，比较文学跨越古今，可以把最古老的和最现代的东西放在一起研究；从学术领域来看，比较文学不仅可以将同艺术门类进行比较，同时也可以与宗教、政治、哲学进行交叉研究，甚至，还可以同自然科学相联系；从方法上看，可以说无所不包；从文学本身的角度看，比较文学涉及作家、作品、读者和世界的整体，涉及他们之间的相互关联；从最终目的来看，比较文学不仅关注文学的共同规律，同时也关心不同民族和不同文化之间的相互理解，关注不同民族的精神特性、思维、性格和价值观念，并且，比较文学也关注人类的各种精神形式和表达领域所具有的特点和局限性，从而为理解文学自身提供更深入和更全面的视角。因此，无论是从知识和视野的广度、研究对象的跨度还是研究目的所站的高度看，比较文学的这种宏观性都是十分明显的。

二、比较文学的方法

正如我们在上面讲到的，比较文学在方法上并不固定，随着学科的发展，我们越来越明确比较文学具有方法上的开放性，比较文学学科要进一步发展，也内在地需要这种开放性。但是，就目前来看，还是存在一些主要的研究方法。这些方法是比较文学学科在历史发展过程中逐渐形成的。

首先，比较文学的一个重要方法是法国学派为主流时期形成的实证主义方法。早期法国学派的影响研究带有浓厚的历史考证特征。所谓实证，就是讲究实际证据，注重经验材料，以经验材料为基础来得出结论的方法，。它反对不顾经验感受、事实材料

1 乐黛云：《比较文学原理》，长沙：湖南文艺出版社，1988年版，前言，第2页。

的主观臆断、纯粹理性推理以及先验直觉等方式。实证主义是在19世纪法国诞生的一种哲学思潮，它本来就是受到西方实验科学突飞猛进的影响而形成的，是力图用当时的实验科学的方式进行哲学和人文科学研究的一种努力。它作为一种思潮，影响到社会生活的各个领域，甚至包括文学创作、文学理论与批评。在比较文学初期，法国学派将文学研究集中在不同国别文学之间的事实的影响上，也力图通过找出这些事实的联系，复原文学的传递线路，考察文学传递过程中的变化情况等，这些工作本身也要求考据、要求掌握翔实的事实材料，实证本身可以说是事实性研究的内在要求。

其次，是审美批评的方法。这种方法与实证主义相对，主要是对事实性研究、对注重考据实证的比较研究的一种反驳。审美批评方法也是美国学派在反对法国学派的过程中提出来的。在美国学派的一些学者看来，法国学派在方法上的弊端主要是过于苛求事实的联系，以至于在考据和实证过程中，逐渐偏离了文学本身的审美特性，文学不再被作为一种艺术，而仅仅是作为一种历史事实。为了回到文学本身，美国学派的平行研究则采用了所谓的审美批评方法。这种方法受到当时流行的新批评和形式主义的影响，反对偏离文学艺术本身的实证主义的历史文化批评方式。

审美批评方法把目光集中在作品本身，集中在文学的形式和意义生成，集中在文学的艺术性和审美价值等问题上，是一种所谓的文学的内部批评。文学内部的形式结构、语言、主题、形象、题材等本身包含的问题成为比较研究的中心。审美批评方法以文学的理论研究和作品解析为主，这不仅要求研究者对文学作品本身有敏锐的感知能力和理解分析能力，同时也要有高度的逻辑思辨和理论概括能力。

我们容易看到，以上两种方法在理论上具有排斥性，一个注重的是文学事实的外部研究，一个注重的是审美的文本内部研究。后者无论是从思潮背景还是从比较文学学科自身的学术发展背景来看，都是对前者的一种反驳。但是排斥性同时也意味着一种互补的可能性。在一个多元化时代里，人们已经看到方法论上的独断的偏颇与局限，而互补则成为一种最为可能的选择，艾田伯（又译为艾金伯勒）就明确提倡“将历史的方法与批评精神结合起来，将案卷意见与‘文本阐释’结合起来，将社会科学家的审慎与美学家的大胆结合起来”。[1]

从更普遍的角度说，实证研究不是外部研究的全部，但代表了外部研究，同样，审美的研究不是文学内部研究的全部，但是代表了内部研究。比较文学研究要么是外部

1 [法]艾金伯勒《比较文学的目的、方法、规划》，见干永昌等编：《比较文学研究译文集》，上海：上海译文出版社，1985年版，第102页。

的，要么是内部的，要么是两者相结合的。事实关系研究与平行关系研究同样具有这种逻辑关系。换句话说，逻辑上讲，“结合论”出来以后，比较文学研究在方法论上就基本完备了。

但是，外部研究与内部研究，事实关系研究与平行关系研究作为方法在逻辑上虽然完备，却十分抽象，在比较文学的发展过程中，每一种研究方式都有更加具体的一些表现形式。就事实关系研究和外部研究而言，一些学者总结出了“传播研究法”和“影响研究法”等具体方法，而内部研究与平行研究衍生出的方法更加丰富，如俄国的历史类型学的研究，以及中国学者所提出的“阐发法”、“文化模子寻根法”、“整合构建法”等等。

“传播研究法”与“影响研究法”实际上是对“影响研究”的进一步辨别划分。“传播研究”即我们通常理解的法国影响研究的方式，也就是法国比较文学理论家梵·第根在《比较文学论》(1931)中说的，研究影响形成的“经过线路”，通过搜集各种事实材料，例如传记、书信、回忆录等，仔细考证，来说明影响的具体经过，并对这种传播进行解释，这是文学关系研究的典型方式。当然，这个“经过线路”又可根据不同的着眼点再分为放送者角度的研究、媒介手段的研究和接受者角度的研究等等。

但是，今天的影响研究实际上已经超出具体的法国式考证，以实证为基础的“传播研究法”并不能涵盖影响问题的全部。这是因为，文学的影响十分复杂，很多影响有着十分明确的审美表现，却找不出文学外的具体的实证材料，即使是作家本人，也未必能够真正分析清楚自己接受的各种影响。因此，除了文学关系史通常用实证主义的“传播研究法”外，一般的作家作品的影响研究常常采用的是内部外部结合的方法，有学者把这单独列为一类，并称之为“影响研究法”。显然，因为“影响研究法”要使用审美的批评方法，那就意味着很多证据是从作品中分析出来的，它必然带有一定主观性，是一种个人观点浓厚的研究，有时候，它能够借用外在的实证材料进行辅助证明，但很多时候，它又不得不借助逻辑和理性的推断来进行证明。

而在平行研究中，以不同民族文化为背景的“异同比较研究法”则可以说十分典型。因为人类在情感、生活、历史阶段等方面的类同和相似性，即使不存在事实上的联系，不同民族之间也必然会面临一些共同的文学表现对象和表现方式，但是由于民族文化的巨大差异，其在类同的基础上又具有十分明显的不同之处。对这些差异的分析和理解，对于不同民族文化之间的相互认识和理解来说，具有很明显的价值。一般而言，由于“异同比较法”最终的解释都会落实到文化观念的差异上，因此，文化观念的细致分辨和追溯就是情理之中的。在“异同比较法”中，以维谢洛夫斯基(Alexander Veselovsk)为代表的俄国学者所提倡的“历史类型学”研究是十分典型的一种，其目的是考察不同民族在相似的历史阶段出现的文学现象的相似性和民族独特性，这正是在相似性基础上寻找差异并进行民族文化解释的“异同比较法”。由于中西文化和文学传统的巨大差异和比较价值，中国学者叶维廉在其著名的《比较诗学》中提出的“文化模子寻根法”以不同文化背景下的“文学模式”为主要比较对象，既关注不同民族文化和文学之间存在的“共同的”文学规律，也关注不同民族文学模式的独特性并对这种独特性进行寻根和阐释，这些模式包括了文学的观念模式、美感经验模式和语言模式等等。我们看到，这也是一种典型的“异同比较法”，值得关注的是，叶维廉认为这种比较既可以是平行的研究，也可以是不同民族文化的文学模式之间的影响与接受的研究，因此在一定程度上也是一种综合性的比较方法。

“阐发法”是中国学者早就进行实践的，由台湾学者古添洪、陈慧桦总结提出的一种方法，也被认为是十分具有中国比较文学特点的方法，一些学者甚至把它看成“中国学派”的代表性方法。这种方法主要是运用不同民族的文学理论来对其他民族的文学作品和理论进行阐发，这既可以从中理解理论本身的独特性和局限性，同时也可以从中达成作品的跨文化理解。例如，我们既可以用中国的文学理论来阐发西方文学作品与理论，也可以用西方的文学理论来阐发中国的文学作品与理论。当然，这种阐发并不是随意的，而是在理论与作品之间存在一定的契合的情况下进行的。

另外，中国学者还提出“对话法”和“整合构建法”等。“对话法”力图在平等对话基础上，比较不同民族的文学理论，相互认识、相互纠正，相互理解，最终达到对某种共通性本质的一致认识。而“整合构建法”则主要针对跨学科比较，涉及的是科际整合，是一种以建构合理的比较框架和模型为基础的比较方式。

中国学者提出的这些方法，一般也都具有比较研究的实践基础，具有中国比较文学的一些特点。但是从逻辑上讲，比较文学的内容要么属于事实性的研究，例如中外文学关系史、中西文学的相互影响等，因此需要采用实证的方法；要么属于以文学内部研究为主的平行研究，因此主要采用审美批评和理论分析的方法；要么是两者的综合。这既是学科史上存在的具体比较方法，同时也是较为宏观的方法论原则，可以衍生出更加细致的、具体的研究方式。正如我们前面所讲到的，比较文学在方法上具有综合性和开放性，随着学科的发展，各种已有的方法将会更加成熟和完善，同时我们也期待产生更多具有创造性和可行性的比较方法。

思考题：

1. 比较文学具有哪些方面的特点？

2. 如何理解比较文学的“综合性”与“开放性”？

3. 比较文学主要有哪些研究方法？

4. 如何理解“阐发法”、“文化模子寻根法”？

小　结

本章对比较文学的历史、定义、可比性、特点与方法进行了简要而全面的梳理与概括，阐述了比较文学的最基本的学科属性。

比较文学是立足于平等、多元、包容的国际性视野，注重不同文明的差异性、异质性和互补性，力图突破不同文明、不同民族、不同语言、不同学科之间的人为设限，关注不同文学传统下的变异和融通，从而形成一种超越地域、种族、语言的跨越性的文学研究。其根本目的在于发现总体性的文学发展规律，并最终实现世界各国文学之间的互阐、互证和互补。比较文学第一个阶段在欧洲，属于形成期，以法国的影响研究为核心；第二阶段在美国，属于发展期，以美国学派的平行研究为典型；第三阶段在东方，属于进一步扩张期，以正在形成的中国学派为代表。

比较文学的可比性是比较文学研究赖以存在的逻辑起点。比较文学的可比性包括四个方面，分别是同源性、类同性、异质性和变异性。

同源性指的是两个或多个民族文学之间的某些文学现象存在着亲缘关系或因果联系，虽然发生时间有先后，但是可追溯到同一个源头。同源性是影响研究存在的前提，成了法国学派比较文学研究的学理依据。

类同性是指没有任何关联的不同国家的文学在风格、结构、内容、形式、流派、情节、技巧、手法、情调、形象、主题、思潮乃至文学规律等方面所表现出的相似和契合之处，甚至包括文学与其他学科之间的类似的规律与现象。美国学派把类同性纳入比较文学的可比性范畴，把比较文学从实证性的"事实关系"中解放出来，大大地拓展了比较文学研究的范围。

异质性是指东西方文化、文明之间的根本差异性。中国学派认为，不管是法国学派的同源性影响研究还是美国学派的类同性平行研究，都是以"求同"作为比较文学研究的出发点，忽视了以跨文明为基本特征的比较文学研究中的异质性。以异质性作为跨文明比较中的可比性基础，目的是要真正实现不同文明之间的互补、汇通与融合。

变异性指的是同源的文学在不同国家、不同文明的传播与交流中，在语言翻译层面、文学形象层面、文学文本层面、文化层面产生了文化过滤、误读与"创造性叛逆"，产生了形象的变异与接受的变异，甚至发生"他国化"式的蜕变。中国学派主张将变异性作为比较文学可比性的核心内容。变异学实际上是对法国学派与美国学派的理论的继承和发展，是在比较文学传统理论基础上的开拓和创新。

比较文学具有跨越性、综合性、开放性和宏观性。比较文学的重要方法有法国学派的实证主义方法，美国学派的审美批评方法，中国学派的“阐发法”、“文化模子寻根法”、“整合构建法”，等。

第二章

文学的国际关系与相互影响

第一节 流传学、渊源学与媒介学

导 读

流传学、渊源学与媒介学属于比较文学的“影响研究”范畴，是“影响研究”的三大理论支柱。作为比较文学学科成立之初的理论基础，“影响研究”理论是由比较文学学科史上的第一个流派，也就是“法国学派”所创建的，故“法国学派”也被称为“影响研究学派”。那到底什么叫作“影响研究”呢？“影响研究”是以存在着事实联系的不同国家的文学关系为对象，去研究一个国家文学的作家作品、文学流派、文学思潮在另一个国家的流传、影响、声誉以及被接受的情况；研究一个国家的文学现象，如作品的主题、题材、风格、形象、情节、内容、形式、技巧等方面是怎样从其他国家获取并受到其他国家影响的；还要研究在不同国家文学之间形成影响的中间媒介，如译者、译文、评价、改写，文学社团、学术沙龙、报纸刊物等。总之，“影响研究”的研究目标就是通过清理“影响”发生时所经过的“路线”，从而寻找两种或多种文学间的同源性关系，研究方法多为实证法。那么影响研究又是怎么划分为“流传学”、“渊源学”与“媒介学”这三大研究领域的呢？参考标准还是依照了它“两点一线”(即“放送者”、“传递者”、“接收者”)的传播路线：研究一个国家的文学在他国的影响和声誉的称为“流传学”或“誉舆学”；追溯一个国家的文学现象的异国来源的称为“渊源学”；研究不同国家文学影响得以产生的媒介的称为“媒介学”。

一、概述

我们可以来看看影响研究的历史，它是最早的比较文学研究理论，而且随着时代的进步，这个古老的研究理论并没有为历史所摒弃，在新鲜血液的补充下反而历久弥新，焕发出新的生机与活力。早期影响研究的代表人物主要有法国学派的巴尔登斯贝格、梵·第根、卡雷和基亚等，他们的“国际文学关系”研究对于比较文学学科的建立起了至关重要的作用，但影响研究作为比较文学的研究方法却不能囿于法国学派为其划定的界限。

1931年，梵·第根出版了《比较文学论》，这部著作是法国学派影响研究的理论纲领。梵·第根认为，比较文学应摆脱全部的美学涵义，而取得一种科学涵义，就是要通过不同文学异同点的考察，发现一种影响，一种假借，比较文学研究就是要刻画一条影响的路线，一条由放送者→传递者→接受者的影响经过路线。而这条影响的路线是可以通过搜集材料，进行鉴别、筛选、考证，以实证的方法予以呈现的。卡雷也主张比较文学应研究不同国别文学之间存在的“实在关系”，他在为基亚的《比较文学》第一版写的序言中认为“比较文学主要不考虑作品的独创价值，而特别关怀每个国家、每位作家对其所借取材料的演变”。[1]卡雷把比较文学局限于事实描述，追根溯源，研究一国作家作品对他国的影响或受到的他国作家作品的影响。基亚基本继承了老师卡雷的观点，他认为比较文学首先要研究国际文学关系和相互影响的媒介因素，如译者及其翻译、旅行家及其旅行等；然后研究文学之间的关系和相互影响，诸如作家作品在他国的际遇、追根溯源文学作品的他国源头。从法国学派的先驱维耶曼、昂培尔、戴克斯特和布吕纳季耶等为比较文学奠基，到巴尔登斯贝格、梵·第根、卡雷、基亚等确立影响研究的学科理论，他们的基本观点就是：比较文学是文学史的一个分支；比较文学研究国际文学间存在的事实关系和相互影响；这种国际文学关系和相互影响是可用科学的方法予以实证的。

法国学派的影响研究重实证性的考据，研究国别文学间的“事实联系”，这样的比较文学研究又称为“国际文学关系史”。尽管法国学派主要代表人物在一些观点上会有所差异，但是这种实证性的文学影响关系的考察是他们共同的追求。不管是考察一国文学在他国的影响和声誉，还是追溯一国文学的他国源头都是以文学同源性为基础，流传学的研究是在源头明确的基础之上进行的，渊源学研究是在源头不清楚的基础之上展开的，媒介学是在确定的或假定的源头基础之上，对影响中介的研究，所以，法国学派的影响研究属于一种求同性的研究范式，是求同性的国际文学关系和相互影响研究。

实际上，法国学派形成以前，影响研究的方法已经应用于文学研究领域，而在美国学派倡导的平行研究大行于世的时候，影响研究的方法也没有消失。就算进入现当代跨语言、跨学科、跨文明的比较文学研究阶段，影响研究仍然是比较文学研究中的一种重要的方法，但它已经超出了法国学派所理解的影响研究，融入了更多元的现代理论支撑。接下来我们要分别去看看“流传学”、“渊源学”与“媒介学”这三大影响研究理论支柱的定义、特征、研究对象、研究内容和研究类型等。

1 [法]马法·基亚：《比较文学》，颜保，译，北京：北京大学出版社，1983年版，第1页。

二、流传学

流传学(Doxologie)又被称为“誉舆学”,是比较文学中广为实践的基本方法之一。“Doxologie”来自希腊语中的“doxo”, 是光荣、荣誉的意思;而“logie”的词根是“logos”,常常指“……学”、“……论”。1931年,法国的比较文学先驱梵·第根首先将它引入了比较文学,并对它进行了学科理论的阐释,认为流传学“是一位作家在外国的影响之研究,是和他的评价或他的‘际遇’之研究,有着那么密切的关系,竟至这两者往往是不可能分开的。我们可以把这一类的研究称为‘誉舆学’(Doxologie)”。[1]所以我们可以说,流传学的定义就是:从给予影响的放送者出发,去研究作为终点的接受者的情况,包括文学流派、文艺潮流、作家及文本等在他国的际遇、影响及被接受的情况等。

知识链接:比较文学学科在19世纪得到了实质性的发展:欧洲各国之间原本就在政治、宗教、经济、文化等多方面有着一定的渊源;19世纪浪漫主义思潮席卷欧洲,兴起了对浪漫主义文学的广泛研究,这些都进一步加深了各国文学的交流和影响。例如,丹麦文学批评家勃兰兑斯(Georg Morris Cohen Brandes)在《19世纪文学主流》中,以开阔的视野分别对德国、法国、英国不同语言的文学在浪漫主义运动中的相互关系和影响作出分析,全面考察了一个历史时代的文学思潮,因此考察文学影响的流传学也进一步受到重视。工业革命使得技术突飞猛进的发展,资本主义经济空前发达,人们的思想意识也经历了种种变革。实证主义思潮兴起,对比较文学界产生了重大的影响,实证主义思潮带给人们的是科学的精神,它与浪漫主义思潮交替盛行于19世纪的欧洲。尽管前者与后者颇相悖违,却共同成为流传学研究方法的基础。

梵·第根在其专著中曾将比较文学研究对象限制在“两国文学间的相互关系上”。而且,他眼中的“文学关系”是实实在在的事实性关系。流传学正是沿着“放送者”、“传递者”、“接受者”这样的经过路线,着重研究一个作家对欧洲其他国家的影响以及其作品的流传和演变。由此,“地道的比较文学通常研究那些只是两个因子间的‘二元的’关系,只是对一个放送者和一个接受者之间的二元关系的证实。”[2]又如雷马克所说,法国学派所尊崇的“科学性”,是忠实于19世纪实证主义研究的本质的。因此,流传学最早集中于对影响、交流、流变的实证性研究,力图达到“科学化”和“规范化”。

所以,流传学的特征表现为实证性,研究对象是文学关系。首先,流传学是一种文学关系研究,它沿着“放送者”、“传播者”到“接受者”的路线,着重研究作家、作品、文学

1 [法]梵·第根:《比较文学论》,戴望舒,译,长春:吉林出版集团有限责任公司,2010年版,第89页。

2 [法]梵·第根:《比较文学论》,戴望舒,译,长春:吉林出版集团有限责任公司,2010年版,第138页。

思潮和流派在欧洲其他国家所产生的影响、流传和变化，实际上就是在寻找放送者和接受者之间的“文学关系”，而这些关系的多元化也就决定了流传学研究的多元文学关系特征。其次，流传学具有实证性，它在全面收集确凿的事实资料后，再对材料进行缜密的考证。最后，这种研究既然是以“事实”为依据，就必然要强调一种强烈的历史意识，既注意文学现象、观念、作品、文类的纵向发展、流变，又注意这种传承流变与横向的各种关系，也就是文学之间的相互影响。

到了20世纪上半叶，比较文学学者们引入大量新的理论成果，使流传学在新的世纪里重新焕发出青春。任何理论和研究都是不断发展的，要保持流传学研究的活力，我们就应当具有广阔的胸怀和前瞻的视野。20世纪下半叶，流传学在实证与科学的基础上得到进一步发展，从原来单纯地依赖逻辑实证的考据方法，逐渐过渡到兼收并蓄，接受理论、交往理论、文学心理学、文化人类学等多种元素被纳入流传学的视野。

学界最新动态：“流传学的新发展：流传学中的文学变异研究”。美国比较文学家雷马克认为，法国传统的影响研究太狭隘，因此也是缺乏想象力的。他曾指出：在大多数影响研究中，人们太多地关注产生影响的来源的地域性，而不是如下的问题：什么被保留下来而什么又被抛弃了？材料是如何被吸收和整合，又取得了怎样的成功？如果朝这样的方向发展，影响研究将不仅为我们对文学史的认识做出贡献，对我们认识创造性的过程和艺术性的文学作品也是无往不利的。因此，今天的流传学在不断的发展和变化中扬长避短，在异质文明从冲突到对话的过程中，流传学脱离了传统的法国学派的单一模式，体现出双向互动的交往特色和跨文明互证、互识、互补的多元文化观，逐步形成了文学流传中的变异特征。如果说对文学流传形态的研究，只是就一般的情况而言，可以是描述性的；那么，对文学流传中变异的研究，则往往要上升到根源探讨的层面。一般而言，流传是相对的，因为其传承的种种因素是相对的；而变异是绝对的，是说任何流传都不可能是原封不动的，因为任何接受都是接受者根据自己的条件来接受的。文学在流传过程中，由于不同国家、不同民族、不同语言、不同文化、不同文明、不同时代等原因，都会产生变异。文学只有在变异中才能够凸显自身的价值。而同一个作家作品在不同的历史时空里往往会有不同的解读，这正是其价值与意义所在。所谓“一千个读者就有一千个哈姆雷特”，如果英国读者中有一千个哈姆雷特，也不是说没有意义；但如果在欧洲、亚洲、美洲都有一千个哈姆雷特，其艺术与思想意义就更加巨大，是人类史上的大奇迹。这也是流传学中文学变异研究的价值所在。

流传学以上这些特征决定了其研究的内容。按照梵·第根的观点,流传学属于影响研究范畴,而影响研究的关键就是考察放送者、接受者和传递者这三者之间的传递与互动,其中从放送者出发,研究作家、作品及文学思潮等对他国文学、文学创作者的影响,这正是流传学研究的主要内容。

另一方面,流传学研究的类型是多种多样的。从宏观层面讲,影响的类型有正影响、反影响、负影响、回返影响、超越影响、虚假影响、单向影响、双向影响、直接影响、间接影响。[1]

关于流传学的五种形态,以图示说明如下:

(一)单向流传:从个体到个体

单向流传是指一个作家、一部作品、一种文学思潮等对一个接受者所产生的影响。这是流传学研究最基本的一种模式。

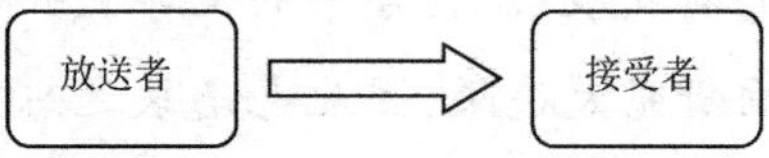

(二)多向流传:从个体到群体

多向流传是指从放送者出发,指向多个接受者,也就是说一个作家、一部作品、一种思潮、一国文学等对多国的接受者,或者对同一国的不同接受者产生影响。

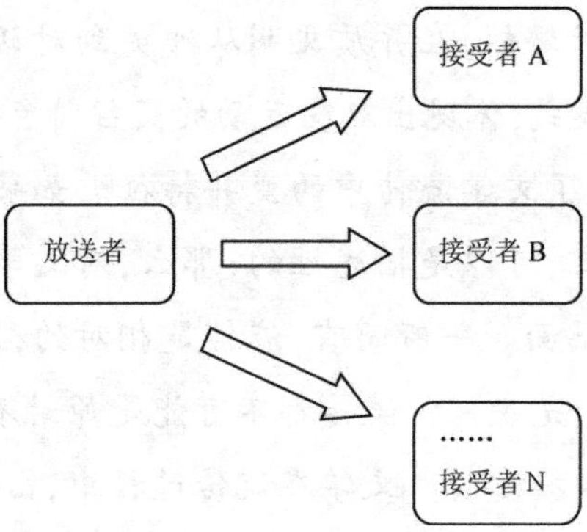

(三)聚合流传:从群体到个体

聚合流传是指多个放送者对一个接受者的影响,是多对一的关系。

1 详细内容参见本书第41-42页。

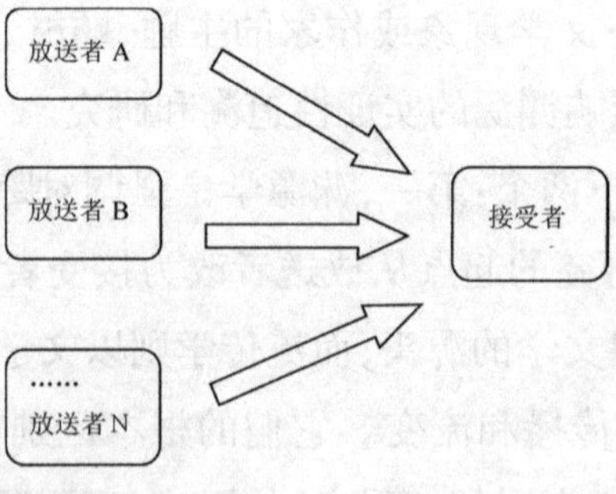

(四)多线与交叉流传:从群体到群体

多线与交叉流传是指多个放送者对多个接受者的影响,是多对多的关系。

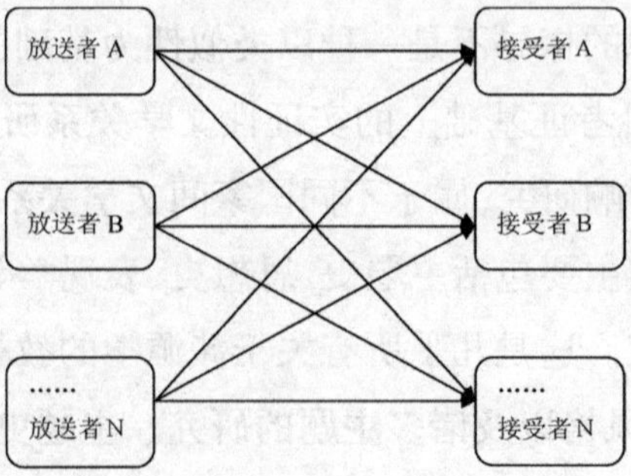

(五)多波次流传

多波次流传是指同一个作家或者作品,同一种文学思潮与文学批评流派在不同的时段对同一个国家的作家所产生的影响。其产生的结果并不相同。多波次流传是一种20世纪比较流行的流传方式,主要限于文学思潮这样的层面,有利于形成多样化的文学流派与学术流派。

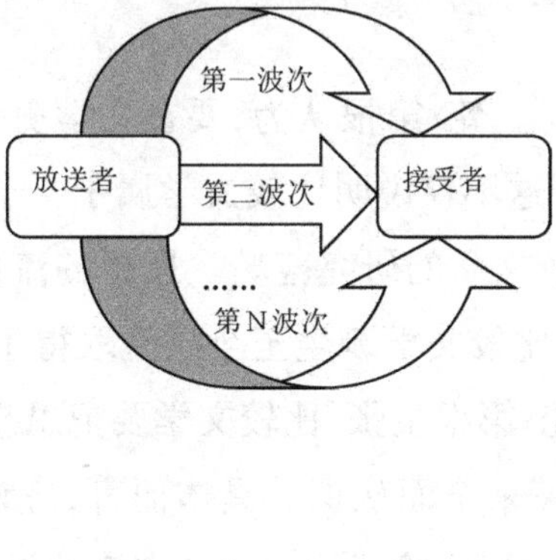

三、渊源学

渊源学(Crénologie),又称为源流学或源泉学,也是源自法国学派,属于传统的影响研究范畴。渊源学,是指以文学接受者为出发点,去探寻放送者的影响,也就是在比较文学视野中，揭示某一文学现象或作家的主题、题材、人物、情节、风格、语言等的外来因素，是一种对跨国影响渊源的实证性追溯和研究。

渊源学的特征有以下两个：第一，渊源学是强调对跨国影响渊源进行追溯的研究。和流传学相比较，它把研究的起点从放送者改为接受者，也就是说渊源学从文学的接受者出发，探寻它的异国文学的源头；而流传学则以文学放送者为起点，去考察文学跨越不同国界之后的具体传播和流变。它们的根本区别就在于，流传学的起点是明确的，它的落脚点在于“放送者”对“接受者”的影响，而渊源学研究的前提与流传学不同，它的研究起点是不明确的，所以只能站在接受者的角度从终点往上溯源。第二，渊源学必须以实证性研究为根基，强调对实证性资料的收集、鉴别、分析和论证。所以说，渊源学对外国文学渊源的探寻不是一种以类似性为基础的文学关系“想象”，而是一种必须建构在翔实的资料考证基础上的实证性文学关系研究。因此，在一定意义上，它是一种实证性的文学影响研究，属于不同国家间文学关系史的研究范畴。

渊源学的研究内容主要包括主题史、思想史、表现学等方面。

首先是主题史研究。这是几乎所有关于渊源学的教材都涉及的，如基亚在其著作《比较文学》中，对作者风格以及诸多主题的研究。主题史研究关注的是与主题有关的一系列问题，包括主题之间的相互取舍关系、主题的相互联系和相互影响，以及主题的流变与变异的历史等。如1924年顾颉刚发表的《孟姜女故事的转变》，对孟姜女这样一个主题在中国演变的历史作了追本溯源的研究。值得指出的是，渊源学的主题史研究一般不将自己的关注点放在对不同国家、不同民族间相同主题或不同主题的异向比较上，它研究的是主题在历史长河中，在不同民族、不同国家、不同文化，甚至是不同学科之间演变的轨迹和历史，以此展示出人类文学，甚至是人类文化的一脉相承，从而促进人类文明的发展。

其次是思想史的研究。梵·第根认为，要在文学史和思想史之间划一条严格的界线，是一件很困难的事[1]。这不仅说明比较文学属于文学关系史的研究，同时也表明思想史的研究应该属于比较文学的研究范畴。思想的流传性也为渊源研究提供了理论可行性，并且此类研究从比较文学诞生至今已经取得了显著的成就，如对古今中外美学思想的比较研究等。梵·第根主张，比较文学要把思想感情的表现方法，分为几个适合于研究比较文学的范畴来全面认识。具体而言，应该称为“思想”的主要有宗教思想、哲学思想、道德思想。另外，除了构成文学内容的思想以外，还有美学思想、科学思

1 [法]罗杰·法约尔：《法国文学评论史》，怀宇，译，成都：四川文艺出版社，1992年版，第170–171页。

想、社会思想、政治思想、经济思想，更重要的是，比起思想，还有感情更多更密切地进入了文学的结构中，并且往往集中形成传统。这样，思想感情进入文学文本自然地就成为比较文学存在的理由。

最后，艺术形式在文本中如何得到体现，在某种意义上可以说是文学的全部。只是表达思想或感情的并不一定是文学，因而“文学理论的提炼与实际写作应该分开来考虑”。[1]尤其是，由于对语言意义的理解与对表现形式的感受总是不一致的，在实际的国际文学交流过程之中，接受者要接受国外的文学作品，首先面临的就是透过语言层面对文本意义进行理解，文学语言因此成为理解文本意义的接受前提。从这个意义上讲，表现体裁的问题是文学交流过程中最重要的也是最困难的问题。故而，“要了解那些国家的文学必须想法子理解这些国家的语言”，就被认为是国际文学交流的一个基本问题。不过，“这个基本问题是一个尚没有弄清楚的问题，无疑因为它是一个最不清楚的问题”，作品接受在大多数情况下，往往会满足于“对原文语言的猜测和利用翻译”[2]，对语言的理解和接受往往会导致接受者对文学表现形式的接受。这样，对文学作品的语言意义层面的理解的差异，就会直接影响人们对表现形式的感受。结果，文学作品的表现体裁自然就在文学作品接受之中成为最重要的也是最困难的问题了。

这实际上就意味着：对于比较文学研究来说，虽然在一定时期内往往把与文学理论相关的研究置于不太重要的地位，而将文学作品置于研究的中心地位上，然而，有关主题的影响研究可能是最普遍的，有关思想的影响研究可能是最重要的，而有关艺术形式的研究可能是最困难的，无论对文学理论还是文学作品来说，同样都具有普遍性意义。

渊源学的研究对象可归纳为以下四种：题材与主题的渊源，思想与哲学的渊源，人格与精神的渊源，形式与技巧的渊源。

首先，题材与主题的渊源可以通过对文学作品中的主题和题材的发掘、归纳和提取，从而对其进行实证性的渊源追溯。在许多欧洲文学作品中，我们可以发现很多民间传说中的题材与主题所留下的痕迹。例如，在对歌德的代表作《浮士德》进行渊源学研究时，就必须对“浮士德”这一题材进行考证与溯源。歌德的伟大著作《浮士德》产生之前就有英国剧作家马洛（Christopher Marlowe）1588年创作的《浮士德博士的悲剧》，以及再之前的德国民间传说《浮士德博士》。其实，追溯到最后，可以发现“浮士德”其

1　[法]洛里哀：《比较文学史》，转引自曹顺庆主编：《比较文学学》，成都：四川大学出版社，2005年版，第157页。

2　[法]伽利：《比较文学》，转引自曹顺庆主编：《比较文学学》，成都：四川大学出版社，2005年版，第158页。

实是16世纪德国民间传说中的一位神秘人物。

其次,思想与哲学的渊源主要是考察与研究作家所创作的文学作品中所体现的主要哲学、思想、政治、文学理论等几方面是来自何时何处。例如,20世纪的现代西方文学对于人性以及人的本质的刻画已经达到了空前未有的深度,究其根源就在于19世纪末由弗洛伊德(Sigmund Freud)创立的"精神分析学说"对文学领域的介入,西方文艺批评思潮和现代文学创作到处都留下了"精神分析学说"的痕迹,形成了此后文学创作与文学理论发展的新思想、新哲学的基础。

然后,人格与精神的渊源可以通过文本整体和作家个体进行外来的实证性追溯研究。例如,鲁迅小说直接受到了欧洲的"摩罗诗派"和欧美的"域外小说"的影响,从《呐喊》到《彷徨》等一系列作品,鲁迅将国民性批判精神充分扩张到他的杂文与散文诗的作品之中;再如,巴金人格精神的形成,直接受到了无政府主义的影响,这一影响主要体现在他对无政府主义及其倡导者的论述与翻译之中,同时融入到他的早期创作里 。因此,要研究巴金的人格,首先就需要对其所受到的无政府主义影响进行尽可能全面的实证性文本追溯,以探寻文本系列建构的到达点,然后延伸到出发点,形成完整的文本系列而显示其渊源。

最后,形式与技巧的渊源是指在文学接受者创作的作品中,寻求放送者的影响因素,揭示接受者作品在形式与技巧上的外来因素,对其进行跨国影响渊源的实证性追溯研究。例如,老舍小说中的幽默技巧,直接受到了英国作家狄更斯(Charles John Huffam Dickens)的小说影响,这一影响主要表现在他的有关北京普通市民的小说叙事技巧之中,从"写着玩玩儿"的《老张的哲学》开始,到"最使我自己满意"的《骆驼祥子》,都可以看到幽默技巧的浸润,并且也影响到他对于自己作品的评说以及文学主张的思考。所以,要研究老舍小说的幽默技巧,首先就要对其所受到的英国作家狄更斯的影响进行尽可能全面的文本追溯,以探寻文本系列建构的到达点,然后延伸到出发点(同样,这一起点也是被遮蔽的),形成完整的文本系列而显示其渊源。

知识链接:渊源学的研究对象在早期的比较文学研究中就已被提出。布吕奈尔在《什么是比较文学?》中就已经提出了"旅游者"、"旅游的影响"、"集体的作用"[1]。梵·第根继其后,在《比较文学论》中进一步将渊源学的种类或者说是研究对象和方法扩大为口述的渊源、笔述的渊源和思想的渊源等,将题材、体裁、技巧、风格、思想、作家人格等纳入渊源学的研究领域,而且分类更为细致。1934年,日本学者野上丰一郎

1 [法]布吕奈尔等:《什么是比较文学?》,葛雷,张连奎,译,北京:北京大学出版社,1989年版,第41-56页。

在《比较文学论》的直接影响下写成《比较文学论要》，其中就分别以主题史、思想史、表现学来与之一一对应，指出影响的方式包括作家人格、艺术手法、题材和主题等方面，他指出：外国文学给予的影响有三种方式：第一，作家的人格影响，如果详细地说包括作家的理智的道义的人格，作家的创作的想象或写实的性格，还有作家才智的特异性。……第二，艺术手法所涉及的影响。这不仅来自作家的态度或者人格，而且来自作品或技巧。……第三，对外国的模仿者提供素材和主题的问题。[1]

渊源学的研究类型分为以下三种：

第一，以中国文学为基点的外来渊源。如胡适、鲁迅、陈寅恪等学者关于对《西游记》中"孙悟空"形象渊源的考证与争辩；再如，冰心作品中充满了对美丽珍贵自然的钦慕、对无私深沉母爱的颂扬、对纯洁童心的崇尚，这不仅与她优裕开明的家庭背景有关，还和她求学过程中逐步接受的西方基督教思想有关，更与其对印度伟大诗人泰戈尔"爱的哲学"的思想接受有关。

第二，以外国文学为基点的中国渊源。这一类型主要是探讨外国文学作品中所存在的中国文学渊源，包括外国作家吸收和利用的中国文学作品中的形式、技巧、情节、题材、主题、哲学思想等。例如，日本文学就是在中国文学的哺育下成长起来的，日本和歌集《万叶集》中处处可见中国文学的影响，就连《万叶集》这一书名都是根据中国文学中"万叶"的含义（《昭明文选》为"万代"之义，陆云《祖考颂》为"诗文众多繁茂"之义）而命名的；日本作家川端康成（Yasunari Kawabata）的微型小说《竹叶舟》表达了人生如梦的主题。作者于自身的人生体验中产生了与中国"竹叶舟"故事相同的"叹世事荣枯"的心态，并将中国文学的因素融会在自身的创作之中。中国文学对川端康成文学创作的浸润，是一种渗透并隐含于作品深处的"基础性浸润"。

第三，以一国文学为基点的不断追问。这一研究类型超出了两个国家的界限，把重点放在了全球背景下多个国家文学关系渊源的追溯上。以一国文学为基点，然后在多个国家之间进行文学题材、主题、思想等相关因素的追根究底，其面对的情况较之前两种类型更加错综复杂、扑朔迷离，需要更多、更翔实的多种语言多种文化的史料进行证明。如唐代孙颀在他所著的《幻异志》中所载《板桥三娘子》的故事：

唐汴州西有板桥店。店娃三娘子者，不知何从来，寡居，年三十余，无男女，亦无亲属。有舍数间，以鬻餐为业，然而家甚富贵，多有驴畜。往来公私车乘，有不逮者，辄贱其估以济之。人皆谓之有道，故远近行旅多归之。

1　[日]野上丰一郎：《比较文学论要》，见刘介民编选：《比较文学译文选》，长沙：湖南人民出版社，1984年版，第78－79页。

元和中，许州客赵季和，将诣东都，过是宿焉。客有先至者六七人，皆据便榻。季和后至，得最深处一榻，榻邻比主人房壁。既而，三娘子供给诸客甚厚。夜深致酒，与诸客会饮极欢。季和素不饮酒，亦预言笑。至二更许，诸客醉倦，各就寝。三娘子归室，闭关息烛。人皆熟睡，独季和转展不寐。隔壁闻三娘子窸窣，若动物之声。偶于隙中窥之，即见三娘子向覆器下，取烛挑明之。后于巾厢中，取一副耒耜，并一木牛、一木偶人，各大六七寸，置于灶前，含水噀之。二物便行走，小人则牵牛驾耒耜，遂耕床前一席地，来去数出。又于厢中取出一裹荞麦子，受于小人种之。须臾生，花发麦熟，令小人收割持践，可得七八升。又安置小磨子，硙成面讫，却收木人子于厢中，即取面作烧饼数枚。有顷鸡鸣，诸客欲发，三娘子先起点灯，置新作烧饼于食床上，与诸客点心。季和心动遽辞，开门而去，即潜于户外窥之。乃见诸客围床，食烧饼未尽，忽一时踣地，作驴鸣，须臾皆变驴矣。三娘子尽驱入店后，而尽没其货财。季和亦不告于人，私有慕其术者。

后月余日，季和自东都回，将至板桥店，预作荞麦烧饼，大小如前。既至，复寓宿焉，三娘子欢悦如初。其夕更无他客，主人供待愈厚。夜深，殷勤问所欲。季和曰："明晨发，请随事点心。"三娘子曰："此事无疑，但请稳便。"半夜后，季和窥见之，一依前所为。天明，三娘子具盘食果实，烧饼数枚于盘中讫，更取他物。季和乘间走下，以先有者易其一枚，彼不知觉也。季和将发，就食，谓三娘子曰："适会某自有烧饼，请撤去主人者，留待他宾。"即取己者食之。方饮次，三娘子送茶出来。季和曰："请主人尝客一片烧饼。"乃拣所易者与啖之。才入口，三娘子据地作驴声。即立变为驴，甚壮健。季和即乘之发，兼尽收木人木牛子等。然不得其术，试之不成。季和乘策所变驴，周游他处，未尝阻失，日行百里。后四年，乘入关，至华岳庙东五六里，路旁忽见一老人，拍手大笑曰："板桥三娘子，何得作此形骸?"因捉驴谓季和曰："彼虽有过，然遭君亦甚矣！可怜许，请从此放之。"老人乃从驴口鼻边，以两手擘开，三娘子自皮中跳出，宛复旧身，向老人拜讫，走去。更不知所之。[1]

杨宪益认为："这段人变驴的故事来源大概是近东一带。古希腊荷马史诗《奥德修纪》卷十里记载，有一个埃雅岛的巫女竭吉能把人变成猪，当时奥德修的一群伙伴路过那里，竭吉也是用麦面饼款待他们，他们吃完，就都变了猪。公元二世纪又有一部阿蒲留斯所写的小说《变形记》，其中讲一个巫女能把人变成驴。阿蒲留斯是北非地方的人，他的将人变驴的故事应该是非洲东岸一带流行的传说。唐宋时代的板桥是海舶商

1 [宋]乔力主编:《中国文学宝库·文言小说精华》，桂林:广西师范大学出版社，1996年版，第346-347页。

贾所聚的要镇，北宋时曾设市舶司。所以这段故事大概是外国商人带过来的，加上我们的人名，便成为中国故事了。”[1]其中所说的竭吉现一般译为喀耳刻(Circe)。如果杨宪益的推测正确的话，那么这个故事的流传路径就涉及多个国家。

需要注意的是，我们在具体研究时可能会碰到渊源学、流传学、形象学等的交叉问题，存在着这种交叉是正常的，如今的比较文学本来就需要这种交叉。但在研究时需要注意的关键点是：渊源学是在起点不明确的前提下所进行的一种追根溯源的文学关系史的实证性研究，凡是起点明确的都不是渊源学研究的内容，也就不应当划入渊源学的研究范畴。只要把握了这一点，上述的这种交叉不但不会困扰我们的研究，相反还会因为和其他研究方式的互补互融从而促进和推动渊源学的发展，进而带动整个比较文学学科的发展。

四、媒介学

媒介学(mesology)，来自法语 mésologie，词源则出自希腊语，原意为“中间人”或“中介者”。法国人最先将这一词语用于比较文学影响研究的一个分支，用以研究不同国家之间所发生的文学影响关系过程中的中介者。媒介学是与渊源学相对的一个与影响研究有关的术语，它是影响研究的重要组成部分，研究外国作品进入本国的方法、途径、手段及其背后的因果规律。简单来说，媒介学研究的是位于“放送者”和“接受者”之间的“传播者”。这个“传播者”既可以是人，包括个体或者团体；也可以是出版物，甚至社会环境。“传播者”在两个或两个以上国家的文学中起着交流、影响和传递的中介作用，是两国或两国以上的文学发生相互关系时重要的“经过路线”。媒介学最显著的特征在于它注重事实联系，注重史实性研究，法国学派从一开始就以实证性的材料发掘和比对作为研究基础。此外，由于媒介学研究的是外国作品进入本土的方法、途径、手段以及规律，所以它着重研究影响的过程，换言之，媒介学属于文学关系的研究。

知识链接：最早提出媒介学的是法国学派，为了回应克罗齐(Benedetto Croce)对比较文学科学性的质疑，从科学实证主义出发，法国学派把比较文学作为研究不同国家之间文学关系的学科，用实证主义方法研究不同国家文学的影响关系、流传模式、接受事实等，而对于媒介的研究应运而生，媒介的寻找和确定成为在实证的前提下确定两个或两个以上文学主体关系的一大关键。

1　杨宪益：《译余偶拾(三)》，《读书》，1979年第9期。

因此,媒介学研究成为法国学派的重点。1931年,梵·第根在他的《比较文学论》中提出了"媒介"的概念,并把对"媒介"的研究称为"仲介学",这就是后来的"媒介学"。从文学作品在国家间流传的角度,梵·第根在自己的论述中把媒介分为"个人"、"社会环境(如沙龙和宫廷)"、"译本和翻译者"。二十年以后,基亚出版了《比较文学》,书中并没有直接提出"媒介学"的概念,但他在第二章"比较文学的范围"一节中首先提到了"世界主义文学的传播者",并说:每一个时代都有一些书、一些人在帮助人们了解别的国家和它的文学。这就是比较文学所要研究的主要对象。基亚把"世界主义文学的传播者"分为书籍和人,又在第三章中对它们详加论述。[1]由此可见,在《比较文学》中,他把媒介学研究在比较文学中的地位提到了一个前所未有的高度。1983年,吕布奈尔等人出版了《什么是比较文学》,在第二章"国际文学的交流"中,他们也大篇幅提到了媒介的作用,切入点是"人以及见证"和"工具",实际上是分别从个人、团体以及活动和印刷品的角度来分析媒介。1989年,伊夫·谢弗勒(Yves Chevrel)也在他的《比较文学》中谈到了媒介,他说:"'媒介'这个用语,在此包括一切作用于文化传播的东西,既指其物质载体,也指人的行动。"[2]这一次,他把媒介分为四类:1.书籍和印刷品;2.批评史;3.翻译史和翻译家史;4.演出史。至此,法国学派建立了媒介学的基础,并确定了它在比较文学研究中的重要地位。

早在法国学派之前,媒介的分类问题就一直是媒介学研究的一个主要问题。在这里,我们把媒介分为四大类型,分别是:个体媒介、团体媒介、传播媒介以及环境媒介。

个体媒介也就是人,具体指任何与跨国家民族的文学和相关文化传播有关系的个人。如作家、学者(包括文学史家和文学批评家)、翻译家、旅行者、外交人员以及其他和文学文化传播有关的人员。总体来说,个体媒介分为三种情况。一是"接受者"国家的媒介者,比如著名的唐代僧人玄奘、翻译家林纾,甚至介绍了大量俄罗斯文学作品的鲁迅。二是"发送者"国家的媒介者,传教士们往往都是这样的媒介,又比如刘若愚和叶嘉莹。三是来自第三国的媒介者,比如向欧洲介绍了尼采(Friedrich Wilhelm Nietzsche)的丹麦文学评论家勃兰兑斯(Georg Brandes)。个体媒介中广为人称道的是那些接受者和传播者为一体的特殊个体:作家。具有影响力的作家往往能在一个国家和地区范围内推动一股新的文学热潮。杜拉斯(Marguerite Duras)在中国的流行和王小波在作品中的大力推荐不无关系,而近年来菲茨杰拉德(Francis Scott Fitzgerald)的小

1 [法]马法·基亚:《比较文学》,颜保,译,北京:北京大学出版社,1983年版,第18-34页。

2 [法]伊夫·谢弗勒:《比较文学》,王炳东,译,北京:商务印书馆,2007年版,第81页。

说《了不起的盖茨比》的大量再版也很大程度上有赖于村上春树(Haruki Murakami)的推崇。

团体媒介则是指促成和影响国家民族之间文学交流和发生影响的团体,如文学社团、沙龙、学术团体、文化交流使团、演出团体等。这些团体往往有很强的针对性,所以对文学和文化交流具有很大的影响。比如中国现代文学史上著名的文学研究会以及创造社,甚至现在各国大使馆和它们的文化处,都是有效而有力的团体媒介。团体媒介很多时候都表现在文学流派的影响上,特别是在诗歌运动中,比如九叶诗派和"第三代诗人"。

传播媒介指的是促成文学和文化交流的媒介,包括文字材料等传统媒介和影视、互联网等新出现的传播媒介。从出版物的角度看,这些材料包括了文学和文化作品、翻译作品、传记、学术刊物和专著、随笔、游记以及文学史、文学批评史和作品选读等作为教材和参考资料使用的外国文学材料等公开出版的文字材料,也包括未公开出版的书信、日记和手稿等文字材料。另一方面,其他传播媒介随着时代发展而产生,主要包括文字材料以外的大众文化传播媒介,如电影、电视和互联网甚至手机短信等。传播媒介一个新的表现在于互联网搜索引擎和开放式百科的流行,越来越多的人通过这样的方式来获取跨国家、跨文化、跨文明的信息。著名的搜索引擎,比如国内的百度、搜狗,国外的谷歌(google),必应(bing)等,而开放式百科也成为很多人获得知识及信息的新途径,比如国内的百度百科,以及国外的维基百科,互联网百科以"开放式"和"超链接"的方式进行着输入和输出双向扩张,带来了全球性的信息爆炸和文化文学传播的新课题。

环境媒介指的是促成和影响跨国家民族的文学文化转移和影响的环境因素,包括社会环境和自然环境。它往往和上述三种媒介结合,起着"催化剂"或"缓释剂"的作用。社会环境指的是促进、限制或阻碍某些文学作品或文学思潮传播的各种社会因素,包括意识形态、政治、宗教因素等。而自然环境指的是促进、限制或阻碍文学作品或文化思潮跨国家民族传播的自然环境,包括特殊的地理环境等。在环境媒介的作用下,往往有一个值得玩味的现象,就是在本国碌碌无名的作家或作品却在别国大红大紫,而这种大红大紫又可能使得作家或作品在本国受到关注。历史上这样的例子比比皆是,著名的如《牛虻》、《钢铁是怎样炼成的》,乃至寒山诗在国内的遭遇、爱伦坡被法国人"拯救",等等。更为有趣的是,现在,作家和艺术家们开始有意无意地利用环境媒介的作用,对自己的作品实行"出口转内销",如高行健等先在国外获得声誉继而在国内开始流行的作家就是这样的例子,而一些在国际上大打"中国牌"的第五代第六代导演们更是如此。

思考题:

1.流传学的定义是什么?它有哪些特征和哪些流传形态?

2.什么是渊源学?渊源学与流传学有什么关联和区别?

3.什么是媒介学?媒介有哪几种类型?

第二节 译介学

导 读

法国著名文论家埃斯卡皮(Robert Escarpit)最早在《文学社会学》一书提出"创造性叛逆"(Creative Treason)这一概念。他说:"翻译总是一种创造性叛逆。……说翻译是叛逆,那是因为它把作品置于一个完全没有预料到的参照体系里,说翻译是创造性的,那是因为它赋予作品一个崭新的面貌,使之能与更广泛的读者进行一个崭新的文学交流,还因为它不仅延长了作品的生命,而且还赋予它第二次生命。"[1]但埃斯卡皮把"创造性叛逆"仅仅理解为语言环境与语言外壳的转换,这似乎把文学翻译的创造性叛逆解释得过于狭隘了。在比较文学研究者看来,"创造性叛逆"具有更为广泛的含义。

一、译介学与传统翻译研究的关系

"译介学"的法文是la traductologie,词根由"翻译"与"学问"两部分构成;而英文常见的说法则是Translation Studies,可直译为"翻译研究"或"翻译学",可见它是关于翻译的学问。可译介学又是怎么产生的呢?这个理论实际上最初是从比较文学中的媒介学衍生出来的。在上一节中,我们讲到比较文学中媒介学的四种类型,其中传播媒介中的文学媒介研究方式按照作家和文学作品在接受国的传播和接受程度可以分为两种:介绍和评论,翻译和改编。翻译和改编是文学媒介的最重要也是最主要展开方式。翻译是一种创造性工作,译者把一种语言写成的作品,用另一种语言将其引进到

1 [法]罗贝尔·埃斯卡皮:《文学社会学》,王美华,于沛,译,合肥:安徽文艺出版社,1987年版,第137页。

这一语言民族的文学传统中。而在不同语言、不同文化背景,甚至译者个人等多种介质过滤下,改编改写是翻译中必然发生的,它是对原著的一种“创造性叛逆”,即将外国原著的内容或形式改变得完全符合本国国情和读者的接受习惯。在媒介学中,译者和翻译的问题是一个重要的问题,它一体两面,又有实证性,又有变异性,相对地,媒介学更着重于实证性研究。而译介学是媒介学的一部分,它是从比较文化的角度出发对翻译(尤其是文学翻译)和翻译文学进行的研究。[1]它的主要研究对象包括文学翻译、翻译文学文本和翻译理论三个方面,由于它所关注之重心在于两种文化转换中的语言媒介,故被称为译介学,亦可称之为译介理论。

由于译介学是基于传统翻译学产生的研究理论,所以很有必要先来谈谈它们之间的不同之处。首先来看传统的翻译研究,它大致可以分为三类:第一类属于外语教学范畴,旨在讨论对外语的理解与表达。如对英语中某些特殊句型如何理解、如何译成中文的讨论,或是研究翻译的技巧,诸如外译中时长句的处理,某些外语结构的汉译分析,某些译作和译者的翻译成就等等。第二类属于翻译理论范畴,多结合现代语言学、交际学、符号学等各种理论,或结合民族、社会、文化等方面的差异,对翻译现象作理论性的阐发,或从理论上进行归纳和提高,总结出能指导翻译实践的理论,如等值论、等效翻译论等等。第三类属于翻译史范畴,这一类研究除了对翻译活动和翻译事件进行历史描述外,还有大量的对翻译家、文学社团、翻译流派的翻译主张、成就得失的探讨,对同一原作的不同译本的比较、钩沉、溯源等等。

那么,译介学与传统意义上的翻译研究又有着哪些不同之处呢?我们主要来看以下三点:第一个不同,是研究角度的不同。译介学多把其研究对象置于两个或几个不同民族、文化或社会的巨大背景下,审视和阐发这些不同民族、文化和社会是如何进行交流的。第二个不同,即研究重点的不同。传统翻译研究多注重语言的转换过程,以及与之有关的理论问题,而译介学关心的是在这些转换过程中表现出来的两种文化和文学的交流,它们相互理解和交融,相互误解和排斥,以及因相互误解而导致文化扭曲与变形等等。译介学一般不会涉及这些现象的翻译学意义上的价值判断,但它的重点在于揭示译作与译者本人的创作在题材、思想、意义等方面的相通之处。第三个不同,也就是最根本的不同,是研究目的的不同:传统翻译研究者的目的是总结和指导翻译实践,而译介学则把翻译看作文学研究的一个对象,它把任何一个翻译行为的结果,都作为一个既成事实加以接受,然后在此基础上展开它对文学交流、影响、接受传播等问

1 谢天振:《译介学》,上海:上海外语教育出版社,1999年版,第1页。

题的考察和分析。因此,译介学的翻译研究相对说来比较超脱,视野更为开阔,更富审美成分。[1]总之,传统意义的翻译研究更大程度上是一种语言研究,但是译介学更多的属于文学研究,它摆脱了一般意义上的价值判断,只是把翻译过程中涉及的语言现象、产生的文本形态、导致的变异与转换,作为研究对象加以考察,因而它是从更广阔的背景上去理解翻译的。它们之间最大的差别在于:语言学的翻译研究要求把错误降到最低程度,而比较文学的译介学认为翻译中的误译不可避免。

再来回顾历史,我们可以看到译介学植根于法国学派的影响研究,而媒介是他们研究的重点之一。作为媒介的组成部分,翻译往往备受关注。1931年,梵·第根在《比较文学论》第七章"媒介"中就探讨了文学交流的四种媒介,把"译本和翻译者"列为其中重要的一项,他指出:"在大多数的场合中,翻译便是传播的必要的工具,而'译本'之研究则是比较文学的大部分工作的不可少的大前提。"[2] 1951年,基亚在其《比较文学》中也认为翻译理论问题是"当前比较文学的中心问题",而把研究译作看作比较文学"具体的、不可缺少的基础工作"。[3] 此后的学者都基本上承认了翻译研究的重要性,但都把翻译研究作为媒介学的分支。直到20世纪70年代,日本学者大冢幸男在其《比较文学原理》一书中,才把翻译与媒介学分离开来,对翻译在比较文学中的研究价值予以肯定。1983年,布吕奈尔等三位学者在其《什么是比较文学》一书中,明确地提出了"翻译美学"的概念,明确了比较文学和翻译研究的内在关联,并开创性地提出:"比较学者的任务在于指出,翻译不仅仅是表面上使读者的数量增加,而且还是发明创造的学校。"[4] 在这里,翻译不再是单纯的媒介,对翻译的认识已经有了质的飞跃,并且为之后的译介学奠定了理论基础。

译介学在我国国内的发展也经历了一个类似的过程。早期国内比较文学的代表性著作依然是把译介学纳入媒介学的研究框架之下,卢康华、孙景尧在《比较文学导论》中,就把文学翻译的问题置于媒介学的框架之内,深受法国学派传统研究的影响。陈惇和刘象愚合著的《比较文学概论》把"媒介学"作为"文学范围内比较研究的若干领域"之一,讨论了翻译这一重要媒介形式的研究内容和学术价值。[5] 在曹顺庆等撰写的《比较文学论》中,也没有专章讨论译介学,而是把其作为媒介学的分支来研究,等等。

1 谢天振:《译介学》,上海:上海外语教育出版社,1999年版,第9–11页。

2 [法]梵·第根:《比较文学论》,戴望舒,译,长春:吉林出版集团有限责任公司,2010年版,第129页。

3 [法]马法·基亚:《比较文学》,颜保,译,北京:北京大学出版社,1983年版,第20页。

4 [法]布吕奈尔等:《什么是比较文学?》,葛雷,张连奎,译,北京:北京大学出版社,1989年版,第216–217页。

5 陈惇,刘象愚:《比较文学概论》,北京:北京师范大学出版社,2000年版,第203–219页。

直到1997年出版的由谢天振撰写的《比较文学》一书中，才没有了“媒介学”，取而代之的是“译介学”一章，从这之后的比较文学论著中，译介学逐渐被作为独立的章节来加以探讨。1999年，谢天振出版了专著《译介学》，无疑是译介学发展的一次质的飞跃。

从译介学的发展过程我们可以看出，译介学把翻译定义为一项进行发明创造的活动，这样的创造不是以译文是否忠实于原文为好坏的标准的，而是以是否符合目的语文化语境为标准的，这样在译文的创造过程中必然会发生语言层面的变异，译介学研究中提到的“异化”和“归化”便是其很好的体现。因此，在曹顺庆等编著的《比较文学学》与《比较文学教程》等书中，译介学被纳入比较文学变异学的研究框架之中，这无疑又是一个重大的突破。由此译介学的定义也被固定下来：“比较文学译介学渊源于传统的媒介学，它采用跨文化的研究视角，对文学翻译、翻译文学及相关的译学理论进行理论上的探讨。”[1] 这一概念指明了译介学研究的渊源、视角以及研究对象。

二、译介学研究的内容

谢天振在其专著《译介学》中，专章讨论了译介学研究的基本内容。一是文学翻译，文学翻译中重点关注一个基本概念“创造性叛逆”，其被认为是文学翻译的本质；二是翻译研究与文化差异；三是翻译文学的研究，应该为翻译文学争取合法的地位。以下我们分三个方面来谈谈具体的研究内容。

首先，是文学翻译与“创造性叛逆”。翻译的本质就是把一种语言中业已表达出来的信息传达到另一种语言中去。翻译包括文学翻译，也包括非文学的，诸如日常翻译、科技翻译等。非文学的翻译仅仅是为了达到沟通信息和交际的目的，而文学翻译的目的则不单单在于沟通信息，还在于再现和创造文学艺术的美感。“文学的翻译是用另一种语言”，“把原作的艺术意境传达出来，使读者在读译文的时候能够像读原作时一样得到启发、感动和美的感受”。[2] 文学翻译是一种特殊的翻译，它的对象不是一般的语言，而是具有文学性的特殊语言符号。除此之外，文学翻译的目的也不是简单的信息沟通和交际，而是带给人更高层次的启发和感动以及美的感受，再现文学艺术的美感。文学翻译已经不仅仅是一种简单的文字转换工作，而是一种再创作。在这个再创作的过程中，译者无疑会受到语言之间差异性的钳制。更重要的是，他还必须面对语言背

1　曹顺庆主编：《比较文学学》，成都：四川大学出版社，2005年版，第185页。

2　茅盾：《为发展文学翻译事业和提高翻译质量而奋斗》，见《翻译通讯》编辑部编：《翻译研究论文集》（1949—1983），北京：外语教学与研究出版社，1984年版，第10页。

后的更深层的文化之间的差异。因此,这种差异带来的文学“再创作”上的“叛逆”是文学翻译的核心。从以上对于“创造性叛逆”的论述,我们不难看出,这个概念强调的是翻译活动的创造性和对原文的背离程度(当然这种背离是好的背离),在文学翻译中这样的叛逆是值得提倡的。

译介学要从两个层面对此进行研究:一是译者(媒介者)的创造性叛逆;二是接受者和接受环境的创造性叛逆。对于译者的创造性叛逆,法国比较文学家布吕奈尔在《什么是比较文学》一书中说道:“不管采用什么方法,对于一位译者的译作,必须提出如下的问题:他是谁?他翻译的是什么?他怎么翻译的?”[1] 这三个问题揭示了译介学研究中译者的创造性叛逆发生的原因。“他是谁?”这个问题说明了译者的身份,包括生活背景、社会地位等,进而延伸到其世界观、立场等。“他翻译的是什么?”说明了由译者的身份所决定的译者选择翻译对象,对待所译作家、作品的不同态度等。“他怎么翻译的?”则主要说明了译者采用的翻译方式。因此作为文学翻译主体的译者在进行文学翻译时,其创造性叛逆就会突出表现在以下几个方面:①译者的个性化翻译;②译者的误读与漏译;③译者的节译和编译;④译者的转译与改编。[2]当译作被传播到目的语文化语境当中的时候,受到接受者与接受环境新的语言文化环境的影响,也会发生“创造性叛逆”。文学翻译中的接受者应该包括译者也包括读者。译者在文学翻译中具有双重身份,对于原作,译者扮演的是读者的角色,对于译作的读者,译者扮演的是放送者的角色。译者作为读者在翻译中发生“创造性叛逆”的现象在前文已有论述,在此不赘述。这里“叛逆”主要是指译作的读者在接受过程中发生的“创造性叛逆”。“当译者把完成了的译作奉献给读者后,读者又会以他自己的方式,运用他自己已有的知识装备,并调动他自己的人生体验,去加入这个再创造过程之中。”[3] 在这里,读者的阅读活动被看成是在译者翻译原作的基础之上的再创造,并且读者由于自身的文化背景、人生体验,以及对某些社会现象或道德问题的强烈见解和思考等因素,会使这个再创造的过程比之前的翻译过程更富创造性和反叛精神。读者数量的庞大,也会使创造性叛逆变得更加丰富,更加多姿多彩。由此可见,从“创造性叛逆”的概念和其发生的层面来看,由于受译者、接受者等因素的影响,译文的面貌都会发生不同程度的变异(这样的变异是以原文为参照物的,变异发生在语言层面)。而这样的变异也是译介学研究关注的核心问题。

---

1 谢天振:《译介学》,上海:上海外语教育出版社,1999年版,第144页。

2 谢天振:《译介学》,上海:上海外语教育出版社,1999年版,第146-160页。

3 谢天振:《译介学》,上海:上海外语教育出版社,1999年版,第165页。

其次，是翻译文学和翻译文学史。翻译文学究竟是属于本国文学还是外国文学？这是译介学关注的一个重要问题。有学者认为翻译文学已经成为他国文学的一部分，应该有一部专门的翻译文学史。

译介学的翻译史研究着眼于以下问题：①通过重新检视翻译的历史，重建原文与译文的关系。②受到勒菲弗尔（André Lefevere）操控理论的影响，译介学的翻译史研究关注在怎样的语境下一种异域文学被引入，翻译如何在意识形态、文学批评、外语教育、出版机制、文化市场的“赞助”下建构了这种文学的本土经典序列，如何通过翻译文学再现并固定了源文化形象。[1]译介学对于翻译历史的研究，在尊重史料的基础之上，旨在通过历史去考察译本之间的差异、翻译家的翻译观念和实践，不做单纯的价值评判，努力把翻译放回到历史情境中去考察，试图发掘影响文化交流的隐蔽的权力结构。因此，我们说，译介学对于翻译文学史的研究是倾向于客观化的、公正的研究。

最后，是相关译学理论的研究。译学理论研究是比较文学研究的一个重要的方面。从最开始的“归化”和“异化”之争到奈达（Eugene A. Nida）的翻译理论，到现在的翻译的文化转向，翻译理论研究经历了一个“原文——译文——文化”的过程。

长期以来，翻译一直笼罩在原文的阴影之下，认为评判翻译好坏的标准就是看译文是否足够地忠实于原文。因此，翻译在文学研究中处于从属地位，直到雅各布森（Roman Jacobson）提出了三种翻译类型——语言内翻译、跨语际翻译和符号间翻译，才开始把译文从原文的阴影之下解放出来。翻译成为我们理解世界的主要方式。本雅明（Walter Benjamin）在《译者的任务》中进一步写道：译文标志着作品生命的延续，它是原著的来生。由此，本雅明赋予了译作独立于原作的价值。20世纪60年代以后，受到西方文艺理论思潮的影响，原文的合法性进一步受到了质疑。罗兰·巴特（Roland Barthes）提出了他的著名论断“作者已死”，彻底消解了作者对于文本的绝对所有权。文本自身没有意义，它的意义都是阅读中重构出来的，那么原文本身就已经没有意义了。解构主义理论给了传统翻译理论致命的打击。解构主义思想也极大地影响了翻译理论的发展，彻底改变了之前的原文/译文二元对立关系中译文的地位。译文不是原文的附属品，反而原文依赖译文而生，没有翻译就没有原文，每一次翻译都是对原文的重写，重新赋予原文生命。由此，我们可以看出，解构主义翻译观颠倒了传统翻译理论关于原文和译文关系的看法，彻底使译文脱离了原文的阴影，独立出来。

20世纪90年代，随着文化研究的兴起，英国学者苏珊·巴斯奈特（Susan Bassnett）

1 曹顺庆主编：《比较文学教程》，北京：高等教育出版社，2006年版，第118-119页。

提出了“翻译研究的文化转向”的论说，又极大地拓展了翻译研究的空间。她明确指出“转向文化”的方法就是要去研究翻译过程中复杂的文本操控是如何发生的。[1]这样便把翻译研究纳入到更大的文化研究的范畴之内，文化研究的介入使翻译研究和更为广阔的种族、性别、阶级等文化身份研究、人类情感结构的研究等联系了起来，从跨学科和跨文化的角度对传统的翻译的定义作了全新的界定。巴斯奈特的研究实际就是着眼于译文基于原文发生了多大程度的变异，这样的变异体现在表层语言上。这已经成为新时期译介学研究的一个热门的新方向。因此我们可以说译介学就是研究变异发生在语言层面的比较文学变异学下的一个分支。

知识链接：法国翻译家A·博尔曼(Antoine Berman)曾这么说过：“谈翻译，就意味着谈作品，谈作品的生命，作品的命运与它的特性；谈作品如何照亮了我们的生活；谈翻译，就是谈交往，转换和传承，谈本己与他者的关系；谈母语与别种语言；就是谈人的语言存在，就是谈谎言与真相，背叛与忠实。”为《圣经》翻译定下原则的古罗马翻译理论家圣·杰罗姆(Saint Jerome)说“翻译是对意义的兼并”，也是“对意义的捕捉”。海德格尔(Martin Heidegger)说：“任何翻译本身都是一种解释。不需声明，它的存在就携带着解释原有的基础，开口与诸种层次。反过来，解释不过是忍而未发的翻译之完成罢了——本质上，解释与翻译不过是同一件事。”

思考题：

1. 译介学的定义是什么？
2. 译介学和传统翻译研究有什么不同？
3. 译介学的研究内容有哪几个方面？

第三节　形象学与接受学

导　读

1275年，意大利人马可·波罗(Marco Polo)来到中国，在元朝当了17年的官。回国

1 Susan Bassnett, “The Translation Turn in Cultural Studies”, Susan Bassnett, André Lefevere, Eds., Constructing Cultures: Essays on Literary Translation, Shanghai: Shanghai Foreign Languages Education Press, 2001, p.123.

后，由他口述、小说家鲁思梯切诺(Rusticiano)笔录而成著名的《马可·波罗游记》一书。在书中，马可·波罗对中国推崇备至，说“中华帝国”拥有“连绵不断的城市和邑镇”以及“优美的葡萄圃、田野和花园”；帝国的首都“地面规划有如棋盘，其美善之极，未可言宣”，宫殿“壮丽富赡”；认为当时的泉州是世界最大的港口，“在这个商埠，商品、宝石、珍珠的贸易之盛，的确是可惊的”；赞叹杭州“人处其中，自信为置身天堂”。[1]

英国作家笛福(Daniel Defoe)在《鲁滨逊感想录》(1720)中以鲁滨逊之口对中国文化多有描写和议论。鲁滨逊来到中国做生意，购买了十八匹骆驼拉货物，但他仍对中国人、中国文化嗤之以鼻：“他们(中国人)的器用、生活方式、政府、宗教、财富和所谓光荣，都不足挂齿”；“我看见这些人在最鄙陋愚钝的生活之中，目空一切，盛气凌人，就觉得没有什么人比他们更可笑，更令人作呕了”；“他们最高明的学者也都是冥顽不灵。他们对天体的运行一无所知，不知道日蚀是什么，竟以为是巨龙拥抱了太阳”；“我竟觉得最野蛮的野人，比他们也略胜一筹”。[2]

中国或中国人在西方人的印象中，为何形象如此迥异呢？对此种种，张隆溪在《非我的神话——西方眼里的中国》一文中指出：西方人心目中的中国是在历史过程中形成的形象，代表着不同于西方的价值观念。……在不同时期，中国、印度、非洲和中东都起过对衬西方的作用，或者是作为理想化的乌托邦、诱人和充满异国风味的梦境，或者作为永远停滞、精神上盲目无知的国土。[3]那么，到底哪一种形象才是真正的中国或中国人的形象呢？

一、形象学

比较文学的形象学研究是指文学艺术作品中出现的异国形象研究。随着全球经济政治文化的一体化趋势不断深入，形象学研究越来越值得关注，成为比较文学研究的一大热点。形象学研究的异国形象不同于文艺理论当中的“形象”。异国形象的想象、制造与流传经由“社会总体想象物”、作家与文本的多重建构，其间包含“自我”与“他者”、理想与现实二元逻辑。

1 邵光远主编：《中华王朝史》(第12卷)/《大清王朝》，北京：中国戏剧出版社，2006年版，第648页。

2 转引自王向远：《比较文学学科新论》，南昌：江西教育出版社，2002年版，第240页。

3 张隆溪：《非我的神话——西方眼里的中国》，见周本淳主编：《活页文史丛刊》(1990年卷)，郑州：中州古籍出版社，1990年版，第287页。

(一)形象学的历史由来

比较文学的形象学研究由来已久,其历史最早可以追溯至比较文学成为一门独立的学科之始。路易–保尔·贝茨于1896年在《关于比较文学的性质、任务和意义的批判研究》一文中指出,比较文学作为一门新兴的学科,其主要任务之一是:“探索民族和民族是怎样互相观察的:赞赏和指责,接受或抵制,模仿和歪曲,理解或不理解,口陈肝胆或虚与委蛇。”[1]由此,在后来逐渐兴盛的法国学派实证主义观念之下,贝茨在研究“民族和民族”之间的关系时往往运用文学社会学的方法去证实民族主义优越心理。尽管如此,法国学派的实证研究当中毕竟包含了形象学早期研究当中的因素。譬如法国学派所开创的“媒介学”研究当中往往包含着异国异族形象的研究,研究者有意无意地通过大量材料对比这些形象与现实之间的差异。这些研究成果包括法国批评家罗埃(F. C. Roe)的《泰恩和英国》(1923)、维纳的《巴尔扎克作品中的西班牙人》(1930)以及巴尔登斯贝格的《法国文学中的英国和英国人》等。综观这一时期的研究成果,研究者虽然注意到了文学作品中的异国形象,但形象学依然没有作为一门独立的研究被提出,也没有形成一套独立的研究内容与方法。

第二次世界大战以后,法国比较文学学者卡雷首次规定了比较文学的研究对象,并对此作出明确的规定,即“各民族间的、各种游记、想象间的相互诠释”。[2]虽然没有明确提出形象学的概念,但文学作品的异国形象研究首次被置于研究的中心。因此学界称卡雷为现代形象学的奠基人。后来他的学生基亚在其所著《比较文学》一书以专节探讨“人们所看到的外国”,由此形象学研究的基本原则得以正式确立。在他看来,形象研究不再追求民族优越心理,而应“设法深入了解一些伟大民族传说是如何在个人或群体的意识中形成和存在下去的”。[3]

然而,在20世纪五六十年代的比较文学学科“危机”中,美国学者韦勒克等人对法国学派发难,形象学的质疑之声不断出现。面对批评,形象学研究并没有停止探索的脚步,而是一方面认真反思传统研究的问题与不足,一方面充分吸入美国学派的意见重新启航,最终使形象学研究成功地发展成为一门全新的学科。直到20世纪六七十年代,德法比较文学学者大胆借鉴20世纪下半叶蓬勃兴起的人文及社会科学中各种各样的新思路、新方法,根据形象自身的特点,借鉴接受美学、符号学以及当代心理学

---

1 转引自[德]胡戈·狄泽林克:《论比较文学形象学的发展》,方维规,译,《中国比较文学》,1993年第1期。

2 转引自曹顺庆等:《比较文学论》,成都:四川教育出版社,2005年版,第133页。

3 [法]马法·基亚:《比较文学》,颜保,译,北京:北京大学出版社,1983年版,第106页。

和哲学关于想象理论的新观念,为形象学的学科化现代化奠定了扎实的理论基础。其代表人物有巴柔(Daniel-Henri Pageaux)、莫哈(Jean-Marc Moura)、基亚、卡多(Michel Cadot)、德特利(Muriel Détrie)、迪塞林克(Hugo Dyserinck)和布吕奈尔等人。

(二)形象学的"形象"及二元逻辑

首先需要明确的是,形象学研究的"形象"与我们日常生活及文学艺术当中的形象存在着本质上的差异。日常生活当中所说的"形象"往往涉及一个客体的客观再现,包括一个人、一栋建筑、某个政府等,指涉非常广泛,与英语"image"一词的内涵大致相当。而文学艺术当中的"形象"往往是作品主人公的某种品质的典型概括。譬如外国文学当中经常出现的"多余人形象"、"新人形象"、"吝啬鬼形象",以及中国文学当中的"孙悟空形象"、"梁山好汉"、"关公形象"、"包公形象"、"贾宝玉形象"、"阿Q形象"、"周朴园形象"等等。这类人物形象往往是某种性格特征的典型,一个时代的缩影,某种精神的象征。日常生活的形象具有某种实体性,而文学艺术的形象以审美性为要。从内容涵盖而言,前者是后者的现实依据,后者是前者的审美再现。那么比较文学形象学研究当中的形象是什么呢?

在总结前辈观点的基础上,让-马克·莫哈(Jean-Marc Moura)明确地界定了比较文学形象学的研究对象:"它是异国的形象,是出自一个民族(社会、文化)的形象,最后,是由一个作家特殊感受所创作出的形象。"[1]由此,形象学当中"形象"就包含了三重意义,即异国形象、异国形象的生产与塑造。

相比日常生活中的"形象"、文学艺术中的"形象",形象学当中的"形象"与之最大的差异在于其"跨越性"。日常生活中的"形象"与文学艺术中的"形象"大多指涉的是一国或一民族的形象,而形象学当中的"形象"则至少涉及两国以上,当然也包括多国。譬如法国人眼中的西班牙人、中国人眼中的日本人等都涉及两个国家。又如"欧洲人眼中的中国人"、"中国人眼中的西方人"则涉及多国之间的异国形象。当然这三者之间既相互区分也相互关联。三种"形象"的交叉点都是人物。相比之下,日常生活当中的"形象"与形象学当中的"形象"既可指人,亦可指人之外的器物、风俗、景观等。这二者之间的差异在于形象学当中的"形象"通常还包括文学艺术当中创造出来的"形象"。而文学艺术中的"形象"与形象学当中的"形象"的不同则在于,文学艺术中的形象重点在于人物,景观风俗是其人物形象塑造的手段;而形象学当中,人物形象只是"形象"之

1 [法]让-马克·莫哈:《试论文学形象学的研究史及方法论》,见孟华主编:《比较文学形象学》,北京:北京大学出版社,2001年版,第25页。

一。譬如浪漫主义作家笔下的阿拉伯婚礼、18世纪法国人眼中的中国园林、鸦片战争当中的“洋鬼子”等都是形象学研究的“形象”之一。

再者,形象学的“形象”的独特二元逻辑结构也是日常生活的“形象”与文学艺术“形象”所没有的。而这恰恰是形象学的形象所独具的特质。

对于形象学当中“形象”二元特质的认识应当归功于当代形象学对于想象理论的借鉴。法国当代哲学家保罗·利科(Paul Ricoeur)在《从文本到行动》一书中,通过对各种想象理论进行研究后认识到,所有想象理论都游走于两个极端:一种是休谟式的“再现式想象”;一种是萨特式的“创造性想象”。前者只是对想象物“感知的痕迹”,后者则依据想象物的“缺席”或“不在场”。形象学的“形象”生产逻辑更多是萨特式的“创造性想象”。在文学文本抑或其他文本的生产当中,异国形象的形成并不是依据对他国的实地考察,而是建立在对另一国、另一民族、另一群体的想象的基础上。这种建构起来的形象与现实的异国形象完全不同。譬如美国学者赛义德(Edward W. Said)在《东方主义》一书中对西方人眼中的东方人进行研究后发现,西方人眼中的“东方”完全是西方人的纯粹想象,而不是真正文化地理意义上的东方。这样一来,根据“创造性想象”建构起来的异国形象与现实之间就有一道永远无法跨越的二元鸿沟。

异国形象生产的想象-现实的二元逻辑的关键在于“自我-他者”的二元对立。异国形象生产者是想象性的主体——自我。自我依据现实与理想的距离,结合一个时代、一个群体的集体想象,从而塑造出来的异国形象就成为名副其实的“他者”。“自我”与“他者”的主观距离进而构成“想象”与“现实”的文化地理鸿沟。从哲学的角度来理解,“自我”与“他者”存在的关键是彼此之间的“差别”。而这恰恰是现代语言学所说的“所指”与“能指”之间语言的本质特征。“我”之为“我”不是因为与“他者”的相同,而在于二者之间的差异。“自我”要证明自己的存在和影响,“他者”是必不可少的参照系。因此巴柔认为:“一切形象都源于对自我与‘他者’,本土与‘异域’关系的自觉意识之中”,所以“形象即为对两种类型文化现实间的差距所作的文学的或非文学的,且能说明符指关系的表述”。[1]无论是文学创作抑或是群体想象当中,异国形象往往作为与自我相对立的“他者”而存在,自我的社会、文化、意识形态等都会投射于他者,这种投射往往并不能真实地反映他者,而是带有极强的主观性。譬如17世纪的西方社会通过传教士白晋(Bouvet)、傅圣泽(Fon-cquet)等的描述,普遍认为中国历史上的“洪水”与《圣经》描述的洪水有联系,诺亚的三个儿子中的一个在洪水之后来到了东方。很明

1　[法]巴柔:《比较文学意义上的形象学》,孟华,译,《中国比较文学》,1998年第4期。

显，此种描述完全是依据西方“自我”文化，尤其是基督教文化的需要对中国神话的误解，是明显的变异。

正是依据“想象—现实”、“自我—他者”的二元逻辑，形象学研究中的形象所包含的三重内涵的着重点当在第二个方面，即“注重研究创造出了形象的文化”。因此形象学研究的目的不仅在于揭示一个作家，更在于揭示一种文化言说“他者”时所特有的变异性规则。

（三）形象学研究的内容

比较文学形象学研究的内容一般来讲分为文本外部研究和文本内部研究两部分。

1. 文本外部研究大致包含两个部分，即社会总体想象物研究与作家研究。

社会集体想象物是当代形象学从法国年鉴史学派那里借来的概念，它指的是“全社会对一个集体、一个社会文化整体所作的阐释，是双极性（认同性与相异性）的阐释”。[1]简单来讲，社会集体想象物就是全社会对一个异国社会文化整体所作的看法总和，它是对一个社会（人种、教派、民族、行会、学派等）集体描述的总和，它既是构成又是创造了这个描述的总和。它潜在地制约着一个国家的个体，包括作家本人对异国社会的认识，当然也是他者形象的意义母体。根据异国形象的二元逻辑，社会集体想象物也具有两种特质，即意识形态与乌托邦。这两种特质也就是巴柔所说的“双极性”——认同性与相异性。

形象学所说的意识形态，并非马克思主义所表明的有关政治经济文化的一整套观念的总和，而是与“任何自塑自我形象、进行戏剧意义上的‘自我表演’、主动参与游戏和表演的社会群体的需求”相连。社会集体想象物所具有的意识形态特征表明，该社会群体以自我文化的认同方式去整合异国形象的相异性，从而认同自我文化的优越性，否定异国形象所具有的相异性，最终得以维护和保持现实社会的稳定性。譬如18世纪法国人对西班牙人的认识就是如此。在当时法国人的观念当中，西班牙人野蛮、落后、热情，这种认识潜在地认同了法国启蒙文化的主导地位，并通过对西班牙人的启蒙救赎，最终否定西班牙人的文化特质。因此，通过意识形态整合后的异国形象与文化地理意义上的异国形象明显背离，其对于本国文化具有一种向心作用，是一种变异的形象。这种变异的形象，可以折射出注视者的集体心态。

与意识形态相反的是乌托邦。德国社会学家曼海姆（Karl Mannheim）认为乌托邦

1　[法]巴柔：《从文化形象到集体想象物》，转引自陈惇，孙景尧，谢天振主编：《比较文学》，北京：高等教育出版社，1997年版，第173页。

是想象与现实之间的差异,这一差异对现实的稳定性与持久性构成一种威胁。当一个社会对现存社会秩序表现出极度的不满倾向,异国形象所具有的相异特质就会得到认同,异国社会的文化观念、民风习俗,甚至器物景观都会以理想化的方式得到展现,从而对现存社会秩序具有一种颠覆功能,实现对现实社会观念文化的解构。譬如发生在17世纪欧洲的“中国热”,就反映了欧洲人当时对中国乌托邦式的幻想,认为当时的中国在文化、政治体制等诸多方面都是欧洲人学习的榜样,他们盛赞中国政府是哲人统治的政府,是柏拉图(Plato)“理想国”的实现,是欧洲人应当效法的楷模。这样的变异的中国形象,反映了当时欧洲人对本国现实强烈不满的心态,塑造一个完美的中国形象,正弥补了他们心灵上的缺失。与意识形态不同的是,乌托邦保留了异国形象的相异性,它是对本国社会文化的一种背离,具有一种离心的作用,具有颠覆现实的功能。

社会集体想象物作为形象学的外部研究方向之一,要求研究者尽可能多地去掌握与文学形象平行的、同时代的证据——报刊、副文学、图片、电影、漫画等,并以此为背景来分析和研究文学形象,看它在多大程度上符合或背离了社会集体想象。同时还需要关注舆论层面、精神生活层面、象征描述层面。譬如美国黑人作家重提非洲是一片神秘而肥沃之地的神话,以使其转向一个新的虚构意义:他们的祖先就来自那片自由的、很具有诱惑力的国土。正是以这种舆论方式实现他们对故土的向往,对现存社会秩序的批判、颠覆。

作家研究。虽然文学作品是作家自我创造性想象的虚构叙事,然而作家亦是整个社会的一员,他对异国形象的创造性想象亦离不开社会集体想象物的大背景。在形象学研究当中,研究的重点在于系统考察作家是如何塑造出异国形象的,创作时的心理状态以及所塑造异国形象的真实性与审美性。

譬如笛福在《鲁滨逊感想录》当中对中国人的描写:傲慢无礼、讲究排场、不诚实、虚伪。如果细细考察笛福的创作经历与社会背景就会发现,笛福本人从未到过中国,因此他所塑造的中国人形象是不真实的,然而却符合新兴资本主义的文化观念,并以此方式最终消解了英国人对于中国社会的美好理想。

美国作家赛珍珠(Pearl S. Buck)曾经长期居住在中国,对中国的风土人情、社会习俗非常了解,还曾翻译过《水浒传》,在西方非常有影响力,也是大家所公认的传播中国文化、改变中国形象最有力的宣传者。其作品《大地》、《母亲》等在西方影响非常大。其作品破除了西方人长期以来对于中国人的错误认识,勤劳勇敢、精明能干、沉默寡言、任劳任怨成为中国人的显著特征。然而如果细细考察其文化背景就会发现,赛珍珠本人的经历以及所塑造的人物形象实际上暗含了西方资产阶级人道主义的思想。

2.文本内部研究包括构成文本的词汇、等级关系与故事情节等三个方面。

在异国形象的生产当中，词语往往是一个社会、一个群体表达异国形象最直接的方式与手段。在异国形象传播当中，有些词汇往往未经翻译直接进入注视国文本当中。从历时性角度去研究这些词汇如何进行流传，如何被想象，如何被转化，可看出异国形象的流变。譬如未经翻译就进入西方语言当中的“道”（Tao）、“功夫”（Kung fu）等词；又如在中国文学当中曾经广泛流传的有关日本人的词语，就表明中国对日本人形象的某些看法的变迁。从明代的“倭寇”，清末的“东人”，到后来的“小日本”、“东洋鬼子”等词，这些词语的变迁明显地传递出中国人对日本人的态度演变。在这些词汇当中最具异国形象的应当是“套话”。

套话是“stereotype”的汉译，原意指印刷业中的铅板，后来由此意引申出“陈词滥调”、“老套”等意义。按照以色列符号学家吕特·阿莫希（Ruth Amossy）所下的定义，“套话”就是人们“现成的思想套装”，亦即人们对各类人物的先入之见。[1]“套话”是形象研究最基本，也是最有效的部分。巴柔指出，“作为他者定义的载体，套话是陈述集体知识的一个最小单位，它希望在任何历史时刻都有效。套话不是多义的，相反，它却具有高度的多语境性，任何时刻都可以使用”，譬如“法国人，嗜葡萄酒；德国人，嗜啤酒；英国人，嗜茶”等。[2]从以上定义可以看出，“套话”不仅仅是研究形象的最具体最易操作的层面，而且具有一定的普遍性，被希望在任何历史时刻都有效，因此“套话”相对于变化万千的“社会集体想象物”来说，更具有稳定性。在一定的历史时期内，“套话”可以表现注视者对于他者的一个相对固定的思维模式，通过研究“套话”可以考察一定时期内的民族心态史，使形象学研究和更为广泛的社会科学研究结合在一起。譬如欧洲人长期用“鹰钩鼻”来形容犹太人，中国人长期用“老毛子”、“大鼻子”等词来描述外国人。

所谓的等级关系是指在文学文本当中，透过词汇、形象、故事等单元所潜在的“自我”与“他者”之间的对立关系。这种对立关系往往表现于时空场景的设置与人物体系身份的构成两个方面。譬如20世纪50年代到80年代法国文学所描述的“第三世界”要么被想象成一个与现代都市相对立的原始自然社会，要么被想象成一个野蛮落后的危险世界。人物身份体系的设置则往往通过两组鲜明的外在形态表明两个对立的等

1　转引自孟华：《中法文学关系研究》，上海：复旦大学出版社，2011年版，第22页。

2　转引自孟华：《中法文学关系研究》，上海：复旦大学出版社，2011年版，第23页。

级秩序。

相比等级关系，形象学文本内部研究的最高等级就是概括出程式化的叙事结构，即故事情节，由此找出异国形象规律。譬如在中国一系列的抗日题材的文学影视作品当中，往往形成一个程式化的叙述模式：中国人的和平生活——日本人的残暴入侵——中国人的强烈抵抗——日本人的最终惨败。又如在19世纪的西方文学当中，往往会出现中国女子疯狂爱上欧洲男子的故事情节。这个故事的象征意义表明：中国人易受到西方文明的诱惑。

二、接受学

接受学在比较文学研究中也被称为"接受研究"，主要研究一个国家与民族的接受者（包括作家与读者）在文学接受和交流过程当中出现的文化过滤与文学误读，找出跨越性文学接受的相关规律与变异性特征。接受学最初起源于法国学派所提倡的影响研究，后来在接受美学理论的影响下突破法国学派实证研究的藩篱，以研究跨越性文学接受交流过程中表现出来的文化过滤与文学误读为目的，深入探究跨越性文学交流与接受的变异规则。

（一）接受研究的兴起

接受研究最早来源于法国学派的影响研究。然而法国学派在国际文学史研究当中过于注重事实材料，运用实证方法寻求一国文学在国外的影响、舆情、荣誉或成功，却忽略了该国文学在异国文学当中的实际接受。所以法国学派最初的影响研究有接受者，却无接受研究。当然这也是由比较文学发展的最初阶段以及当时法国研究界浓重的实证主义风气导致的。

法国学派的元老梵·第根首次提出了影响研究的路线图，即"放送者"、"接受者"与"传递者"，分别构成影响研究的三个分支：流传学、渊源学与媒介学。涉及影响与接受的分别是流传学与渊源学。他提出：在一切场合当中，我们可以首先去考察那穿过文学界线的经过路线的起点：作家、著作、思想。这便是人们所谓的"放送者"。其次是到达点：某一作家、某一作品或某一页，某一思想或某一情感，这便是人们所谓的"接受者"。[1]同时他认为比较文学"在不同文学的相似组群中建立起接触点"。这里的"接触点"，就是不同国家文学的相同来源。尽管在理论上梵·第根关注到了影响研究的"接

1 干永昌等选编：《比较文学研究译文集》，上海：上海译文出版社，1985年版，第59—60页。

受者”，然而在实际的研究当中，无论是流传学抑或是渊源学，其研究的落脚点都在“放送者”，而有关“接受者”的研究则阙如。同样的情形也出现在基亚的《比较文学》一书当中。虽然他提出比较文学的研究对象是“国际文学关系史”，但对于国际文学交流过程当中的接受与来源却丝毫没有关注。

20世纪50年代美国学派异军突起，雄心勃勃。以新批评研究起家的韦勒克首先以“比较文学的危机”为名发起对法国学派的猛烈攻击。虽然攻击带有火药味，然韦勒克细数的法国学派的“罪状”却不能说一点道理都没有。从文本内部研究来看，韦勒克认为“主题和方法的人为划分，来源和影响的机械观念，文化民族主义的动机，不管其如何慷慨，它们对我来说是比较文学旷日持久的症状”。[1]同时他还认为，法国学派狭隘地关注来源和影响、原因与结果，他们不可能将文学作品当作整体来研究，更不会关注作家在接受外来影响的同时会同化为新的结构问题。后来美国学者布洛克(Haskell Block)与约瑟夫·T. 肖(Joseph T. Shaw)更进一步地表达了内部研究对于文本接受的关注。尤其是约瑟夫的观点更具有建设性，他说：“有意义的影响必须以内在的形式在文学作品中表现出来，它可以表现在文体、意象、人物形象、主题或独特的手法风格上，它也可以表现在具体作品所反映的内容、思想、意念或总的世界观上。”[2]因此布洛克总结说，以往的影响研究仅仅是个工具，它只做了一半的工作，而接受研究就是来做剩下的另一半工作。从这里开始，受美国学派内部研究的影响，接受研究正式成为比较文学的一个方面，直到1979年8月在奥地利固斯布鲁克的国际比较文学学会第九届大会上，“接受”概念正式被国际比较界承认。当然这一过程还与接受研究的另一理论资源——接受美学密切相关。

(二)接受学研究与接受美学

比较文学接受学研究的兴起固然与美国学派运用文学内部研究反抗法国学派的影响研究分不开，然而真正促使比较文学接受学蓬勃发展的当是20世纪60年代中期兴起于德国的接受美学。接受美学进一步打破文学研究长期以来形成的“作家中心”与“文本中心”局面，力求以文学文本的接受端——读者的阅读反应来研究文学文本的生产与接受机制。正是由于接受美学的广泛影响，比较文学接受学才进一步借助接受美学的理论维度，打开了接受研究的新篇章。

1　René Wéllek, The Concepts of Criticism, New Haven: Yale University Press, 1963, p.290.

2　[美]约瑟夫·T. 肖：《文学借鉴与比较文学研究》，盛宁，译，见张隆溪选编：《比较文学译文集》，北京：北京大学出版社，1982年版，第39页。

虽然西方文艺理论界长期以来都对文本阅读接受予以关注，但因各种原因，文学阅读的读者一极始终未成气候，甚至几乎被“作家中心”与“文本中心”的文艺理论传统所遮蔽。尤其是20世纪以来，随着科学主义侵入人文社会科学研究，文学研究“向内转”的趋势催生出大批形式主义文论研究流派，诸如新批评、形式主义、语义学、符号学、现象学与结构主义等。此类研究虽然张扬了文学文本的审美性特质，取得了不少成就，但以静态封闭的方式研究文学作品，忽略文学创作与阅读的动态性，最终固化为机械呆板的文学研究。

为了打破这种僵局，同时区别于所谓的形式主义的文学研究，保持文学活动的整体性与动态感，接受美学看到了文学研究的读者维度。20世纪60年代中期以德国康斯坦茨大学为中心，聚集了伊瑟尔（Wolfgang Iser）、福尔曼（Manfred Fuhrmann）、尧斯（Hans Robert Jaus）、普莱森丹茨（Wolfgang Preisendanz）和施特利德（Jurij Striedter）五人，他们在积极从事文学接受研究的基础上，提出要研究读者在接受作品时所产生的一系列因素与规律，倡导文学研究必须侧重研究读者的理论，人称“康斯坦茨派”。后来美国的费希（Stanley Fish）等人又提出“读者反应批评”，进一步将接受美学传播到世界各地，对其后的文艺批评界形成巨大影响。

针对传统文学理论有意忽略文学作品第三要素——读者的情况，接受美学认为文学作品不是所谓的自在自为的客体，有其固定的意义内涵，而是像乐谱一样，只有依靠读者的“演奏”才能变成美妙动听的音乐，只有读者的能动性才能赋予文学作品流行于世的决定性力量。同时，读者的能动性与时代的不断变迁，也决定了文学作品不可能是一个自在的存在体，其意义不断地处于流动当中。作者的创作意图最终由读者的“接受意识”决定。相应地，文学的历史不应该是文学的创作与表现史，而是文学的接受史与阅读史。

之所以读者在决定文学作品的流传与价值方面有这样神奇的力量，主要在于读者拥有他们所说的“期待视野”，以及作品是一个开放的“呼唤结构”，正是这两方面的相互作用决定了一部文学作品在历史长河中的流传与更新。从历史来看，文学的接受同时具有共时性与历时性，用接受理论的话来讲就是“水平接受”与“垂直接受”。不同的时代，不同的文化，不同的读者，甚至同一时代的不同文化与不同读者，文学接受的效果是不一样的。

正是乘着“接受美学”的东风，比较文学的接受学迎来了它理论上的成熟。对文学第三要素的重新发现，让接受美学进一步摆脱美国学派的文本中心理论，重新检视法国学派对“接受者”的忽略。以　接受美学的视域来研究比较文学的接受者，可以发现比较文学确实是法国学派所界定的“国际文学交流史”，它隶属于文学交流的一支。有文学交流就有文学的接受者，即读者。正是读者的接受让局限于一国的文学走出国门，打破民族的界限，在异国异族当中获得新生。而所有这一切都是“读者”所赋予的。所以前文“译介学”当中谈到文学作品的翻译的时候就谈到了“创造性叛逆”，其实质就是作为读者的翻译家通过其翻译阅读让流传于一国的作品在异国他乡重新获得生命，也就是埃斯卡皮所说的“第二次生命”。因此“接受理论也与比较文学一样，很关注一部文学作品的‘创作经过路线’，并和比较文学中影响的放送与接受等观点趋于一致。接受理论与比较文学终于在这里找到了契合点”[1]。

应该看到，正是在接受美学的影响之下，比较文学再次扩大了自己的研究领域，不仅让接受学研究真正走向成熟，也解决了多年来法国学派与美国学派针对影响产生的分歧。

（三）接受与影响

比较文学接受学既然关注跨越性文学交流当中的接受者，重点考察跨越性文学交流中因文化背景、读者阅历与时代语境而产生的文化过滤与文学误读，难免就与它的发送者的影响密切相关。而这一点也正是许多教材在介绍接受学的时候必须要阐明的问题。

何谓影响？何谓接受？围绕着比较文学影响研究的发送者与接受者，流传学与渊源学之间往往纠缠不清，难分彼此，为教学带来相当的麻烦，当然也让诸多学生困惑不已。

何谓影响？“比较文学所说的‘影响’，主要是指一个民族文学的演变过程中，或一个作家、作品中所显示出来的外来因素，这种因素是从本民族的传统和作家本人发展的过去中无法作出解释的；这些外来的因素经过吸收、消化，已经渗透到民族文学之中，参与了艺术创造和民族文学发展的过程，并成为它的一个有机的组成部分。这种外来的影响可以是直接的，也可以是间接的。有时可以被明显地发现，有时则已被消融而不着痕迹。影响研究就是要用充分的可靠的材料来阐明各民族文学之间相互联系相互影响的事实，探讨其中的规律，获取文学交流中可资借鉴的经验教训。”[2]根据梵·第根的理论，研究者如果把着力点放在影响过程的起点，即放送者，那就要研究这

1　陈惇，孙景尧，谢天振主编：《比较文学》（第二版），北京：高等教育出版社，2007年版，第326页。

2　陈惇，孙景尧，谢天振主编：《比较文学》（第二版），北京：高等教育出版社，2007年版，第48页。

些作品在国外的成功;如果关注影响过程的终点,即接受者,那就要针对被影响的作品影响进行痕迹还原,追根溯源,考察放送者与接受者的因果关系。很明显,无论是前面的定义抑或是梵·第根的理论阐述,我们影响研究的核心在于"放送者",而"接受者"研究的目的仅在于探讨放送者是如何影响接受者的,并没有真正研究接受者如何接受,在何种情形下接受,接受时的具体语境,以及接受之后发生的变异,等等。而这才是接受研究的要点。

那么何谓接受呢?尽管前面提及美国学派已经谈到比较文学研究应当以文本为中心,关注文本的审美特性,着重研究文学的接受,但其有关比较文学接受学的阐述仍然没有任何实质性的推进。这里我们采用意大利当代学者梅雷加利(Franco Meregalli)的阐述。他说:"'接受'这个术语跟信息与接受者之间的关系紧密相连。但是必须注意到,这种关系可以用两种不同的方式、两种不同的矢量前景去考察:可以把交流作为信息对接受者的影响加以研究,也可以把它作为接受者对信息的影响加以研究;也就是说,存在着两种方向,一种是'信息——接受者',另一种是'接受者——信息'。接受美学的代表理论家在论及接受时主张第二种方向,第一种方向可以称为'影响'。"[1]从这个角度而言,如果我们着眼于"接受者",重点研究接受者对"信息"的读取、处理以及改编,这就是接受。后来美国学派学者韦斯坦因对"影响"与"接受"作出了更严格更科学的规定:"'影响',应该用来指已经完成的文学作品之间的关系,而'接受'则可以指明更广大的研究范围,也就是说,它可以指明这些作品和它们的环境、氛围、作者、读者、评论者、出版者及其周围情况的种种关系。因此,文学'接受'的研究指向了文学的社会学和文学的心理学范畴。"[2]因此就比较文学研究而言,接受研究主要研究读者如何理解和鉴赏外来文学作品,以及这些作品被接受后所产生的变异因素,包括文化过滤、文学误读,其重点在于理解鉴赏背后的文化环境与集体心理。而影响研究则主要探讨外来文学的借鉴、模仿以及素材来源,其着力点在于作品。

(四)接受学的研究内容:文化过滤与文学误读

文学接受既然以国际文学交流的接受者为支点,重点探讨文学作品在域外的接受,那么文学接受的外在文化、时代背景就与接受者的知识积累、社会阅历密切相关。而这一切就是接受美学所说的"接受屏幕",用文化交流的话语来讲就是文化过滤。正是因为文化过滤的存在,文学接受当中的文学误读才成为既成事实。

---

1 干永昌等选编:《比较文学研究译文集》,上海:上海译文出版社,1985年版,第406页。

2 [美]乌尔利希·韦斯坦因:《比较文学与文学理论》,刘象愚,译,沈阳:辽宁人民出版社,1987年版,第47页。

曹顺庆认为:“文化过滤是研究跨异质文明下的文学文本事实上的把握与接受方式,它是促成文学文本发生变异的关键。文化过滤指文学交流中接受者的不同的文化背景和文化传统对交流信息的选择、改造、移植、渗透的作用。它也是一种文化对另一种文化发生影响时,由于接受方的创造性接受而形成的对影响的反作用。”[1]由于受特定的时空环境的制约,接受者形成了独特的文化心理与阅读习惯。这一切都必然影响着文学作品的接受与解读。同时接受者利用自身的能动性,根据其生长的文化背景主动选择所需要的外来文学作品,并由此衍生出对于文本信息的变异性筛选、改编、叛逆与创新。譬如奥斯特洛夫斯基(Alexeevich Ostrovsky)的小说《钢铁是怎样炼成的》曾经在中国风靡一时,影响了整整一代人,几乎人人都能背诵保尔·柯察金对于人生的感悟。然而当下中国还有多少年轻人能够记起他的名字?究其缘由,在于时代背景与文化需求发生了变化。又如,英国作家勃朗特三姐妹的作品在中国的命运也因为时代背景、集体心理与文化语境的变迁而发生着变化。以温柔敦厚为根底的中国文化无论在近代抑或是现代都更倾向于接受《简·爱》,而激烈疯狂的爱情复仇故事《呼啸山庄》则在一段时间以来遭到批判。

正是因为文化过滤的存在,所以文学误读的产生自然而然。所谓文学误读,是指在跨文化交流过程中,接受者由于独特的文化心理和欣赏习惯,对原文本意义的理解发生了偏离。文学误读的原因有很多,其中最主要的原因就在于文化过滤。受潜意识中的本土文化的影响,读者在阅读理解、翻译改编外来文学作品的过程当中,总会按照自己的期待视野选择性地进行接受,甚至出现与原文完全不符合的情形。这就是我们所说的文学误读。对此美国著名批评家布鲁姆(Benjamin Bloom)提出了“影响即误读”的理论。他在其名著《影响的焦虑》一文中说:“诗歌的影响——当这种影响涉及两位强劲有力度的、权威的诗人时——总是通过对较前一位诗人的误读而发生的。误读这种创造性的衔接、联系行为,确实是并且必然是一种误释。一部丰硕多产的诗歌影响史,即从文艺复兴起西方诗歌的主要传统,就是一部焦虑和自我适合的歪曲模仿的历史、一部曲解的历史,一部反常、任性、故意的‘修正主义’的历史,而若无这种‘修正主义’,现代诗歌本身也不可能存在。”[2]

文学误读通常出现在文学翻译当中。因为文化过滤的障碍,一国文学文本被转化成另一国语言之后,或多或少,不可避免地会产生误读。对此谢天振指出,由于文化意

1　曹顺庆主编:《比较文学教程》,北京:高等教育出版社,2010年版,第98页。

2　[美]布鲁姆:《影响的焦虑》,转引自朱立元主编:《现代西方美学史》,上海:上海文艺出版社,1993年版,第969页。

象的错位，翻译时必然导致意象的失落与歪曲，从而导致原作文化信息损耗和译入语文化的渗透，使得原作发生变形、扭曲。[1]譬如中西文化当中经常出现的"龙"意象。在中国文化当中，"龙"不仅是华夏图腾，象征着中华民族；同时还象征着至高无上的权威。因此皇宫里到处布满龙的图案装饰，以此象征皇帝高贵神圣的地位。然而在西方文化当中，"龙"往往是凶残狠毒的怪物。这在西方神话，包括古希腊罗马神话、北欧神话当中较为常见。因此无论是在翻译当中，抑或是文化交流当中，双方文化过滤的障碍必然会影响双方的接受，从而导致误读。

除此之外，在文学改编过程当中，原作往往被有意无意地误读，以此达到接受者的目的。譬如元杂剧《赵氏孤儿》在国外的流传与接受便是典型的误读。法国启蒙思想家伏尔泰通过误读实现他对启蒙理性与博爱的论证；法国传教士马若瑟（Joseph de Prémare）在《赵氏孤儿》当中找到了法国古典悲剧的崇高与理性；英国剧作家威廉·哈切特（William Hatchett）在改编当中表达他对英国权力斗争的不满；德国文豪歌德通过改编，表达了对东方神秘文化的向往。诸如此类的改编反映出，同一剧本，在不同国度、不同接受者那里，总是遭到有意无意的误读。元杂剧《灰阑记》在国外流传与接受中亦是如此。

知识链接：我国元代作家李行道的杂剧《包待制智赚灰阑记》（即《灰阑记》）中的主要情节：两个妇女为争夺一个孩子打官司，双方都声称孩子是自己生的，法官审情度理，终于把孩子判给了其真正的母亲。这个故事来源古老，希伯来文的《圣经》、阿拉伯文的《古兰经》先知故事和古代印度巴利语佛经故事中都有类似的内容。朱炳荪认为《灰阑记》受上述三个宗教故事的影响。[2]《灰阑记》后来也流传到西方，在欧洲有法语、英语等多种译本，为西方读者所接受。当然，西方在接受该剧时，已经不是原样接受，而是做了不少的改编，其中影响最大的是德国戏剧家布莱希特（Bertolt Brecht）于1945年改编创作的《高加索灰阑记》。

总之，接受学在研究跨越性的文学交流中的接受现象时，不能仅仅搜求证据表明材料的借鉴模仿，更应该深入地分析接受者在怎样的文化过滤当中实现了文学误读的变异。而这正是接受学研究的目的所在。

1 谢天振：《译介学》，上海：上海外语教育出版社，1999年版，第174–193页。

2 详见朱炳荪：《〈灰阑记〉纵横谈》，《社会科学战线》，1983年第1期。

思考题：

1.休谟式的"再现式想象"和萨特式的"创造性想象"有何不同？

2.何谓社会集体想象物？

3.形象学所说的意识形态与乌托邦分别指什么？

4.比较文学接受学的研究内容是什么？

第四节　变异学

导　读

赛义德在《理论旅行》一文的开头说道："相似的人和批评流派、观念和理论从这个人向那个人、从一个情境向另一情境、从此时向彼时旅行。文化和智识生活经常从这种观念流通中得到养分，而且往往因此得以维系。无论观念和理论的这种由此及彼的运动采取的形式是意识到的影响还是无意识的影响，创造性的借鉴抑或全盘照搬，它都是一种生活事实，也是促成智性活动的一种很有用的条件。然而这样说还不够，应该进一步具体说明那些可能发生的运动类别，以便弄清一个观念或一种理论从此时此地向彼时彼地的运动是加强了还是削弱了自身的力量，一定历史时期和民族文化的理论放到另一个时期或环境里，是否会变得面目全非。观念和理论从一种文化向另一种文化移动的情形是很有趣的，所谓东方的超验观念在十九世纪初期输入欧洲或十九世纪晚期欧洲的某些社会思想译入传统的东方社会，就是这样的个案。进入新环境的路绝非畅通无阻，而是必然会牵涉到与始发点情况不同的再现和制度化的过程。这就使关于理论和观念的移植、转移、流通以及交换的所有说明变得复杂化了。"[1]赛义德的这种"旅行理论"（Traveling Theory），已经成为关于理论如何接受、变异和创新的基本逻辑框架。

一、变异学的定义及特点

变异学（The Variation Studies）是指在跨文明的背景下，将比较文学的跨越性和文学性作为自己的研究支点，通过研究不同国家之间的文学交流与碰撞之中所呈现出来

1　[美]爱德华·W.赛义德：《赛义德自选集》，谢少波，韩刚，等译，北京：中国社会科学出版社，1999年版，第138页。

的变异状态，以及研究没有事实关系的文学现象之间在同一个范畴上存在的文学表达上的异质性和变异性，从而探究文学现象差异与变异的内在规律性。[1]

变异学作为比较文学发展到第三阶段时中国学派的理论产物，是中国比较文学对世界比较文学做出的独特贡献，也是比较文学中国学派的理论独创性所在。根据定义可以看出变异学主要有三个方面的特点。

第一，跨文明是变异学提出的理论背景。跨越性本身是整个比较文学学科的基本特点之一，但在这里需要强调的是变异学所着重的跨越性主要是跨文明。无论是法国学派、美国学派甚至是中国学派的早期，跨越性一直是定义在这样几个层面，即跨国家、跨民族、跨语言、跨文化与跨学科。比如陈惇、孙景尧与谢天振等在为比较文学下定义时就明确地指出，要"把比较文学看作跨民族、跨语言、跨文化、跨学科的文学研究"。[2]但是从逻辑上而言，无论是国家、民族、语言还是文化，这几个范畴都存在着概念的内涵与外延之间的交叉，从而容易引起混乱，所以本书不再沿用。再则从各个国家、民族之间的横向交流而言，文化只有跨越了文明才能引发变异，才能生长出文学的新枝，否则便是同一文化种属之间的延续与传承。即使没有横向交流的文学事实，由于不同文明之间的差异导致的文化的过滤，最终也会使同一文学观念、文学范畴与文学规则等发生变异。因此跨文明的背景更能彰显出文学在交流与碰撞中所遭遇的异质性以及由此引发的文学变异现象。

第二，文学性始终是变异学研究的理论支点。比较文学在发展过程中，始终面临着重构与解构的怪圈，究其原因主要在于文学性与非文学性之间的纠结。法国学派为了求得一个科学而严谨的定义，无论是在理论规范还是在研究实践中，都将重点放在了"国际文学关系史"上，由此导致比较文学研究走向一种社会学式的实证。尽管美国学派企图拨乱反正，将比较文学研究的属性定位在"文学性"上，但这一属性最终还是因抵挡不住"理论大潮"与"文化大潮"的冲击而走向泛滥。文学与文化、文学与人文、甚至文学与科技到底关系如何？所有这些问题都使得比较文学一次次地面临危机，甚至面临解构。相反，变异学研究从一开始就以文学性作为自己的支点。正是在这一支点之上，无论是横向的文学交流，还是同一文学观念的对比，最终都是以文学作为中心，去研究不同文明体系之下所呈现出来的文学的差异性与变异性。至于其中所涉及的民族、国家、语言与文化，也在文明的参照体系中，以文学为中心去考察它们对文学

1　曹顺庆，李卫涛：《比较文学学科中的文学变异学研究》，《复旦学报（社会科学版）》，2006年第1期。

2　陈惇，孙景尧，谢天振主编：《比较文学》，北京：高等教育出版社，1997年版，第9页。

的影响，从而探讨文学与这些要素之间的作用机制。

第三，差异性规律的探讨是变异学研究的宗旨。既然变异学研究是在跨文明的背景之下展开的，异质性便是其首先面临的问题。异质性首先是通过不同文明的差异性体现出来的，其次它直接地通过文化的过滤而进入文学层面。因此变异学研究的宗旨便是透过文明的异质性背景，去揭开因不同文化背景、不同民族情感与心理、不同学术规则所呈现出来的不同文学之间的差异性规律。这一目标完全不同于原有的法国学派与美国学派的“求同”思维。因为比较文学研究只有站在“跨文明”的背景之下，掌握不同文学体系之间的差异性，才能完全达到中国学派早期所提出的“和而不同”的理想，才能实现世界各个文学体系之间更好的交流与互补、对话与沟通，从而真正实现歌德所期盼的“世界文学”局面。

二、变异学提出的学术背景

（一）文学的横向交流必然导致文学变异学现象

变异学的存在有着实实在在的历史语境，这种语境便是世界不同文明、文化与文学在跨越民族与国家的界限的过程中所呈现出来的交流碰撞与冲突融合。世界各个文明与文化体系内的文学发展并非完全封闭的，也非单向发展，而是与其他文明与文化体系中的文学不断地相互交流与融合。只要出现了各个文明与文化体系间的文学交流与碰撞，单一的文学样式必然会发生变异。文学变异现象是各个文学体系在横向交流中必然发生的现象。

在古今中外的文学交流与碰撞中，文学变异现象比比皆是，或显或隐。比如欧洲文学在发展的过程中，由于政治、经济与历史的原因，也曾出现过多次不同的文学交流与碰撞的情形。在古希腊城邦建立的过程中，古希腊民族是经历了几次大的移民运动才构成的。在这些移民大军中，有一支便是富于开拓精神与冒险精神的亚该亚人，在公元前2000多年前他们便与当时非常繁荣的埃及古国建立了联系，并且在文化上深受其影响。在迈锡尼时期的墓穴中，人们发现死者戴着金面具，这便是受埃及影响的佐证。后来荷马时代所传颂的那些英雄便是亚该亚人的祖先。由此看来，古希腊文学的源头——神话与传说首先便是多种文化交流之后变异而成的。这一点已有学者作出相关证明，比如希腊著名的酒神狄俄尼索斯（Dionysus）便起源于波斯。以至到后来为尼采所推崇的酒神精神不仅铸造了古希腊戏剧的辉煌，也成为欧洲文化中非理性思潮的重要来源。

> **知识链接：**狄俄尼索斯是宙斯与凡人塞墨勒(Semele)结合而生的，其发明了种植葡萄和酿造葡萄酒的技术。天后赫拉(Hera)曾使其疯癫、被放逐而四处流浪。酒神有不少女信徒，她们经常醉酒疯癫、吵吵嚷嚷，这些信徒被称为迈那得斯(Maenads)。酒神所经之处，人们纷纷开始种植葡萄并酿制葡萄酒，各地也开始建造神庙来祭祀他，甚至很多地方每年都要举行盛大的酒神节来纪念这位神灵。节日上的舞蹈与祭礼后来衍生成为希腊最初的戏剧。这些祭礼称为Komos，意为狂欢队伍之歌。而"喜剧"一词comedy即来源于此。狄俄尼索斯代表了丰收与喜悦，也含有生育、性爱、癫狂的意味。尼采说酒神精神是希腊精神的另一极，与日神精神相对，是非理性主义，是迷醉与狂欢。狄俄尼索斯模糊了人与神的界限，兼有理性与疯狂、美好与危险等特征。

当古希腊文学与古罗马文学被蛮族破坏殆尽的时候，占统治地位的文学便只有基督教文学了。且不说基督教文学本身来自东方的希伯莱文化，即使它成为西方文学另一源泉之后，在再次征服世界的过程中也一再地与其他文化与文学发生冲突交融。当十字军打着基督教的旗帜东征的时候，随宗教冲突而来的是文化的繁荣。在十二三世纪出现短暂的辉煌之后，14世纪到17世纪，欧洲文学又迎来了一个全新的时期——文艺复兴。表面上，欧洲文学似乎又重新回归到了古希腊文明，但实质上是已经变异的文明。欧洲学者所获得的古希腊文明已经沾染上阿拉伯世界的文化因子。因为早在十字军东征之初，基督教与伊斯兰教之间由于宗教的冲突，文化的碰撞与交流便已经形成一股暗流，潜在地影响着欧洲的文学面貌。从中世纪时期的骑士叙事诗到文艺复兴时期的框架式小说、十四行诗，都受到过阿拉伯文学的影响。杨宪益曾系统地探讨了十四行诗的流传。根据他的研究分析，十四行诗起源于阿拉伯文学，文艺复兴时期的学者在找寻古希腊古罗马人的文化之时，顺便也将阿拉伯鲁拜体诗歌引入欧洲，于是从彼特拉克(Francesco Petrarca)起，欧洲前前后后有很多诗人都写过十四行诗，并且最后成为欧洲文学类型中比较有代表性的一类诗歌。需要注意的是，从鲁拜体诗歌到十四行诗，其中已经经历了很多的变异，最后传入中国的时候，由于中国文化不同于欧洲文化的异质性，十四行诗再次经历了变异。

继文艺复兴之后，随着资本主义的发展，出于对外贸易的需要，当时欧洲的很多国家开始将眼光投向神秘而遥远的东方国家——中国。自1295年41岁的马可·波罗回到他的家乡后，那个美丽富饶、充满异国情调的中国便成为欧洲向往的乌托邦；随后欧洲诸国都争相派遣教士、使节前往中国,一直到17世纪。在当时,欧洲文化的中心法国更是掀起了一场"中国热"。由此,中国文化与文学传入欧洲,中国人的形象在欧洲几乎家喻户晓。然而物极必反,过分的狂热最终带来了笛福等人对中国形象的丑化。这样的情形一直持续到近现代。之所以会出现这样的情形,按照赛义德在《东方学》中所阐述的理论,中国人的形象实际上是欧洲人"想象"中的形象,是经过他们的"文化过滤"后的变异了的形象。

当欧洲文化在拉美扎根的时候,由于文化的冲撞与交融,文学变异的现象也非常明显。比如20世纪五六十年代出现的魔幻现实主义文学便是欧洲文学与本土文化杂交变异之后的一朵奇葩。

同样地,由各种历史因素引起的文学变异现象在中国也非常明显。在魏晋南北朝之前,文化中占统治地位的是儒家与道家的学说。然自东汉末年以降,连年战乱,政权更迭,老百姓陷入了水深火热的生活之中。原有的儒家与道家学说似乎已经不能满足当时政治与文化的需要。东汉末年才传入中国的佛教从最初的星星之火,历经短短几十年的时间便在中土大地发展成燎原之势,以至于杜牧说"南朝四百八十寺"。尽管如此,佛教毕竟是外来文化,它不可能完全置换掉中国本土文化。在与儒家、道家文化几次交锋中,佛教文化慢慢地发生变异,最终完全中国化,形成世界佛教中非常重要的一脉——禅宗。在佛教中国化的过程中,中国文学也慢慢地受到了它的影响,形成了独特的中国文学传统。闻一多在论及中国古代文学史的时候认为,如果没有外来文学因素的介入,中国本土文学就不会有那么多变异性的发展,北宋以后的文学史可能就不必再写。[1]

不仅是中国文学在发展过程中经历了很多变异的过程,日本、韩国以及其他东南亚诸国的文化与文学也在与中国文化交锋的过程中发生了非常明显的变异。

由此看出,在人类文明不断向前发展的过程中,各个文明之间的交流与沟通、碰撞与整合必然地会使原先单一而纯洁的文学样式发生变异。在这些文学变异过程中,有些文学现象是可以实证的,比如我们前面提到的欧洲的十四行诗。但更多的文学变异现象不可能找到彼此的文学交流事实,因为一方面,它们变异后,外来文学与本土的文学已经是你中有我,我中有你;另一方面,变异后的文学新枝是经由多次碰撞融合而成的,不可能再找到其中的任何渊源。

正是因为复杂的历史语境,世界文学在前进的过程中必然地会因为政治、经济、宗

1 [美]约翰·迪尼,刘介民:《现代中西比较文学研究》(第一册),成都:四川人民出版社,1988年版,第214页。

教等各个方面而发生变异。而这也必然地成为文学变异学生长的历史语境,变异学也因这一丰厚的历史语境而变得扎实稳固。

(二)“求异”性思维与异质性追求是变异学提出的现实学术背景

比较文学这一学科自诞生以来,经过法国学派与美国学派的发展,以及中国学派前期的推进,似乎已经完善了。然而事实并非如此,纵观整个人类文学发展的历程,我们发现在文学交流对话与碰撞融合中所产生的变异现象被遗忘了,或者说被忽视了。原因何在呢?主要在于原有比较文学的学科思维没有得到根本性的转变。本书在第一章第三节就已经提到了比较文学的可比性问题。原有的法国学派、美国学派以及早期中国学派要么将可比性定性为同源性,要么定性为类同性,或者支吾不清,语焉不详。然而,只要转变一下看待问题的思维,将比较文学的可比性由原来的求同转向求异,注重在文学交流与对话、沟通与碰撞中所呈现出来的异质性,就会发现文学变异学的存在。在前一部分的分析中我们已经深入地探讨了文学变异现象在人类文学史中的普遍存在,在这里我们还需要论证的是,变异学的提出不仅从现实的角度改变了法美学派忽视比较文学异质性的现状,同时也是符合当前世界政治经济与文化的多元化异质性潮流的。

当比较文学诞生在欧洲的时候,法国学派的学者们对其做出了不朽的贡献,囿于历史与文化的原因,也留下了很多问题。其中最明显的两个问题便是法国学派的欧洲中心主义与国际文学史观念。由此,美国学派的主将,同时也是新批评派的干将韦勒克在教堂山会议中猛烈批判法国学派的种种过错,一方面指责法国人让比较文学陷入“文化账”的泥潭,另一方面也攻击法国学派对于文学性与美学性的放弃。尽管如此,美国人在研究比较文学的时候同样也陷入了另一个中心,即西方中心主义。二者同样对比较文学中所存在的变异现象视而不见,导致比较文学的学科体系发展一直停滞不前。

同样的情形也出现在中国早期的比较文学研究以及中国学派的初期研究中。随着鸦片战争的打响,西方的科学与民主、文化与文学也一块儿传入中国。然而,“中国比较文学是在近代中西方文化的激烈碰撞中诞生的。从她呱呱坠地之日起,便带着中西文化的碰撞的胎记。她的发展,是伴随着中华民族的救亡图存,伴随着中西文化的论战,伴随着社会政治文化改良运动而发展的。”[1]尽管在早期比较文学研究中中西文化与文学的差异得到了呈现,但随着现当代学术界对于西方学术的偏好,中国古典文

1 曹顺庆:《把握世界学术基本动向与学术前沿:跨文明研究》,《中外文化与文论》,2006年第1期。

学的传统完全被遮蔽，以至于中国文学理论患了严重的“失语症”。比较文学在这一共同文化症候中也走向了西化道路。尽管早期的港台学者及大陆学者都提倡中国学派的独特性，但其研究方法依然未能跳出法美学派的路数，最终同样走向了求同的深渊。

因此中国学派要形成自身的独特性，仅仅停留在阐发研究上是完全不够的，必须转换视阈，从“求同”转向“求异”。正是基于对这样一些问题的思考，曹顺庆于2005年正式提出比较文学的变异学问题。之所以提出这一命题，一方面是基于比较文学中国学派的思考，另一方面更是为了切合当今世界学术潮流。当前整个学术潮流的走向就是寻求异质性。

放眼整个20世纪后半期全球的学术潮流，起主导作用的主要是一系列现代、后现代主义的思潮与“文明与冲突”的主题。这两大学术谱系的落脚点实质上都在追求一种“异质性”。在西方全球化的进程中，各种理论不断推陈出新，各领风骚，尤其是解构主义来势最为凶猛，影响最为广泛。在解构主义思想的影响下，先后涌现出了西方马克思主义、女权主义、后殖民主义、新历史主义、族群主义、生态主义、酷儿理论以及后现代主义。在反传统、反中心主义的旗帜下，力求去中心主义去本质主义，最终追求一种“差异性”，也即是法国哲学家德里达(Jacques Derrida)在解构主义理论中所自创的“延异”一词的全部含义。这种“求异”的思维极大地影响了20世纪后半期的文学理论与比较文学。尽管理论思潮大举“入侵”比较文学，造成比较文学的再次危机，但因其源于西方文化圈的中心，终难冲破比较文学研究中的西方中心主义壁垒，更不可能看到东西文明与文化的异质性问题，也不可能发现文学交流对话、冲突碰撞中所呈现出来的变异现象。

在这样的背景之下，非常有必要重建比较文学发展的新模式——比较文学中国式道路，也即我们前面所说的比较文学第三阶段的发展。然而中国学派在前期的发展当中也过多地注重“求同”而拒异，因此现在必须适应世界潮流，求异也求和，否则“和而不同”便是一个伪命题。比较文学的最终目的是在“求异”思维指导下促进各种文化之间的互证互补、对话交流，而不是另立中心，固步自封。也因此亨廷顿(Samuel P. Huntington)后来注意到“文明与冲突”过于厚重的政治背景，逐渐放弃了“文明冲突论”的主张，而主张在“求异”思维的指导下，尊重彼此之间文化的差异，倡导对话与交流。正如杜维明所提倡的西方思想与儒家思想的对话，比较文学的目的正是如此。

知识链接：美国学者亨廷顿在专著《文明的冲突与世界秩序的重建》一书中认为，冷战后，世界格局的决定因素表现为七大或八大文明，即中华文明、日本文明、印度文明、伊斯兰文明、西方文明、东正教文明、拉美文明，还有可能存在的非洲文明。冷战后的世界，冲突的基本根源不再是意识形态，而是文化方面的差异，主宰全球的将是“文明的冲突”。

由此观之，不管是比较文学学科本身的现代走向，还是着眼于全球学术的发展趋势，差异性已成为学界共同的诉求。这一强烈的现实必然要求比较文学在中国放弃一味求同的心态，而追求一种异质性与变异性。只有充分地认识到了这一紧迫的学术形势才能认清中国学派的发展方向。这一方向便是在异质性与变异性的基础上，充分认识到文学在交流中所呈现出来的变异现象。这也是我们提出变异学的最大现实依据。

（三）现有学科体系的失范是变异学产生的直接原因

变异学诞生的最主要的意义在于进一步理清比较文学学科理论混乱的局面，重新确立比较文学的学科肌理，推进比较文学朝着更为科学合理的方向发展。

“求异”的变革必然要求比较文学将研究的重点放在“差异性”上，关注差异性思维是当今世界重要的思维方式与思潮，也是比较文学发展史上的一个关键转折点。然而法美学派长期以来忽略了比较文学在走出西方之后面临的跨文明的异质性文化问题，更没有注意到比较文学中所存在的“变异”现象。

一方面，法国学派对于比较文学学科的诞生功不可没，但在后来的发展过程中由于思维与方法的局限，硬是将比较文学导向了一种“文化账”的会计清算，因此才有了“比较文学不是文学比较”的理由。法国学派主张在实证主义思想的指导下研究国际文学关系史，根据文学现象的同源性思维，建立起了三大学科理论支柱：流传学、媒介学与渊源学。然而他们不仅忽略了“文学性”的审美因素，对文学流传过程中的一些变异现象也未曾加以关注，如在文学的流传过程中必然出现的信息失落、增添与误读，以及不同历史时期、不同接受者、不同文明影响下的文学阅读的差异性存在等。

另一方面，法国学派在实证主义思潮指导下建立起来的学科体系也呈现出不合理，甚至是矛盾的地方。比如卡雷所创立的形象学，以及后来的译介学。尽管形象学在最初的研究中还恪守实证与诸客观的原则，但随着研究的不断深入以及新理论的引入，尤其是“他者”理论的引入，形象学所坚守的实证与事实联系原则越发显得捉襟见肘。问题出现在什么地方呢？无论是形象学中所研究的套话、集体想象物还是文本中所出现的异国形象，最终都是在接受国的文化与语境中建构起来的。在接受国建构这些要素的过程中，无论是套话还是集体想象物，都融入了他们的集体情感与文化因子，而这些东西是根本无法运用实证方法来找到其中流传或变异的事实联系的。

同样的问题也出现在译介学中。当前的许多教材要么将译介学与媒介学混为一谈,要么将其公然舍弃。之所以会出现这样的情形,也是因为译介学与形象学一样出现了很多不可实证的变异性现象。在一国文学被翻译成另一国语言的过程中,必然会因为译者、读者甚至是环境的异质性而发生变异。比如当年赵景深在翻译古希腊神话的时候,将 milky way 翻译成了“牛奶路”。这一译法在当年甚至至今都容易被当作笑谈。从翻译所要求的“信”来讲,“牛奶路”的译法没有问题,而且也与古希腊神话相符。之所以容易被当作笑谈,乃是因为中国的文化语境与希腊神话的语境具有异质性。同样是“银河”,在古希腊神话中它与天后赫拉相关,而在中国则与牛郎织女相应。类似的例子在翻译现象中非常多。如果运用法国学派的实证主义方法去研究的话,也是无法找到在翻译中所出现的这些“创造性叛逆”现象的事实联系的,因为它们展现出来的是传播国与接受国之间因为文化过滤而产生的文学变异现象。

美国学派又如何呢?美国学派是在对法国学派的批驳之中建立起来的,他们从文学性与审美性出发,不仅恢复了比较文学中“文学”的中心地位,还提出了跨学科研究。然而他们的理论建构也是从一个中心跳入另一个中心,即从欧洲中心论跨入了西方中心论。结合对异质性的分析,我们看到美国学派仍然是在“求同”。如果法国学派是从实证角度强调“同源性”的话,那么美国学派则是从平行角度追求“类同性”。二者都在追求“同”而非“异”。也正因为如此,韦斯坦因才在《比较文学与文学理论》中提出,比较文学不能进行不同文明圈的文学比较,他说:“我不否认有些研究是可以的……但却对把文学现象的平行研究扩大到两个不同的文明之间仍然迟疑不决。因为在我看来,只有在一个单一的文明范围内,才能在思想、感情、想象力中发现有意识或无意识地维系传统的共同因素……而企图在西方和中东或远东的诗歌之间发现相似的模式则较难言之成理。”[1]很显然美国学派站在西方文化中心的角度既没有看到赛义德所分析的西方对东方的后殖民主义偏见,也没有注意到如亨廷顿所提的“文明的冲突”格局。因此“跨文明”立场必须作为比较文学中国模式的一种战略,在差异性思维的关注中,重新发现被法美学派遮蔽的文学变异性问题。

同样地,美国学派在平行研究之下所设置的学科体系也存在问题。长期以来,文类学、主题学、接受学等被归入平行研究之中,但在实际研究中往往出现很多矛盾。例如文类学,如果按照平行研究的求同思维来看的话,某些文学类型的缺类便没有研究

1 [美]乌尔利希·韦斯坦因:《比较文学与文学理论》,刘象愚,译,沈阳:辽宁人民出版社,1987年版,第5-6页。

的价值。实际上按照变异学所强调的变异性与异质性来看,缺类的研究最能体现一种文化的独特性所在,也最能体现出一国文学与另一国文学之间的差异性。主题学也大有问题。比如主题学所研究的主题中,有的主题之间存在着实实在在的历史联系,而有的却没有。按照这种分法主题学似乎无所归属了。其实按照变异学的理论,这一问题便能得到很好的解决。

中国学派早期所总结的阐发研究也存在着与法国、美国学派同样的尴尬。阐发研究者在运用西方文艺理论来研究中国文学的时候,不仅会导致中国文学传统失语,在实际阐释的过程中也无可避免地会出现变异问题。因此在运用一国文艺理论阐释另一国文学作品的过程中必须充分地注意到其中可能会出现的变异性问题,否则便会发生一些贻笑大方的事情。

因此在当今学术界普遍追求异质性的潮流下,比较文学必须改变求同的思维模式,转向求异思路,重点关注文学交流过程中所呈现出来的变异现象。也只有这样才能解决法国学派与美国学派所存在的学科体系矛盾,才能更好地推进比较文学在当今学术界的发展。

三、变异学的具体研究对象与范围

正是基于上述方面的考虑,我们认为,变异学必须作为比较文学学科体系的一支独立出来。因为只有这样,比较文学的学科体系才更为科学更为合理。

在前面论述变异学的定义及特点的时候,结合变异学产生的各种原因与背景,我们可以看出:变异学充分地体现了"跨文明"的特征,以异质性作为它的可比性,以文学性作为旨归,一方面在延续法美学派传统的基础上,体现了跨中西文明的背景下中国学派的特色,另一方面重新规范了比较文学相关领域的研究对象与范围。根据古今中外"跨文明"交流的文学实践与研究,可进一步将变异学的研究对象与领域规范化、体系化,由此总结出比较文学变异学的四个层面。

(一)文学的他国化

文学在流传到国外的时候因其接受国文化语境的异质性便会发生完全变异,在此基础上产生出一种全新的文学形态。变异后产生的全新文学形态完全不同于传播国的文学形态,也不同于接受国原有的文学形态。究其原因在于流传到国外时文学已经完全实现了文学的他国化。文学的他国化之所以能实现,主要在于外来文学已经完全接受了本土学术规则与话语，而非仅仅对一些文学要素进行借鉴与吸收。因此文学的他国化是变异学研究中最为根本、最为复杂、也是最有意义的一种。这种现象完全展现了异质文化与文学之间最为激烈的交锋，而非只是一种简单的变化。另一方面应该注意的是，完全异质性的文化之间的碰撞与融合导致的文学他国化，有可能因其文化两端之间的力量对比而呈现出两种情形。要么是外来文学的本土化，要么是本土文学的外化。例如前面我们一直讲到的佛教传到中国之后就完全中国化了，已经将“不立文字，以心传心”的规则与中国学术规则与话语融为一体，而再非印度的佛教了。而现代中国的文学在转向西方后，则完全出现了与禅宗完全相反的情形，即全盘西化，以致现代中国学术患上了严重的“失语症”。因此对于文学的他国化的研究一方面可以弥补原有比较文学学科体系的不足，另一方面对于当前中国学术的发展也具有非常重要的意义。

（二）文化过滤与形象学研究

在文学交流的过程中，文化的异质性是第一个也是最为重要的一个背景。由于不同文化之间的差异性，一国与另一国在交流过程中所形成的形象必然会通过文化过滤而形成特有的形象。以往的形象学主要研究一国文学或文化材料中所呈现出来的异国形象及其背后的“社会集体想象物”。然而无论是异国形象还是“集体想象物”都是在“他者”的文化过滤的背景之下形成的。而“文化过滤”却像一道似有似无的墙，如果运用法国学派原有的方法，是无法探索到它的存在体系以及作用机制的。因为它们的运行与作用是无法用实证方法来验证的，只有深入到彼此之间的异质性之后才可能洞察到它对于异国形象与“社会集体想象物”的作用与影响。而这正是变异学在“求异”思维指导下的研究意义所在。

（三）译介学与跨语言变异

语言与文化互为表里，彼此之间既是能指也是所指。然而变异学体系下的译介学主要研究文学现象在穿越语言的界限的时候，通过翻译而在目的语环境中得到接受与发生变异的过程。由于文本在翻译过程中遭遇到文化的异质性，译介学不仅仅研究传统翻译的“信、达、雅”，更关注译介过程中由文化的异质性所带来的语词的变异本身，而不是翻译行为本身，从而找到文学在传播过程中如何在语言这一层面发生变异，以及这些变异背后的规律。这也是变异学视野下，译介学研究的最终旨归。

(四)文学接受、文学误读与文本变异

比较文学研究的主体是文学性文本,所以文学性文本在流传与接受过程中所产生的变异也必然成为变异学研究的一大领域。文学文本在传播的过程中,因其接受国的文化、心理以及文学传统的异质性,必然会在读者的阅读理解、研究赏析等层面发生变异,甚至在原本的流传过程中还会因为各种原因发生更为深刻的变异。而这些层面的变异便不再是法国学派的方法所能解决的了。同样,一国文学作品进入另一国之后,不仅通过译介发生首次变异,而且在相互阐释理解的过程中也会发生变异。而这一点是以前接受研究所未曾关注过的。

思考题:

1. 变异学的主要特点是什么?
2. 变异学产生的原因是什么?
3. 变异学研究的内容与范围有哪些?

小　结

本章探讨文学的国际关系与相互影响，涉及流传学、渊源学、媒介学、译介学、形象学、接受学与变异学等重要的比较文学术语与概念，主要属于法国学派主张的影响研究范畴，当然其中的变异学是中国比较文学派在新时期所提出的重要理论。

流传学又称誉舆学，从给予影响的放送者出发，去研究作为终点的接受者的情况，包括文学流派、文艺潮流、作家及文本等在他国的际遇、影响及被接受的情况等。

渊源学是指以文学接受者为出发点，去探寻放送者的影响，也就是在比较文学视野中，揭示某一文学现象或作家的主题、题材、人物、情节、风格、语言等的外来影响因素，是一种对跨国影响渊源的实证性追溯和研究。

媒介学主要研究不同国家文学影响得以产生的媒介，包括研究外国作品进入本国的方法、途径、手段及其背后的因果规律等。

译介学又称为译介理论，是从比较文化的角度出发对翻译(尤其是文学翻译)和翻译文学进行的研究。它的主要研究对象包括文学翻译、翻译文学文本和翻译理论三个方面，它所关注之重心在于两种文化转换中的语言媒介。

形象学是指文学艺术作品中出现的异国形象研究，包括文本外部研究和文本内部研究两部分。外部研究有社会集体想象物研究与作家研究两部分。文本内部研究包括构成文本的词汇、等级关系与故事情节三个方面。

接受学又称为接受研究，主要研究一个国家与民族的接受者(包括作家与读者)在接受和研究文学交流过程当中出现的文化过滤与文学误读，找出跨越性文学接受的相关规律与变异性特征。

变异学是指在跨文明的背景下，将比较文学的跨越性和文学性作为自己的研究支点，通过研究不同国家之间的文学交流与碰撞之中所呈现出来的变异状态，以及研究没有事实关系的文学现象在同一个范畴上存在的文学表达上的异质性和变异性，从而探究文学现象差异与变异的内在规律。

第三章

文学的类型研究

第一节 类型学

导 读

苏联比较文学学者日尔蒙斯基认为:“正像由生产力和生产关系的类似状况决定的封建时代的社会政治关系,在欧洲最西部(尽管它有某些地域性的区别)与比如在中亚细亚(封建土地所有制、手工业作坊等方面的发展),就显露出类型学的类似特征,同样,在意识形态领域——艺术,其中包括作为对现实的形象认识的文学,在不同民族的社会发展的同一阶段,会出现大量的类似。”[1]他把这种类似,称之为历史类型学的相似或者契合。

一、类型学的定义

在比较文学这一学科中,类型学(Typology)研究是一个重要的组成部分,苏联比较文学学者对类型学比较的理论建设作出了重要贡献。那么,什么是类型学? 作为比较文学的一部分,类型学所比较的是文学中的“类型”,但是这里的“类型”又不是通常意义上的“类型”,不是题材、主题、体裁等类型,那“类型”概念在这里的内涵是什么? 苏联学者马尔科夫(Andrey Markov)对此进行了较为明确的解释,他认为类型学的“类型”所说的是世界上不同民族文学在不同国家的历史过程中,有规律地出现相似的、同一类型的倾向。这些倾向能够各自独立地同时或先后出现。它们就是比较分析的客体。这种比较分析旨在概括个别国家中的典型现象,从而揭示世界的社会文化过程的较普遍的规律性及其历史发展的主要倾向。[2]从以上解释中,我们可以看到类型学关注的“类型”具有以下几个方面的特点:

第一,类型学中的“类型”关注的是不同民族之间文学现象的“相似”,可以理解为“某一类” 共同文学现象,其之所以能够成为“类”,就是因为“相似”;第二,不仅如此,这种“相似”不是偶然出现的相似,而是具有历史的规律性。即它是与“不同国家的历史”发展相关的、出现在社会历史过程中的文学现象的相似。第三,这些相似的文学现

1 [苏联]日尔蒙斯基:《对文学进行历史比较研究的问题》,见北京师范大学中文系比较文学研究组选编:《比较文学研究资料》,北京:北京师范大学出版社,1986年版,第101页。

2 [苏联]马尔科夫:《文学比较研究中的方法论和理论问题》,见刘介民编选:《比较文学译文选》,长沙:湖南人民出版社,1984年版,第320页。

象不一定是相互影响的结果，而是“各自独立”出现的，因此这些现象的出现在时空方面就不一定同步。第四，这种文学现象的相似能够揭示社会发展过程中较为普遍的规律和历史发展倾向，也就是说，文学的“相似”是基于历史发展和历史环境的规律性的相似而产生的。第五，马尔科夫还进一步认为这种相似也基于文学发展本身的规律性，正是由于文学规律的普遍性，文学才可能在不同的时空中出现现象的相似性。因此“具有类型学意义的文学事实和现象乃是世界文学普遍规律性的最明显的标识。对这些事实和现象的研究的意义就在于此”[1]。

但是，“文学现象的相似性”这个说法仍然是抽象的，因为可能存在各种各样的、不同层面的相似的状况，那么，类型学意义上的“相似”究竟是指文学现象在哪些方面的相似呢？我国学者总结为“诗学品格”的相似，也就是“不同民族、不同国度、不同文化圈，于不同时代以不同语言从事创作而产生的文学现象，由于艺术意识、艺术思维、艺术品质上的相通而呈现出共同的诗学特征。这些共同的诗学特征是文学的历史进程中客观存在的，在美学上是富有价值的，并由于其内在的联系而构成了一定的体系”[2]。

总之，类型学作为比较文学的一部分，关注的是那种由于历史环境、历史进程的原因而出现的不同民族之间的、时空跨度不一的文学现象之间的相似性。这种相似性既能反映一定的社会历史的规律性，也能反映文学历史发展的规律性。

二、类型学理论的发展史

尽管较为成熟的类型学的理论与实践出现得相对较晚，但是在影响研究占主流的时代里，法国学者就已经注意到，在不同国家和民族之间，除文学在事实上联系和影响着之外，还存在一种虽没有事实影响关系，但却有着很大相似性的文学现象的存在。例如，梵·蒂根在《总体文学概说》一文中就提到，不同国别的文学除了各种影响关系之外，还存在“没有影响的类似”的关系，而且他认为，对于总体文学来说，它的主要任务之一，“便是提出尽可能多的在各国中呈显着的无可置疑的类似(那时影响的假设便应该搬开一边)，并用‘共有的原由’之作用去解释它们”[3]。例如16世纪末期和17世纪初期在西班牙、英国和意大利先后出现的贡哥拉(Luis de Gongora y Argote)、约翰·李利(John lyly)和马里诺(Giambattista Marino)的写作的共同性，它们共同体现了所谓的巴

1　[苏联]马尔科夫：《文学比较研究中的方法论和理论问题》，见刘介民编选：《比较文学译文选》，长沙：湖南人民出版社，1984年版，第321页。

2　陈惇，孙景尧，谢天振主编：《比较文学》，北京：高等教育出版社，1997年版，第205页。

3　[法]梵·蒂根：《总体文学概说》，见刘介民编选：《比较文学译文选》，长沙：湖南人民出版社，1984年版，第133页。

洛克风格。洛里哀还从人类在情感和思想方面的普遍性出发，指出文学上一些“心理”例如“现实与理想的冲突”、“对于恶命运的反抗”等等，“也是一切诗和小说所同具的，不论其渊源和时代怎样的不同”。[1]

艾田伯也从文学史中注意到，从5世纪到18世纪这段时间里，中国自身的环境因素导致《红楼梦》等伟大长篇小说等诞生，而“在中国长篇小说繁荣的同时，欧洲出现了将西班牙的流浪汉形象、《十日谈》中的放纵、《训诫小说》的美汇集到一起的小说)——《吉尔·布拉斯》，《汤姆·琼斯》，《摩尔·弗兰德斯》，还有其他二十部小说，它们的技巧、语调和精神与中国人正在苦心经营的如出一辙，而这些中国小说与西方影响是隔绝的”。因此他主张既要“研究文学类型的历史演进”，也“研究不同的文化中创造出来的与文学类型相当的每一种形式的性质和结构”。艾田伯还特别意识到，这种相似性一方面与特殊的历史环境相关，例如中国的神怪小说和佛经的讲解等，同时也可能与共同的历史进程相关，因为它们“与资产阶级和商人阶级的兴盛相一致”，当然，他认为最重要的因素可能是一种文学的共同规律的作用。比较研究就是要弄清“传奇”类型经久不变的要素、那些小说赖以确立的要素；另一方面弄清这一类型中的另一些成分，这些成分多少是由变化莫测的历史环境造成的。并且认为，这种研究“并不以按照一定的历史顺序排列的‘事实联系’为依据”。[2]如果说前两位法国学者注意到的只是不同民族文学之间的相似性问题的话，那么艾田伯则不仅注意到没有影响关系的相似性，同时更从历史阶段的共同性、文学规律的共同性，以及不同民族历史环境的特殊性等方面对文学类型的相似问题进行了思考，应该说已经具有较为成型的类型学思想了。

相对于法国学者，德国比较文学学者对类型学研究有更加自觉的意识。早在19世纪中叶，M.霍甫特就主张“通过对类似现象的观察来解释史诗的实质和历史”，同时他对《荷马史诗》和《尼伯龙根之歌》进行了研究实践。19世纪末期，W.威茨非常明确地从平行研究的角度来研究相似文学现象，力图找出文学发展的规律性。他在《从比较文学观点看莎士比亚》一文中，指出“比较文学应通过对类似现象之间互相比较，深入到每一种个别现象最内在本质中去，并发现造成‘类似和差异’的规律”。[3]当代德国学者霍斯特·吕迪格(Horst Rüdiger)也强调，研究欧洲各国以及欧洲以外的国家之间的

1 [法]洛里哀:《比较文学史略》，见刘介民编选:《比较文学译文选》，长沙:湖南人民出版社，1984年版，第159-162页。

2 [法]艾金伯勒:《比较文学的目的，方法，规划》，见干永昌等选编:《比较文学研究译文集》，上海:上海译文出版社，1985年版，第114-116页。

3 转引自陈惇，孙景尧，谢天振主编:《比较文学》，北京:高等教育出版社，1997年版，第208页。

文学的相互影响，那是狭义的比较文学的一些论题，而现在，比较文学不应该满足于确定影响，而是应该把注意力集中于由精神力量所起的作用，集中于独特的、在文艺美学上可以把握的接受类型和方式。……这种研究可以涉及世界范围内的联系，涉及个别作家，涉及题材和主题、文体现象、特定的体裁、形式等等。[1]吕迪格所说的"精神力量作用"和"文艺美学上可以把握的接受类型和方式"都重在关注不同民族文学本身的发展规律上面的相似性，也就是说，影响和接受也不是随意发生的，而是基于内在的精神的"共鸣"，即基于一种文学本身的共同类型，这无疑扩展了我们对民族文学自身以及对不同民族文学之间的相互影响的认识。

但是大量探讨类型学理论并进行类型学研究实践的主要是苏俄的比较文学学者，他们也在这个领域取得了比其他国家学者更高的成就。苏俄类型学的一个十分重要的特点就是十分明确地把历史进程和文学的发展联系起来。被称为苏俄比较文学之父的维谢洛夫斯基同时也是"历史诗学"的奠基人。在《历史诗学》中，他指出了历史发展的规律和文学发展的规律之间具有一定的同构性关系，社会历史的发展制约着作为意识形态之一的文学的发展。又由于人类社会历史本身的规律性和这种规律的普遍性，不同民族的社会历史发展在某种程度上具有相似的过程，因此不同民族的文学发展趋势也就具有了一定程度的相似性，也就是不同民族的文学发展会呈现出某种历史类型的相似。正是这种历史类型的相似使得类型学研究成为可能并奠定了其理论基础。

维谢洛夫斯基认为，相似性意味着可重复性，也就意味着某种本质的规律性，因此对这种相似性的研究，必然为我们寻找总体文学的规律性提供基础。因此，文学在其本质上的"历史类型的相似"也逐渐成为类型学比较首先要寻找的对象，也是类型学研究的基本切入口，这对后来的苏俄乃至世界其他国家的类型学研究产生了深远的影响。

苏俄另一位重要的比较文学学者日尔蒙斯基继承了维谢洛夫斯基的观念，尤其是关于历史和文学之发展同构性的思想。他在《对文学进行历史比较研究的问题》一文中明确指出："人类的社会历史发展的共同过程具有一致性和规律性的思想，是历史比较地研究各民族文学的基本前提。而这一共同过程决定着作为意识形态的上层建筑

1　[德]霍斯特·吕迪格：《比较文学的内容、研究方法和目的》，见北京师范大学中文系比较文学研究组选编：《比较文学研究资料》，北京：北京师范大学出版社，1986年版，第99页。

的文学或者艺术的合乎规律的发展。”[1] 也就是说，民族文学之间的相似性主要是由历史的规律性和历史阶段的相似性导致的，而并非基于不同民族文学之间的影响和接触。当然，日尔蒙斯基也很客观地注意到，不同民族文学之间的类似现象与相互影响并不总是能够彻底分清界限，很多时候是交织在一起的：“关于不同民族文学发展的类似道路的问题，关于文学过程的历史类型学的吻合的问题，总是和关于国际性的文学相互影响和作用的问题错综交叉在一起，完全排除后一种情况显然是不可能的。”[2] 但是即使如此，我们也会看到，相互影响常常采用的是基于历史环境和文学发展的类型学的相似才得以发生的：这种类似的特点，不管是普遍的还是特殊的，在没有直接的相互影响和接触的情况下，也可以称之为历史的类型学的类似或者吻合。他们在文学中出现的情况比一般想象的更为多；而且它们还是在文学之间产生相互影响的前提。[3] 对于“没有直接关系的相似性”，日尔蒙斯基确立了它作为研究对象的合法性，把事实的影响关系则放在了一个较为次要的非本质的地位，因此类型学相似的研究也就“不必考虑这些现象之间是否存在着直接的相互关系”。不仅如此，日尔蒙斯基还很明确地指出，对文学现象“相似性”的研究不能排除对其“差异性”的研究，相反，这种差异性的研究对于我们认识历史与文学发展的规律性以及民族特性来说，都是必不可少的：这些差异由历史过程的地域特点和由这些特点造成的民族的、历史的独特性所引起。对这些特点的比较研究之所以重要，是因为可以确定在社会制约中文学发展的共同规律，同时确定作为比较对象的各种文学的民族特性。[4]

我们看到，日尔蒙斯基不仅阐释了类型学的含义，同时也指出了文学的类型学相似与文学相互影响之间，以及共同性和民族特殊性之间的关系、地位和作用，较为全面地廓清了类型学研究的面目。

苏俄另一位重要的学者尼·约·康拉德对类型学研究有着更进一步的阐述。因为类型学涉及的主要是文学规律性问题，因此他直接把比较类型学看成“比较文艺学”。一方面它可以指“对过去历史上彼此具有共同性的两种或者某几种文学的研究”，另一

1 [苏联]日尔蒙斯基：《对文学进行历史比较研究的问题》，见干永昌等选编：《比较文学研究译文集》，上海：上海译文出版社，1985年版，第285页。

2 [苏联]日尔蒙斯基：《对文学进行历史比较研究的问题》，见干永昌等选编：《比较文学研究译文集》，上海：上海译文出版社，1985年版，第288页。

3 [苏联]日尔蒙斯基：《对文学进行历史比较研究的问题》，见干永昌等选编：《比较文学研究译文集》，上海：上海译文出版社，1985年版，第285页。

4 [苏联]日尔蒙斯基：《对文学进行历史比较研究的问题》，见干永昌等选编：《比较文学研究译文集》，上海：上海译文出版社，1985年版，第285页。

方面，也“可以把比较文艺学理解为对各国别文学中所产生的现象进行比较类型学的研究。这种研究可以涉及由某种历史共同性的因素而产生的一些现象”。除此之外，比较类型学的观点也可以用来研究各国文学在没有任何历史共同性、彼此缺乏任何联系的条件下所产生的现象，甚至可以研究在不同历史时代产生的现象。[1]

而苏俄理论家马尔科夫则十分强调历史研究在类型学研究中的重要意义。甚至认为，“要是没有历史比较法，类型学研究就是不可能的”。这是因为无论是事实上的联系和影响还是没有事实关系的相似，其背后都隐藏着历史环境的关系问题：不论文学联系，还是类型学的相似，都具有历史的特征，不同时期以不同的形式出现。这是两国或者两国以上能够建立文学联系史的基础。同时，应该着重指出，历史主义不要求被比较的事实和过程必须同步，它要求辨明是联系和影响，还是相似，或者是现象的同源。而这一切能反映在不同时期、间隔几十年的两国或几国的文学中，无疑，这要由各个国家的社会和文学发展的水平来决定。[2]

值得提出的是，一些苏联学者例如赫拉普钦科和涅乌波科耶娃等人提出了关于文学历史进程的类型学理论，把世界文学作为一个整体，并在其内部进行类型系统的划分。一些学者由此主张打破欧洲文学史的划分方式，依据各民族共同的文学意识的发展阶段来对文学历史进行重新划分，例如帕·格林采尔的“文学时代”类型学就依据文学意识把世界文学史分为三个跨文化时空的“大时代”：一是艺术意识属于神话类型的远古时代，包括了公元前五六世纪的欧洲文学，希腊化时期的近东文学，在公元前后的印度与中国文学等等，它们因为“共同的神话诗学观念而在实践诗学品格上相近相合”。在语言上，记事、交际等功能远远大于审美功能。二是艺术意识为“拘泥传统型”的规范时代，这一时代在欧洲延伸到18世纪，东方则延伸到19世纪，文学作为特殊文化形态独立出来，出现了文学自身规范的自觉意识和文学理论，文学体裁风格等文学本身的要素成为约束创作行为的中心。三是延伸至今的“历史主义”时代，艺术意识属于“个性化创作型”，作者在这个时代里成为中心，作者的美学理想和世界观对创作起着决定性作用。格林采尔认为，这种宏观的文学发展的历史类型划分是较为接近世界文学历史进程的实际状况的，通过对每一个历史阶段的不同民族文学进行比较，发现它们在诗学品格上的相似相合的方面，可以使我们更好地理解东西方文学之间的内在

1　[苏联]康拉德：《现代比较文艺学问题》，见干永昌等选编：《比较文学研究译文集》，上海：上海译文出版社，1985年版，第266–267页。

2　[苏联]马尔科夫：《文学比较研究的方法论和理论问题》，见干永昌等选编：《比较文学研究译文集》，上海：上海译文出版社，1985年版，第357–361页。

联系。而在具体的比较文学实践过程中，尽管存在比较对象在时空上的不一致，但是我们首先应该考虑的则是相同的大时代这一前提。格林采尔的这种类型学观念，无疑进一步为类型学研究拓宽了研究领域，为构建共同诗学提供了新的理论思路。[1]

三、类型学的研究方法

（一）类型学的相似及其特征

类型学研究关注的是不同民族文学因为历史因素而出现的相似的文学现象，这种"相似"是跨越时空的、可能毫无直接联系和影响的文学现象之间在艺术品格、美学追求等问题上的相似，即一种类型学意义上的相似，我们称之为"类型学相似"。

显然，类型学研究首先就是要找到这种"类型学相似"。那么，"艺术品格"和"美学追求"等方面的相似究竟有何具体特征？在具体的研究过程中，该用怎样的比较眼光去发现这些特征呢？也就是说，我们必须在具有实践意义的层面上找到具有类型学相似的具体对象。一些学者认为，这一具体对象不是表面上的，例如作者的"世界观立场"的相似，或者"性格和环境的关系"等方面的相似。他们要寻找的是一种更加本质的、能够贯穿作品整体的东西，赫拉普钦科提出了"结构"这一术语，把它作为"类型学"研究的"基本单位"，其中包括了"作品结构"、"思潮结构"、"体裁结构"以及"文学时代结构"等方面。涅乌波科耶娃赞同把"结构"概念作为类型学研究对象的看法，认为它是研究的核心，"结构"有大又有小，呈现出一个系列，最小单位"显然应当是被视为不可分割的复杂整体的文学作品的结构"，比作品结构层次更高的则是体裁结构和思潮结构等等。作为类型学研究之基本原则的共同性，就建立在不同水平的文学现象结构的共同性之上。涅乌波科耶娃还进一步强调了"结构"概念的整体性，"文学现象的所有结构都是一定的思想艺术整体"，不仅包括艺术品质，同时也包含社会历史的本质。

不仅如此，涅乌波科耶娃还提出了另一种可以寻找的相似性，即"共同类型系列"，这种"类型系列"也是一种结构，它是历史在文学中沉淀的结果："类型系列的共同性乃是历史运动的统一性和这一运动在文学结构中的'因素'的沉积物。"由于与历史的紧密联系，"类型系列"除了具有结构的整体性特征外，也具有历史的动态特征。这些系列包括"文学类型"、"文学创作类型"、"文学联系类型"等等。与"结构"概念相比，它更能灵活适应文学进程的复杂性和多样性。[2]

1 参见陈惇，孙景尧，谢天振主编：《比较文学》，北京：高等教育出版社，1997年版，第217-218页。

2 参见陈惇，孙景尧，谢天振主编：《比较文学》，北京：高等教育出版社，1997年版，第219-220页。

我们应当看到,无论是“结构”概念还是“类型系列”的概念,都强调了“相似性”这个首先要建立起来的研究对象所具有的本质的、整体的特征,而不是个别的、局部特征的相似。正因为这种整体性,我们就不能把相似性的寻找简化为个人爱好和主观感受的比附。具有本质性的、整体性特征的一般是内在于作品的、对作品的不同艺术层面起关键作用的核心要素,一般需要进行深入的作品研究才能发现。它不是几个人物的形象相似,也不是环境的相仿,或者故事情节的趋同等等。例如《西游记》和《汤姆·索亚历险记》,《聊斋志异》与《死魂灵》等,虽然从某些方面看,它们之间有一些“类似”,但是在文学艺术本质上并没有相似之处,尤其是难以找到跟历史因素或者诗学品格相关的结构性的相似。也就是说,我们不能从它们中间找到“类型学的相似”。因为“类型学的相似”指的是“诸种文学文本之间所共有的诗学品格,或者说,它们与历史上形成的某一种诗学类型在品质与特征上有共通之处”。[1]

除了诗学品格的相似,类型学的相似还表现为历史环境之间的类似关系,也就是历史诗学的视角和意识。例如,美国学者浦安迪(Andrew H. Plaks)发现的中国长篇小说与中国史传文学传统之间的关系,与西方长篇小说与史诗和中古传奇之间的关系的相似性特征;日尔蒙斯基所说的欧洲各国中古的民族史诗之间的相似,以及比较文学学者十分熟悉的不同民族在古代神话、史诗之间的相似等等。这些文学类型和现象之间的相似,具有可以进行细致分析的诗学内涵,例如长篇小说的叙事方式和结构方式,人物特点、类型及其塑造方式等;民族史诗之间的情节结构、语言结构、叙事结构等;印度史诗、希腊史诗、伊朗史诗、蒙古史诗等在情节链条、结构模式、人物类型等方面的相似,这些相似都是文学作品或类型在不同层面的结构性相似。但是不仅仅如此,这些相似还同时具有历史的意义,例如,长篇小说为何产生于封建社会末期贵族社会向平民社会转型期;欧洲中古民族史诗为什么出现在封建社会开始阶段;以及古代神话史诗在古代社会的历史阶段、社会结构和意识形态等方面的相似,等等。

比较文学的类型学研究有时候也成为历史类型学研究,并且跟苏联的比较文学研究紧密相连。对历史环境相似的强调,源于马克思主义文艺理论中的历史唯物主义思想:社会存在决定社会意识,社会历史进程影响社会意识形态,进而影响作为意识形态之重要组成部分的文学。“当我们见到重大文学思潮和流派的交替时,我们指的既是社会意识形态,又是它的艺术表现手法的变化。在这一基础上,主题思想、形象、情节、文

1　参见陈惇,孙景尧,谢天振主编:《比较文学》,北京:高等教育出版社,1997年版,第221页。

学体裁，诗体风格特色，艺术表达手段的全部体系的更具特性的类似才有可能。”[1] 正是这种历史视角，使得类型学的比较研究开辟了新的领域，并且更具有深度和广度，正如聂乌波科耶娃所指出的那样：“马克思主义文艺学的比较研究法所具有的新的素质，首先是它的历史主义的新的素质，是由于格外深入被比较现象的具体历史内容而获得的充实性。”[2]

总之，“一时代有一时代的文学”，这决定了时空不一致但历史阶段和历史环境相似情况下的文学类型之间的相似。因此，类型学研究遵循的基本思路就是：历史进程和历史环境的相似，导致文学发展进程和文学现象在诗学品格上的相似。因此只有这两个条件具备，我们才能称之为文学的类型学相似。

（二）类型学相似的两种基本形态

历史环境对文学发展的制约和塑造，在中西方文学史中都可以明确地看到，例如在中国的文学发展历史中，出现了先秦散文、汉赋、唐诗、宋词元曲和明清小说，西方的史诗时代、戏剧时代和小说时代，每一个文学时代又包含若干思潮流派的演进等等。既然历史演进同样具有一定的阶段性，每个阶段都拥有自己的文学形式，那么，不同民族在相近相似的历史阶段出现相近相似的文学类型就是极有可能的。当然，完全等同的情况也是不可能的，这是因为不同民族的历史发展尽管在阶段上有一定规律，相同的阶段具有一定的相似性，但是毕竟它们也拥有自己的历史与文化传统的特殊性，这也就造就了文学类型的特殊性，这是一种必然存在的情形。事实上，在“类型学相似”研究中，本身就既包含了对相近相似性的研究和阐释，同时也包含了对差异性的研究，差异性是规律性研究的不可或缺的方面。

基于上述历史规律性及其与文学发展之间的关系，我们就既能够较为合理地阐释文学之间的相互影响所造成的“类型学相似”，也能够阐释没有直接关系的、时空相隔遥远的那种“类型学相似”。显然，我们不能排除影响关系在“类型学相似”方面所起到的重要作用。例如，20世纪二三十年代中国的浪漫主义和现实主义文学与西方19世纪的浪漫主义和现实主义文学，中国三四十年代新诗与法国象征主义诗歌，西欧各国的古典主义戏剧之间，从这些关系中，我们都可以明确地看到影响关系的存在。但是，

1 ［苏联］日尔蒙斯基：《对文学进行历史比较研究的问题》，见刘介民编选：《比较文学译文选》，长沙：湖南人民出版社，1984年版，第303页。

2 ［苏联］涅乌波科耶娃：《有关研究各民族文学相互联系与相互影响的一些问题》，见刘介民编选：《比较文学译文选》，长沙：湖南人民出版社，1984年版，第289页。

这些影响关系造成的相似，依旧是以历史进程和历史环境之间的相似为基础的，例如资本主义的确立，中国的内忧外患、新旧文化、价值观念和生活方式的更替，等等。正是这些历史因素的相似，才使得西方文化和文学的各种潮流涌进20世纪的中国时，中国在这一世纪的不同历史阶段所接受的文学思潮与流派的影响有所不同。相似的历史基础造就了文学发展动力的相似性，并最终得以形成影响关系。正如马尔科夫所说的："文学的影响和不依文学的联系和影响而出现的相似现象，是统一过程的两个方面。如果两种文学没有相似的情况，一种文学便不可能对另一种文学产生影响……现象的相似为文学的联系和影响提供现实的先决条件，不对文学做比较研究，便不可能理解这种联系和影响。"[1]

但无论是否存在影响关系，我们都可以把"类型学相似"的具体表现形态分为两种情况，一种是"显性的相合"，一种是"隐性的遥契"。所谓"显性的相合"，"指的是一些旗号相同、纲领相近、精神相通的文学思潮、文学运动、文学流派在诗学品格上的显然相合"，而"隐性的遥契"则"指的是那些看上去并不相干，文化时空相去甚远的作家之间、民族文学之间、文学时代之间，在诗学风骨上的遥相契合"。[2]一般而言，具有内在影响关系的相似更有可能呈现为"显性的相合"，而不依影响关系而出现的相似则更有可能呈现为"隐性的遥契"。当然，也可能存在那种由潜在影响造成的"隐性遥契"以及没有影响关系的"显性相合"。

在欧洲文学史上，因为历史进程、价值观念和艺术精神的相似而形成的"旗号相同、纲领相近、精神相通"的文学思潮、运动、流派是十分多的，在不同历史阶段，我们都可以看到这种现象。文艺复兴以后，随着各民族国家相互交往，这种影响关系下的显性相合就更加明显。以彼特拉克（Francesco Petrarca）、薄伽丘（Giovanni Boccaccio）为代表的意大利人文主义倾向的文学创作，其对知识、人性、自由的高调提倡和对宗教禁欲主义与蒙昧主义的尖锐批判，与法国七星诗社和拉伯雷（Francois Rabelais）为代表的人文主义创作，以及英国乔叟（Geoffrey Chaucer）、斯宾塞（Edmund Spenser）等人的创作，都有着共同的精神气质、主张和格调，反映了文艺复兴早期对人性解放所抱有的乐观的态度。而在文艺复兴末期的塞万提斯（Miguel de Cervantes Saavedra）、蒙田（Michel Eyquem de Montaigne）和英国的莎士比亚，则显示出共同的在对人性进行深刻理

1 ［苏联］马尔科夫：《文学比较研究中的方法论和理论问题》，见刘介民编选：《比较文学译文选》，长沙：湖南人民出版社，1984年版，第317页。

2 参见陈惇，孙景尧，谢天振主编：《比较文学》，北京：高等教育出版社，1997年版，第222页。

解基础上的悲剧精神。

18世纪是属于欧洲的启蒙时代，以狄德罗(Denis Diderot)为代表的法国戏剧理论和创作，和以莱辛(Gotthold Ephraim Lessing)为代表的德国戏剧理论与创作，体现出共同的对古典主义戏剧的改良，它们对悲喜剧界限的重新认识和界定，对戏剧人物形象的新主张、对封建等级制度的质疑和有限反抗等等，也都表现出时代交替时文学演进的共同走向。而英国的感伤主义小说，德国的狂飙突进运动，法国的卢梭(Jean-Jacques Rousseau)等对情感的强调、对自然的尊崇、对民间的向往等等，则体现了相似历史处境和文学演进阶段共同的世界观念、美学追求和诗学品格，并共同为本国浪漫主义文学的形成打下了基础。

至于浪漫主义、现实主义以及其后由象征主义肇始的欧美现代主义，作为席卷欧洲乃至世界的文学潮流，它们主要因为影响关系而形成的相似就更加明显了，在这个时代里，由于全球化进程的不断加快，文化间的交流和影响不断深入，文学潮流的美学观念和创作主张的传播和影响就更加广泛和深入，从而使各民族文学在不同创作阶段呈现相似性。

当然，由于这些历史阶段在不同民族和国别之间并不一定具有时间上的同步性，文学影响和相似性的形成也就具有了时空的跨越性。例如德国浪漫主义就比法国浪漫主义要早，东欧和美洲的浪漫主义就比西欧浪漫主义晚，而中国和其他亚洲国家在浪漫主义、现实主义和现代主义大潮中，就更晚一些，这种时间上的跨越，显然是与不同民族和国家在历史进程和历史环境等方面的不同步调相适应的。事实上，正是因为这种不同步，我们才更加清楚地看到，文学影响形成的显性的相似，其最终的根源恰恰是历史的相似，因为没有历史的因素相似，这些影响就不能形成。

与“显性的相合”不同，文学现象和创作之间在诗学品格上的隐性的相通或者契合，则不一定是历史进程的相似，而主要是历史文化环境在某些方面的相似造成的，它们之间并不存在直接的影响关系。例如苏联学者切尔卡斯基在《罗马的流放者奥维德和魏国的贬徙者曹植》一文中，对两个时间相差几百年，空间远隔千万里的作家奥维德(Ovid)和曹植进行了比较，指出两人都经历了相似的与宫廷相关的生活，以及由此导致的十年流放的艰辛，这使得罗马诗人和中国诗人在由于环境所产生的处世态度和思想意识方面有着惊人的相似之处，而且，两人在创作风格上也有许多共同的特点。奥维德和曹植所写的哀诗都渗透着孤独和哀伤的情绪。[1]作者通过文本分析，指出了两人流放期间的作品在语言、形象结构、和思想意识等多方面具有共同性，而这些共同性，又在一定程度上代表了各自所处时代的文学类型，即建安文学和罗马黄金时代文学。

其他如阿列克谢耶夫（Vasiliy Mihaylovich Aleksyev）的《贺拉斯和陆机论诗艺》，刘若愚的《玄学理论与现象学理论之比较》等，都涉及这种遥契的状况。[2]符·凯尔迪什分析了俄国的安德烈耶夫（Leonid Nikolayevich Andreyev）、瑞典的斯特林堡（August Strindberg）和意大利的皮兰德娄（Luigi Pirandello）三位作家的创作，指出他们在现实主义与现代主义的中间地带进行写作的那种共同诗学品格，并认为他们共同预示了文学历史本身的复杂性和多样性。这三位作家之间，存在的也是一种没有直接影响关系的隐性遥契的情形。

从宏观角度看，中国的魏晋时代、德国的浪漫派时代和俄国文学的“白银时代”虽然历史时空不一，但是“都具有‘哲学重新解放、思想非常活跃、艺术颇有建树、文化十分繁荣’的景观”，在“美学上刻意创新，文学理论上勇于建构”，生活艺术化，极具创造性等方面，都有着相似之处，这三个不同时空背景下的文学现象，也是一种隐性的遥契，这与它们在历史转折、社会动荡、思想开放、文化转型等方面的历史文化环境之间的相似是分不开的。[3]

比较文学类型学以相似性为对象，以历史视野为基础，通过对不同民族的文学类型相似的研究来探寻文学发展的内在规律，这种规律既建立在民族文学的特殊性基础上，同时又超越了民族文学而具有文学艺术的普遍性，对于走向世界文学和“总体文学”以及建构共同诗学来说都具有十分重要的意义。正如马尔科夫说的，世界文学史不是各民族文学的机械组合，而是一个统一的过程，“这种统一的独特核心是不同民族文学中相似的现象，即那种客观上形成的道路的共同性，它从艺术上再现某些个别国家中合乎规律地发展的历史进程的逻辑。这些具有类型学意义的文学事实和现象乃是世界文学普遍规律性的最明显的标志。对这些事实和现象的研究的意义就在于此”。[4]

1　[苏联]切尔卡斯基:《罗马的流放者奥维德和魏国的贬徙者曹植》，见周发祥编:《中外比较文学译文集》，北京:中国文联出版公司，1988年版，第117页。

2　参见周发祥编:《中外比较文学译文集》，北京:中国文联出版公司，1988年版。

3　参见陈惇，孙景尧，谢天振主编:《比较文学》，北京:高等教育出版社，1997年版，第223页。

4　[苏联]马尔科夫:《文学比较研究的方法论和理论问题》，见刘介民编选:《比较文学译文选》，长沙:湖南人民出版社，1984年版，第321页。

思考题:

1. 如何理解比较文学类型学的"类型",它具有什么样的特点?

2. 维谢洛夫斯基与日尔蒙斯基分别为类型学的理论发展做出了怎样的贡献?

3. 如何理解"类型学相似"?其主要体现在文学现象的哪些方面?它与历史因素的关系是怎样的?

4. 类型学相似有哪两种基本形态?如何理解其内涵?

第二节　主题学

导　读

哈佛大学迈克尔·威策尔(Michael Witzel)在《原始兄妹婚、大洪水神话与其地方起源:世界范围的历史性比较研究》一文中指出,在整个欧亚大陆及更远的地区的神话中,几乎普遍存在兄妹婚母题和洪水母题:"关于人类始祖的最初起源,世界上许多神话都假定为一对男女,大多数是一对兄妹或姐弟。但有时也是其他同胞或是亚当、夏娃那样的伴侣。然而,在某些文化中,血亲乱伦生子会带来罪恶感,孩子一出生就低人一等,尤其在男性占主导地位的文化中,兄弟和姐妹地位不同,兄妹婚更被视为一种'过错'。其结果之一是在某些文化中发生大洪水,然后有一对幸存者,通常是一对兄妹,成为人类始祖。"[1]

一、主题学的定义

纵观中外文学史,会发现很多有意思的现象,在一个民族不同时期的作品中,会有一些类似的主题、情节、人物反复出现,从而形成某一种主题类型,如中国文学中的"春恨"、"悲秋"、"游仙"、"思乡",西方文学中的"战争"、"成长"、"爱情"等等。在同一民族或文化内部,因为文化和文学传统的一贯性,出现类似的主题似乎容易理解,然而在不同民族和文化系统的文学作品中,由于某种原因,其内容方面的基本要素如主题、母

1 [美]迈克尔·威策尔:《原始兄妹婚、大洪水神话与其地方起源:世界范围的历史性比较研究》,见李子贤,李存贵主编:《形态·语境·视野》,昆明:云南大学出版社,2011年版,第16页。

题、情节等仍然会存在一定程度的可比性,对这些现象的解释就突破了民族文学的范畴,而成为比较文学的研究内容。

关于比较文学主题学的界定,我国比较文学领域的知名学者、北京大学乐黛云曾经用一段通俗易懂的话来表述,为了便于理解,现征引如下:

> 对于人生短暂而自然却永恒长存的感怀,对于自我的认识和对于人生的领悟,对于理想的追求破灭等都常常在完全不同的文学体系中以相同或不同的形式得以表现。这就构成了并无"事实联系"的不同文学之间的一种可比性。这种比较在比较文学中被称为主题学。[1]

乐黛云的话阐明了比较文学主题学研究的基本内容,但也带来了一个问题:比较文学"主题学"所关注的仅仅是没有"事实联系"的不同文学之间的可比性吗?或者说,在比较文学中,"主题学"仅仅属于平行研究的范畴吗?事实并非如此,观察文学史现象可以发现,不同民族的文学主题的可比性,既可以来自毫无事实联系的文学之间,也可能源于有迹可循的文学影响与接受。理解了这些,才有可能对比较文学主题学做出较为准确的界定:

比较文学的主题学,是对不同民族、不同文明的文学作品中内容的某些基本要素如母题、主题、题材、人物等进行的比较研究。它既可以对题材、母题和主题在不同民族文学中的流传演变作历史的追寻,也可以对异质文化背景下的文学中类似的主题、母题等作平行研究。就研究价值而言,这类研究既可以发现单个文学作品对文学传统的依存性,也可以更好地明确不同民族间的文学关系。

二、主题学的发展

从时间上看,主题学是比较文学中最早出现的研究类型之一,早在19世纪德国的民俗学研究中,主题学的研究雏形就已经形成。

19世纪,德国学者施莱格尔兄弟和格林兄弟等人,在搜集整理德国民间童话故事的时候,发现许多民间故事以变体的形式在多国流传,并由此开始了人类对各类故事的母题、主题的跨文化思考,开启了主题学研究的先河。

知识链接:格林兄弟,是指雅各布·格林(Jacob Ludwig Carl Grimm)和威廉·格林(Wilhelm Carl Grimm)兄弟两人,他们是德国19世纪著名的童话搜集家、语言文化研究者。两人因兴趣相近、经历相似,合作研究语言学、搜集和整理民间童话与传说,

1 乐黛云:《比较文学与中国现代文学》,福州:福建教育出版社,2015年版,第24页。

故称“格林兄弟”。约从1806年起,格林兄弟开始进行童话等民间故事的搜集。他们从农民与乡下人那里收集故事,同时,也收集以其他语言发布的作品,并于1812年出版了第一卷《儿童与家庭童话集》,也就是一般说的《格林童话》,其中收录了86则德国童话,加上1814年发布的第二卷,第一版《儿童与家庭童话集》共收录156则童话。格林兄弟逝世前一共出版了七版《儿童与家庭童话集》。该书奠定了民间童话中引人入胜的“格林体”叙述方式,对19世纪以来的世界儿童文学产生了深远的影响。其中的《灰姑娘》《白雪公主》《小红帽》《玫瑰公主》(即格林版《睡美人》)等,以丰富的想象、美丽的憧憬、善良的品质和高尚的情操启迪了孩子们的心灵。

然而真正将主题学引入比较文学领域的则是法国学者梵·第根,在《比较文学论》中,他总结了德国学者的民俗学研究方法,并提出:“那对于各国文学互相假借着的‘题材’的研究,是比较文学的稍稍明晰的探讨所取的第一个形式。这范围广大的研究在法文中没有一个确定的名称;德国人称它为Stoffgeschichte(题材史),我们现在提出了Thématologie(主题学)这名称。”[1]

梵·第根把题材、主题、典型等有关文学内容的研究类别称为主题学,并强调主题学研究要注重对象的渊源性,考察主题之间的流传、关联和相互影响。可见,此时的主题学主要采取影响研究的方法,表现为主题史的研究。这种研究通常致力于搜集或归纳某个主题跨民族流传的各种形式,或者追溯主题的传播路线等。在西方文学内部,存在着很多跨民族流传的主题类型,有俄狄浦斯主题、唐璜主题、普罗米修斯主题,涉及情节的有“仇人子女相爱”、“墓室幽会”等。对这些流传广泛的文学主题进行追根溯源式的研究,构成了比较文学主题学最早的研究内容。然而此类研究也遭到了一些学者的质疑,使主题学面临着严厉的抨击。

意大利学者克罗齐(Benedetto Croce)是主要的反对者,他认为所谓主题学研究是旧批评喜爱的题材,主题学是实证主义的产物,不值得展开。克罗齐一向是比较文学的“劲敌”,对该学科发展历来颇有微词,而他对主题学的不满也引起了很多人的共鸣,如美国学者韦斯坦因所说,“从克罗齐到德国的精神史(Geistegeschiche)和英美的新批评,许多人相信题材(Stoff)不过是文学的素材,只有在一出特定的戏剧、一部史诗、一首诗或一部小说被赋予形式以后,它才能获得美学效用”。[2]即使在比较文学内部,主题学研究也受到了质疑,法国学者巴尔登斯贝格认为这种研究对材料的兴趣远远大于

1 [法]梵·第根:《比较文学论》,戴望舒,译,长春:吉林出版集团有限责任公司,2010年版,第63页。

2 [美]乌尔利希·韦斯坦因:《比较文学和文学理论》,刘象愚,译,沈阳:辽宁人民出版社,1987年版,第121页。

对文学的兴趣，同时在追索文学内容的材料来源时，又忽略了作者的创造性，其结果是远离了文学。

稍后的美国学者韦勒克也持类似的意见，他和沃伦（Austin Warren）合著的《文学理论》初版于1949年，此后盛行不衰，先后被译成几十种文字，成为许多国家大学文科专业教材，书中讨论了文学的类型、文体、文学的评价等问题，却没有关于主题学的章节，唯一提到主题学的只有一段话。作者认为，对主题、母题进行分类研究的做法是不必要的，因为同一个故事的不同变体之间并没有必然的联系，更重要的是这类研究专注于文学的外部材料，而"材料史是最少文学性的历史"。[1]

这些质疑的产生，与传统主题学研究的方法有关，早期研究为了探索主题的流传轨迹，将重点放在大量相关作品的收集，以及实证性地罗列题目与素材方面，研究结果往往表现为材料堆砌和次要作品的充塞，这种做法忽略了文学的复杂性和审美特征，很容易让人感到厌烦。然而，随着主题学研究方法的开拓和研究实践的丰富，它被逐渐证明为一种有价值的比较文学研究类型，法国学者基亚为此做出了重要贡献。

在《比较文学》一书中，基亚肯定了主题学研究能够促进比较文学的发展，毕竟它为许多学者提供了资料来源，同时可以为作家思想史和感情史研究作出贡献。基亚不仅在理论上肯定了主题学，也在实践中推动了该领域的发展。他出版于1954年的《法国小说中的大不列颠：1914–1940》就是用主题史研究的方法写成的。该书对于特定时期法国小说中出现的英国人如商人、外交家、歌女、牧师等进行了研究，追溯了其出现的轨迹与源头，是一部出色的主题史研究著作。

在此之后，越来越多的主题学研究著作出现，用实践证明了该类研究的价值。比利时学者雷蒙·特鲁松（Raymond Trousson）的研究首先获得了学术界的重视。他论述普罗米修斯主题的两卷本专著获得了很高的声誉。另一个是美国学者哈利·列文（Harry Levin），其于1968年发表《主题学和文学批评》，对主题学进行明确界定："如果一个主题能够被具体确定，纳入一个具体的范围，赋予一种名称，那么主题学的理论范畴就会更广泛、更灵活些。我们已经看到它包括了许多从前被当作文学的外部材料而搁置一边的东西。我们现在愿意承认，作家对题材的选择是一种审美决定，观念性的观点是结构模式的决定性因素，信息是媒介中固有的。"[2]

稍后，韦斯坦因的专著《比较文学与文学理论》进一步确立了主题学的地位，该书

1 [美]勒内·韦勒克，奥斯汀·沃伦：《文学理论》，刘象愚，等译，北京：文化艺术出版社，2010年版，第302页。

2 [美]乌尔利希·韦斯坦因：《比较文学和文学理论》，刘象愚，译，沈阳：辽宁人民出版社，1987年版，第132页。

专门开辟“主题学”一章，与以往倾向于影响研究的方式不同，韦斯坦因提出，主题学研究“必须既采用批评的方法，又采用历史的方法”，也就是说，主题的产生、发展和流变是一部历史，但在历史的进程中必然包含着不同民族文学中同一主题甚至不同主题的平行类比。韦斯坦因的说法既继承了传统法国学派的实证性研究的特点，又兼顾了文学的审美批评，从而使这一类型真正具有了比较文学的精神。《比较文学与文学理论》一书影响深远，被韦勒克称赞为“同类著作中最好的一本，材料翔实，布局明朗，文字清晰，论断明智且宽容，是学习研究这一学科一本理想的教材”。[1]通过对主题学的历史、内容、形式的全面分析界定，韦斯坦因使主题学真正在美国以及整个比较文学界站稳了脚跟。

我国学者很早就开始了主题学研究，其发展过程与德国类似，最早起源于民俗学研究，如20世纪20年代就有顾颉刚发表《孟姜女故事的转变》，研究了孟姜女故事在我国不同时代的流传情况，勾勒出人物在其中的演变过程，并结合时代与社会情况分析了演变原因，也借由一个故事的流传探讨了时代变迁和社会心态的转变。稍后还出现了关于祝英台故事的演变，以及吕洞宾故事、徐文长故事等的流传的研究著作。以上研究大多还局限在民族文学内部，而钟敬文的《中国印欧民间故事之相似》等著作开始将民俗学研究与比较文学联系起来，比较典型的有1934年霍世林的《唐代传奇文与印度故事》，该文以翔实的资料，论证了唐代传奇文在主题上与印度故事的渊源，是一篇出色的主题学研究范例。但20世纪四十年代以后，受社会局势影响，学者关注重心转移，这方面的研究一度沉寂。

20世纪七十年代，随着比较文学在中国的影响和发展，主题学研究进一步兴盛起来，首先做出贡献的是台湾学者。陈鹏翔、马幼垣和李达三(John J. Deeney)[2]等人在台湾明确启用了“主题学”这个术语，并开始了该领域的研究，而陈鹏翔主编的《主题学研究论文集》(1983)则是这一时期的主要成果汇总。稍后大陆的主题学研究也开始复苏，作为《罗摩衍那》的中文译者，季羡林以翔实的资料论证了《罗摩衍那》故事在汉、傣、藏、蒙等不同民族生活地区的流传，讨论了故事的不断变形，并探讨了其社会根源。华中师范大学刘守华在民间故事的研究中也引入了比较文学的思维，先后发表多篇主题学研究论文，如《印度〈五卷书〉和中国民间故事》《蛇郎故事在亚洲》等，并出版《民间

1 转引自孙景尧等:《西方比较文学要著研读》，上海:上海教育出版社，2014年版，第52页。

2 李达三(John J. Deeney)1931年生于美国，获美国福特汉姆大学(Fordham University)英国文学博士学位。自1965年开始来华讲学，先后执教于台湾师范大学英文系、台湾大学外文系及研究所，讲授英国文学及文学批评等课程，1968年转向比较文学研究。

故事的比较研究》(1986)《比较故事学》(1995)等专著,作者不断吸收比较文学的新成果来丰富民间故事研究,不仅开拓了民间文学的新领域,也展示了主题学研究的潜力和广阔前景。

三、主题学的研究内容

以19世纪的民俗学研究为开端,主题学经历了漫长的发展过程,在这一过程中,不同时代、国家的学者都试图对该类型的研究范畴做出说明,然而由于学科本身尚在发展之中,人们对主题学的看法并不一致,同时很多概念并未成形,其本身的复杂和歧义也容易使人产生误解。因此,关于主题学的研究内容,国内外学界一直存在着不同的说法,由此也导致了该类型的研究面貌不清晰,其中存在着概念不清、相互矛盾、过于琐碎等问题,容易使初学者产生混淆和误解。为了更好地确定主题学的研究范畴,我们首先需要对前人的观点做出梳理,在此基础上通过比较辨析,才能对主题学的研究内容做出较好的说明。

法国学者梵·第根在《比较文学论》中,较早对主题学的研究内容做出了阐明。在该书第二部第三章中,他提出,主题学的研究范畴大致分为三类,分别是:①局面与传统的题材,包括辗转流传而起源不明的传说、文学史上经常写的地方、动物、植物等;②实有的或空想的文学典型,如社会中实有其人的典型,犹太人、暴君、侦探等,或从古代传说和民间故事中提炼出来的典型,如魔鬼、列那狐等;③传说与传说中的人物,如《圣经》中的该隐、犹大等、希腊神话传说中的美狄亚、尤里西斯等,以及历史人物如查理大帝(Charles the Great)、拿破仑(Napoleon Bonaparte)等。

罗马尼亚比较文学家亚历山大·迪马的说法对学界也有较大的影响,他将主题学研究内容集中于题材方面,将其分为五类,分别是:典型场面的题材,如为了天职、复仇、嫉妒而死;地理题材,如文学中常见的地点——罗马、威尼斯等;由植物、动物、非生物等意象组成的题材,如文学中常见的“玫瑰花”题材;世界文学中常见的各类人物形象的题材,如各类民族形象——土耳其人、德国人、英国人,以及职业形象,如士兵、军官、男仆,或阶层形象,如贵族、农民等;传说中的典型构成的一组组独特的题材,如《圣经》故事、希腊神话传说和民间传说中的人物等。

相较于梵·第根,迪马的分类更加全面、细致和清晰,同时由于他的分类主要集中于题材方面,对问题进行了类似简单化的处理,因此对于读者来说也相对容易理解。但美国学者韦斯坦因的做法则沿着相反的方向进行,他将主题学的研究范畴分为题材、主题、母题、情景、特征、意象和惯用语(套语)等几个方面。这种分类方法涉及多个概念,一些概念本身内涵模糊,同时概念之间的边界也不够清晰,由此使问题进一步复杂化了。

鉴于学科发展的现状,国内学者也尝试对主题学的研究内容做出界定,一般来说,主题学的研究内容主要被分为主题、母题、情境、题材、意象、套语等方面,其中题材、母题、主题更受重视,而意象、套语等有时被归入其他范畴。总体来说,国内现有的划分建立在学科发展的基础上,吸收了国外研究的成果,其中韦斯坦因的研究思路影响更大。

要确定主题学的研究内容,需要注意两个方面,一是学术传统,二是范畴辨析。通过总结前人观点,对主题学包含的各个范畴进行比较辨别,并且本着易于把握的原则,我们认为,主题学主要探讨文学中属于内容范畴的成分,具体来说,其研究内容应该主要集中于三个方面,分别是题材、主题和母题。意象、情境、套语等根据相关程度可以归入到上述三个范畴之内。

(一)母题研究

母题是什么?俄国形式主义理论家在分析叙事时发现,主题存在着不同层次,是可以分解的,而分解至最小的叙事单位就是母题。母题本身往往是抽象的,不足以构成一个完整的情节或故事线索,但是若干母题的组合可以构成一部作品的主题内容。在乐黛云主编的《中西比较文学教程》中,母题被定义为“在文学作品中反复出现的人类的基本行为、精神现象以及人类关于周边世界的概念,诸如生、死、离别、爱、时间、空间、季节、海洋、山脉、黑夜”。[1]可见,母题是一部作品中构成主题的最小单位,通常可以由一个短语来概括。

中西方文学中都存在着一些特定的文学母题,如西方文学中的“破晓离别歌”母题研究,是对不同民族文学中关于“恋人相聚和离别”的母题进行的研究。又如西方史诗中常见的“下冥府”母题,在后世的文学中也经常出现,成为西方文学中的经典母题之一。而中国文学中也有一些常见的母题,如“伤春”、“悲秋”、“离别”等。作为主题学研究中的一个特殊范畴,母题往往与情境、人物、意象等结合在一起,为了更好地理解这些概念,下面将分别对比说明。

母题与情境。在很多学者笔下,母题是由特定的情境所产生的。所谓“情境”(situation,又译为“形势”“情景”),是人的观点、情感和行为方式的组合,往往产生于由

1 乐黛云:《中西比较文学教程》,北京:高等教育出版社,1988年版,第189页。

一个或几个人参与的行动，尤其指人物在特定时刻的相互关系，如一个夹在两个女人之间的男人，两个朋友或者父子之间的冲突，被遗弃的女人等，韦斯坦因明确提出“母题是从形势中来的”。[1]通过对情境的模式化概括所得到的人们行为的基本模式，也就是母题。

母题与人物。歌德称母题是“人类过去不断重复，今后还会继续重复的精神现象”。[2]作为一种精神现象，母题涉及的是人类对周围世界的概念，因此它与特定的人物类型往往也有着密切关系。能够代表某种母题的人物一般有两种，一是神话传说中的人物，如西方文学中的普罗米修斯(Prometheus)、安提戈涅(Antigone)、犹大(Judas)、参孙(Samson)、亚历山大(Alexander the Great)、凯撒(Gaius Julius Caesar)和贞德(Joan of Arc)等，中国文学中的诸葛亮、包公和红娘等；一是能够抽象为某种概念的人物，如阿巴贡和葛朗台等人物身上抽象出的“吝啬”母题，奥赛罗所代表的“嫉妒”母题，美狄亚所代表的“复仇”母题等。

母题与意象。在上文中，迪马对主题学的研究内容进行分类时特别提出，“由植物、动物、非生物等意象组成的题材”，意象在古今中外的文学作品中经常出现，而一些特殊的意象由于反复使用，包含了特定的思想内涵和情感，就具有了母题的性质。如中国古典文学中“柳”的意象，古诗中常有折柳送别的描写，而“柳”由于经常与送别联系在一起，也有了“离别”的意味。此外古典文学中还存在着一系列内涵深刻的意象，如明月、流水、鸣蝉等，通过一个或者几个富有象征性的意象的组合，就可以传达出特定的母题。如“死亡”一直是文学永恒的母题，在中国古诗中，这一母题往往会通过“夕阳”“晚照”“落叶”等意象传达出来。有趣的是，在西方文学中，如莎士比亚十四行诗《爱你快要失去的爱人》在表达类似母题时，同样使用了“夕阳”“落叶”等意象，这表现出了文学之间的相通性，同时莎翁笔下还有“荒凉的唱诗坛”等独特的意象，其中又可以见出西方文化的特点，以及作家的独创性。

(二)主题研究

每一部文学作品都会表现出特定的主题，而文学主题的研究也一直是民族文学研究的重要内容。但比较文学的“主题学”和民族文学研究中的主题研究并不相同，大致可以进行以下区分：

首先，研究重点不同。民族文学研究主要关注主题的内涵，即由文学作品的题材、

---

1 [美]乌尔利希·韦斯坦因：《比较文学与文学理论》，刘象愚，译，沈阳：辽宁人民出版社，1987年版，第137页。

2 转引自[美]乌尔利希·韦斯坦因：《比较文学与文学理论》，刘象愚，译，沈阳：辽宁人民出版社，1987年版，第138页。

人物等体现出的思想，分析故事中蕴含的意义。而“主题学”关注的不仅是文学作品的主题内涵，更强调对相似主题在不同民族、不同作品中的表现形式进行考察和梳理。

如对于战争主题的研究，以海明威(Ernest Miller Hemingway)的《永别了，武器》为例，作品通过主人公的战争经历和爱情悲剧，展现了反战和悲观厌世的主题。而从主题学的角度来看，不同时代、民族的文学中有大量反映战争主题的作品，如俄罗斯的《战争与和平》、德国的《西线无战事》等，通过考察此类作品对战争主题的不同处理，并探讨主题展现的不同形式和原因，由此窥见作家的创作个性和传统文化、时代精神对文学的影响，则是主题学的研究范畴。

其次，研究范围不同。在一般的文学研究中，主题研究主要是局限在一国(民族)文学内部的，如中国民间故事中“孟姜女”故事的演变，或中国古代文学的主题研究等。而“主题学”作为比较文学的研究类型，从一开始就注重研究对象的跨越性特征，关注跨文明、跨民族的文学主题、母题等的流传演变及相似性。

举例来说，西方文学中有大量关于唐璜的研究，这一人物既可以是民族文学研究的对象，也可以是比较文学研究的对象。唐璜产生于西班牙的文学中，对这一形象的研究一直都是西班牙文学的内容。而在其他民族的作家，如莫里哀(Molière)、拜伦(George Gordon Byron)、普希金(Alexander Pushkin)和梅里美(Prosper Merimee)等人的笔下也都出现过对唐璜的描写。如果跨越了单一民族界限，在多个民族文学背景下考察这一主题人物，认识其中的异同，阐明相互关系，这时的唐璜形象因为带有了时空的扩张性，携带了各不相同的相关观点，就成为卓越的比较文学研究的载体。

在主题学研究中，母题和主题是一对容易混淆的概念，通过对二者进行比较辨析，可以更好地了解主题学的研究内容和重点。

一般来说，主题是主观的，是个人对世界的独特态度，往往包含特定的情感倾向和价值判断，而母题是客观的，不包含明确的价值判断，没有倾向性，也不提出问题。一旦母题中融入了作者特定的思想观念、人生态度，提出了一定的社会、人生问题，母题就上升成为主题。如莎士比亚的早期戏剧一般都包含了友谊与爱情等母题，这些母题结合起来，融入莎士比亚的情感态度以及文艺复兴时期特定的文化和时代风气，就有了鲜明的倾向性，表现出肯定爱情自由、歌颂个性解放的主题。

在数量上，主题的数量是无限的，而母题的数量则是有限的。有学者估计所有文学母题的数量约有一百个，而特定的母题如爱情、自由、战争等在不同的文化中，经过不同作家的处理，会演绎出无数的主题。如“战争”母题，在不同时代不同文化背景下，既可以表现战争的残酷、对人类的戕害，如《永别了，武器》；也可以传达对正义性战争的歌颂和肯定，表现人民保卫国家的英雄气概，如《战争与和平》；或者像苏联作家肖洛霍夫（M. A. Sholokhov）的《一个人的遭遇》。这篇小说以战争为背景，通过讲述一个普通俄罗斯人在战争中的遭遇，既歌颂了俄罗斯人朴素的爱国感情，又表现了对战争残酷性的反思。可见，母题是一种常项，而主题则是一种变量，同一种母题在不同时代，随着文化的迁徙和观念的嬗变，所呈现的主题会不断发生变化，同中有异，这正构成了比较文学研究的基础。

对具体作品而言，其主题往往由多种母题构成。如古希腊悲剧《美狄亚》，其中包含了“两个女人之间的一个男人”“被遗弃的女人”等多个母题，这些组合起来，加入悲剧诗人的创造性，则表达了“女性被遗弃而疯狂复仇”的悲剧主题。不过，主题和母题的区分只是相对而言，在具体的研究中，二者并没有清晰的界限，在某些文学现象中，母题也会具有主题的性质，如中国古代文学中的复仇母题。和西方文学中坏人也可以向好人复仇不同，中国古代文学中的复仇往往伴随着伦理思想的注入，表现为正义复仇，并因此具有了主题性质。

概括而言，比较文学的主题学研究关注的不是文学作品的思想内涵、意义等方面的内容，更多的是通过不同作品对同一母题、情境等的处理，来阐明作家的独创性和作品的时代、文化印记，在研究过程中，对主题的关注始终是与母题、题材等紧密联系在一起的。

（三）题材研究

主题学起源于民俗学研究，而在民间故事中，有很多类似的题材在不同民族的流传中产生变异现象，因此题材的流传演变成为主题学最早关注的内容。在早期法国学派的研究中，不同作家对相似题材的不同处理是主要的研究内容，因此，这时的主题学被德国学者称为“题材史”。

“题材”一般指可以构成一个完整故事或情节的素材，主题学关注题材与早期民俗学研究有关，在民间故事中，存在着许多相似甚至相同素材的不同辩题，而通过梳理，人们可以建立起一个故事的谱系。然而题材作为故事的素材，一般被认为是在作家创作之前存在的，除了能够表明某些作品的联系之外，似乎与文学的审美特征无关，因此，题材往往被等同于材料，其研究成为最少文学性的一支。

尽管遭到了非难，但人们终究难以将这一研究排除出去，列文首先为它正名：“我们现在愿意承认，作家对题材的选择是一种审美决定。”[1]韦斯坦因认为，题材可以分为两种，分别是“预成形的题材”和“尚未加工的素材”，其中素材是艺术品之外的，它来自造化或者历史，只有经过诗化的过程才能成为作品的一部分。然而即使是素材也并非是完全不成形的，并非是纯文献或统计资料，而总是包含了一定的人类经验，那些存在于神话传说中的题材更是如此。对主题学研究来说，其关注的题材并不完全是外部材料，而是在一定的文学形式中存在的，即使是如神话、传说等原始的文学形式。这样的题材可以做出如下界定：

> 在文学作品之前存在的勾勒清晰的故事线索（寓言，Fabel），可以以文学的方式加以处理的“情节”。这种情节可以是内在经验或外在经验，可以是一个有关当代事件的报道，可以是一个历史行动、神秘行动、宗教行动，也可以是别的作家创作成形的作品，甚至是想象的产物。[2]

可见，题材总是与特定的文学形式相关的，尤其是神话、传说、寓言等，因此，神话题材、民间故事题材都是题材研究中最常见的类型。中外文学中有许多著名的“题材”，如“大洪水”题材，在世界各重要的神话体系中几乎都有相关描述，包括中国的大禹治水，希腊神话中宙斯为惩罚普罗米修斯盗火而发的洪水，以及希伯来神话中诺亚方舟的故事等，这些故事包含了不同的情节处理，隐含了生命延续的母题，但在价值趋向上则表现各异，由此也可以见出各民族的文化特征。

题材与主题、母题都有着密切的关系。题材是主题、母题的载体，题材总是与特定的母题相关，如“大洪水”题材包含的“生命延续”的母题，唐璜的故事中包含的“诱奸”母题等。而同一题材在不同作家笔下，经过了作者的阐释，又表现出不同的主题。如唐璜的题材最早由西班牙作家勃里尔·泰莱兹采用，唐璜企图引诱地方军官的女儿安娜，被军官发现后，他在决斗中杀死了军官，军官被埋葬后，墓前立了一个石像，唐璜有所悔悟，来到军官墓前，发现石像动了起来，于是邀请它赴宴，结果受到惩罚。这一题材后来被莫里哀、拜伦、莫扎特等作家和艺术家利用，创作了主题不同、形式各异的作品，这些都是题材研究的内容。

四、主题学的研究类型

主题学的研究类型可以分为两大类，一方面它可以对同一主题在不同民族、文化的流传作纵向的考察，梳理其演变的轨迹，探究背后的原因；另一方面也可以对不同民

1　转引自[美]乌尔利希·韦斯坦因：《比较文学与文学理论》，刘象愚，译，沈阳：辽宁人民出版社，1987年版，第132页。

2　转引自[美]乌尔利希·韦斯坦因：《比较文学与文学理论》，刘象愚，译，沈阳：辽宁人民出版社，1987年版，第134页。

族、文化的文学中出现的相似的主题进行横向对比，通过研究其同异关系，加深对特定作家、作品、文化的理解，促进民族文学之间的沟通。

（一）主题学的流传研究与渊源考察

探究不同民族的文学主题由于历史接触造成的相似性是主题学最早的研究类型。各国文学表面上看来有很大差异，但在其历史发展中，却一直不缺乏相互之间的交流和影响，如古希伯来对古希腊的影响，古印度对古中国的影响，中国文学在西方世界的流传，等。在同一文化体系内部如西方各国，以及中国与邻国日本、朝鲜等国家之间，相互交流更为密切，并由此产生了大量的文学主题上的相似，为比较文学主题学的研究提供了丰富的素材。

具体来说，可以将研究分为两类：一是对同一主题在不同民族、文化中演变轨迹的考察，一是对某国文学中特定主题的外国来源进行的追溯。如季羡林在20世纪40年代所作的《柳宗元〈黔之驴〉取材来源考》，从印度的寓言故事集中寻找到《黔之驴》的题材来源，就是一个典型的跨越不同文明的主题学研究个案。

以主题的流传考察为例，西方文学中有大量跨国流传的文学主题，如西方文学中浮士德故事的流传。浮士德的真实姓名可能是格奥尔格·查培尔，生于1480年。他冒充学者、魔术师、星相家、算命者到处漫游，自夸精通点金术，晚年生活贫困，约死于1540年。后来围绕这个人物产生了许多关于魔术师的传说和与魔鬼订约的故事。1570年开始有人记载，1575年出版了拉丁文的浮士德的故事。最完整的是《约翰·浮士德博士的一生》，全书共69章，1587年在法兰克福出版。

故事书中的浮士德出生于魏玛附近罗达地方一个农民家庭，在维滕贝格学神学，后来成为星相家、数学家和医生。一天，他与魔鬼订约，魔鬼答应为他服务24年，条件是浮士德必须放弃基督教信仰，把自己出卖给魔鬼。魔鬼引导浮士德周游世界，使他获得了人类当时尚未获得的一切知识。24年后契约期满，浮士德只剩下眼睛和几颗牙齿在屋内，尸体被抛在屋外的粪堆上。后来学生发现了他的一本自传，据传就是这部《约翰·浮士德博士的一生》。

浮士德的故事本来在民间流传，后路德派的僧侣对其进行加工修改。虽然僧侣们把文艺复兴时期人们要求探索宇宙和人生的努力当作罪孽，但浮士德所代表的16世纪德国人文主义和宗教改革运动中的资产阶级的思想要求仍然十分清楚。这部书出版后很快被译成英、法、荷兰和捷克等多国文字。以后英国作家马洛写了《浮士德博士一生的悲剧》(1589)，德国鲁多尔夫·韦德曼、约翰·尼科劳斯·菲采尔都写过浮士德的故事。18世纪以后，莱辛、弗里得里希·米勒、弗·马·克林格、克·迪·格拉伯、尼·雷曼也写过取材于浮士德故事的作品。直到歌德的诗剧《浮士德》和托马斯·曼的小说《浮士德博士》(1943)出版后，浮士德的形象才为世界所熟知。[1]

(二)主题学相似现象的考察

不同民族的文学在无亲缘关系的情况下也会出现主题性的相似，对这类现象的研究，构成了主题学的平行研究。东西方民族在历史上的交流较少，文学之间的影响与接受更少，然而正如钱锺书所说，"东海西海，心理攸同；南学北学，道术未裂"。在东西方文学之间存在着大量主题性的相似，这些相似的现象并非由于影响关系产生，研究其产生的原因及差异有助于加深对文学作品的认识，对促进东西方文学沟通具有重要的意义。

在主题上具有相似性的作品，表面上可能有着巨大的差异，如台湾学者周英雄的《懵教官与李尔王》，将中国明代凌蒙初撰写的话本《二刻拍案惊奇》中的《懵教官爱女不受报》，与英国文艺复兴时期莎士比亚的《李尔王》进行比较。将这两部作品拿来比较，有不伦不类之嫌，从形式上说，两部作品文类不同，一为短篇小说及民间创作，一为戏剧且为文人作品。就内涵来说，两部作品时代与文化背景截然不同，所反映的价值观也不同。然而这也正是比较文学研究的特点，比较文学的对象包罗万象，不求面面俱到，但只要将问题局限在一定的范围之内，就可以发现比较研究的可能性。以上两部作品在情节上存在着许多相像之处：都描写了一父三女之间的冲突，父亲将家产转手给女儿，却换得无所终老的下场。这只是一种表面的相似，并不能构成比较文学的研究，而从表面的共通点入手，进一步将两个主题放进个别不同的文化系统，通过观察二者的异同之处，却可以窥测广义的文学社会意义。

《懵教官爱女不受报》反映了中国自周朝以来的宗法制度。高愚溪之所以老无所依，最重要的是违反了宗法，因此受到惩罚。女儿已经出嫁，按理已是异姓，而高愚溪不仅投靠异姓，受异姓供养，甚至将祖产转送异姓，因此为宗法所不容，最后总算通过宗法本身的力量(伯侄)，以及从旁支持宗法的力量(师生)才得其善终。该作品重视宗法制度的力量，强调它对人际关系的影响，同时整个故事一再显示"天理报应"，说明冥冥之中，一切因果关系早已注定。而《李尔王》是十七世纪的作品，英国刚度过漫长的中古世纪而进入文艺复兴时代，以往一成不变、以神为本的思想，被人道主义精神取代，因此文学作品对人性的探索也就不遗余力。莎士比亚写《李尔王》时，显然把人生

1　[德]拉斯伯，毕尔格：《吹牛大王历险记》，长春：北方妇女儿童出版社，2016年版，第182-183页。

当作一个实验室，观察人在不同环境下可能产生的反应。李尔王遭遇的困难已经超出了人际范围，演变成人与大自然的冲突，但到底人的命运是掌握在自己手里，还是全看天意，他并没有明确地表示出来。埃德蒙作为私生子决定凭自己的个人能力创造命运，最后王位几乎唾手可得，却还是死于胞兄手下，他的失败是自作孽还是天命不可违，作者没有明显的结论。可见两部作品虽然有着相似的主题，但在不同的社会文化系统中，却演变出截然不同的涵义。

思考题：

1. 主题学的定义是什么？
2. 试论述母题、主题、题材三者之间的关系。
3. 主题学的研究类型有哪些？

第三节　文类学

导　读

经过专业学习我们知道教育小说、英雄双韵体、十四行诗、俳句、正剧等，但在阅读中我们并不会有意地判断文本属于哪种文类，然而从古至今，文类却在某种程度上决定了我们的阅读。那么文类的划分标准是什么？是否具有普遍意义？这些文类有过怎样的变化？通过追问这些问题，我们可以进一步了解文学的结构、特征和发展，而比较研究是进入其中的重要路径。

一、文类学的定义

文类学（genology）研究如何按照文学本身的特点来对文学进行分类，研究各种文类的特征及其在发展中的相互影响与演变。比较文类学研究强调各国文学的文类之间相互依赖、相互影响或相互观照的关系，打破了文类问题的孤立和封闭局面，它要求研究者在跨民族、跨语言、跨文化的视域中去考察各种文类的特征、文类的划分标准、文类的流传演变等问题。

文类这一范畴，古已有之，在东西方都有着清晰而悠久的传统。在西方，古希腊时代，柏拉图和亚里士多德用文类这个词来标明几种基本的范畴，即史诗与戏剧，随后加上抒情诗，从而形成了古典的三大类；在中国，先秦时期“六辞”、“六诗”、“六能”说将杂文与实用文混为一体，表明了当时文类意识的萌发，到了汉魏六朝时期出现纯文学的分类，以《毛诗》中“风、雅、颂者，〈诗〉篇之异体，”为基础，以曹丕《典论·论文》、陆机《文赋》、刘勰《文心雕龙》等论著为代表，体现了中国泛文学性与文学独立性之间的张力，拉开了文类研究、风格研究的序幕。

文类的常用英语词是genre，也有译作“文体”“体裁”“类型”等，有时与kind（种类）、type（典型）混淆。在当代文学批评里，文类（gerne）与形式（form）就理论而言是完全同义的。韦勒克和沃伦在《文学理论》中说：“文类应当看作文学作品的一种组合，从理论上说，这一组合所依据的既是外部形式（特定的格律或结构），又是内部形式（态度、笔调、意图——粗略地说就是内容和对象）。”[1]

长期以来，文类作为创作指导规则，为作家所承认并遵从，但是其在制定的同时，便有着改变或突破的可能。随着时代变化，文学现象变得日益复杂，文学的世界性愈发凸显。文类作为一种对文学进行分析概括的范畴，本身即是一种理论思维，而对文类这种理论思维进行研究则更加体现了认识文学本质或整体结构的旨归。20世纪之前，文类的规范性为其主要功能，到了20世纪则以阐释功能为主，文类研究进一步深化。比较文学学科为文类研究提供了坚定的学科支撑。

韦斯坦因在对亚里士多德分类法、心理学标准分类、体裁预期效果分类、形式或内容分类等标准的优势与缺点做出中肯分析评价的基础之上，借鉴维特根斯坦（Ludwig Josef Johann Wittgenstein）的“家族相似”理论，建立文本之间的关系链，认为同属于文类的作品组成了一个家族，其成员之间是亲缘关系，不一定具有共同的特性。但他并未解决“家族”的来源这一关键问题，关于这一点，厄尔·迈纳的观点可以作为参考。厄尔·迈纳认为，一种文化中诗学体系的建立，必须以在此文化中占优势地位的文类为基础：西方建立在希腊喜剧的基础之上；中国、日本建立在抒情诗的基础上。戏剧、抒情诗是“基础文类”（Foundation Genre），在此基础之上建立的诗学，则是“原创诗学”（Originative Poetics）。[2]文类研究为比较文学提供了一个广阔而富有成果的领域，而比较文学为文类研究提供了切实而灵活的方法。

1　转引自[瑞士]约斯特：《比较文学导论》，廖鸿钧，等译，长沙：湖南文艺出版社，1988年版，第170–171页。

2　[美]厄尔·迈纳：《比较诗学：文学理论的跨文化研究札记》，王宇根，等译，北京：中央编译出版社，1998年版，第32–36页。

二、文类学研究的内容

基于比较文学的影响研究与平行研究两种基本研究范式，根据文类跨语言、跨文化、跨民族之间的关系，可以对有实际接触关系的文类进行影响研究，而对无实际接触关系的文类进行平行研究，对文类历史发展、建立依据、对创作和阅读的影响等加以探讨。我们可以从以下角度切入问题。

（一）对照比较不同民族的文类划分及其依据

本节开篇已说明，文类是一个古老的范畴。有人认为，只要人类还将从事文学，每一件作品就得因其本质、形式与内容、笔调或特性，人物的社会阶层，情节的性质等而属于某一范畴，即某一文类。虽然，这种认为文类自然存在且天生合理的观点已经过时了，但是正如米哈伊尔·格洛文斯基所说："体裁既不是具体的实物（不可能把体裁浓缩为某一具体的文本或文本之和），也不是研究人员自由建立的睿智的虚构"；应当把文类视同语言学中的语法，"限定任何语言交际活动的因素之和"，是一种"文学的语法"。[1]韦勒克也认为"类型的存在，有如一种习俗的存在一样"，是特定的文化的产物，并随着特定的文化而发展、消亡，不同文化之间存在巨大的差异。在古代，世界各民族缺乏交流，文化之间的碰撞极少，但都产生了通过分类的方式认识语言产品的现象。这一点说明了语言产品对人类社会的重要性，以及分类思维的普遍性。

在没有实际接触的前提下，有必要对文类的划分及其依据进行平行比较，寻找其中异同，突破单一民族内部的局限，挖掘文学的民族特性与本质共性。如，中国古代文学传统在早期具有泛文类性，将实用性文本与文学文本混为一体，隋唐时期，纯文学倾向凸显，集中在诗、词、文三种文类上，直到20世纪，才彻底改变古典时期的泛文类色彩，而西方从古希腊时期就已经有相对明确的文学限定，确定了戏剧、史诗、抒情诗的三大文类格局。中国的文类划分大多以功能为依据，而西方则以表现手法为依据。

又如，中国缺少在欧洲和印度占重要地位的文类史诗；西方传统中占基础性地位的戏剧，在中国的发展和地位都远不及诗。其中的缺类现象非常具有研究价值，即研究一种文类为何在某国或民族中有，而在他国、他民族文学中却没有，如中国古代的赋为什么西方没有，中国为何没有史诗、悲剧等。

1　［波兰］米哈伊尔·格洛文斯基：《文学体裁》，见［加拿大］马克·昂热诺等编：《问题与观点：20世纪文学理论综述》，史忠义，等译，天津：百花文艺出版社，2000年版，第102页。

(二)文体的国际移植与传播

随着新航路的开辟,世界各民族之间的关系或主动或被动地变得紧密,交流日益频繁,在物质交换的基础上,精神生活层面的关联也日益密切。文类在长时间平行发展后,也在类型层面发生了接触,从而引发了一系列重大的变化。用影响研究范式考察文体的国际移植与传播,是了解文学交流的背景、原因、过程及后果的便宜途径。比较文学自产生以来就一直十分关注这一课题,并产生了丰富的成果。以诗歌为例,我国古代诗歌创作博大精深,到了20世纪,随着西方文化的入侵,诗歌创作传统最早受到冲击。外来诗体的移植逐渐销蚀古典格律诗的规范,受日本俳句影响而产生的小诗、受西方十四行诗影响形成的自由诗成为潮流。小诗的创作者,以一群留学日本的诗人为主,其中存在时间短暂的湖畔诗社成就较高,冯雪峰、应修人、潘漠华、汪静之等人创作了一系列篇幅短小,意境轻灵天真,音韵以五、七音节为主的四行以内的无韵小诗,形式内容都与俳句相仿。此外,冰心创作的小诗也属此列。经过研究发现,在中国小诗创作之前,俳句的移植经过了印度诗人泰戈尔这一中介的转化,借助了他的巨大声誉,在他访问中国期间,进一步得到传播、推广。[1]

虽然现代中国的小诗源于日本和歌俳句,但追根究底,俳句却来自中国。和歌是有严格规范的日本古典格律诗。分长歌、短歌、旋头歌等几种形式,均由五、七音节相配而成,最早出现在《万叶集》中。在长连歌中,第一句“五、七、五”被称为发句。发句的重要性使其逐渐独立出来,成为一种独立的诗歌样式,即俳句。规则:17个音节,“五、七、五”三个音段。日本的诗歌摹仿中国汉唐诗歌,主要是唐朝诗歌,之后根据日语的规律加以调整,而中国古典诗歌主要是五言诗和七言诗,五七言的节奏也为日本和歌所继承。实际上,在中国的古体诗中也有五、七交错的节奏,如《木兰辞》:“可汗问所欲,木兰不用尚书郎 。……小弟闻姊来,磨刀霍霍向猪羊。 ……同行十二年,不知木兰是女郎。……双兔傍地走,安能辨我是雄雌?”

而西方的十四行诗也在近代移植到中国。首先是胡适、闻一多、徐志摩在20世纪二三十年从理论上加以介绍,解决了十四行诗在中国移植的可能性、基本点、方法等问题,随后梁宗岱、冯至、卞之琳开始翻译西方十四行诗,并在翻译中摹仿、借鉴,进而推动大批诗人主动创作,形成了中国的“格律十四行诗”、“变格十四行诗”、“自由的十四行诗”三种新的诗体。[2]

---

1 详见王向远:《比较文学学科新论》,南昌:江西教育出版社,2002年版;张哲俊:《东亚比较文学导论》,北京:北京大学出版社,2004年版。

2 详见卢德俊,许霆:《十四行诗在中国》,苏州:苏州大学出版社,1995年版。

（三）跨文化下的跨文体研究

文体国际移植的深化必然促使文体进一步变化，文体的世界性和国际化日益普遍，文体之间的界限也随之打破。事实上，文类作为划分文学现象的范畴，制定界限的同时，便埋下了界限被打破的可能，有意地突破文体的规制在古今中外并不罕见，往往成为文学变革的标志。欧洲19世纪浪漫主义文学兴起之初，一批诗人为反抗古典主义的长期控制，在戏剧、诗歌创作上有意地援引其他时代或民族的文体进行创作，如英国浪漫主义诗人集团“湖畔派”便利用16世纪流行的无韵白体诗和民谣，反抗18世纪古典主义主流诗体——英雄双韵体。在中国，唐朝有杜甫的“以诗为文”和韩愈的“以文为诗”，宋朝有秦观的“以词为诗”和苏轼的“以诗为词”等文体交叉运用。这些现象虽然不能算严格意义上的比较文学研究课题，但至少说明跨文体现象是文学历史中的重要节点。更何况20世纪以来，跨文体现象有着跨文化和跨学科的必然背景，成为文学研究的新兴课题。以中国文学来看，从泛文类传统到纯文学独立，经过了漫长的时间，但进入数字化时代之后，文学的纯粹性和独立性逐渐消失，与实用功能又重新结合在一起，新型媒介促生了Cyber文学，从最初的bbs、手机短信再到博客，从内容到形式，本属于信息发布传播的实用文促生了新型的文类，正在改变文学的面貌。

（四）文体的跨学科研究

时代急剧变化，各个领域之间、学科之间的界限出现松动。早在20世纪70年代，苏联文艺理论家巴赫金便提出了把文类从文学领域推广到人类话语的全部。随后文化研究、交往理论以及后现代主义文化思潮兴起，吸引了一大批文学之外的学科的专家学者参与到包括文类在内的研究之中，出现了一大批跨学科的文类研究成果。如，教育学的《非虚构与虚构：类型影响读者反应么？》，心理学的《类型对文本理解的影响》，语言学的《类型功能》、《类型与作家创造》、《把修辞学类型理论和文学类型理论结合起来》，社会学的《类型作为社会行动》、《类型作为社会机构》等。

除了从上述四个角度进行文类的比较研究之外，也可以用“历时”或“共时”的线索来进行文类的比较研究。采用历时的线索，如美国学者纪延（Claudio Guillén）对“流浪汉小说的研究”，瑞士学者弗朗西斯·约斯特（Francois Jost）对“教育小说”及“十四行诗”的研究，都是从纵的方向对属于一个“家族”的作品进行比较，通过综合、归纳，总结出这一文类的基本特征；采用共时的方法，则类似上述的平行研究，即对不同民族中的某一文类加以比较，比如悲剧、长篇小说、山水田园诗等，这种研究的重点是辨异。通过文类比较研究，可以了解文类发展的历程和原因，同时把握作家的独创能力和民族特性。

思考题：

1. 文类学的定义是什么？
2. 举例说明文类比较研究的意义。
3. 文类学研究的内容有哪些？

小　结

本章重点考察类型学、主题学和文类学的相关概念、研究范畴及方法，探讨不一定存在影响关系的跨民族、跨语言、跨文化的文学之间的类同性，既涉及影响研究，又有平行研究。

类型学作为比较文学的一部分，关注的是“类型”，即那种由于历史环境、历史进程而出现的不同民族之间的、时空跨度不一的文学现象之间的相似性。这种相似性是指不同民族、不同国度、不同文化圈，于不同时代以不同语言从事创作而产生的文学现象，由于艺术意识、艺术思维、艺术品质上的相通而呈现出共同的诗学特征，这种相似性既能反映一定的社会历史的规律性，也能反映文学历史发展的规律性。无论是否存在影响关系，类型学相似都可表现为显性的相合，或隐性的遥契。显性的相合指的是一些旗号相同、纲领相近、精神相通的文学思潮、文学运动、文学流派在诗学品格上的显然相合；隐性的遥契指的是那些看上去并不相干，文化时空相去甚远的作家之间、民族文学之间、文学时代之间，在诗学风骨上的遥相契合。

比较文学的主题学，是对不同民族、不同文明的文学作品中的某些基本要素如母题、主题、题材、人物等进行的比较研究。它既可以对题材、母题和主题在不同民族文学中的流传演变作历史的追寻，也可以对异质文化背景下的文学中类似的主题、母题等作平行研究。就研究价值而言，这类研究既可以发现单个文学作品对文学传统的依存性，也可以更好地明确不同民族间的文学关系。

文类有时也译作“文体”、“体裁”、“类型”等，是文学作品的一种组合，其所依据的既有外部形式如特定的格律或结构，也有内部形式如态度、笔调、意图等。比较文学文类学可以对有实际接触的文类进行影响研究，也可以对无实际接触的文类进行平行研究，对文类历史发展、对创作和阅读的影响加以探讨，或对照比较不同民族的文类划分及其依据，或探寻文体的国际移植与传播，或对跨文化下的文体进行研究，或对文体进行跨学科研究等。

第四章
文学的跨学科研究

第一节　文学与艺术

导　读

文学与音乐、舞蹈、绘画、建筑、雕塑、影视一样，也是艺术，这是毋庸置疑的事实。但是文学与其他艺术之间的关系，以及文学与其他艺术之间的相互诠释与阐发是否属于比较文学研究范畴，却一度存在争议。严肃的艺术家和批评家都意识到，文学与艺术间存在着“天然的姻缘”，而且几乎毫无例外地承认，这种姻缘本身就包含着构成比较分析之基础的对应、影响和互相借鉴。对于比较学者说来，这一点的意义还在于：文学与其他艺术的关系并不是批评家臆造的，而是艺术家们自己也承认的事实。1961年，亨利·雷马克明确提出把比较文学的领域扩大到文学与艺术的关系研究方面，认为只要文学被作为研究的出发点或者焦点，各种艺术间关系的比较研究就理所当然地是比较文学的一个分支。诚然，一切艺术尽管使用的媒材和手法不同，却是相似的活动，它们之间不仅会由于不同的时代精神的影响表现出类似，而且常常有互相孕育、互相阐发、互相影响、互相借鉴的关系。因此，比较它们的异同，探寻它们之间的特殊关系的研究——即使这样的研究没有超越国家与民族的界限，也被认为属于比较文学，是比较文学跨学科研究的重要课题。

一、文学与音乐

文学与音乐关系密切。古代诗歌，体裁不一，但不管人们给它取什么名称，如西方的浪漫曲、日本的和歌、中国的词等等，它总是音乐和语言结合在一起的一种体裁。

在西方，文学与音乐之间的融合与竞争由来已久。如9至13世纪间的欧洲，流传各种类型的拉丁文歌曲，其中包括大量的古代诗歌、挽歌、赞美歌、情歌、云游歌和单旋律歌曲，它们都有很高的文学水平。在拉丁文歌曲流行的后期，各种民族语言的歌曲也同时流行起来，以12世纪初法国南部普罗旺斯骑士抒情诗为代表。由于法国吟唱诗人的诗歌同各种现代文学的起源都有密切的联系，因而它的音乐类型也重新引起了人们的重视。16世纪中叶，音乐不再是只限于研究音与音之间关系的一门学科。在欧洲人心目中，它成为与诗歌、宗教紧密地联系在一起，适用于典礼、节日的表达感情的方式，并进而成为家庭或学校闲暇时的娱乐方式。

浪漫主义时期，在所有的艺术中，音乐被大多数的画家、诗人和哲学家认为是理想的形式。这在德国表现得尤其突出，如作家瓦肯罗德尔（Wilhelm Heinrich Wackenroder）称赞音乐是艺术的艺术，把音乐凌驾于诗之上，认为比起诗，音乐的语言更丰富。蒂克（Ludwig Tieck）认为只有在器乐中，艺术才摆脱了外界的一切限制，才是真正自由的。他把化为和声的叮咚之声的诗视作真正的诗、"纯粹的诗"。诺瓦利斯（Novalis）的《夜颂》及其全部抒情诗，都是黑夜和黄昏的诗歌，那种朦胧气氛容纳不了任何明晰的轮廓。他说："可以设想故事没有任何连贯但却像梦一样具有联想；诗歌可以和谐悦耳，充满美丽的词句，但没有任何意义和关联，充其量是一些个别可解的诗节，有如五花八门的碎片。这种真正的诗只能大体上有一种寓意和间接效果，像音乐那样。"[1]他主张语言必须重新成为音乐，重新成为歌曲；在真正的诗作中，只有情绪的统一才是唯一的统一。

近代欧洲歌剧的兴起，是文学与音乐联姻的结果。不少歌剧是以著名的文学作品为本事的；而有的诗则融入了交响乐，如席勒的《欢乐颂》，成了贝多芬第九交响乐的主调，开创了交响乐与诗体结合的新形式。欧洲诗人、作家广泛地把音乐乐曲名引入文学，如浪漫主义作家笔下的颂诗、哀歌等。音乐不仅与诗联姻，而且也渗入中、长篇小说创作中。有不少作家音乐修养极高，他们小说中的一些段落描写充溢着一种音乐感。如托尔斯泰的《战争与和平》、罗曼·罗兰的《约翰·克里斯朵夫》和契诃夫的《草原》等。

在中国，文学与音乐之间也存在着类似的融合与竞争。如根据《史记·孔子世家》记载，"《诗》三百五篇，孔子皆弦歌之，以求合《韶》、《武》、《雅》、《颂》之音"。[2]《楚辞》也是与音乐结合一起的。楚国有着特有的色调浓烈的民间音乐，史书上称之为"南音"。这些乐曲，源于民间的祭神歌曲与巫歌。王逸说："昔楚国南郢之邑，沅、湘之间，其俗信鬼而好祠。其祠，必作歌乐鼓舞以乐诸神。屈原放逐，窜伏其域，怀忧苦毒，愁思沸郁；出见俗人祭祀之礼，歌舞之乐，其辞鄙陋，因为作《九歌》之曲。"[3]《九歌》中巫灵天神、云神司命、河神山妖一一登场，以"合乐合唱合舞"收场，诗、歌、舞合而为一。

乐府兴起于汉代，也是诗与音乐的结合。乐府机构采来民间诗篇，包括乐调在内，这些诗篇就叫作歌诗，也即歌辞。然后配以歌谱，供乐工演唱。这种能够合乐的诗，到

1　转引自［丹麦］勃兰兑斯：《19世纪文学主流》第二分册《德国的浪漫派》，刘半久，译，北京：人民文学出版社，1981年版，第111页。

2　［汉］司马迁：《史记》卷四十七孔子世家，清乾隆武英殿刻本：《史记·孔子世家》，第628页。

3　［汉］刘向辑：《楚辞》，上海：上海古籍出版社，2015年版，第65页。

东晋就直接被叫作乐府了。汉诗以相和歌、杂曲为其精华。宋人郭茂倩谈到相和的含义时说："凡相和，其器有：笙、笛、节鼓、琴、瑟、琵琶、筝七种"。因此汉魏以来的那些歌，都可算作乐府。如曹操的《薤露歌》《蒿里行》《苦寒行》《短歌行》等，在当时皆可吟唱。南北朝时期，乐府的发展随着民间歌曲的发展而发生变化。民间不断有新声出现。如"吴歌声""西曲歌"。文人们不断采用它们，在其基础上进行创作。北朝又吸收了北方的民歌民乐。到了唐代，乐府演变成了各种诗体。它常使用"歌""行""曲""吟""谣"等为题，与乐调的性质相合，具有极强的音乐特征。

唐诗把乐府的创造推向一个高潮，唐诗的律绝体、歌行体、长短句新诗体，以及后来的宋词，无不从乐府演化而来；而元曲则使文学与音乐的结合发展到了一个全新的境界。

音乐对文学有着重大的影响。T.S.艾略特在《诗的春天》一文里，明确论述了诗人研究音乐可以给诗歌创作带来的好处：

我认为诗人研究音乐会有很多收获。……我相信，音乐当中与诗人最有关系的性质是节奏感和结构感。……使用再现的主题对于诗象对于音乐一样自然。诗句变化的可能性有点像用不同的几组乐器来发展一个主题；一首诗中也有转调的各种可能，好比交响乐或四重奏当中不同的几个乐章；题材也可以作各种对位的安排。[1]

意识流小说家大量地借鉴音乐技巧，结合音乐技巧来描写人物的意识过程。他们首先把音乐的主导动机化为小说技巧，用来暗示一再出现的人物或场景主题，创造出循环往复的气氛；其次在小说中模仿音乐的对位法，形成交叉的复调叙述，表达复杂的时空关系；再次，按照音乐曲式学的原理，来构筑整部作品或某一章节的结构框架；最后，借鉴音乐的节奏感和旋律美，追求音乐的交响效果。

所谓主导动机，就是用一个特定的、反复出现的旋律来表现某个角色的性格。例如在《尼伯龙根的指环》中，有一个用号角吹奏出来的主导动机。开始时，听众只感到这个主导动机是一个优美悦耳的乐句，并未领会它的特定意义。由于男主角齐格弗里德（Siegfried）登台时用号角吹奏了这个主导动机，经过几次反复出现，这个乐句在听众心目中就和齐格弗里德产生了直接的联系，知道这个乐句就代表着齐格弗里德。以后当乐队奏出这个乐句时，即使齐格弗里德本人不在舞台上，听众也立即会联想到齐格弗里德和他的号角。

普鲁斯特（Marcel Proust）在《追忆逝水年华》中借鉴了音乐的主导动机。第一卷

1 转引自乐黛云：《比较文学原理》，北京：中华书局，1989年版，第212页。

《在斯旺家那边》开端部分采用范德伊奏鸣曲中的小乐句作为主导动机，以构成主题。斯旺在韦杜兰夫人的沙龙中听到范德伊的奏鸣曲，在旋律的展开过程中，他清晰地分辨出有一个小乐句浮现出来，超出其他音波的回荡，持续了若干瞬间，在他心中引起了特殊的快感。而这种由音乐引起的非凡的快感，竟促使他对交际花娥岱特的感情起了变化。因此，当小说中再次出现范德伊奏鸣曲中的小乐句时，读者就会联想到斯旺以及他和娥岱特之间的爱情。

福克纳（William Faulkner）在《喧哗与骚动》中也经常使用主导动机。在第一部分白痴班吉的意识中，他的姐姐凯蒂身上有一种树木的香味。凯蒂失去贞操后，班吉发现姐姐身上那种树木的香味消失了。他茫然若失，他已找不到原先的姐姐了，因而嚎啕大哭。白痴的意识中没有贞操这个概念，树的香味就是贞操的象征。在第二部分昆丁的独白中，钟表是一个经常出现的主导动机。昆丁痛恨钟表、回避钟表，因为钟表的嘀嗒声记录了时间的流逝，而随着时间的流逝，庄园主失去了昔日的荣华富贵，他失去了心爱的妹妹。由于企图阻止可怕的时间流逝，他拆卸了表的指针，最后索性连表也砸坏了。这个象征的主导动机成了这个心理变态人物内心意识的标记。

音乐对于现代小说结构形式的影响，无疑要比用词汇的对位来代替音符的对位这种修辞方法更重要。因此，小说家都热衷于仿效音乐的循环运行方式，而不是模仿其音符的对位与叠加。他们往往采用音乐的曲式结构，一般是奏鸣曲式。海顿（Franz Joseph Haydn）之后的奏鸣曲一般有四个乐章，其中第一乐章的结构形式最为严密，称为奏鸣曲式。现代小说家所借鉴的就是这一乐章的奏鸣曲式。伍尔夫（Adeline Virginia Woolf）的《到灯塔去》是小说中使用奏鸣曲式的典型例子。其第一、二、三部分别相当于奏鸣曲式的呈示部、展开部和再现部。第一部是呈示。拉姆齐夫人温柔慈爱的性格是第一主题，父子、子女、宾客之间的矛盾、纷争，以及夫人以其人格的力量来消除矛盾、创造和谐的气氛是第二主题。第二部是主题的展开。在战争期间，拉姆齐夫人死去，子女、宾客离散，寂静和死亡战胜了爱情与和谐，与呈示部形成强烈的对比。第三部是主题的变奏和再现。第一主题的再现是拉姆齐夫人的精神光芒不灭，她的形象时时在亲友心中浮现。第二主题是父亲与子女的矛盾，以及在宾客莉丽小姐心中引起的困惑，使读者得出了爱战胜死，和谐战胜矛盾的结论。这样的结构安排，在对比和匀称的基础上，体现了奏鸣曲式独特的形式美。

不少作家把自己的长篇小说称作“三部曲”。“三部曲”在音乐中指大型作品，小说三部曲取其结构宏伟、历时久长、前后连贯、各自独立之意。又如，有人把中篇小说称为“朔拿大”(Sonata)[1],或把长篇小说称为多声部小说、复调小说。音乐对小说创作的影响是如此之大,以至于海明威曾说过:“我觉得我个人向作曲家学习的东西和从和声学、对位法学到的东西是很明显的。”[2]

在中国,音乐对文学的影响更是深远。中国诗歌的音乐性影响了散文的发展,表现为一些名家的散文须通过诵读才能领会其妙处。旧式私塾把这种诵读叫作“叹文章”,即按文意起伏,或舒缓或急促、或读或吟,抑扬顿挫、摇头晃脑,像唱歌一样。钱穆说:“然中国文言亦尚声,中国之文学尤以音为重,如诗是矣。散文亦寓有音乐妙理,故读其文、玩其辞亦贵能赏其音。高声朗诵,乃始得之。……中国古文,字句章节,长短曲折,亦皆存有音乐妙理,非精究熟玩者不能知。今人务求变文言为白话,但白话中亦有语气,有音节,亦同寓音乐妙理,不可不知。”[3]如王勃的《滕王阁序》、杜牧的《阿房宫赋》、欧阳修的《秋声赋》、苏轼的《赤壁赋》、归有光的《项脊轩志》,皆充溢诗声音韵,可供朗诵叹读。即使是像小说这类艺术,起初是一种说书艺术,在中间也往往会插入韵文。就是到成熟期,这种影响仍然十分明显。直到现代,才彻底摆脱了音乐的束缚,形成新的体裁。这里说彻底摆脱音乐束缚,指的是创作主体的自由度与体裁特征,却不影响创作主体自觉地在叙事艺术中注入音乐感。

二、文学与舞蹈

舞蹈、音乐、诗歌三种艺术开始是合一的。英国马克思主义者乔治·汤姆生(George Thomson)根据对原始民族艺术的考察和研究得出结论:诗、乐、舞的起源是人体在集体劳动中的有节奏的运动。这种运动有两个构成部分——身体的和嘴巴的。前者发展为舞蹈,后者发展为语言。开始是标志节奏的、无意义的呼喊,后来发展为诗的语言和普通语言。抛弃了口唱,运用工具来表演,于是无意义的呼喊就转而成为器乐的起源。[4]

文学和舞蹈虽然表现手段各异,但都是用来反映社会生活的,两者有着密切的联系。如古希腊的悲剧、喜剧和讽刺剧,古罗马的哑剧、中世纪的民间戏剧、文艺复兴时期的假面剧等,其中都穿插有舞蹈的场面。文艺复兴时期,在意大利和法国出现了舞剧的艺术形式,那时的舞蹈还没有脱离诗句,为了戏剧情节的连贯,还要运用歌唱和对

1 朔拿大,现译为奏鸣曲。奏鸣曲是种乐器音乐的写作方式,此词语源自拉丁文的sonare,即发出声响。

2 转引自董衡巽编著:《海明威研究》,北京:中国社会科学出版社,1980年版,第64页。

3 钱穆:《现代中国学术论衡》,长沙:岳麓书社,1986年版,第278–279页。

4 转引自汪加千等编著:《人体律动的诗篇:舞蹈》,北京:高等教育出版社,1990年版,第6页。

白。当时的舞剧也大多选自神话故事传说。其实，自始至终，舞蹈的编导都一直不断地从文学作品中寻求启发，以进行舞蹈创作。一些舞蹈家善于从文学作品的题材、内容、人物和结构中发现可以展开舞蹈的场景，然后用自己的生活经验和艺术特长去创造性地把它们表现出来。如19世纪40年代的芭蕾舞剧《吉赛尔》，是根据海涅(Heinrich Heine)作品中维丽斯女鬼的故事改编的；芭蕾舞剧《巴黎圣母院》是根据雨果(Victor Hugo)同名小说改编的；19世纪50年代的芭蕾舞剧《海盗》，是根据拜伦(George Gordon Byron)长诗改编的。现代舞蹈则与文艺理论中的形式主义、立方主义、未来主义、达达主义、超现实主义等有千丝万缕的联系。

舞蹈被称作人体动作的诗篇。抒情舞蹈和抒情诗在本质上有许多相同之处。它们都是作者凭着深刻的观察和艺术的敏感，感受到了生活中的诗意和美之后，以强烈的感情、具体的形象、浓厚的气氛、深刻的含义，来完成艺术形象的提炼和概括。马拉美(Stéphane Mallarmé)描写他观看拉科纳尔芭跳舞后所感到的喜悦心情时说："在芭蕾舞方面需要申明的判断和公理！也就是说，舞蹈家不是一个女人。而是一种原始力量，浓缩了我们的形状被分析的一个方面，花、瓮、火焰等等，而且她并不在跳舞，而是通过省略或激情的神奇力量加上其肢体语言来暗示需要在写作中以对话体或描写性的成段文学才能表达的东西：最终变成摆脱了书写工具的诗歌。"[1]

舞蹈为文学提供了描写和抒发的对象，文学为舞蹈保存了古代舞蹈活动的文字资料。由于舞蹈是时间艺术，加上古代社会科技水平的局限，尽管它历史悠久、传统深厚，却没有能够留下足够的形象资料，给我们研究和继承舞蹈传统造成了不少困难。因为无法目睹古代舞蹈家们的舞姿动态，研究者只得从出土文物、古代壁画、洞窟艺术以及文学作品中寻根觅源。许多历史文学家、诗人、学者曾在他们的文论、乐论、诗文、笔记中留下了有关当时舞蹈活动的描绘和论述，为现代舞蹈艺术家继承和弘扬古代舞蹈艺术的遗产提供了宝贵的资料。

当然，文学与舞蹈毕竟是不种的艺术，两者有着明显的差异。如在文学作品中，有时只需三言两语，就可以把事情的来龙去脉表达得清清楚楚，这一点是舞蹈艺术无法比拟的。反之，对于一个人物和行为的描述可能要花费作家许多篇幅，而舞蹈演员只需几秒钟便可完成表达同一意义的动作。这些时间差是舞蹈选用文学、特别是诗歌主题的一种陷阱。

文学是思想的艺术，它描绘的形象还必须借助人的思维作用才能完全形成，而舞

1　[法]伊夫·谢弗勒：《比较文学》，王炳东，译，北京：商务印书馆，2007年版，第141-142页。

蹈这门艺术则以情绪的强烈而直接传感为其特长，以人体动作和姿态为其表情手段，用生动鲜明的形态通过视觉直接作用于欣赏者的思想感情，使观众的情绪直接受到感染，迅速产生共鸣，甚至情不自禁地投入到舞蹈的行列中去。此外，舞蹈常常是人们情感高度浓烈的形象反映，在酣畅淋漓地表达感情方面长于文学。

三、文学与绘画

文学与绘画既然同是艺术，应该有共同性，但它们又并非同一门艺术，因而各具特性。它们的性能和领域的异同，是美学上重要的理论问题，也是比较文学跨学科研究的重要课题。

诗和画号称姊妹艺术。古希腊诗人西摩尼德斯(Simonnides)说过，“画是无声的诗，诗是有声的画”。托名于西塞罗(Marcus Tullius Cicero)的一部修词学著作里，论“互换句法”的第四例就是：“正如诗是说话的画，画该是静默的诗。”达·芬奇(Leonardo Di Ser Piero Da Vinci)干脆说画是“嘴巴哑的诗”，而诗是“眼睛瞎的画”。贺拉斯(Quintus Horatius Flaccus)说过，“诗歌就像图画：有的要近看才看出它的美，有的要远看；有的放在暗处看最好，有的应放在明处看，不怕鉴赏家敏锐的挑剔；有的只能看一遍，有的百看不厌”。[1]贺拉斯在这里完全把诗当作画来对待了。诗本是朗诵的，但也与视觉艺术相通，可以近看、远看，如同玩赏画作一般。此外，同一时期的文学和绘画也存在着某种对应的关系。如法国风景画家洛兰(Claude Lorrain)的风景画和法国古典主义戏剧的代表作家拉辛(Jean Baptiste Racine)戏剧中的对话，反映了17世纪诗人和画家都主张的形式美概念以及自然的理想化的剪裁；法国浪漫派作家夏多勃里昂(Frangois-Rene de Chateaubriand)作品中那种详细的描写、诗意浓厚的语言和忧郁的情调，都可以在法国画家吉罗德-特里松(Anne Louis Girodet-Tricson)、德拉洛歇(Hippolyte Delaroche)、大卫(Jacques Louis David)和杰拉德(Franrois Pascal Simon Gerard)等人的绘画作品中得到印证，他们都为发展那种追求异国情调、追求“没有灵魂的形体美”的浪漫精神作出了贡献；法国象征派诗人兰波(Arthur Rimbaud)的诗集《灵光集》中的《神秘》一诗那种“晦暗、隐秘和不可解的东西”，在法国后期印象派画家高更(Paul Gauguin)的画《雅各与天使搏斗》中也可找到。而荷兰画家凡·高(Vincent Van Gogh)画作中那种心理冲突在比利时诗人爱米尔·凡尔哈伦(Emile Verhaeren)的诗中也可以找到。比较法国现实主义画家库尔贝(Gustave Courbet)的《奥南的葬礼》和法国作家福

1 [古罗马]贺拉斯：《诗艺》，杨周翰，译，北京：人民文学出版社，1962年版，第156页。

楼拜(Gustave Flaubert)在《包法利夫人》中对爱玛的入葬场面的描写,是另一个在形式和内容上都很有说服力的类比。这两者都是用精确的细节描绘来展示人生中某个特定时刻。

关于文学与绘画的密切关系,我国也有极为类似的说法。唐人认为"书画异名而同体"(张彦远《历代名画记》卷一《叙画之源流》)。自宋代以后,大家都把诗和画的关系理解为异体而同貌。郭熙《林泉高致》第二篇《画意》:"更如前人言:'诗是无形画,画是有形诗。'哲人多谈此言,吾人所师。"苏轼《书鄢陵王主簿所画折枝》:"诗画本一律。"苏轼在《书摩诘〈蓝田烟雨图〉》中说:"味摩诘之诗,诗中有画,观摩诘之画,画中有诗。"苏轼《韩幹马》:"少陵翰墨无形画,韩幹丹青不语诗。"孔武仲《东坡居士画怪石赋》:"文者无形之画,画者有形之文,二者异迹而同趣。"

中外的这种诗画一致说流传千年,有其内在的道理。首先,某些古老的国度最初发明的文字是意象文字或象形文字:苏美尔、中国和克里特提供了今天还不能全部解读的这种"图画式"的文本。其次,书法——尤其在中国、日本和阿拉伯国家,既是视觉也是语言的一种艺术。最后,在文本和图画之间至少有一个物质上的共同点——笔画,而这是作家可以随便驾驭的,如法国诗人阿波利奈尔(Guillaume Apollinaire)的《图形诗集》,就使用了伪寓言诗配画的艺术手法。

钱中文认为,如果要说苏轼的"诗中有画""画中有诗"确有道理,那么这诗中的画与画中之诗中间,就存在一种共同性的东西,这就是诗画所共同要求的境界或意境。[1]而这种艺术境界,就是"以宇宙人生的具体为对象,赏玩它的色相、秩序、节奏、和谐,借以窥见自我的最深心灵的反映;化实境而为虚境,创形象以为象征,使人类最高的心灵具体化、肉身化"。[2]此说是对画中蕴含诗韵的极好解说。我们看到,不少诗人往往就是画家,不少画家,往往就是诗人,所以他们在作品中也就诗画并论,如梅尧臣说的,"诗中须有我,画中亦须有我",强调两者精神的一致。

当然,文学与绘画的差异也是明显的。莱辛为了驳斥西摩尼得斯的名言,写了《拉奥孔》(1766年)一书。在莱辛看来,造型艺术局限于空间中的物体,而诗的领域则包括了时间中的运动。对于文学与绘画孰优孰劣,艺术家们也是看法不一。达·芬奇说眼睛是灵魂之窗,是心灵的要道,绘画能够通过这条要道,畅通无阻:"绘画包罗自然的一切形态在内,而你们诗人除事物的名称以外一无所有,而名称不及形状普遍。"[3]英国

1　钱中文:《文学原理——发展论》,北京:社会科学文献出版社,2007年版,第316页。

2　宗白华:《美学散步》,上海:上海人民出版社,1981年版,第59页。

3　[意]达·芬奇:《芬奇论绘画》,戴勉,编译,北京:人民美术出版社,1979年版,第21-22页。

的散文家赫兹列特(William Hazlitt)则相反,他说:"诗歌比绘画更有诗意。尽管艺术家或鉴赏家喜欢说画中有诗,但这只表现他对诗缺乏认识,对艺术缺乏热情。画呈现事物自身的形象,诗呈现事物的内涵。画所表现的对象,限于事物自身所有;诗所暗示的对象,则超越事物,并以任何方式与之联系。"[1]但是在文艺评论中,后人很少用这种比较两者孰优孰劣的方法来讨论诗画。

无论是否赞成文学与绘画同一,文艺家大多同意这两种艺术门类能够相互促进、相互借鉴。英国诗人斯蒂芬·斯宾德(Stephen Spender)为德国浪漫派诗人诺瓦利斯(Novalis)的《赛斯的新来者》写了极富启发性的序言,这本书出版时同时印有瑞士现代派画家保罗·克勒(Paul Klee)的六十幅自然风景素描,但不是作为书的插图,而是与文字平行的。这样图文并列起来之后,就使我们更能了解诺瓦利斯和克勒这两个人。斯宾德把这位18世纪诗人和这位20世纪画家的作品都描写为:"一个奇异的内心世界,一个纯艺术和纯观赏的世界,意象派诗的世界,一个强烈而热情、却又诙谐而细致的想象的世界。印在这里的画……是诺瓦利斯的世界在保罗·克勒的世界里的一种反映。"[2]诗画并置可以使意义明朗。

一些现代作家使用意识流技巧,在创造一种新的叙述形式时认识到了空间感觉的原理,借鉴了绘画的技巧。意象派诗人所关心的是重新创造一个准确的时刻,视觉的印象能够被转换成相应的语言意象。他们的职业是"根据视觉的想象力铸造意象",因此,希望能够成功地模糊诗歌和造型艺术的界限。庞德(Ezra Pound)俳句式的短诗《在地铁车站》,正是意象运动的宣言:人群中幽然浮现的一张张脸庞/黝黑的湿树枝上的一片片花瓣。亨利·詹姆斯(Henry James)认为:小说是用散文写成的生活的图画;小说是所有图画中最灵活、最能为人们所理解的艺术形式,人类的全部意识就是它的主题;画家的艺术与小说家的艺术之间有一种完美无缺的类似;人们对于小说的不断需求,不过是人们对于一幅图画的一般需求而已。基于这种认识,詹姆斯把视觉艺术的技巧融会贯通于小说创作中,写人、写物、写景都注意色调的变化、线条的流畅与构图的严整。

以T.S.艾略特、庞德、普鲁斯特、亨利·詹姆斯和詹姆斯·乔伊斯(James Joyce)等为代表的现代文学,正在向空间形式的方向发展。也就是说,在阅读这种运用绘画技巧写就的文学作品时,读者不能一页一页地对作品形成一个完整的印象,而是靠"反射式

1 转引自伍蠡甫:《中国画论研究》,北京:北京大学出版社,1983年版,第199页。

2 转引自乐黛云:《绝色霜枫》,南昌:百花洲文艺出版社,2000年版,第177页。

参照”的方法，即读者在把作品读完的时候，把其中提到的各个东西拼合起来，对诗人或小说家通过空间形式完成的东西获得一个完整的感知。尤其是读现代诗时，读者必须把表面上孤立的片段和一组组词语与诗中一个暗示的、集中的情境联系起来，组成一个整体。

四、文学与建筑

文学与建筑有着十分密切的关系，不仅因为建筑和文学在美上有许多相通之处，还因为建筑往往是文学家观察与描写的对象，是文学作品展现情节与铺陈故事的背景和空间。此外，文学作品也为建筑提供了一种想象。

大凡有建树的文学家或建筑师，其艺术灵感比一般人来得强烈，这可能算得上是文学与建筑相通的一个佐证。作家歌德的建筑学知识并不比专业的建筑师们逊色多少，他说道：“魏玛宫堡的建筑给我的教益比什么都多。我不得不参加这项工程，有时还得亲自绘制柱顶盘的蓝图。我比专业人员有一点长处，我在意境方面比他们强。”[1]托马斯·哈代（Thomas Hardy）当建筑师所受的严格训练对其“性格与环境小说”的构架起了巨大的作用，他的小说宛如建筑师的杰作，个中渗透着其本人对建筑空间感的追求。哈代主张：小说应该首先是一个故事：它不应该是一篇论文，也不应该是一个往事或obiler dita（拉丁文：附带的活）的集子。……一部小说应该像一个活的有机体那么完整，小说里的所有部分——情节、对话、人物和景色——应该浑然一体，给人以唯一完整和谐的建筑物的印象。[2]

根据建筑演绎的文学，可称之为“建筑文学”。如雨果的小说《巴黎圣母院》，以中世纪极为壮丽的哥特式建筑——巴黎圣母院为故事发生的重要场所。为了写好这座教堂，雨果查阅了大量文献，仔细勘察了中世纪艺术，使他那保护古代建筑艺术，尤其是保护哥特建筑艺术的呼吁引起了社会的巨大反响，从而在法国掀起了一场“哥特艺术复兴运动”，使数千座古建筑得以修复，保存至今。

日本作家三岛由纪夫根据金阁寺被一个和尚烧毁的真实故事，于1956年创作小说《金阁寺》。[3]金阁寺是日本京都鹿苑寺室町幕府第三代将军足利义满别墅内的著名建筑物，大约建于1398年，坐落在风景秀丽的镜湖中，是珍贵的文化遗产，1950年遭火

1　[德]爱克曼辑录：《歌德谈话录》，朱光潜，译，北京：人民文学出版社，1982年版，第182页。

2　陈燊宇编选：《哈代创作论集》，北京：中国社会科学出版社，1992年版，第14-15页。

3　详见[日]三岛由纪夫：《金阁寺》，唐月梅，译，上海：上海译文出版社，2014年版。

灾被焚毁,1955年重建。小说忠实地记述了一个口吃的小和尚因为承受不了金阁寺的建筑美——这种美对他构成一种压迫,于是纵火把金阁寺烧毁的故事。书中描写了金阁寺永恒的美以及这种美对人的世俗精神的阻碍。三岛由纪夫试图在书中以金阁寺喻示人生,写美与人生、艺术与人生的悲剧性关系。

意大利作家伊塔洛·卡尔维诺(Italo Carvino)的代表作《看不见的城市》是一本具有后现代风格的小说,表现了人们对未来城市与建筑的理想。[1]书中的主线是马可·波罗向忽必烈汗报告他曾经在出使时所经历的各个城市的奇闻。卡尔维诺把城市及其建筑看成一个文本,一个有意义并可以解读的文本,透过人的居住与生活,每个人都在不断地书写城市。城市与建筑不仅是现实,是事件,也是叙述。《看不见的城市》叙述了11个主题:"城市与记忆"叙述的是城市的记忆,张开了空间、时间与事件所交织的记忆之网;"城市与欲望" 则叙述了城市与生活所创建的各种欲望,并将这些欲望展现在空间化的形式之中;"城市与符号"中描述的符号与城市是不可分割的,关于城市的论述以及城市的符号具有自在的生命;"轻盈的城市"表现了城市的原型,构成一座城市的骨架、结构及原理;"城市与贸易"中,城市中交易的不仅有金钱与货物,还有记忆与欲望,交易也是一种互动与复杂的网络关系;"城市与眼睛"表达的是城市的解读随着读者的心情、立场和生活方式而变化,不同的眼睛映照着不同的城市;"城市与名字"解释了名字与实质、论述与现实、论述与记忆的差异,名字承载了想象和意蕴;"城市与死者"讲的是人的世代传承以及结构的长期变化,死亡不仅是时间的断裂,也是空间的隔绝,但是它使存在更为真实;"城市与天空"把天空作为城市的理想、欲望与真理之所在,城市的结构来自天体运行的法则;"连绵的城市"提出了城市的发展与自然的矛盾;"隐蔽的城市"是一个被忽视的地方,并非目光所不能及,而是一种充满了隐喻与象征的城市,每一座城市都是一种语言符号。卡尔维诺采用了寓言的方式来叙述和阅读城市,将史实和小说完全混杂在一起,让读者有充分的想象力去做多重解读,从而使这种特殊的建筑批评具有一种开放性。他的主题并不是建筑,但一旦论述到城市,就必然会涉及建筑,建筑与城市是不可分割的。

中国古代也有许多优秀的建筑文学。最早的建筑文学要算《诗经·小雅·斯干》了。此诗歌颂周王宫室落成,是周宣王时代专门记述建筑过程以及评论建筑特征的诗歌。其中第四章第四段将所叙述的殿堂比喻为:"如跂斯翼,如矢斯棘,如鸟斯革,如翚斯飞,君子攸跻。"意思是说宫室如跂甚端正,檐角如箭有方棱,又像大鸟展双翼,又像锦

1 详见[意]伊塔洛·卡尔维诺:《看不见的城市》,张宓,译,南京:译林出版社,2006年版。

鸡正飞腾，君子踏阶可上登。晚唐著名诗人杜牧的《阿房宫赋》对建筑的描绘有声有色，十分形象。唐代王勃的《滕王阁序》、宋代范仲淹的《岳阳楼记》、欧阳修的《醉翁亭记》等，都是著名的建筑文学。而北魏杨衒之的《洛阳伽蓝记》、宋代李格非的《洛阳名园记》、清代李渔的《闲情偶寄》等，几乎可以列入建筑专业文献。此外，中国建筑上的匾额、楹联和碑碣等，都是建筑文学的表现形式，是建筑的有机组成部分。匾额、楹联、题记，或者将建筑的环境气氛艺术化地加以点明，或者帮助人们更深入地去理解建筑师的匠心。

根据文学作品演绎而成的建筑，可称之为“文学建筑”。例如意大利建筑师戴拉尼(Giuseppe Terragni)在1938年设计的罗马但丁研究院，就是对但丁长诗《神曲》的建筑阐述。三组建筑空间隐喻《神曲》的三个组成部分：地狱、炼狱和天堂。建筑师试图将具有黄金分割比例的古典主义与现代建筑形式结合在一起，将史诗的内涵转化为图像学的探索，在形式与内涵之间建立起语义学上的联系。

《红楼梦》中关于大观园和荣国府、宁国府的描述，激起了多少文人墨客和建筑师的遐想，他们努力从书中去寻找被历史淹没了的建筑，并试图去重建作者虚构的“大观园”。1992年建于上海青浦淀山湖畔的大观园就是一种文学建筑的表现。北京在1988年建的大观园，其原始动机是为了拍摄《红楼梦》电视剧，却满足了人们想要进入小说实境的愿望，这都是文学作品演变成建筑的实例。

诚然，文学与建筑皆为艺术而相通，但作为不同的艺术门类，必然存在诸多差异。文学是语言艺术，其表现方式十分自由，而建筑具有空间艺术特性，其表现方式受到经济和技术等条件的严格限制。文学形象是通过语言来进行具体描绘的，而建筑形象则是通过体积空间来进行表达的。文学讲究修辞，而建筑则需要装饰。

五、文学与电影

电影被称为第七艺术，是19世纪末20世纪初由活动照相术结合幻灯放映发展起来的一门现代综合艺术。它独特的表现手段是“蒙太奇”，即通过不同镜头的剪辑和组合形成银幕形象来表达内容、刻画人物。从“叙事”角度而言，文学(特别是小说)和电影(特别是剧情片)有不少共通之处：都是在有限的时间内说一个故事。

知识链接：蒙太奇(Montage)原为建筑学术语，意为构成、装配，可解释为有意涵的时空人为地拼贴剪辑手法。作为电影创作的主要叙述和表现手段之一的蒙太奇，指的是将一系列在不同地点，从不同距离和角度，以不同方法拍摄的镜头排列组合(即剪辑)起来,叙述情节,刻画人物。苏联电影的先驱库里肖夫(Lev Vladimirovich Kuleshov)、普多夫金(Vsevolod Pudovkin)、维尔托夫(Dziga Vertov)和爱森斯坦(Sergei Eisenstein)等人对蒙太奇进行了理论探索。他们认为,一部影片的镜头连接应该是以观众的视觉和思维为基础的,观众从第一个镜头的含义中得到某种提示,引发对下一个镜头的期待,那么,第二个镜头就要符合观众的这种期待。这个理论首先确立了一点——蒙太奇是人们观察事物、认识世界的一种思维方式,把蒙太奇从技术层次上升到了思维层次。蒙太奇可延长和省略时间。利用蒙太奇来延续时间,一定表示对这段时间的格外尊重,无论是在意义上,还是在结构上。反复的切换最能体现时间的停滞和缓慢,由于时间的延续有悖于人们现实的本能的直觉,因此往往给人以强烈印象。省略是一种更为普遍的原则,自从有了分镜头以后,省略在电影中就成了一种无处不在的现象,一个镜头的断裂通常意味着时间的压缩和停止,两个镜头之间通常包含了观众意识不到的被省略、被取消的时间。

作为一门艺术,电影大量借鉴了小说这一古老形式。因为正是小说把文学遗产传给了电影,从而使它从中获得了灵感和源泉。小说对电影这一艺术的发展的一个极为重大的影响就是叙事或讲故事的形式。叙事形式可以追溯到最早的西方文学《荷马史诗》,因为正是在《伊利亚特》和《奥德赛》这两部伟大的史诗中表现出了荷马(Homer)那精湛的讲故事的技巧。电影叙事形式和史诗叙事形式非常接近,甚至有电影剧作家认为荷马是他们这一行的老祖宗。

小说的侧重点是故事,正是这一点给予电影这一艺术的发展以最大的影响。对电影的叙事形式最有影响的是"故事编辑部"。在好莱坞的大制片厂中几乎都可以找到这类机构(在电视中,与故事编辑部相当的部门叫作"节目编辑部",每个大电视网都至少有这么一个机构)。在这类机构中,关键人物是故事编辑或分析家。他的工作是在小说、舞台剧、杂志、报纸和专门的电视剧本中,去搜罗和研究那些他认为能使一部影片得以成功的素材并加以"提炼",写成一段"情节"或"动作"主题,或者写一两页梗概,然后交给制片厂的制片人或代理人。如果获得通过,就可能由一名作家来把它写成一个三十页的剧本阐述,这相当于一个用现在时态写成的较长的短篇小说,目的是用来说明作家准备怎样用电影语言来处理这些文学素材,并且把所有的情节、动作包括某些台词细节化。完成剧本这个最后的形式包括全部场面和摄影机的角度,这通常叫作导演剧本或拍摄剧本。从这一流程中可以看出文学的叙事方式对电影的影响有多么深刻。

此外,文学还直接给电影提供故事,有相当多的电影是从文学作品中改编过来的。如《宾虚》《战争与和平》《乱世佳人》《巴黎圣母院》《威尼斯之死》《陌生人》《洛丽塔》《小城之春》和《祝福》等大量中外影视作品都是小说改编的。当然,有的改编得比较成功,而有的则不尽如人意。在文学改编工作中,能把内在节奏移植到改编作品中去,是一个真正伟大的电影艺术家的标志。从事文学改编的电影制作者最易犯的一个错误就是,当他们着手把一部小说忠实地改编成电影时,他们经常注意的是忠实于原小说的情节、人物、故事发生的地点,有时还包括情绪;而对小说的内在节奏(即从逻辑中产生出来的一部小说的动力)就很少考虑了。对于篇幅浩瀚、情节错综复杂的小说(特别是畅销小说)来说,内部节奏可能无足轻重,甚至根本没有。但是像弗拉基米尔·纳博科夫(Vladimir Nabokov)的《洛丽塔》和加缪(Albert Camus)的《陌生人》这样的小说,内部节奏却是它们结构的组成部分,如果不把内部节奏移植过来,就会对改编的影片造成严重的艺术灾难。

意大利导演鲁奇诺·维斯康蒂(Luchino Visconti)将《陌生人》忠实地搬上银幕时,却彻底失败了。原因就是维斯康蒂这部影片中的一个画格对故事发生地点阿尔及尔这个城市的描写可能比加缪整部小说还要细致,笔墨还要多。实际上,在小说里,故事发生在什么地方并不比它是怎样发生的更为重要。但是由于维斯康蒂是在现场拍摄,因而也就使影片具有了某种纪实性,而这和加缪的小说是完全格格不入的。这样一来就和小说作者的真正意图背道而驰了。因为小说所要描写的是一个与生活完全格格不入的人。一句话,对电影制作者来说,"一个画面顶一千个字"这一原则,对改编历史小说可能有利,但对改编其他类型的文学作品就可能是一场灾难。

李欧梵认为费穆执导的《小城之春》非常成功,竟然超过原著。从费穆的影片本身观众可悟出其中的文学韵味。片头上主角的旁白虽然似在模仿"五四"小说,但并不煽情。女主角的旁白显示出一种独特的女性视角。电影在旁白语言和镜像互动的处理上,超越了任何一部老电影。全片像是一篇散文气息甚浓的短篇小说。[1]

好莱坞的电影制作人非常青睐畅销小说,愿意将它们拍成电影。因为小说中的人物和故事已经在群众中经受了考验,因此在影片尚未制成以前,就已经预售了。所以,从经济观点来说,把一部畅销小说改编成电影不会冒什么风险。李欧梵也认为真正的经典电影,并不一定来自经典文学的改编,而二三流的通俗文学,反而能造就出色的电影作品。这类作品并非依靠精湛或有创意的文字,而是以情节变化多端或内容煽情取

1 李欧梵:《人文六讲》,北京:中国人民大学出版社,2012年版,第153-154页。

胜，使读者拿起书来就放不下去。电影从中取材，一方面是为了确保票房价值，另一方面也是拍起来较容易：只要能依照好莱坞剧情片的常规——直线叙事、有头有尾、角色心理鲜明、从小高潮堆砌到结尾前的大高潮——就够了。看似公式化，然而放在有些较有才华的导演手上，照样可以发挥一己特长，运用各种手法把高潮烘托得更精彩，以影像弥补原著文字的不足，更具风格。[1]

电影技巧蒙太奇也可以运用到文学中。它指的是用一种文学语言把现实的时空并置、倒置、或错置，从而打破传统写实主义对于现实的忠实性。换言之，这是现代主义和后现代主义文学的最大特色，用这种新的语言，可以作心理上的投射(如表现主义的戏剧)，也可以进入人的潜意识或下意识(如意识流小说)，更可以把各种外在和内心的现实混在一起，用非直线进行式的叙事手法，达到一种崭新的艺术境界。

电影和小说毕竟是两种艺术形式，它们之间仍存在着本质上的差别。首先，电影是视觉艺术，是靠画面和声音，观众通过他们的肉眼观看，获取视觉形象。小说则是语言艺术，是靠印刷的文字，读者在阅读时必须通过想象来获取画面和人物形象。电影屏幕上的画面形象直接诉诸观众的视觉，观众的审美活动相对来讲是一个比较单纯的过程。小说读者的审美活动虽然也以视觉为出发点，但是视觉所直接接触的对象不是画面形象，而是作为象征符号的语言文字，其象征的内涵必须通过读者的思维过程，才能转换成物体的形象、感觉的形象和概念的形象，而且这些形象不是呈现于眼前的画面形象，而是浮现于头脑中的心灵意象。电影往往是由观众一次性看完的，并且经常是由众多人一起观看(因而出现了某种群体反应)。在这种情况下，观众和他所观看的影片的情绪接触是连续的。小说一般是由读者读的，往往只限于一人，而且不能一口气读完，读者和读物在情绪上的接触是断断续续的，常常得持续几天、几星期或几个月。因此，电影制作者更容易控制观众的情绪反应，这比小说家控制读者的反应更为容易。

其次，电影剧作家和小说家在表现技巧上也有明显的不同。电影必须表现可见的活动。小说则比较散漫：它可以停顿下来，描写一番，发发议论；也可以描绘静态的风景和不从事任何活动的人物。这就是“讲”和“看”在本质上的不同。

再次，从创作的过程上来看，两者的着重点也不同。一部好莱坞影片，可能要花两三年时间才能制作出来，其间大量的时间花费在生产前阶段(例如作预算、搞投资、磋商和挑选演员)，而不是花费在创作上，即写作和剪辑上。好莱坞的电影剧作家本·海

1　李欧梵：《人文六讲》，北京：中国人民大学出版社，2012年版，第164–165页。

区特(Ben Hecht)曾说过，他不仅同时为两部以上的影片写剧本(他的许多最好的剧本只花了两天到一个星期的时间就完成了)，而且居然在一个星期之内为电影《乱世佳人》(1939年)写了半个剧本，显然他当时连那部小说都没有读过。这和作家在创作小说时要花费两三年的时间来进行紧张的写作有很大的不同。至于和那作为小说基础的作家生活中的漫长而又不寻常的痛苦的孕育时期，以及其他许多以战斗和战俘经历作为基础的小说相比就更不用说了。

六、文学与艺术跨学科研究应注意的问题

对文学与各种艺术相互阐释的总的研究，是一门处于萌芽状态之中的学问，它尚未找到恰当的方向，而且还未有固定的一套方法及完整的术语。之前学界曾有过对于艺术与文学之间的异同的研究，并曾试图说明一种艺术高于另一种艺术，还存在两种不同观点的争论。其实，文学和其他艺术在审美理想方面有一致性，表现为一种深层的、融合的特征。形象思维贯穿于文学和其他艺术创作过程中，而想象力则使创作插上翅膀，自由翱翔。18世纪的欧洲关于文学与其他艺术之间关系的问题的思考比比皆是。从那时起各种艺术之间具有普遍的一致性的观点逐渐成为主流。不论文学史家站在什么样的理论立场上，他们在实践中别无选择，只能把艺术史纳入自己的考虑范围。因为文学从艺术中学习了许多东西，特别是在风格方面。许多文学时期的术语，如巴洛克、洛可可等，都是从其他艺术借来的，这表明只有熟悉这些非文学现象，才能充分理解那些文学分期术语。而从文学借来的技巧，也常常被移植到其他艺术中，如象征主义和超现实主义等在绘画、电影等艺术中的运用。

在跨艺术比较研究中，应谨慎行事，以分寸适当的步骤从小发展到大，从具体过渡到总体。在这种事业中，对于专题的选择应该准确严格地限制在课题之内，研究也应该在“有控制”的环境中进行。还应该特别注意论证时的逻辑，因为在比较艺术中，不知不觉地离题是最容易发生的事。在研究中，所要处理的全部特点都必须确确实实地存在于被比较的作品之中。虽然人们习惯称诗人为画家，但在视觉描绘和文字描写之间仍有不可跨越的界限。文字固然足以引起视觉想象，但真正从一种形式转为另一种形式却是不可能的。此外，凡是要选择术语的时候(这必然牵涉到对方法的选择)，都必须小心谨慎。

思考题：

1. 文学是如何向其他艺术（如音乐、绘画、雕塑、歌剧、电影等）提供题材的？

2. 文学和其他艺术是如何在不受任何影响的情况下处理同一主题的？

3. 如果在一个人身上表现了几种艺术的统一，那么当他交替或同时从事这几种艺术创作时，这几种艺术是如何联系起来的？例如，在作为雕塑家和诗人的米开朗琪罗（Michelangelo Buonarroti）的创作中，两种艺术之间的联系是什么样的？

第二节　文学与人文社会科学

导　读

德国考古学家施里曼（Heinrich Schliemann）相信《荷马史诗》中所说的一切，立志要把埋藏在地下的特洛伊古城发掘出来。根据史诗的描述，他猜测特洛伊可能在离海岸七八公里的土耳其境内的希萨尔雷克山丘附近。为了证实自己的猜想，1871年9月，施里曼雇了80名工人，在希萨尔雷克开始发掘特洛伊古城遗址。最终发现大量珍贵的金银制作器皿，几千件古物。特洛伊古城的发现公布以后，轰动了学术界，这也证实了《荷马史诗》中所描述的特洛伊是真实存在的。[1]

萧兵认为：《山海经》内容可分两大类：一类是真实的记录。谭其骧先生从《中山经》里复原出河水支流的情况，古今完全一致。……有些"真实"，被我们误会为"虚构"。例如，"猛豹"就是"貘"（印度猫鼬），连眼镜蛇都敢吃。"志怪"，用它讲述大卫战胜哥利亚、武松醉打蒋门神的"故事"。四角羊也是有的，英格兰高地家畜公园至今还养着一群四角的绵羊。另一类是神话传说或虚构叙事。[2]叶舒宪认为《山海经》里面所说的西王母所居的玉山是真实存在的，即现在的昆仑山，其中所谓的极品美玉，即新疆和田的上等籽玉："《山海经·西山经》说：'又西三百五十里，曰玉山，是西王母所居也。'郭璞注：'此山多玉石，因以名云。《穆天子传》谓之群玉之山。'玉山也好，群玉之山也好，正是此类幻想中位于西极的不死的圣山，派生出了女性人格化的西王母的形象。……过去阅读古书时碰到此类玉山瑶池的典故，一般皆以为出于文人的幻想，是虚无缥缈

1　张福才编著：《百科知识手册》，牡丹江：黑龙江朝鲜民族出版社，1986年版，第772-773页。

2　吕微，叶舒宪，萧兵等：《对想象力和理性的考验——中国社会科学院文学研究所座谈〈山海经〉研究》，《淮阴师范学院学报·哲学社会科学版》，2006年第2期。

和查无实据的。现在根据新疆和田玉矿的独一无二的性质,以及夏商周三代以来中原王朝大量需求和使用和田美玉的事实,终于理解了中国文学的仙乡理想完全不同于西方伊甸园的所以然层面。"[1]

无论是《荷马史诗》中特洛伊城的发现,还是《山海经》中一些山川河流与物事的真实存在,都给我们一个启示,即神话传说等被视为虚构的文学中,往往包含着历史的真实成分。这也启发我们有必要重新审视文学与人文社会科学的关系。

人文社会科学是人文科学与社会科学的总称。"人文科学"在汉语当中亦称"人文学科",两者都来自英语humanities。英文humanities一词源自拉丁文humanists,指人性、教养,后来统称古希腊罗马文化的古典学研究。从现代意义上来讲,人文科学以人的精神活动为研究对象,探究人的思想、文化、情感、价值等精神活动的表现,旨在从人类精神活动的知识体系当中总结人类精神的本质与规律,最终为人类建构起丰富的意义世界与生命家园。人文科学所涵盖的学科包括文、史、哲及其衍生出来的美学、宗教学、伦理学、文化学、艺术学等。社会科学则兴起于19世纪后期,它是在自然科学的影响之下,运用自然科学的实证主义方法所建构起来的一门具有一定科学性的学科。社会科学则是一种以人类社会为研究对象的科学,侧重于运用实证的方法来研究宏观的社会现象,其涵盖的学科主要有经济学、社会学、政治学、法学、心理学等。

人文科学与社会科学之间既相互区别,又相互联系。正如瑞士学者让·皮亚杰(Jean Piaget)所说的,尽管在理论上可以将人文科学与社会科学区别开来,但在实际中,"不可能对它们作出任何本质上的分别",所谓的社会现象,主要"取决于人的一切特征",而人文科学在这方面或那方面又都是社会性的,人们往往将它们作为一个整体加以讨论。[2]只不过二者在方法与性质上略有不同。人文科学讲究意义分析和阐释研究,以知识积累、价值评判、道德导向为目的,而社会科学则更多讲究自然科学的逻辑演绎与归纳实证,以探求宏观的社会建构、行为活动及社会本质为目的。二者的着眼点在"人",相比自然科学,人文社会科学具有人文性与意识形态特征。

相比人文社会科学的其他学科而言,文学更关注"人",它不仅关注人的内在精神世界,同时也关注外在的社会。除了具有人文社会科学的人文性与社会意识形态特征之外,它的语言媒介使得它同时具有更多的感性、直观性与形象性。而这一点正是文学与人文社会科学的可通约性,或者用比较文学的话来讲,就是它们之间的"可比性"。

---

1 叶舒宪:《中华文明探源的神话学研究》,北京:社会科学文献出版社,2015年版,第269-270页。

2 转引自黄忠彩主编:《中国人类学民族学研究会优秀论文集》(第1辑),北京:知识产权出版社,2016年版,第80页。

文学与人文社会科学既相互影响，又相互借鉴，共同成长。

一、文学与哲学

哲学作为人类社会意识形态的表征，是人类对自然与社会的总体看法，是指人类用抽象的方法表达人与自然、人与社会的关系，它的知识体系明显，具有抽象性、系统性与理论性。与之相反，文学却是用具体可感的方法来表现人类的精神世界与社会活动，具有一切审美体验的直观性与形象性。同时文学也表达作家对自然与社会的思考，因此它常常具有哲学的反思性。研究文学创作与欣赏、批评与鉴赏的文艺理论兴起之后，哲学与文学往往相互生发，相互阐释，相互影响。

在人类的原始思维当中，万物的起源、人类世界的诞生以及人与社会的关系等具有哲学性的命题最初并不是以抽象的理论呈现的，反倒是以文学形象化的思维开始的。尽管人类原始社会的文学并不以今天的书面语言为媒介，然而丰富的口语文学却成为文学的滥觞。神话传说不仅是文学的初始形态，而且也是人类先民对自然世界与人类世界最初的形象化思维，也是哲学的原初形态。譬如在古希腊神话当中，前奥林匹斯神话体系与奥林匹斯神系明显提出了哲学的两种形态，即一元创生哲学与二元对立哲学。一元与二元的思维贯穿了哲学发展的始终。同样，中国神话传说当中的盘古开天辟地神话也蕴含了中国哲学的创生模式。这就形成了后来《易经》所总结的“道生一，一生二，二生三，三生万物”的思想。

远古神话传说蕴含了丰富的哲理，后世哲学家在阐述其哲理，构建其哲学体系的时候往往穿插诸多的神话传说，以生动形象、明白易懂的方式向大众传达其哲学思想。譬如古希腊哲学大师柏拉图就是如此。受大诗人荷马的深刻影响，出身贵族的柏拉图最初想做一个诗人。虽然在苏格拉底(Socrates)巨大人格魅力的吸引之下，他最终选择了哲学，但在阐述哲学的过程当中，柏拉图往往有意识地以生动形象的文学形式传达其深刻的哲理。这些文学形式包括对古希腊神话传说的化用、对荷马史诗的引用以及对古希腊悲喜剧的批评等。不仅如此，柏拉图往往还在其对话体哲学讨论当中虚构故事、假设场景来帮助听众理解哲学道理。当柏拉图在阐述其“理念”哲学的时候，他就虚构了有关“洞”的故事。他说有一个人周身被绑，背对洞口，从其身后传过来烛光的投影，他以为那就是他看见的真实的世界。当他转过身来，看见真正的烛光的时候，他才明白原来那投影是烛光造成的，烛光才是看见世界的原因。然而当他走出洞口，仰望天空的时候，看见一个真正的发光体，其光芒之耀眼使之简直不能直视。直到这个时候他才真正意识到，原来太阳才是我们看见世界的真正根源。然而真正的光是不能用眼睛直视的。结合他对“床”的阐释，读者才知道这个“太阳”就是他所说的“理念”。“理念”是世界的本体，我们只能通过看得见的世界才能感觉到理念的完美。

道家的学说当中往往化用了诸多的神话，用以表达其哲学思想，尤其是在庄子的学说当中。例如赵沛霖在《庄子哲学观念的神话根源》一文中就系统地探讨了庄子哲学的诸多命题，如时间观念、生死观念与主客观念都直接继承了原始神话：“庄子从建立自己哲学体系的需要出发，把蕴含于神话故事中的原始哲学观念加以提炼和概括，使之升华和哲学化，成为自己哲学观念的一个组成部分。”[1]

受先民“创生”哲学思维的影响，中国后来的学科体系相互混生，自成一体，形成“文史哲”不分家的格局。自中国历史观之，先秦以来的诸多著作同时拥有多种学科身份。譬如“四书五经”一方面是儒家哲学的经典，另一方面也是先秦文学的精华，同时也是珍贵的历史文献。中国的先哲们一方面注重个人内在的反思，同时亦注重“言之无文，行而不远”。与之相反，古希腊哲学一方面有意识地运用文学思维的直观性、生动性与形象性建构哲学体系，使之流行于世；另一方面却又运用哲学思维的超验性与抽象性抑制文学思维的直观与感性。这方面最典型的莫过于柏拉图的哲学。前面看到，柏拉图自觉地运用古希腊神话传说，甚至虚构故事以建构哲学体系，另一方面却又对文学的感性进行大肆抨击。譬如在他著名的《理想国》当中，他就一再地声讨诗人，要将诗人逐出理想国。他认为诗人的感性容易引起人类理性的堕落，使之成为情感的奴隶、暴力的推手，最终导致整个理想国的堕落。[2]就这样，在柏拉图的思想体系当中，文学一方面具有引人向善的神性，另一方面却又拥有诱人堕落的魔力。

随着人类知识体系的不断完善，文学与哲学最终分道扬镳，自成一体。文学专注人的世界的感性描写，哲学则着力思考人与世界的本质与关系。尽管如此，二者之间的相互影响从未中断。一方面哲学继续利用文学的直观思维与形象表达构建起动人的哲学体系；另一方面文学又不断地从各种哲学思潮当中汲取营养。

纵观整个西方文学史，我们发现，每一种文学思潮的背后都有一种哲学思潮。正是这些哲学思潮决定了某一时期文学创作表现的中心与阅读欣赏的旨归。譬如文艺复兴时期，文学兴起的背后是人文主义哲学的驱动；古典主义文学的背后是笛卡尔的唯理主义哲学；18世纪的启蒙主义文学的目的就是宣传启蒙主义哲学；而19世纪现实

1　赵沛霖：《庄子哲学观念的神话根源》，《文史哲》，1997年第5期。

2　详见［古希腊］柏拉图：《理想国》，郭斌和，张竹明，译，北京：商务印书馆，1986年版。

主义文学则有唯物主义哲学作为支撑，自然主义更是将实证主义哲学的方法作为其文学创作的理念。这个过程一直持续到现代。随着自然科学的纵深发6展，利用文学反抗现实，表现作家对现实与人生的思考更是现代文学与后现代文学的中心。譬如存在主义哲学不仅利用文学表达人在现实中的荒诞境遇，而且进一步使文学成为其宣传工具。在存在主义哲学的进一步影响当中，荒诞派戏剧、黑色幽默等各种现代与后现代文学流派都继承其哲学的精神，表达人类在现代社会当中的生存遭遇。

同时，哲学通过美学这一中介，成为建构文艺理论体系，总结文艺创作与欣赏、阅读与接受的理论来源。譬如柏拉图利用哲学的思维总结文学创作的根源在于灵感，而文学接受的目的则在于政治教化。而人文主义文学在关注人的同时，也传播了人文主义的理念，给文艺复兴时期的人们带来了思想的洗礼。启蒙哲学促成了狄德罗的文艺美学与戏剧理论的诞生。哲学美学的影响最明显地体现在20世纪以后。随着哲学体系日渐分化，各种哲学流派在20世纪层出不穷，尤其是各种非理性主义哲学流派。譬如19世纪已经产生的叔本华悲观主义哲学、尼采的权力意志学说、柏格森(Henri Bergson)的生命直觉学说、胡塞尔(Edmund Gustav Albrecht Husserl)的现象学理论和海德格尔的存在主义哲学等，无论是对文学创作，抑或是对文艺理论影响都非常大。

尼采在反抗传统哲学的基础上，一方面采用文学对话与情感宣泄的形式大肆抨击理性主义传统；另一方面利用文学的想象与独语建构起一个独特的哲学体系。正因为文学化手法的运用，尼采哲学不仅得到了众人的拥护，而且对文学影响巨大。在尼采哲学的影响之下，作家们一方面通过作品反抗传统权威，另一方面也助推了尼采哲学在世界各地的传播与影响。譬如中国诸多作家，包括鲁迅、郭沫若、冰心等人都曾受尼采哲学的影响。

又如中国近代文艺理论家王国维更是用叔本华的悲观主义哲学阐释中国的《红楼梦》，写下了《红楼梦评论》一书，成为近代文学批评的经典。西方现代文艺理论的众多流派更是在哲学的影响之下建构起独特的文艺理论体系。譬如英伽登(Roman Ingarden)在现象学的指引之下形成其独特的现象学文学批评体系，姚斯(Hans Robert Jauss)与伊瑟尔在伽达默尔(Hans-Georg Gadamer)哲学影响下建构起“接受美学”，西方马克思主义在马克思主义哲学体系下重新评析现代文学艺术的特征。诸如此类的例子不胜枚举。

与西方哲学不同的是，中国哲学与文学之间更多的是共生关系，而非单向影响。在中国古典美学当中，历来存在着“道”与“艺”、“道”与“文”的思想。儒家的“道”和道家的“道”虽然有着各不相同的内涵，但都是彼此哲学思想的核心。纵观整个中国文学与哲学的历史，可以发现，“道”与“艺”“文”彼此共生，互为表里。譬如孔子在《论语·述而》中言：“志于道，据于德，依于仁，游于艺。”“艺”乃“文艺”。在孔子看来，“道”是根本，而“道”与“艺”又必须统一。这一理论后来形成为中国文论的核心命题：“文以载道”或“文以传道”。因此朱熹说：“道者，文之根本，文者，道之枝叶。惟其根本乎道，所以发之于文者，道也。”（《朱子语类》卷一三九）

庄子曰：“通于天地者，德也；行于万源者，道也；上治人事者，事也；能有所艺者，技也。技兼于事，事兼于义，义兼于德，德兼于道，道兼于天。”这里的“技”与儒家所说的“艺”一样，都可指为“文艺”。在庄子看来，技艺的精湛之处最能体现道。所以看似简单的“庖丁解牛”却包含着天地之至理，即道。对于中国文论当中的“道”与“艺”的关系，宗白华做了很好的总结：“‘道’具象于生活、礼乐制度。‘道’尤表象于‘艺’。灿烂的‘艺’赋予‘道’以形象和生命，‘道’给予‘艺’以深度和灵魂。”[1]

文学与哲学因共同思考社会人生，关注现实世界，彼此相互借鉴、混生。在进行比较文学研究的时候要理清这种关系脉络，找出彼此借鉴、相互影响的因缘及其在跨文化转换过程当中所导致的意义失落。

二、文学与宗教

与哲学一样，宗教与文学首先是人类对社会的一种认识与思考，其次则作为一种社会意识形态，对人类情感体验与伦理道德进行价值评判。宗教源于人类对强大的异己力量的崇拜，由此衍生出对于神秘威权的信仰。随着人类社会由原始社会步入氏族社会，宗教最后被氏族首领作为一个民族的集体信仰，进而控制世人。宗教遂成为其统治的工具，同时也在威权之外实施着伦理道德的评判。文学本身与宗教仪式密不可分，而宗教则利用文学通俗晓畅、情动于中的特点，广泛宣传宗教教义，使宗教传播深入人心，收获无数信徒。当然宗教在作用于文学的同时，文学自身也从宗教当中汲取营养。宗教神话传说、故事题材历来成为文学创作的重要来源；宗教教义与文学主题更是相互阐发，相得益彰；甚至有些文学形式的变革、文学思潮的转换都直接受到宗教的促发、刺激。

西方文化来自“两希文化”。希腊罗马文明赋予西方文明以自由理性，希伯莱文明

1　宗白华：《美学散步》，上海：上海人民出版社，1981年版，第68页。

则使西方文化收获信仰与虔诚。脱胎于西方文化的西方文学自然也继承了“两希文化”的基因。尽管“两希文化”各有侧重,但宗教的作用依然不可小视,甚至先天地决定了两种文化各自的遗传基因。自文明产生以来,希腊岛屿之间存在着各种不同的宗教派别。纷繁复杂的宗教流派带给希腊人无尽的想象与激情,催生出光辉灿烂的文化与文学。无论是远古的神话传说,抑或是古典时期的悲喜剧,古希腊文学都脱不开宗教的影响。系统严密而富于浪漫精神的古希腊神话实则反映出希腊宗教成熟以前各个氏族部落的宗教信仰。古希腊时期的悲剧或喜剧,无论是其产生抑或是表演都与“埃琉息斯秘仪”[1]的狄俄尼索斯崇拜密不可分。

至希伯莱文明产生、基督教诞生,西方文化的宗教底色更为鲜明。当然与西方文化一道的西方文学相应地也濡染了基督教的影响。有学者这样讲,几乎所有的西方文学作品都有着基督教的影响。基督教经典《圣经》中的神话传说、教义教理,都与西方文学的形式、主题等方面存在着极深的关联。

西方文学中宗教因素最浓、影响最深远的莫过于中世纪文学。恩格斯说过:“中世纪是从粗野的原始状态发展而来的。它把古代文明、古代哲学、政治与法律一扫而光,以便一切都从头做起。它从没落了的古代世界里承受下来的唯一事物就是基督教和一些残破不全而且失掉文明的城市。”[2]基督教开启了西方文学与宗教联姻的序幕。且不说起源于希伯莱文明的《旧约·圣经》本身包含了诸多历史悠久、想象丰富的文学素材,其本身就是文质优美的文学作品。譬如《旧约》当中“诗文集”九卷里面的绝大部分,包括《诗篇》《雅歌》《箴言》《传道书》和《耶利米哀歌》以及《路得记》《以斯帖记》《但以理书》和《约伯记》等都是艺术成就极高,主旨深远宏厚的文学佳作,在文学史上具有开拓之功。即使是后来的《新约》,也与《旧约》一样,不仅蕴含了后世文学创作的众多素材,而且其组成部分,诸如《使徒行传》《启示录》等就是很好的文学作品。

知识链接:《传道书》的作者传统上被认为是所罗门。其主题为感叹人生之虚空。所罗门告诉世人不论是对知识的追求还是对快乐的寻求,都是虚空。人类对财富、美名、寿命、权力、地位等一切的追求,结果也是虚空,没有意义,没有满足。如《传道书》开篇常被人引用的一段话就表达了这种虚空的思想:“传道者说,虚空的虚空,虚

1 埃琉息斯秘仪(Eleusinian Mysteries)是古希腊的一种神秘宗教仪式,崇拜的神祇有农业和丰收的女神得墨忒耳(Demeter)、得墨忒耳的女儿珀尔塞福涅(Persephone)和狄俄尼索斯。埃琉息斯秘仪被认为是古代所有的秘密崇拜中最为重要的。

2 《马克思恩格斯全集》第7卷,北京:人民出版社,1959年版,第400页。

空的虚空，凡事都是虚空。人一切的劳碌，就是他在日光之下的劳碌，有甚么益处呢。一代过去，一代又来，地却永远长存。日头出来，日头落下，急归所出之地。风往南刮，又向北转，不住地旋转，而且返回转行原道。江河都往海里流，海却不满；江河从何处流，仍归还何处。万事令人厌烦，人不能说尽。眼看，看不饱；耳听，听不足。已有的事，后必再有；已行的事，后必再行。日光之下并无新事。”因此，他认为只有在神里面，才能寻得生命的意义与方向。当然，从马克思主义思想出发，这种观点是错误的，但是其中的文学性却值得注意。

至中世纪蛮族统治欧洲，其众多文学类别包括英雄史诗、城市文学、教会文学与骑士文学无一不与基督教密切相关。尤其是教会文学，其作者乃僧侣教士，其文学创作的目的就是用生动形象的手法来搬演《圣经》里面使徒的诸多神迹，以宣传宗教教义。即使是城市文学与骑士文学，其最初也是在基督教的文化母体中成长起来的，只不过最后走向了反面：反抗基督教的权威，颠覆基督教的威严。被誉为“中世纪的最后一位诗人，同时又是新时代的最初一位诗人”的但丁，其《神曲》就是通过文学的形式生动阐释基督世界的天堂、炼狱与地狱观念。不仅如此，他在《论俗语》一文中对文学的四个层次的解读影响深远，为后世宗教文学、文艺理论提供了理论依据。考其理论来源，就是当时的解经学方法。

至中世纪以后，从后来的文艺复兴一直到当下的西方文学，宗教与文学之间，尤其是基督教与西方文学之间的关系一直处在合谋与反抗，阐释与批判的两端，二者不断交替反复，构成宗教文学的两大意义系统。尽管如此，基督教与西方文学的关系仍然建立在事实联系的影响与义理阐发的互释两个维度。即西方文学的作者要么深受基督教的影响，利用文学作品建构起一个神性世界；要么利用文学作品阐释基督教的义理内涵，从而传达出作者的某种观念。当然结合前面所说的历史，我们应该看到事实联系的影响与义理阐发的互释仍然难分彼此，仍然处在一种合谋与反抗、阐释与批判的胶着状态。

虽然自文艺复兴时期以来，人文主义文学家一直都在提倡以人性反抗神性，以人权反抗神权，提倡自由解放，然而纵观整个这一时期的人文主义文学我们会发现，无论其目的何在，基督教的影响、《圣经》的引用依然是他们摆脱不了的怪圈。一方面他们利用民间话语反抗神圣权威，另一方面却又充分引用基督教的故事题材。此所谓“以子之矛，攻子之盾”，最后始终处在矛盾的两难之境。举莎士比亚的戏剧为例。如英国学者麦修斯(Honor Matthews)在《莎剧中的角色和象征》一书中，研究了莎剧结构和意象中的基督教因素，认为莎士比亚的“四大悲剧”与其他戏剧几乎都隐含着“罪恶、审判、赎罪”的三个模式。尽管深受人文主义思想的影响，莎士比亚仍然摆脱不了长期以来盘踞在英国剧坛的“宗教剧”的阴影，只不过用人文主义的外衣替换了宗教的外衣，最终赋予宗教原型以社会政治、道德伦理的批判。[1]甚至有学者还指出，《威尼斯商人》当中对人物的歌颂与批判传达出莎士比亚对《新约》的认同，潜在地认同了基督徒对犹太人的背叛的主题，完全违背了人文主义的自由与宽容。[2]

至17世纪，人文主义思想消退，取而代之的是宗教的复兴。在英国文坛占据主导地位的是约翰·邓恩(John Donne)的玄学诗与约翰·弥尔顿(John Milton)的清教诗。非常有意思的是，二者似乎一正一反，前者运用诗歌阐发基督教的善恶观念；后者则借《旧约》题材宣扬革命，然而两人作品中的宗教题材都是一致的。18世纪的资产阶级文学继续了弥尔顿清教徒文学的传统，而19世纪的浪漫主义文学则再次颠覆，一改往日对于教会的反抗面目，反倒倡导重新回归中世纪，提倡一种神秘的内心反思。除了英国之外，法国、德国、美国与俄罗斯等国的文学都与基督教存在着很大的关系。17世纪法国的悲剧与喜剧，尤其是莫里哀的喜剧明显具有天主教的因素。即使到了启蒙运动时期，一系列的启蒙思想家，包括伏尔泰、孟德斯鸠与狄德罗等人，表面上继承了人文主义时期反抗封建教会的传统，然而正如伏尔泰所言，即使没有上帝，也有必要创造一个上帝。[3]由此看出，启蒙主义即使反抗宗教权威，却使用了与人文主义者一样的策略。美国与俄罗斯同样如此。譬如美国浪漫主义运动当中以爱默生为首所形成的“超验主义运动”本身就来自对于上帝的冥想。俄罗斯文学当中的宗教情节在整个欧洲文学当中最为深刻，无论是普希金、莱蒙托夫，还是果戈理、屠格涅夫、陀思妥耶夫斯基与托尔斯泰等人，他们没有哪一位没有东正教的背景。即使西方文学步入到现代主义时期与后现代主义时期，来自母体的基督教遗传影响始终没有消失，诸多的作品都表现出对基督教的青睐。譬如T.S.艾略特的象征主义诗歌《荒原》和《四个四重奏》、乔伊斯的《尤利西斯》、福克纳的意识流小说、贝克特的《等待戈多》等一系列作品都与基督教有着很深的渊源。

佛教与中国文学的关系也是如此。佛教自从传入中国之后，便开始了“中国化”的进程。面对占据优势地位的儒家文化与道家文化，佛教自从传入中国之后便援引儒道阐释本教教义。魏晋时期三教开始合流，到东晋时期形成儒释道混杂的情形，“南朝时

1 参阅Honor Matthews, Character and Symbol in Shakespeare's Plays, Cambridge: Cambridge University Press, 1962.

2 转引自陈惇，刘象愚：《比较文学概论》，北京：北京师范大学出版社，2010年版，第263－264页。

3 转引自王来法主编：《马克思主义宗教观概论》，杭州：浙江大学出版社，2016年版，第87页。

期佛教开始占主导地位。佛教一方面进一步加速其中国化进程,分化成若干宗派,最终演化成完全中国化的禅宗;另一方面它也利用文学的优势广泛宣传,改变了中国文学历史发展的脉络,丰富了中国文学的内涵与形式。

首先佛家的一些基本观点,如四大皆空、人生无常、因果轮回、善恶相报、地狱惩罚、劝人向善等,成为中国文学经常表达的主题。譬如曹操的《短歌行》:"对酒当歌,人生几何,譬如朝露,去日苦多。"曹植的《送应氏》(其二):"天地终无极,人命若朝霜。"白居易的《观幻》:"有起皆因灭,无睽不暂同,从欢终作戚,转苦又成空!次第花生眼,须臾烛过风,更无寻觅处,鸟迹印空中。"孟浩然《陪姚使君题惠上人房》:"会理知无我,观空厌有形。"诸如此类,表达人生虚无的观点成为中国文学的一大主题。因果轮回、善恶相报和地狱惩罚的主题则往往出现在叙事性文学当中。譬如凌濛初的《初刻拍案惊奇》卷30《王大使威行部下,李参军冤报生前》的入话中就讲了两个冤业相报,因果轮回的故事。其中之一是卢氏采桑女讲述她的三世轮回:再世前曾贩羊从夏州来长安,投宿王家,父子三人均被王氏夫妇害死;她冤气不散,再世投生王家为子,王翁夫妇钟爱异常,但此子15岁得病,20岁丧生,卧病5年,耗去王家医药费已远远超过王家早年窃去的财资;今生为采桑女,撞见王家翁姥,说破业债,王翁姥二人受此惊吓,不日而死。这就是她一生被害,二生索债,三生讨命的轮回。[1]像这样传达因果报应、生死轮回的主题在中国叙事文学当中非常之多。除此之外,像《金瓶梅》和《红楼梦》这样的章回体小说都在有意无意地传达着佛家的观念。

其次,佛教的传入也为中国文学带来了全新的形式革命,促进了中国诗歌格律诗的成形及中国叙事文学体裁的成熟。在佛教传入中国之前,歌诗合一,诗只有自然音节,而无音韵。至佛教传入中国之后,南齐永明年间,周颙、沈约等人受佛教梵文音韵启发,为汉字找到了平上去入的四声规律,同时制定诗歌"八病"规则。正如陈寅恪所言:"当日佛教徒转读其经典所分别之三声,是否即与中国之平上去三声切合,今日固难详知,然二者俱依声之高下分为三阶则相同无疑也。……故中国文士依据及模拟当时转读佛经之声,分别定为平上去之三声,合入声共计之,适成四声。于是创为四声之说,并撰作声谱,借转读佛经之声调,应用于中国之美化文。"[2]至此之后,中国古诗有了韵律节奏的依据,格律诗渐趋成熟。除此之外,为了让佛教教义通俗易懂,朗朗上口,僧侣们在讲经的时候往往采用韵散结合的方式,加入一些虚构故事,形成"变文"。正

1 [明]凌濛初:《初刻拍案惊奇》,呼和浩特:内蒙古人民出版社,2014年版,第290-292页。

2 陈寅恪:《金明馆丛稿初编·四声三问》,北京:中华书局,1980年版,第328-329页。

是这一讲经口传文学形式的出现，为后来中国叙事文学的发展提供了模板。在此基础上诞生出的魏晋时期的志怪小说、唐传奇、宝卷、弹词、金宋院本、明清小说，都继承了变文的形式特征。

再者，从佛教而来的思维观念进一步促成中国诗学的独特品格。在佛家思维观念的影响之下，南朝以来形成了中国诗学的一系列文论话语体系，诸如妙悟说、神韵说、性灵说等。其实佛教的思维观念也是在中国道家思维的影响之下形成的，由此形成不立文字，以心传心，言语道断，顿悟成佛的思想观念。在此基础上形成的一系列文论包括刘勰的《文心雕龙》、司空图的《二十四诗品》、严羽的《沧浪诗话》等。

当然，伊斯兰教和其他宗教，大致如基督教与佛教一样，和文学若即若离，都存在事实联系与义理阐释两种模式。在进行比较研究的时候需要考察其历史脉络，追根溯源，详细考证，互相区分。

三、文学与其他人文社会科学

除哲学与宗教以外，文学与语言学、心理学、社会学，甚至经济学、法学等学科的关系亦相当密切。

文学是以语言为媒介的艺术，深深地扎根于语言文化之中，相比其他艺术门类而言，具有明显的时空性与抽象性。语言学则是对语言的一种系统化、科学化的理论研究，目的在于探究语言的结构、性质、功能与运用。无论是中国抑或是西方，有关语言学的研究自古以来就已经存在。与中国文学研究相关的是音韵学、训诂学、金石学；而与西方文学相关的则是语文学。所有这些学科都被称之为传统语言学。而现代语言学则研究当代语言的口语与书面语，以此总结出语言所具有的历时性与共时性结构规律。

从文学史角度来看，语言学的研究通常能促进文学的进步与变革。例如随着南朝时期“四声”的发现，音韵学得到了长足的发展，随之而来的是中国诗歌格律化。而现代白话的重新发现则直接催生出中国现代文学，自此中国文学发展的历史格局产生了巨大变化，中国文化亦开始改道。在西方亦是如此，自从西方哲学开始语言转向，加之索绪尔现代语言学的建立，文学创作开始转向以语言为中心，文艺理论亦开始转向语言。前者如象征主义诗歌开始探讨纯粹的诗歌语言，倡导纯诗，包括马拉美和瓦雷里等人都倡导此说。自此之后，文学相应地被看作“语言的代码”，各种现代主义文学与后现代主义文学争相进入“语言的迷宫”，追求文学语言的神秘性与纯粹性，以此建构起语言家园。与之相应的是,哲学上语言的转向所催生的各种以语言为研究中心的文艺理论流派亦作用于文学研究,譬如新批评派所倡导的语义学、复义研究和结构主义、后结构主义等形式主义文论,都以语言为研究中心,重视探究文学文本的语言表达。正如瑞士文学理论家沃尔夫冈·凯塞尔(Wolfgang Kayser)所说:“语言学家也只有在语言生活得最强烈的地方,也就是在文学作品中进行观察,才能够有所收获。”[1]确实如此,如果“语言是存在的家”,那么文学则是语言另一个更为本真的家。

知识链接:索绪尔把言语活动分成“语言”(langue)和“言语”(parole)两部分。语言是一种符号系统,符号由“能指”(Signifier)和“所指”(Signified)两部分组成。所指是概念,能指是声音的心理印迹,或音响形象,能指与所指的关系是任意性的。索绪尔语言理论排除任何非语言因素(如社会的、物理的、言语的……)和历时因素的干扰,只研究共时的语言系统;只研究形式,不研究实质。“语言是形式,不是实质”的论断就是这一思想的集中体现。索绪尔认为语言中的关系有“句段关系”和“联想关系”两类。句段关系指语言的横向组合;联想关系由心理的联想而产生,指语词的纵向聚合。语言的单位都是一定系统里的成员,其本身的价值要由其与其他要素的关系来决定。

心理学本身是一个非常尴尬的学科,一方面它有人文社会科学的特征,关注人的内心世界;另一方面它又不断地向自然科学靠拢,多方面多角度地采用自然科学的研究方法开展实验研究。然而就其研究所具有的人文性而言,它与文学之间的关系亦非常亲密。

自古以来,无论是西方抑或是东方的文艺理论家都非常注重文学创作与文学欣赏的心理研究。古希腊诸多哲人,包括苏格拉底、柏拉图、亚里士多德等都非常注重个体心理研究。譬如最著名的当数柏拉图所提出的“迷狂说”与亚里士多德所提出的“卡塔西斯”(katharsis)净化说。柏拉图从宗教与神话的角度提出,诗人的创作来自灵感,而灵感的获得就像祭司被神灵附体一般,借诗人之口表达神的旨意。因此诗人的创作是非常严肃非常神圣的事情,古希腊的大诗人荷马和伊安等人就是如此。与此类似的是中国古代文论的代表——陆机的《文赋》与刘勰的《文心雕龙·神思篇》都有对诗人创作心理的描述与探讨。亚里士多德则根据对悲剧的分析,认为悲剧的作用就在于“卡塔西斯”,即通过切身感受悲剧的恐怖与威严而使观众的心理得以净化。

1 [瑞士]沃尔夫冈·凯塞尔:《语言的艺术作品》,陈铨,译,上海:上海译文出版社,1984年版,第11页。

自现代心理学兴起之后，尤其是弗洛伊德的“精神分析学说”兴起之后，心理学与文学之间相互补充、相互阐释。弗洛伊德一方面从文学当中发现人类心理的两大情结——“俄狄浦斯情结”(the Oedipus complex)与“厄勒克忒拉情结”(the Electra complex)，即恋父情结与恋母情结。后又用之于文学研究实践，发现诸多文学作品都包含着两大情结，譬如莎士比亚的《哈姆雷特》和劳伦斯的《儿子与情人》等。弗洛伊德同时运用其心理意识三层次分析以及梦的解析理论，认为文学创作就是一种白日梦，是作家潜意识当中未实现的心理折射与伪装。在其理论指引之下，文艺理论当中形成了独特的“精神分析文论”这一流派，该理论无论是对文学创作，还是对文学欣赏都有极大的说服力，曾一度大受欢迎。

当然，文学作为一种社会存在，既是以语言为媒介的艺术，亦是一门时空艺术，与历史、社会、政治、经济的联系非常紧密。也可以这样讲，文学本身就是对人类外在历史、社会、政治与经济，甚至是伦理道德、律法规范的反映。因此运用历史的视角、社会学的方法，甚至是道德、法律来分析文学也非常有意义。譬如自19世纪以来兴起的社会学，其自产生以来，无论是在文学创作还是文学研究等方面都产生了方方面面的影响。现实主义文学、自然主义文学都极力主张运用社会学的实证主义方法对人类世界进行真实而细致的反映。就是比较文学法国学派兴起的背后，亦有社会学实证主义方法的推动，否则比较文学的发展将是另外一番面貌。

思考题：

1. 试论述文学与哲学的关系。
2. 试论述文学与宗教的关系。
3. 试论述文学与心理学的关系。

小 结

本章重点论述了文学与艺术、文学与人文社会科学之间的关系，探讨文学与其他学科的同与异、生发与影响。

文学与艺术之间的关系密切。尽管使用的媒材和手法不同，但是文学与其他艺术是相似的活动，它们之间不仅会由于不同的时代精神的影响表现出类似，而且常常有互相孕育、互相阐发、互相影响、互相借鉴的关系。文学与音乐之间存在着融合与竞争。文学和舞蹈虽然表现手段各异，但都是用来反映社会生活的。舞蹈为文学提供了描写和抒发的对象；文学为舞蹈保存了古代舞蹈活动的文字资料。诗和画号称姊妹艺术，无论是否赞成文学与绘画同一，文艺家大多同意这两种艺术门类能够相互促进、相互借鉴。文学与建筑在美上有许多相通之处，建筑往往是文学家观察与描写的对象，是文学作品展现情节与铺陈故事的背景和空间；文学作品也为建筑提供了一种想象，一个虚拟的世界和虚拟的建筑。从“叙事”角度而言，文学（特别是小说）和电影（特别是剧情片）都是在有限的时间内说一个故事。文学和其他艺术在审美理想方面有一致性，表现为一种深层的、融合的特征。形象思维贯穿文学和其他艺术创作过程中，而想象力则使创作插上翅膀，自由翱翔。在跨艺术比较研究中，应谨慎从事，以分寸适当的步骤从小发展到大，从具体过渡到总体。

文学与人文社会科学既相互影响，又相互借鉴，共同成长。文学与哲学因共同思考社会人生，关注现实世界，彼此相互借鉴，相互混生。宗教与文学都是人类对自然社会的一种认识与思考，对人类情感体验与伦理道德进行价值评判，在“寓教于乐”与“教化天下”的原则之下，两者共同对社会道德伦理、世道人心批评指点，互补共生。从文学史角度来看，语言学的研究通常能促进文学的进步与变革。自古以来，东西方文艺理论家都非常注重文学创作与文学欣赏的心理研究，心理学与文学之间相互补充相互阐释。此外，文学本身就是对人类外在历史、社会、政治与经济，甚至是伦理道德、律法规范的反映，与这些人文社会学科的关系相当密切。

第五章
总体文学研究

第一节　从民族文学到世界文学

导　读

德国政治家赫尔穆特·施密特(Helmut Schmidt)在其1998年出版的著作《全球化与道德重建》中说:“事实上,我国应当在全球泛滥的伪文化的压力面前捍卫自己的文化特性……法国历届政府保护电视和电影观众,尽力使他们免受泛滥成灾的外国枪杀、汽车追逐、强奸、谋杀和各种各样的暴力镜头的影响。……美国的戏剧、小说、爵士乐和其他音乐,的确丰富了世界文化,但是,性和犯罪场面却是美国娱乐工业所提供的不良的、有些甚至是十分危险的内容。目前,娱乐工业正所向披靡,不仅席卷德国,而且席卷全球,冲击整个世界的任何地方,直到中国、日本和印度尼西亚的边远城市……极其廉价的乃至十分不良的节目的全球化正在危害各国的文化传统。”[1]可见,在当下全球化时代,处理好民族文学与世界文学的关系,不仅是处于弱势文化地位的东方各国学者的当务之急,也是西方一些传统文化强国的学者所不容回避的问题。

一、民族文学与国家文学

目前我国对民族文学(National Literature)这个术语的译法不一:港台通常译为“国家文学”,大陆译为“民族文学”,也有译作“国别文学”的。[2]然而,要特别注意的是,民族不等于国家;民族文学与国家文学是有区别的两个概念。

民族,是历史上形成的人们的稳定的共同体,一般使用共同的语言,居住在共同的地域,过着共同的经济生活,具有表现在共同文化上的共同心理素质。民族文学指的是在某个民族土壤上产生的那些保持着自己独特的民族文化传统,并遵循共同的美学标准,反映本民族文化心理结构,用民族语言文字创作所保留下来的具有本民族特质的书面与口头作品。[3]也就是说,一方面,民族文学包含着依附于同一美学准则的而且也必然是用同一种语言写成的那些作品;另一方面,作者具有相同的文化背景。正是这么一批作品通常被认为是借助于共同的词汇和共同的句法表达了某一特定的文化。各民族的文学一经形成之后,就具有了自己的继承关系和独特的历史传统。所谓传

1　[德]赫尔穆特·施密特:《全球化与道德重建》,柴方国,译,北京:社会科学文献出版社,2001年版,第61页。

2　卢康华,孙景尧:《比较文学导论》,哈尔滨:黑龙江人民出版社,1984年版,第85页。

3　孟昭毅:《从民族文学走向世界文学》,《中国比较文学》,2012年第4期。

统，指的是各个民族在长期发展过程中逐渐形成的、具有本民族特色的文艺观点、艺术方法、艺术形式、艺术风格的总和，它具体体现在一系列优秀作品和理论著作中。因此，民族文学就是指具有继承关系和独特历史传统的文学，即有自己内在传统联系的一种文学。

国家是一个政治学概念，是由于政治利益需要而产生的组合实体，维系它存在的是"国家意识"和"国家利益"。国家文学或国别文学是出于政治性和地域性的考虑、在国家意识和国家利益之上人为划分成的文学，与民族文学在自然状态下形成不同。世界上许多国家是多民族的，这样的国家的文学往往由多民族的文学组成，而其中又往往以某一民族的文学为主体，例如中国文学以汉民族文学为主体，苏联文学以俄罗斯文学为主体。

当然，有时很难清晰地界定某一作家作品是属于民族文学还是国家文学。如用同一种文字写成的几种文学，其"国籍"问题就变得特别复杂了。是否有独立的比利时文学、瑞士文学和奥地利文学？要确定从什么时候开始在美国写的文学作品不再是"英国殖民地"文学，而是变成独立的国别文学，这并不很容易。是仅仅根据政治上的独立这个事实，还是根据作者本身的国家意识，还是根据采用本国题材和地方色彩，或者根据明确的国别文学风格来决定？[1]用英语写作的爱尔兰作家或用瑞典语创作的芬兰作家，他们的作品怎么划分？原来是美国籍的艾略特晚年变成英国公民，原来是德国籍的托马斯·曼于1944年加入了美国国籍，他们的作品又怎样来确定归属呢？

此外，有些作家属于同一国家，却用不同的语言或方言来写作，如何来界定这些作家作品的归属呢？如获1978年诺贝尔文学奖金的美籍犹太裔作家艾萨克·辛格（Issac Bashevis Singer）用古老的意第绪语创作，一些美籍华裔作家仍用汉语写作，以致美国有所谓的"犹太文学"和"华人文学"。用汉语写作的还有朝鲜人、日本人、越南人等，他们的作品如何来定性？这些问题引起了诸多困惑与争论。

对上述的一些问题，弗朗西斯·约斯特的观点值得重视。他认为，美国文学是用美国语言创造——这种美国语言同英语是有点儿不同的——并在美国文化模式中产生的，不过，没有一个文学评论家会把诸如王尔德（Oscar Wilde）、叶芝（William Butler Yeats）、乔伊斯、萧伯纳（George Bernard Shaw）和约翰·辛格（John Millington Synge）等爱尔兰人排斥在英国文学手册之外。德国人高兴地阅读着奥地利或瑞士作家施蒂弗特

1　［美］韦勒克，华伦：《总体文学、比较文学、国别文学》，见干永昌等选编：《比较文学研究译文集》，上海：上海译文出版社，1985年版，第183页。

(Adalbert Stifter)、格里尔帕策(Franz Seraphicus Grillparzer)、凯勒(Gottfried Keller)、迪伦马特(Friedrich Dürrenmatt)等人的作品,认为这些作家是他们文学上的同胞。同样,一部法国文学史应当把比利时法语作家韦拉朗(Emile Verhaeren)、德·科斯泰(Charle De Coster)、梅特林克(Maurice Maeterlinck)以及瑞士法语作家布雷斯·桑德拉(Blaise Cendrars)和德尼·德·鲁热蒙(Denis de Rougemont)收入其中。构成各个民族文学特征的是文化和语言的一致——在这种一致之中某地特有的和独立的地方色彩可以随意发展。观念和政治思想不能单独构成文学的分界线。例如,"东德文学"或"两德文学"只是新闻工作者的日常用语,而不是文艺批评中的概念。[1]

知识链接:德语是印欧语系日耳曼语族西日耳曼语支下的一门语言。据欧洲语言管理中心2014年9月的数据显示,全球共有4亿左右人口使用德语。德语最初在德国、奥地利、匈牙利、瑞士大部、列支敦士登、卢森堡、意大利北部,比利时的一小部分地区,部分波兰地区和法国阿尔萨斯、洛林、斯特拉斯堡地区使用。另外,在德国的前殖民地内,例如纳米比亚、博茨瓦纳、喀麦隆、加纳、多哥、贝宁拥有大量的说德语的人口,在东欧的一些国家中,仍有少量的说德语的少数民族。在德国、奥地利和列支敦士登,德语是唯一的官方语言;在瑞士、比利时和卢森堡,德语是官方语言之一。

二、世界文学

"世界文学"(World Literature)这个概念是由歌德1827年1月31日在同爱克曼的谈话中提出的。一般来说,世界文学包含三种含义。第一,全世界所有的文学,包含从新西兰到冰岛的世界五大洲的文学。第二,各国文学合而为一,成为一个伟大的综合体,每个国家都将在这样一个全球性的大合奏中演奏自己的声部。第三,文豪巨匠的杰作,如荷马、但丁、塞万提斯、莎士比亚及歌德等人的文学作品选。[2]

学界一般认为,歌德提出的"世界文学",是指各个不同国家的民族用文学来进行的一种对话,它较之于民族文学更能加强各民族间的相互了解而产生协调作用,并进一步加深对本民族文学的价值的认识。歌德所理解的"世界文学",不是把某一"优选"民族的文学强加于世界,把各被统治的民族的文学全压下去。世界文学是在各民族文学互相交流,互相借鉴中形成的,各民族对它都有所贡献,也都从它身上吸收养分,所

1 [瑞士]弗朗西斯·约斯特:《比较文学导论》,廖鸿钧,等译,长沙:湖南文艺出版社,1988年版,第23-24页。

2 [美]韦勒克,华伦:《总体文学、比较文学、国别文学》,见干永昌等选编:《比较文学研究译文集》,上海:上海译文出版社,1985年版,第178-179页。

以它和民族文学不是对立的，也不是在各民族文学之外别树一帜。世界文学不仅包括西方文豪巨匠们的杰作，如《神曲》《唐·吉诃德》《哈姆雷特》《浮士德》和《战争与和平》；也包括东方的杰作，如中国的《三国演义》《水浒传》《西游记》和《红楼梦》，印度的《吠陀》《罗摩衍那》和《摩诃婆罗多》等。德国文学史家施德里希(Fritz Strich)在他的《歌德与世界文学》(1946)中指出，世界文学必须兼备两个要素：1.超越民族界限而广为流传，并经由许多时代而永远为读者所喜爱；2.具有以此种超民族、超时代的普遍性为基础的绝对价值。歌德对于世界文学的主张是辩证的：他一方面欢迎世界文学的到来，另一方面又强调各民族文学须保存它的特点。世界文学愈能吸收各民族文学的特点，就会愈丰富，不应为一般而牺牲特殊。

歌德提出“世界文学”后二十年，马克思和恩格斯在《共产党宣言》中也提出了“世界文学”的观念：

资产阶级，由于开拓了世界市场，使一切国家的生产和消费都成为世界性的了。……过去那种地方的和民族的自给自足和闭关自守状态，被各民族的各方面的互相往来和各方面的互相依赖所代替了。物质的生产是如此，精神的生产也是如此。各民族的精神产品成了公共的财产。民族的片面性和局限性日益成为不可能，于是由许多种民族的和地方的文学形成了一种世界的文学。[1]

资本主义经济的发展和世界市场的形成使各民族的精神产品成了人类共同的财富。随着社会主义的到来和发展，世界文学就不仅是“伟大的理想”，而且是正在发展的事实了。

但是，关于世界文学的概念与理念，也受到各方面的质疑。如高度专业化的现代批评家就对世界文学的理想表示怀疑：某一民族文学的一个世纪及其历史就能耗尽一个当代的教授和学者的精力；没有一个人能够消化全世界数以千计的图书馆中浩瀚的藏书，吸收由一大批学者提供的资料和发现，推测和发明。因此，他们认为，现实可行的还是专攻一个作家如莎士比亚、卢梭等人的研究。

然而，过分的专业化正是世界文学所要抵制的。陀思妥耶夫斯基早就指出，真正的文化受过度的专业化之苦是何等的深重。他说：“我们大多数的专家是一些受教育十分不完善的人。……他们能为人类带来什么好处？”[2]要熟悉世界上所有的文学领域确实是一个艰巨的任务，这需要博览群书和得到最后的综合性结论。博学多闻对做出

1　《马克思恩格斯选集》第1卷，北京：人民出版社，1972年版，第254–255页。

2　转引自[瑞士]弗朗西斯·约斯特：《比较文学导论》，廖鸿钧，等译，长沙：湖南文艺出版社，1988年版，第18页。

这样的结论显然是至关重要的，而综合正是一切世界文学研究的目的之所在。理解整体而不是知道一切则是最终的目标。

人应该成为排他的、大伤元气的、与真正的文化背道而驰的专业化的牺牲品，还是应该克服这种专业化？他是让文学领域变得越来越狭窄呢，还是以扩大它为己任呢？"世界文学"有助于缓和这一似乎不能解决的矛盾。解决的方法可以从两个极端的调和中去寻找。对但丁或莎士比亚、塞万提斯或卢梭的真正理解意味着既用他们本国的观点来认识他们，又从国际的环境中认识他们，而且对这些作家最有研究的专家是受过全面教育的人。对于拉丁美洲文学，也可以这么说。只有对于认为次要作家的作品值得终生研究的学者来说，这个矛盾才是存在的。然而，次要作家的作品充其量只值得做学校里的练习题、专业杂志上的文章题目，或被博士研究生抓来做论文的题目。这些作家只能作临时的专业研究对象，他们在文学史上担当的是见证人的角色，但他们无助于标志或影响文学史的发展。相反，一个伟大的天才可以成为几个"专家"一直潜心专研的对象。因为，要理解他，他们就都必须懂得地球上的知识地理学，了解所有文学共有的文化基础。伟大的天才成了一种起组织作用和结晶作用的本原。[1]

在全球化语境中，世界文学至少面临翻译、表述和对"文学"定义这三重挑战。第一，没有哪个学生、教师或者普通读者能够掌握世界文学作品中的数百种语言。任何文学作品都可以被翻译成任何其他的语言，但翻译的困难却是始终存在的。世界文学是否将只有一种单一的主语言（master language），譬如说汉语或者英语？然后某个特定的课本将翻译所有的选文？那样的话，似乎有文化帝国主义的嫌疑。世界文学如何才能避免被某种单一的国家学术文化主宰呢？第二，表述（representation）的挑战。世界文学的选择，总是带有偏见的或者是富有争议的。如何才能尽可能地避免这种偏见或者减少争议呢？谁将有权威来决定某种特定语言中或某个特定国家文学中的哪一部作品有资格属于世界文学呢？将某部文学作品包括进来或是排除在外的标准是什么呢？如何才能真正判断一部作品到底是不是世界文学？第三，"文学"在不同文化中往往具有不同的含义。世界文学学科如何才能尊重世界各地不同时代的各种"文学"概念呢？[2]

尽管对一个单一的民族文学进行全面综合的研究都将是一项十分艰巨的工作，甚至也许是不可能的，但是，并不能就以此为借口，使民族文学研究走向孤立、狭隘和偏

1 [瑞士]弗朗西斯·约斯特:《比较文学导论》，廖鸿钧，等译，长沙：湖南文艺出版社，1988年版，第17-21页。

2 [美]J.希利斯·米勒:《世界文学面临的三重挑战》，《探索与争鸣》，2010年第11期。

执。也许不应该夸大世界文学的功用，但是它确实是研究地球上各个角落的文学和文化知识进程中颇有价值的第一步。

三、从民族文学到世界文学的桥梁——比较文学

近代以来，随着西方资本主义的发展、世界市场的形成，以及交通工具、通信工具的空前发达，国际政治经济文化的交流日益频繁，人们的眼光由国家民族扩大到地区，再扩大到全球，文学的发展也打破了民族的界限和局部的交流，逐步向着世界文学的方向前进。从民族文学走向世界文学，已是大势所趋。从本质上说，民族文学是一种用语言文字来表现民族社会状况、心理结构的精神产品，是民族作家在创作中自然形成的，多多少少都带有些许民族主义的倾向，而世界文学则是世界主义的一种反映，是人类精神产品中的经典，它超越了民族语言等界限而成为各民族的公有物和共享物。此时的文学作品终于摆脱了"族裔性"，而具有了"世界性"。

从民族文学到世界文学必然要有一种中介和桥梁，一种逻辑和学理上的联系，那就是比较文学。从性质上分析，民族文学、国家文学（或称国别文学），和世界文学都属于文学范畴，只是分类不同。而比较文学则是一种文学研究，是一种跨越了民族界限或国家界限的文学研究。它将民族文学和国别文学视为研究的最基本材料，并视为研究的起点和方向，以世界文学为研究的终点和目标，认为它是世界各民族、各国家人民的共同财富，是不同的民族或国家文学长期交流、融合的产物。

民族文学是基础。提倡比较文学并不意味着忽视对具体民族文学的研究。"民族性"问题和各民族对总体文学发展过程的独特贡献恰恰是应该解决的中心问题。所以，从事比较文学研究，除了需要学习外语和外国文学，研究外国文学的发展规律和特点之外，一定要钻研本国文学的发展规律和特点。世界上绝大多数的比较文学家都以本国文学为被比较主体，而且各国发展比较文学最先完成的工作之一，都是理清本国文学与外国文学的关系，研究本国作家与外国作家的相互影响。因此，应立足于本国文学，理清本国文学与外国文学的关系。

世界文学是比较文学的研究对象和理想，它与跨国别、跨民族、跨语言、跨文化的文学系共同构成比较文学的基础。[1]放眼世界经济全球化、一体化的今天，虽然民族文学有其特定的历史地位和意义，但历史发展的趋势表明它有逐渐被淡化的倾向，这时的世界文学需要超越具有族裔属性的民族文学，否则就会成为与民族文学对峙的文

1　刘洪涛：《世界文学：学科整合与历史承担》，《外国文学研究》，2003年第2期。

学。由一族一国建立起的民族文学或国家文学，如果不与时俱进，及时超越自身的局限性，那么将难以跨入世界文学领域。比较文学的任务正是要研究民族文学和世界文学之间在学术视域、学理范式、实践探索中的联系与区别。[1]

弗朗西斯·约斯特认为"世界文学"是"比较文学"的先决条件，为研究者提供原料和资料。比较文学是有机的世界文学，是对作为整体看待的文学现象的历史性和评论性的清晰描述。比较文学家不只是把各国的重要作品收入自己的书单以备阅读并加以分析，他还要从有意义的文学事件中发现相互间的联系，并力图在思想总史和美学总史中为作者指派一个位置。比较文学是文学批评的"新工具"。[2]

总之，比较文学是一种立足当代，立足民族，打破传统界限，面向世界，面向未来，具有广阔视野的文学研究，是民族文学走向世界文学的桥梁。比较文学以国际性的眼光考察和研究各个民族各个国家的文学，利用民族文学或国别文学的各种研究成果，对不同的民族文学和国别文学进行比较研究，以便找出二者之间的基本规律，使二者间产生诸多的联系，你中有我、我中有你。民族文学和世界文学正是由于比较文学的介入，才更加突显出其学理意义，因为它使具有强烈民族或地域特点的民族或国别文学在跨越了异质文化界限后自然而然成为世界文学。

当今世界正处于文化上多元共存的时代，文学的发展也是如此。比起马克思和歌德的时代，历史已经向着世界文学的方向大大地前进了一步，但是离真正的世界文学时代还是相当遥远的。从民族文学到世界文学，将是一个相当长的历史过程；来自不同传统不同文化背景的民族文学多元共存的局面将长期存在。成为世界文学组成部分的民族文学不可能在短时间内失去自己的民族特质，即使国家灭亡，民族性也会存在于世界文学中。从总体看，民族文学地方性的消逝程度，与世界文学的发展程度成正比关系，但人类社会融为一体后却不会变成机械呆板的群体，人类文化成为一种共同的世界文化，也不会失去其丰富性和多样性而变得单调划一。[3]

世界文学与民族文学并不互相对立，也不互相代替。世界文学就像一支全球性的大合唱，民族文学就是其中的各个不同的声部。各民族的文学发挥其特色和功能，构成一个丰富多彩的和谐的世界文学整体。所以，世界文学时代的到来，并不意味着民族文学的消亡，恰恰相反，它是以民族文学的繁荣为基础的。那时，各民族文学之间互

1 孟昭毅：《从民族文学走向世界文学》，《中国比较文学》，2012年第4期。

2 [瑞士]弗朗西斯·约斯特：《比较文学导论》，廖鸿钧，等译，长沙：湖南文艺出版社，1988年版，第22页。

3 钱念孙：《论世界文学与民族文学的关系》，《文艺理论研究》，1986年第6期。

相隔离的状况已经消除，各民族文学互相影响，互相吸收，互相促进，共同为世界文学的繁荣兴旺做出自己的贡献。它们之间会存在统一性，但不会合成一体。很难设想会出现一种抽象的架空的世界文学。就像离开了各个声部就不存在什么大合唱一样，离开了民族文学也就不存在世界文学。[1]

世界文学是各个国家、民族优秀文学的汇集，很难说是某种独立的文学形态。不同文学之间存在趋同性，但并非一体性；文学在交往、融合中创新，获得新质，同时又存在民族文化的认同；文学受到现代性的制约，具有开放的世界性倾向，但又受到本土化、民族特性乃至民族主义取向的影响。文学的生命力在于民族性与世界性之间，而不是越是世界的就越是民族的，也不是越是民族的就越是世界的。文学既是开放的、民族的，又是世界的；既是世界的，又是民族的、开放的。[2]

为了进行文学交流，各民族文学的代表都要以世界文学为背景，以他种文学为参照系，开展平等和真诚的对话，在比较之中重新认识自己，更好地了解他人，以便发扬自己优秀的东西，借鉴与吸收他族的对自己有用的东西。当前正是文化交流空前频繁的时代，要引进、吸收和学习外国的东西，同时也要走出国门，为世界文学做出贡献。比较文学正是与世界沟通的桥梁，要在比较研究中揭示民族文学的特性，向世界展示它的价值，也要在比较研究中了解借鉴各国文学的精华。

四、总体文学

民族文学和世界文学之间所需要的学理上的过渡，除却比较文学以外，还有总体文学（General Literature）。总体文学，旧译为“一般文学”，港台译为“普通文学”，指为了找出具有普遍性规律，对区域性的文学现象所进行的全面、综合性研究，即研究在同质文化传统背景下某一区域或地域的那些跨越了国家、民族或语言界限的文学现象。总体文学是一种特殊的文学理论，其特殊之处就在于它的跨越性，即从跨越国家、民族、语言、文化、学科等文学现象中总结出一般规律，而一般的文学理论不要求这种跨越性。

梵·第根在他的《比较文学论》中把总体文学作为“比较文学的一种自然的开展和一种必需的补充”，提出它是一种“对于许多国家文学所共有的那些事实的探讨”和“关于文学本身的美学上的或心理学上的研究”，以及对“国际文学史”的大型综合研究和

1 陈惇，孙景尧，谢天振主编：《比较文学》，北京：高等教育出版社，2007年版，第11-12页。

2 钱中文：《论民族文学与世界文学》，《中国文化研究》，2003年春之卷。

编撰等。梵·第根认为，民族文学、比较文学和总体文学代表三个联结的层次。民族文学的研究限于一国文学之内，比较文学通常探讨两个国家的文学问题，总体文学则专门研究许多国家中共同发展的问题，这些国家往往由于文化传统的关系而自成一体，如西欧、东欧、欧洲，北美、南美，东方等等。梵·第根还举了一个例子把"这三种学问区分开来"：研究卢梭的《新爱洛绮丝》在18世纪法国小说中的地位属于民族文学，研究英国理查生对卢梭的影响属于比较文学，而综评在理查生和卢梭的影响之下的欧洲感伤小说则属于总体文学的范畴。[1]

当然，梵·第根对总体文学的定义受到美国学者韦勒克和雷马克等人的抨击。韦勒克反对人为地把比较文学同总体文学区分开来。韦勒克认为，很难确定古爱尔兰诗人莪相(Ossian)的风格是"总体文学"还是"比较文学"的主题，也无法有根有据地区分英国著名小说家司各特(Walter Scott)在国外的影响及其历史小说在国际上的风行一时；"比较文学"和"总体文学"不可避免地会合而为一。[2]亨利·雷马克的结论是："我们希望尽可能避免使用总体文学这个术语。至少在目前，这个术语的意义太不明确了。我们可以用同义词来代替它表达我们的意思：即根据不同情况用比较文学、世界文学、翻译文学、西方文学、文学理论、文学结构，或就用文学等词来代替它。"[3]

法、美两派对"总体文学"概念的争论可以反映不同时代、不同环境中的学者对比较文学的不同见解。早年法国学派主张影响研究，严格地要求有"事实联系"，而面对大量的毫无"事实联系"的文学现象，却又不能在他们所规定的比较文学范围内给以解释，平行研究虽尚未兴起，但其因素又不能否定，梵·第根于是不得不归诸"第三种学问"——总体文学。而后美国学派崛起，把梵·第根派给"总体文学"的大部分任务划入"比较文学"之后，"总体文学"的概念就更含混不清了，这才有韦勒克的"比较文学与总体文学不可避免地会合二而一"和雷马克的"希望尽可能避免使用这个术语"之说。同时，还可以看到另一种有趣的现象。法国学者蒙迪亚诺(Basil Munteano)早在1956年3月波尔多召开的第一届法国比较文学会议上认为，应把文学与其他艺术的关系归入"总体文学"范畴。1968年，法国波尔多大学的热纳出版《一般文学与比较文学——兼

1　详见[法]梵·第根：《总体文学概说》，戴望舒，译，见刘介民编选：《比较文学译文选》，长沙：湖南人民出版社，1984年版，第116–152页。

2　[美]韦勒克，华伦：《总体文学、比较文学、国别文学》，见干永昌等选编：《比较文学研究译文集》，上海：上海译文出版社，1985年版，第179页。

3　[美]亨利·雷马克：《比较文学的定义和功用》，见北京师范大学中文系比较文学研究组编：《比较文学研究资料》，北京：北京师范大学出版社，1986年版，第14页。

论方向探索》一书，书中在介绍了法国大学里开设“一般文学史”这门全新课程的情况之后说：不过，由于比较文学同一般文学的关系甚密，因而不能在撇开比较文学的情况下来谈论一般文学。那么，何谓一般文学呢？一般文学要铲平阻隔各民族文学的壁垒，它是架设在一国文学同他国文学之间的一座桥梁。但仅就如此，仍然还不是一般文学的全部职能。所谓一般文学，还应是一座架设在特定含义上的文学同各种艺术门类之间的桥梁。[1]由这种阐释看来，法国大学教育中的一般文学的概念，可以说是梵·第根关于比较文学的说法同蒙迪亚诺的说法的融合体。从这种阐述中还可以看出法美两派的相互靠近，只不过法国学者把美国学者提出的文学与其他艺术的关系研究归入总体文学范畴罢了。

关于民族文学、比较文学和总体文学三者的层次和关系，法国学者德利耶尔(Craig La Driere)曾打了个形象的比喻：民族文学在一国的围墙之内研究文学，比较文学跨过围墙去，而总体文学则高于围墙之上。这个比喻十分精彩，为各国比较文学家所广泛引用。最后，让我们引用法国《百科全书》“比较文学”条目的一段话，来结束对民族文学、世界文学、总体文学的论述：

> 比较文学是二十世纪的一门新兴学科，它与世界文学和总体文学有密切的关系，但不是一回事。一般认为：各国文学的总和就是世界文学。总体文学的目标则是从世界文学史中提取永恒的、不变的因素，总结出文学创作的普遍规律，并制订文学类型的一般理论。世界文学的研究方法和国别文学一样，用的是分析法；而总体文学则必须将文学看作一个不可分割的整体，用综合的方法对文学作全面的研究。然而，这种综合的研究只能建立在比较的基础上。如果不对各国文学进行比较研究，找出其中哪些是共同的因素，不了解各国文学如何互施影响，如何用不同的手法处理相同的题材，那么，“综合”从何谈起呢？[2]

思考题：

1. 请简述民族文学、国别文学、世界文学、比较文学、总体文学的概念及相互关系。
2. 在全球化时代，中国文学如何才能走向世界？

1　转引自[美]迪尼，刘介民主编：《现代中西比较文学研究》(第2册)，成都：四川人民出版社，1988年版，第604页。

2　转引自卢康华，孙景尧：《比较文学导论》，哈尔滨：黑龙江人民出版社，1984年版，第99页。

第二节 比较诗学

导 读

美国比较文学家厄尔·迈纳说:“我们完全有理由在圈定的狭小的牧场上养肥自己的羊群,和几个牧民朋友一起抽旱烟。同样,为了找到别的牧场,不惜跋涉而去更遥远的地方同样是具有人类属性的行为,在那里,人们发现的不再是羊,而是骆驼、鱼和龙,这一发现会把我们全都带回我们自己当地的牧场,更多的时候它会使我们有些人对如何使骆驼、鱼和龙与羊相互协调一致以及它们欧美牧场上的伙伴该是些什么这样的问题作一番思索。以好奇为外在表现形式的内在需要是比较诗学的源泉和动力。”[1]他认为在诗学层面也存在民族文化的冲突,但只要不拒绝交流与沟通,最终可以通过比较诗学而走向普适诗学。

一、比较诗学的定义和发展

比较诗学(Comparative Poetics)是比较文学学科理论的一个重要组成部分,它主要指不同国家(民族)和不同文化体系的文学理论之间的比较研究。相对于传统的各民族文艺理论研究而言,比较诗学更关注跨民族、跨文化的文学本质规律的探求,在这种跨越中阐述不同文学理论各自所具有的特征,并发现人类对文学规律的共同认识。

(一)概念梳理

1.“诗学”概念

“比较诗学”这一名称,和“比较文学”一样,容易引起人们的误解,而误解的原因大多来自“诗学”这一概念。因此有必要首先对“诗学”的概念进行分析梳理。

“诗学”一词由来已久,在古代西方,“诗”泛指文学,“诗学”不是指关于诗歌的理论,而是指一般的文学理论,最早出现于古希腊。亚里士多德的《诗学》最早使用这一概念,探讨了涉及文学的一系列理论问题,如什么是文学、文学的组成、文学的手段和目的等。受亚里士多德的影响,此后西方出现的文学理论著作基本上沿用了这一概念,以“诗”来泛指文学,用“诗学”泛指文学理论,如古罗马时期贺拉斯创作的《诗艺》,17世纪法国布瓦洛(Nicolas Boileau Despreaux)创作的《诗的艺术》等。20世纪以来,俄

1 [美]厄尔·迈纳:《比较诗学——文学理论的跨文化研究札记》,王宇根,等译,北京:中央编译出版社,1998年版,绪论,第4–5页。

国形式主义学派和后来的现代形式文论如结构主义等，强调诗学的研究对象是语言艺术和其他艺术，诗学在文学研究中占据主导地位。二战以后，西方出现各种文艺思潮，新批评、结构主义、精神分析、女性主义、接受理论、神话原型批评、后殖民主义等，这些都在西方诗学中留下了痕迹，构成了西方诗学的组成部分。

在古代中国，也有"诗学"这一概念，但其内涵与西方不同。所谓"诗学"，一是专指对《诗经》的研究，二是泛指对诗歌创作规律及理论的研究等，如后人称赞杜甫为"诗学宗师""集诗学大成者"等。可见，中国古人对"诗学"的使用主要局限于诗歌这一体裁，但因为"诗歌"在中国古代文学中长期占据主流的地位，因此对于诗歌理论的探索实际上也涉及了一般的文学理论。此外，古代中国虽然没有与西方"诗学"完全对应的概念，但是并不缺乏自身的诗学理论和诗学体系。早在亚里士多德之前一百多年，孔子就提出"兴于诗，立于礼，成于乐"和"思无邪"等文学观念，从文学与道德的角度阐述文学的性质，并以"兴""观""群""怨"概述文学的社会功用；老子、庄子则通过"虚静""心斋""坐忘""自然"等概念论述文学超脱功利性的审美特征。除了这些片段的论述之外，中国也不缺乏系统性的文学理论著作，刘勰的《文心雕龙》体大虑周，是一部文学理论巨著，如鲁迅所说："东则有刘彦和之《文心》，西则有亚里士多德之《诗学》，包举洪纤，为世楷模。"[1]由此可见，中国传统文学理论在与西方诗学完全不同的文化系统中产生，但拥有同样丰富的理论资源。

在比较文学进入中国学界以后，中国研究者也开始在广义的文学理论的意义上使用"诗学"的概念来泛指文学理论。如乐黛云在《世界诗学大辞典》中所说：

> 现代意义的诗学是指有关文学本身的、在抽象层面展开的理论研究。它与文学批评不同，并不诠释具体作品的成败得失；它与文学史也不同，并不对作品进行历史评价。它所研究的是文学文本的模式和程式，以及文学意义如何通过这些模式和程式产生。[2]

这段话既准确定义了现代语境中"诗学"的概念，也将诗学与文学批评、文学史研究进行了区分，在此基础上，我们可以进一步理解"比较诗学"的概念。

2."诗学"与"比较诗学"

"诗学"和"比较诗学"之间，既有联系又有区别。从联系来看，诗学和比较诗学都是以文学理论作为研究的中心，探讨文学的基本规律。因此，有人产生误解，认为"诗

1　鲁迅：《题记一篇》，见《鲁迅全集》（第8卷），北京：人民文学出版社，1981年版，第18页。

2　乐黛云，叶朗，倪培耕主编：《世界诗学大辞典》，沈阳：春风文艺出版社，1993年版，第4页。

学”本身也包含了西方文论的研究,因此没必要再提“比较诗学”。产生这种误解是由于忽视了二者之间的区别。

首先,诗学和比较诗学的研究对象不同。诗学以文学作品为对象,研究总结文学创作经验并将之上升到理论层面,建立一套话语体系,多采用归纳分析的方法。而比较诗学以各民族、文化体系中的诗学为对象,通过互补、互识、互证,达到共建一般诗学的目的,多采用比较研究的方法。其次,诗学和比较诗学的研究范围不同。诗学一般在统一文化体系内部进行,而比较诗学要求在异质文化之间展开,如中西方的诗学分别来自不同的文明,中西诗学比较就属于比较诗学的范围。

(二)比较诗学的兴起

比较诗学出现于20世纪中后期,是比较文学发展到平行研究阶段的产物。比较文学发展初期受法国学派影响,强调实证性的影响研究,注重各民族之间事实上存在的文学关系,而忽视对文学的审美分析和综合研究,理论的探讨也被排除在外,在这种情况下,比较诗学自然无法产生。然而在学科发展突破了实证研究的束缚之后,研究范围开始扩大到没有事实联系的文学现象之间,这就必然表现为对文学共同规律的重视和探索,文学理论由此进入比较文学的研究视野。

法国比较文学家艾田伯首次提出“从比较文学到比较诗学”的构想。1963年,针对比较文学研究中的困境和问题,艾田伯发表重要著作《比较不是理由:比较文学的危机》,在其中他明确提出:“把这样两种互相对立而实际上应该相辅相成的方法——历史的考证和批评的或审美的思考——结合起来,比较文学就会像命中注定似的成为一种比较诗学。”[1]艾田伯的预言在当时看来非常大胆,但随着时间流逝,比较诗学的蓬勃发展充分证明了他的正确。在对文学做跨国、跨文明研究时,必然要将文学史研究和美学批评研究相结合,最终走向文学理论层面的研究,也就是比较诗学。比较诗学的构建,有助于改善当代文学的混乱状态,并且可以使比较文学摆脱被动状态,成为真正有实用价值的美学,从而对文学发展起到切实的指导作用。

但是也有人对理论进入比较文学持怀疑的态度,在1985年召开的国际比较文学学会第11届会议上,各国学者对理论进入比较文学展开了激烈的争论,反对者包括美国学者韦勒克等人,他们认为对理论的过度热情会导致文学感受力下降,并使文学研究变为抽象的假设和纯逻辑的推论,从而偏离文学本身。然而他们所列举的问题与其

1 [法]艾田伯:《比较不是理由:比较文学的危机》,罗芃,译,见《比较文学之道:艾田伯文论选集》,胡玉龙,译,北京:生活·读书·新知三联书店,2006年版,第42页。

说是对比较诗学的担忧，不如说是对理论本身缺陷的担忧。文学研究过分理论化会导致一些问题，但这并不能抹煞理论的作用。尤其是在比较文学扩展到没有事实联系的文学现象之后，更需要上升到理论角度来进行审美分析，从而发现其中的文学关系。

可见，比较诗学是比较文学这一学科发展的必然产物，同时它的出现也意味着学科的进一步深化。如果说比较文学的目的在于打破民族文学的界限，探讨文学的共同规律，那么文学理论本身作为对文学规律的认识和总结，对它的比较研究更利于人们从整体上认识和理解文学，并揭示涵盖全人类文学发展的普遍性规律。

（三）跨文明语境的比较诗学

比较文学的发展始终伴随着争议，比较诗学的发展也不例外。早在学科发展的第二阶段，一些美国学者就认识到研究视野局限在欧美文化体系内部的弊病，感到有必要开展东西方文学之间的比较研究，但也有学者否认由比较诗学构建一般诗学的可能性。这种态度有一定的道理，它看到了不同诗学体系之间的差异，每个诗学体系都是自足的系统，相互之间存在着沟通的困难。但是强调不同的诗学体系无法通约，又过分夸大了差异，忽视了文学理论在一些基本问题上的相通性，并且缺乏历史的和世界的眼光，看不到比较诗学发展的目标和价值。

比较诗学追求的目标是建立一般诗学，寻求普遍性的文学规律，然而每个文明内部的诗学体系总是建立在自身的文化土壤中，如西方诗学以戏剧为根据，中国的诗学以抒情诗为依据。各诗学体系都有自身相对的独立性和完整性，能有效总结和指导本文明内部的文学创作实践，但是从文学整体的角度来看又都存在着偏颇与局限。因此，一种诗学体系不能上升为普遍的诗学体系，单一的西方诗学不可能发展为一般诗学。要达到建立一般诗学的目标，必须超越单个文明的局限，从跨文明的角度，开展不同诗学体系之间的多元对话。

比较诗学从西方学界产生，随着学科发展，一些西方学者也逐渐认识到开展跨文明比较诗学的重要性，因为只有这样才能面对文学理论上的重大问题，并使文学理论具有真正的适用性。然而真正付诸实践，将诗学研究扩展至全世界范围，并进一步建立起跨文明比较诗学则源于东方学者的努力，一些华裔学者如刘若愚、叶维廉等在其中发挥了重要作用。对于东方学者来说，东西方文学产生于不同的文化体系，有着巨大的差异，要有效地开展比较研究，就需要找到跨文明比较研究的独特理论和方法。学界逐渐认识到理论研究的优势，从文学理论的角度对东西方文学共同面对的问题进行思考，将会为跨文明的比较文学作出独特的贡献，应当成为比较文学研究中的独特

领域。刘若愚在倡导比较诗学和东西方诗学研究方面做了大量工作,他认为:

对历史上互不相关的批评传统作比较研究,例如对中国的批评传统和西方的批评传统作比较研究,在理论的层次上比在实际的层次上会有更丰硕的成果,因为特殊作家和作品的批评,对于不能直接阅读原文的作者是没有多大意义的。而且某一具有自身传统的文学的批评标准,也不能应用于其他文学;反之,对于属于不同文化传统的作家和批评家的文学思想的比较,则或许能揭示出某些批评观念是具有世界性的,某些观念限于某些文化传统,某些观念只属于特定的文化传统。反过来这又可以帮助我们发现(因为批评概念通常是建立在实际的文学作品基础上的)哪些特征是所有文学所共有的,哪些特征限于用某些语言写成、或产生在某些文化传统上的文学,哪些特征是某种特定的文学所独具的。因此,对于文学理论的比较研究,可以更好地理解所有的文学。[1]

1975年,刘若愚的《中国的文学理论》在美国出版,他根据艾布拉姆斯《镜与灯》中所提出的艺术四要素理论,将中国传统文学理论分为六种,不仅纵向探究了其源流,也与西方诗学进行了横向对比。作为海外第一部中西比较诗学的代表作,该书对中西比较诗学的兴起和发展有深远影响。另一位华裔学者叶维廉同样为促进中西方比较诗学做出了贡献。他认为中西方诗学在表面的歧异背后有着本质的相通性,他将这种共同的理论规律称为"模子",主张比较诗学的研究不能停留在表层上,而要深入到文化模子的层面,发现不同文化体系中文学汇通的据点。1983年出版的《比较诗学》,是叶维廉"模子"理论的实践。

知识链接:《镜与灯》,全名《镜与灯——浪漫主义文论及批评传统》,由美国当代文学批评家、康奈尔大学英语系教授M.H.艾布拉姆斯作于1953年,是现代文学理论的扛鼎之作。该书着重讨论西方浪漫主义文学理论和文学批评,但同时它也对西方文艺理论做了一个全面的总结和回顾,从历史发展的角度阐述了"模仿说"、"实用说"、"表现说"和"客观说"。另外,艾布拉姆斯还在该书中提出了著名的文学四要素理论,即"作品、宇宙、作家、读者"。该书问世半个世纪以来,在全世界范围内不断翻译和重印,以其理论的前沿性和逻辑的缜密性对当代学者产生着巨大影响。1989年,该书由郦稚牛等首次译成中文,并由北京大学出版社出版。

在大陆方面,早在20世纪初"西学东渐"之时,就有不少中国学者发现了中西诗学之间的差异,并有意识地进行对比,试图寻找超越文化体系的共同规律,四十年代朱光

1 [美]刘若愚:《中国的文学理论》,田守真,饶曙光,译,成都:四川人民出版社,1987年版,第3-4页。

潜的《诗论》就体现了这种尝试。《诗论》有意识地对中西理论进行整合,寻找二者之间的共同规律和不同之处。钱锺书的《谈艺录》也体现出这一特点,作者在谈论古代诗文时,时时以西方文论为参照,以此相互启发、相互沟通。而新中国成立后出版的《管锥编》更是广泛引征中外文论,以探寻文艺的共同规律,如作者所说的"东海西海,心理攸同;南学北学,道术未裂"。

20世纪80年代大陆出版了第一部中西文论比较研究专著,即曹顺庆于1988年出版的《中西比较诗学》,这也是中国内地第一本系统的中西比较诗学专著。该书通过对"物感"与"摹仿"、"文道"与"理念"等概念、术语的分析对比,对中西艺术的本质、起源、思维、风格以及艺术鉴赏等方面的同异关系进行了深入研究,具体论述了中西艺术的共同规律,揭示了中西古典文艺理论的特色和独特价值,更阐发了中国古典文艺理论的世界意义。

跨文明比较诗学的价值和意义首先在于这一研究有利于突破西方中心主义,从各民族文学的总体出发探讨文学规律,而不是单纯由西方的文学经验出发去建构一般文学理论;其次,跨文明的诗学对话,有利于阐发各民族诗学的现代性意义,确立民族诗学在世界诗学体系中的位置。

二、比较诗学研究的主要内容

诗学是伴随民族文学发展起来的,是对各民族文学规律的理论总结,具有很高的文化价值和学术研究价值。比较诗学的研究对象,就是不同民族、不同文化体系的诗学之间的关系。比较文学探讨如何使各种诗学体系和概念实现对话,并在各诗学体系的同异关系中探索文学的普遍规律。具体可以分为以下几个方面。

(一)概念、术语的比较研究

在中西诗学的比较研究中,遇到的首要困难就是概念、范畴的不相通。中国文论和西方文论来自不同的文化体系,其基本的范畴、术语都不相关,因此,在中西比较诗学中,具体的诗学概念、范畴的比较是最基本的,也是中西文论得以沟通、交流的基础。

中国文论在数千年的发展史中,形成了一整套基本范畴和核心概念,如"气""韵""神""风骨""虚""实""言""象""意"等。而西方文论自从亚里士多德以来,也形成了独特的理论系统和一系列理论范畴,如"迷狂""崇高""优美""典型""结构"等。这些文论术语反映了不同民族的文学实际,具有丰富的内涵。中国文论的概念一般具有直观性、多义性的特点，很少有直接、明确的定义，语言表述上富有诗意，点到即止。比较典型的例子如司空图《二十四诗品》，对“冲淡”概念的描述：“素处以默，妙机其微。饮之太和，独鹤与飞。”其内涵在若有若无间，只可意会不可言传。相比较而言，西方文论术语一般有明确的定义，内涵表述上有清晰的逻辑层次，更易于界定和把握。

概念、术语的比较研究既是基本的，也是困难的。对此，钱锺书曾经说过：“如何把中国传统文论中的术语和西方的术语加以比较和互相阐发，是比较诗学的重要任务之一。进行这项工作必须深入细致，不能望文生义。中国古代的文学理论家大多是实践家，要了解其理论必须同时读其诗人，否则同一术语在不同的人用起来含义也不同，若不一一辨别分明，必然引起混乱。”[1]对于这一类的比较研究，首先需要找出对应的范畴和术语，在厘清基本概念的基础上，比较它们在内涵上的异同，总结这些对应术语的联系和区别，并将其上升为理论，最终得出具有普遍意义的结论。

以“摹仿说”与“物感说”为例，这是中西文论中两个基本的概念。亚里士多德提出“摹仿说”，认为艺术是摹仿的产物；中国的《礼记·乐记》提出“物感说”，认为文艺是由外物感发而生。二者都是为探讨文学艺术的起源而提出的，并且都看到了主观与客观两个方面的因素。但通过比较，我们可以更清楚地看到它们各自的特色：“物感说”重表现，重抒情言志，由此显示了中国以抒情为主的美学传统，并产生了相应的抒情手法和美学理论。与此相反，“摹仿说”强调再现和叙事，由此显示了西方以叙事为主的美学传统，并产生了相应的结构、情节、性格以及美学理论。“物感说”虽重视抒情，却强调“发乎情，止乎礼”，认为抒情要有节制，这形成了中国古代文学以抒情言志为主但浪漫主义文学又很不发达的独特传统；“摹仿说”虽强调再现，却主张作家创作要有激情，要能够感动人，以达到宣泄情感的目的，这种既要真切地模仿客观事物又要宣泄情感的美学理论，正是形成西方文学艺术传统的重要因素之一。通过比较可以看到，中国古代的“物感说”在美学理论上有着极其重要的意义，其地位完全可以同亚里士多德的“摹仿说”相并列，在世界美学宝库中占据一个重要的位置。

作为比较诗学中最基本的研究内容，对不同文化体系中诗学概念、范畴、术语的比较研究已经取得了一定的成果，如黄药眠和童庆炳主编的《中西比较诗学体系》中第二编专列“中西诗学的范畴比较”，对“诗言志”与“诗言回忆”，“虚静”与“距离”，“意境”与“典型”，“发愤著书”与“苦闷的象征”等中西诗学概念进行了对比研究。[2]此外王元化的

1 张隆溪：《钱锺书谈比较文学与“文学比较”》，《读书》，1981年第10期。

2 详见黄药眠，童庆炳主编：《中西比较诗学体系》，北京：人民文学出版社，1991年版。

文章《刘勰的譬喻说与歌德的意蕴说》等都是中西比较诗学研究的重要成果。

（二）基本理论的比较研究

不同民族的文学理论有很大差异，但又都面临着一些基本的诗学问题，如什么是文学，文学的起源和功用，文本的意义如何产生，文学与语言的关系等，在不同文化的诗学体系中，都能找到对这些问题的关注和回答。由于文化背景、思维方式和语言表述的差异，不同的文论体系对相同的问题有不同的答案。既有共同关注的问题，又有不同角度、方法、思维模式的独特之处，这就构成了相互汇通、对话的基础。对这些基本理论的比较研究，可以加深对各民族文学理论基本的理论形态和理论品格的认识，并促进不同的文论体系之间的互补和启发。

如中西方的文论中都有关于"镜子"的隐喻，西方用镜子来强调文学作品的逼真，不仅逼真地反映外在世界，而且逼真地反映内在心灵，不仅是静态的反映，也是动态的反映。中国则用镜子来强调作者心灵的虚静、空幻、平正，有时也可以指向作者提供自我形象的外部环境。中西方诗学关于"镜子"隐喻的不同，反映了不同文化和思维方式的差异。西方传统思维方式强调主客对立，主体独立于客观世界并为它赋形和命名，因此，西方诗学强调如何逼真、完全、灵动地反映这一认识和超越的过程；中国传统思维方式认为主体和客体世界原属一体，天道本来就存于自身，对世界的认识不需要借助外物，只要从内心去发掘，体现出反求诸己的思维倾向。

不同民族的文学理论所面临或者解决的问题是相似的，但解决的思路和方法不同，由此导致了文学理论的差异，而理论差异的背后归根结底是思维方式的不同。如西方在思维方式上更注重形式逻辑，强调在细致的逻辑分析的基础上通过一系列推断、假设、证明，组成一个完整的理论体系，这一点从亚里士多德的《诗学》中就可以见出。但中国的思维传统却注重主体的经验，主张从整体上把握对象，反对条分缕析的切割和精细划分，认为这种方式会破坏整体和谐，丧失对事物本质的把握。中西方这种独特的思维方式导致其文学理论的不同，如何在差异的背后发现其共同关注的问题，使不同体系的诗学能够相互沟通和启发，是比较诗学亟须解决的问题。

（三）诗学体系的比较研究

与微观的概念比较不同的是，对诗学体系的比较研究注重从宏观着手，将各民族的诗学看作一个整体，放入历史文化和文明背景中，进行比较分析。这类研究常常和文化探求以及美学讨论结合在一起，包括的内容有：中西文论总体风格、思维模式、研究方法、理论架构的探讨,以及中西诗学背后的文化系统和哲学依据的探讨,等。诗学体系的比较研究,注重诗学与特定的时代、文化背景的联系,更深入地探索人类共同的"诗心"、"文心",有效地避免了比较文学研究中容易出现的X+Y式浅层比附,并且通过文化寻根,避免了将一种诗学的概念、价值判断等强加在另一文化体系的作品上的尴尬。

关于中西诗学的总体品格,普遍的观点是,西方诗学偏重于模仿、再现、写实、求"真",而中国诗学偏重于物感、表现、抒情、求"似"。从文学类型上看,西方古代以叙事文学为主,中国古代以抒情文学为主。从文化背景上来看,西方古代的宗教意识强烈,而中国古代的伦理道德之风浓厚。从思维方式上看,中国偏重感悟的直觉思维,西方偏重分析的逻辑思维。这些都对中西诗学产生了直接而重大的影响。

再从文学与社会的关系方面来看待中西诗学的总体特点。商业社会具有开放性特征,而民主政治,则鼓励人们冒险、创新,反映在西方文学理论上,就表现为勇于创新和变革的精神。亚里士多德说"吾爱吾师,但吾更爱真理",反对自己的老师柏拉图的文艺思想在西方文论的发展中,新的理论层出不穷,20世纪以来更为突出,如唯美主义、象征主义、精神分析、表现主义和存在主义等。虽然极富创新勇气,但也难免偏激,这与其爱冒险的精神不无关联。与西方相比,中国的农业社会和宗法政治,具有封闭性和保守性,中国的文艺理论保守得多,统治者提倡"天不变,道亦不变"的保守思想,儒家提出"乐而不淫,哀而不伤"的"中和"的文艺观,文学中的复古运动也不断出现。

黄药眠和童庆炳主编的《中西比较诗学体系》是诗学体系研究的代表作,该书通过分析中西诗学的不同范畴、概念,使其中包含的诗学理论、观念得以显现出来,并进一步对中西诗学的体系和结构进行了整理。诗学体系的比较研究建立在对不同体系的诗学全面、深入把握的基础上,对研究者提出了更高的要求,但该类研究从宏观的角度出发,往往能够更全面地展示不同诗学之间的关系,对比较诗学发展有重要意义。

(四)诗学史的比较研究

各民族诗学在历史发展过程中,形成了相对封闭和完整的体系,并建立了自己的诗学史。民族文学范围内的诗学史观念,一般都遵循纵向发展的原则,按照时间顺序构建,体现出本民族诗学在不同阶段的继承与开拓。如西方诗学史,一般从柏拉图、亚里士多德开始,叙述从古希腊、古罗马,中世纪等直到20世纪当代诗学的发展历程;而中国古代诗学史,一般从孔子、老庄开始,叙述从先秦时期、两汉、魏晋直到清代的诗学发展历程。在构建民族诗学的过程中,对诗学发展脉络进行总结和梳理,可以更清晰地呈现本民族诗学的总体面貌，并且为进一步建立和形成一般性的世界文学理论奠定基础。

诗学史的比较研究主要有两个方面的价值。首先，有利于建立更全面的民族诗学史。诗学的发展和文学一样，既有民族传统前后相继的纵向发展轨迹，也有各民族诗学之间相互影响、渗透而形成的横向发展动力。诗学史并不是纵向发展的单线结构，而是纵横交织的网状结构，而局限在民族内部的诗学史研究往往看不到这一点。要建立更全面的民族诗学史，就需要从比较研究的角度，用横向比较的纬线，将各民族诗学的经线串联起来。如谈到中国古代文论史的时候，不能忽略古印度诗学的影响，而如果不考虑中国古代文论的影响，日本古代文论史也是不完善的。其次，有利于全面描述世界文学理论的概貌。如曹顺庆的《中外文论比较史：上古时期》，通过对各民族诗学史的对比研究，不仅凸显了各民族诗学的特征，而且使一个较为完整的世界文学理论的面貌得以呈现，对于形成一般诗学有重要的借鉴意义。[1]

从研究对象上来看，比较诗学的研究主要包括以上四个方面的内容，需要注意的是，以上区分只是为了便于学习和了解，这几个方面在具体研究中并不是截然分开的。具体概念的辨析离不开对诗学总体特色的把握，而对基本理论及总体特色的探讨也需要建立在具体概念的基础上。在已有的研究成果中，有许多将微观的概念比较和宏观的文化探求结合起来的著作，如曹顺庆的《中西比较诗学》，刘小枫的《拯救与逍遥——中西方诗人对世界的不同态度》，张隆溪的《道与逻各斯》等，这些作品往往从具体的概念比较入手，进而分析各民族诗学的总体特色、诗学精神的异同，以及其面临的共同问题，为了解不同民族诗学的独特性和探索文学共同规律做出了贡献，是比较诗学研究的典范。

三、比较诗学的研究类型

从研究类型上看，比较诗学主要分为两大类，一类是从影响研究入手，关注不同民族、不同文化体系的诗学之间因为事实联系而产生的影响与接受的关系；一类是从平行研究入手，强调历史上互不关联的诗学体系之间的对话阐发。

（一）诗学的影响关系

诗学的影响关系根据研究角度的不同，可以分为两个方面，一是从放送者的角度

1　详见曹顺庆：《中外文论比较史：上古时期》，济南：山东教育出版社，1998年版。

出发，研究一国诗学对其他国家的文论造成的影响，如研究中国古典文论的对外传播。中国古典文论的对外影响集中在这些作品上：《典论·论文》《诗大序》《毛诗正义序》《文赋》《诗品》《文心雕龙》和《诗品》等。接受其影响最多的是汉字文化圈的各个国家，如古代的日本、朝鲜、越南等，中国古典文论在这些国家不仅被研读，而且融入其文学，指导实际的文学创作，并影响到该国家文论的形成。如钟嵘的《诗品》在唐代传入日本，在与日本民族习惯、民族文化、审美心理的漫长融合过程中，逐渐与古和歌的创作实践结合在一起，并对日本和歌理论产生了重大影响，成为日本古代诗论和审美的一部分。《文心雕龙》也早在公元8世纪就传入日本，但这部最有体系的理论著作从未被日本人全盘接受，他们的兴趣在于怎样模仿中国诗文的具体作法，因而《文选》的影响远远超过《文心雕龙》。直至近代，大约由于近代学术观的建立，才有学者对这部著作给予热情关注，除传统的校勘、译著外，更有学者从整体角度讨论《文心雕龙》的文学理论，新见迭出。

一是从接受者的角度出发，研究一国诗学是如何接受、消化外来的诗学理论、概念的，外来的诗学理论在本国产生了哪些变化。同样以中国文论为例，典型的例子是王国维的《人间词话》。该著作采用文言撰写，沿袭了中国古代词话的传统言说方式，同时又用西方主客观相分的观点研究中国文论，提出“造境”“写境”“有我”“无我”“隔”与“不隔”的境界说。[1]其以西方诗学、美学理论阐释中国词学理论，对中国古代文学做了精微阐述，又使中西文论在比较中得到了汇通。

中国比较诗学在中外诗学的影响研究方面有着丰富的资源。一方面，就古代而言，中国古典文论曾经深刻影响了周围各国家的文论发展，同时古典文论又受到了印度文论的影响。就这些影响关系进行梳理，发现文学理论在流传中的发展与变异，探讨不同文化体系对理论的创造性接受，是中西比较诗学的重要工作。另一方面，进入现代以来，由于国家危亡所带来的民族忧患意识，国内学界在文化和文学上都力图“别求新声于异邦”，新文学理论的产生、发展都受到了国外尤其是西方文论的影响。中国现代文学中出现的现实主义、浪漫主义、象征主义等都带有明显的西方文论的痕迹。而20世纪40年代至建国后30年间，俄苏文论在我国风靡一时，卢卡契（Georg Lukacs）、别林斯基（V. G. Belinskiy）等文论家的理论曾在我国现代诗学中产生深远影响。

（二）诗学的对话阐发

不同民族的诗学之间，除了影响关系之外，更多的是没有历史接触的美学关系，这

1 详见王国维：《人间词话》，上海：上海古籍出版社，2009年版。

在跨文明语境下的诗学比较中表现更为突出。不同文明的诗学体系之间有着巨大差异，然而，“相同处愈多，亲力愈强；相异处愈鲜明，互补的价值愈重大”。[1]各民族诗学之间虽然具有完全不同的民族特色，在不少概念上截然相反，但也有很多相通之处，这恰恰说明了各民族文论沟通的可能性和不可取代的独特价值，构成了相互对话阐发的基础。诗学的对话阐发可以从两个方面来看，一是不同民族的诗学在理论概念、总体特色方面的对比，目的是求“异”，凸显各民族诗学的价值和独特性；一是各民族诗学的相互阐发，将不同民族的文学理论中具有内在可比性的概念、理论进行相互印证，相互阐发，目的是求“同”，探索文学的普遍规律和共同认识。

1.诗学的对比研究

可以从多种角度进行，首先，可以就具体概念进行对比分析，如王元化的文章《刘勰的譬喻说与歌德的意蕴说》。在艺术形象问题上，歌德的“意蕴说”和刘勰的“拟容取心”有某种类似之处，都将形象分为外在形状和内在意蕴，但二者又有差异。通过深入其文学思想内部就会发现，刘勰的形象论是一种“比喻说”，《比兴篇》“称名也小，取类也大”，《物色篇》“以少总多，情貌无遗”，其中蕴含了个别和一般的关系，由于受儒家思想的影响，这种关系表现为譬喻关系。而歌德反对把个别作为一般的例证的譬喻文学，强调作家要首先掌握个别，而不是用个别附会一般。然而歌德要求作家“只表达个别而毫不想到或提到一般”，忽视了文学创作中一般对个别的作用，又走向另一个极端。其次，也可以就文学的基本问题，研究中西诗学的不同解答，通过对比，丰富对于文学现象的理解，并凸显各民族诗学的特色。如曹顺庆的《中西比较诗学》，就是针对文学研究的基本问题，从艺术本质、艺术起源、艺术思维、艺术风格、艺术鉴赏等五个方面论述中西艺术的共同规律，并着重各自的特色。

2.诗学的阐发研究

常用的研究方法是，提出某一个文学命题，之后列举中西方诗学中关于这一命题的共同认识，由此加深对该文学现象的理解，并得出对于文学发展具有普遍性的结论。如张隆溪的《诗无达诂》即使用了此研究方法。张隆溪先论述中国传统文论对于文学语言的多义性、复杂性有充分的认识，并且认识到文学作品的意义和读者之间的关系。如《周易·系辞上》说：“仁者见之谓之仁，知者见之谓之知。”董仲舒认为，“《诗》无达诂，《易》无达占，《春秋》无达辞”（《春秋繁露·精华》）。薛雪在《一瓢诗话》中认为杜甫诗“兵家读之为兵，道家读之为道，治天下国家者读之为政，无往不可”，而这一点也是西

1　曹顺庆：《中西比较诗学》，北京：北京出版社，1988年版，第269页。

方现代文论关注的。读者接受理论认为文学作品充满了“未定点”,读者在阅读过程中根据自己的想象和理解,填补这些空白,使作品具体化,具体化的程度取决于作者本人的性情、修养和经验。张隆溪最后总结道:“如果说诗无达诂承认作品结构的开放性,见仁见智最终承认读者对作品意义的创造作用,那么,认为接受美学和读者反应批评的基本原理在中国传统文评里已能窥见一点眉目,也许并非牵强附会的无稽之谈。”[1]

比较诗学作为一个新的研究领域,在中国比较文学界已经取得了卓著的成果,目前国内的研究领域主要为中西比较诗学,通过探究中西方诗学之间的影响关系与对话阐发,中国学者为打破比较文学以西方为中心,探寻文学的共同规律做出了贡献。然而现有的研究还存在着一定的问题,主要表现为多从固有的文化模式出发,以西方诗学的观点来观照和阐释中国诗学,或者以中国诗学的角度来观照西方诗学。这样的研究方式有其存在的合理性:一方面研究者往往无法完全抛弃自身的文化立场,总是从一定的文化预设出发来开展工作;另一方面通过视角的转换也可以使双方的特征更加清晰可见。然而此类研究若以一方作为标准,去衡量异质体系的文学理论,则会使异质文化失却存在的独特性,比较诗学致力于寻找有普遍意义的新话语,建立普遍性的文学理论的目标也将沦为空谈。

关于“比较诗学”力图建立“普遍性的文学理论”的目标,刘若愚曾经说过一段话,可以作为本节的结尾:

> 事实上,我并非如此天真,以致相信我们终会达到一个普遍接受的文学定义,犹如我并不相信我们将会达到一个普遍接受的人生之意义的定义;但是,正像我们无法希望找到一个普遍接受的人生之意义的定义这种认识,并不导致我们放弃对寻求人生意义的尝试一样,关于文学的这种认识,并不一定阻止我们企图以试验的方式,提出比现存的更适切、应用更广的文学理论。[2]

思考题:

1. 比较诗学的定义是什么?
2. 比较诗学的目标是什么?
3. 对中西诗学进行比较研究,可以从哪些方面入手?

---

1 张隆溪:《诗无达诂》,《文艺研究》,1983年第4期。

2 [美]刘若愚:《中国的文学理论》,田守真,饶曙光,译,成都:四川人民出版社,1987年版,第3页。

第三节　文学人类学

导　读

叶舒宪认为：对希腊神话的研究绝不仅仅是一个希腊的问题，也不仅仅是一个西方的问题，它必然和苏美尔、埃及、巴比伦、亚述和腓尼基联系在一起。如研究《荷马史诗》的第二部《奥德修纪》，要回到西方文学的本源去，对奥德修斯的形象也需要重新进行深入的认识。奥德修斯的爷爷名叫阿尔克西奥斯，希腊文的意思就是“熊之子”。带有“阿尔”的词，在希腊文中是“熊”的意思，如希腊女神阿尔忒弥斯是以“母熊”为象征的。西方学者卡彭特(Rhys Carpenter)专门研究荷马史诗背后的仪式和图腾信仰，提出是熊图腾造就了西方文学的开端。为什么在祭拜阿尔忒弥斯女神的仪式上，一定要女祭司披上熊皮呢？虽然每一种动物看起来只是一个物，但它的背后可能潜伏着一个悠远的已经被遗忘的叙事传统。在尼安德特人的洞穴中，熊的头骨被供在祭坛上时，那是十万年至五万年前。考古发现让卡彭特认识到《荷马史诗》背后的熊图腾叙事和想象，绝不是哪一个人能够发明的，其深远的程度远远超过了使用文字记录的文化记忆。熊最重要的特征就是冬眠，在人看来就是定期的消失–复现–回归–又消失。所以，整个《奥德修纪》讲的是一个回家的故事，其中有主人公下到阴间的故事。人的消失就是下到阴间。卡彭特甚至把整个西方文学中最具主导性的英雄叙事模式和中古史诗《贝奥武甫》全部联系起来，一共分析了二十多种欧洲语言的同类叙事，这种跨文化的整合性眼光是真正文学人类学的。[1]

一、文学人类学的定义及其源流

文学人类学，顾名思义就是文学和人类学两个不同学科的交叉与结合。具体而言，它体现为自觉运用和借鉴人类学的视野和模式，对各时代、各地区、各族群的各类文学作品、文学现象进行比较研究，提炼和总结人类文学的内在模式、结构、规律，并在本体论层面上进一步追问和反思“文学”的含义。

从上述定义中，不难看出文学人类学在追求文学总体的主张和跨民族研究的框架上同比较文学的理想是暗合的。文学人类学结合了文学研究和人类学研究的双重特点，一方面，重视对人类文学的内在模式、结构、规律的探讨，这种升华到诗学层面的研

1　叶舒宪：《文学人类学：探寻文化表述的多重视野》，见赵心愚，余仕麟主编：《文学——从文化启蒙到思想激荡》，成都：四川大学出版社，2014年版，第526–527页。

究与侧重于文学本身的总体文学具有共通性；另一方面，它注意在以族群为单位的前提下，通过多元比较来把握由想象和虚构等表达手法所体现的人类“整体性”。很显然，这种跨族群的多元比较研究既与以涉及多种民族或多种国家的共同文学现象为研究客体的总体文学存在着相似点，同时又都回响着歌德关于“世界文学”的理想，反映了超越民族、国家、文化的限制，从人类整体的角度和文学的共同性从事研究的立场。总之，正如美国人类学家吉尔兹(Clifford Geertz)所说，文学人类学不仅为汇通多元文化的总体文学研究积累了各种“地方性知识”，还通过对异文化的研究生发出一种超越“自我”、追求客观平等的全局视野。可以说，通过文学人类学对单个地方族群文化的关注和多元比较，比较文学将最终达到理解人类总体文学的目标。

事实上，从文学人类学的发端处就可以看出，它潜伏着通向比较文学的总体性研究的最终目标，即对人类文学的本质与功能的认识。在西方学界，文学人类学的起源可追溯到20世纪初以英国学者泰勒(Edward Tylor)和弗雷泽(James George Frazer)为代表的“神话仪式学派”。19世纪中后期，人类学家泰勒在对中美洲“原始民族”进行田野考察基础上，提出了其影响深远的“文化”定义。在这个定义中，文学、艺术和宗教等“精神现象”都被有机地囊括在了一个整体里面。泰勒指出：“文化，或文明，就其广泛的民族学意义来说，是包括全部的知识、信仰、艺术、道德、法律、风俗以及作为社会成员的人所掌握和接受的任何其他的才能和习惯的复合体。”[1]泰勒的这一经典定义，开启了人类学家把文学艺术置于“文化”之中进行整体研究的先河。同时，泰勒在文化研究中广泛地运用比较研究法，并在此基础上提出了两大原则：首先，诸多文化现象有着广泛的共同性，可以用普遍的原理去进行研究；其次，文化的不同阶段是文化发展和进化的不同阶段，每一阶段都是前一阶段的产物，并影响未来发展的进程。

受泰勒文化整体性研究和比较研究方法的影响，弗雷泽经过长期的艰辛努力，完成了借用人类学视野来研究文学的皇皇巨著《金枝》。在此书中，他通过考察分析世界各民族农耕社会盛行的原始神话发现，在许多国家，在各个时代，都曾存在过集祭司与帝王于一身的人物。他们具有半人半神、或半神半人的性质，他们能够控制自然力，能够降雨、赐子、使庄稼丰收等等。这些兼帝王与祭司于一身的部落首领之所以被认为具有这样的神功，根据弗雷泽的论断，其最初的根源在于以相似律与接触律为基本原则的交感巫术在人们的信仰和行动中占据着主导地位。根据他的田野调查，在一些原始部落里，人们对他们的部落首领抱有一种神奇的看法，认为部落和自然界的繁荣昌

1 [英]爱德华·泰勒：《原始文化》，连树声，译，桂林：广西师范大学出版社，2005年版，第1页。

盛有赖于部落首领的生命力。只要他们的首领强壮而有生殖力，他们的部落就能团结在一起，他们的食物供给就有保障。如果首领年老多病、身体衰弱，那么庄稼也会如此。这时，他们的部落首领就应该被杀死，人们可以吃他的肉，喝他的血，把他的力量继承下来。很显然，正是受交感巫术的支配，原始部落的人们把具有半人半神、或半神半人性质的人物的躯体和血液与农作物的两种主要产品——面包和酒——等同起来。后来从这习俗中发展出来的许多宗教的核心便是祭奠这位神的死亡与再生。这种吃神的"肉"、喝神的"血"的仪式也成了许多宗教的"相同模式"。[1]弗雷泽《金枝》一书的重大贡献在于，他从心理学和思维方式的角度发现了许多原始仪式虽然存在于一些截然不同的、完全分隔开的文化之中，但却显示出惊人的相似性。实际上，弗雷泽所做的工作是从神话看巫术，再从巫术看宗教，然后对"人类的"原始文化进行分析和总结。很明显，弗雷泽的神话研究已不再囿于文学自身，而是从社会文化的整体性高度和跨文化的比较视野来把握人类的共同本性。

接下来，法国的列维-斯特劳斯(Claude Levi-Strauss)进一步发展了这种以神话为主要对象的人类学文学研究。在《野性的思维》《结构人类学》和《神话学》等著作中，他不仅探讨了支配着神话文本的一套深层结构规则，而且在对《俄狄浦斯王》和《阿斯迪瓦尔的故事)等进行分析的基础上，提炼出解读神话的二元对立方法，从而建立起将隐藏在神话之后的自然地理、经济技术、社会家庭组织、宇宙哲学等因素包蕴在内的复杂"板岩结构"。[2]这种结构主义研究方法无疑大大地推动了文学研究与人类学研究的结合。

当泰勒、弗雷泽和列维-斯特劳斯等人类学家从"比较文化"的角度考察和分析不同族群的文学现象时，往往就超越了过去"国别文学"、"比较文学"、"世界文学"的范畴，而上升到总体性的"人类学文学"或"文学人类学"层面，从文学认识人类并从人类反观文学了。不过，"文学人类学"作为自觉和明确的文学研究范式，是由加拿大文学批评家弗莱(Northrop Frye)在《批评的剖析》等著作中确立的。弗莱将心理学或人类学意义上的原型移到了文学领域，赋予原型(archetype)以文学的含义。弗莱说："所谓原型，是指一个把一首诗与另一首诗联系起来从而使我们的文学经验成为一体的象征。"[3] 因此，原型成了文学意象，一个原型就是"一个象征，通常是一个意象，它常常在

1　详见[英]弗雷泽：《金枝：巫术与宗教之研究》，徐育新，等译，北京：中国民间文艺出版社，1987年版。

2　[法]克劳德·列维-斯特劳斯：《结构人类学——巫术·宗教·艺术·神话》，陆晓禾，等译，北京：文化艺术出版社，1991年版，第68页。

3　Northrop Frye, The Anatomy of Criticism, Princeton: Princeton University Press, 1957, p.99.

文学中出现。[1]也就是说,原型就是对反复出现的典型意象的指称。显然,这种原型批评要求把各种文学作品视为一个相互联系的整体,寻求反复出现在各部作品中的意象结构,以此把握文学类型的内在规律。而弗莱的考察结果显示,文学作品中的最基本的结构是神话式的。不同类型的文学构成“一个中心的、统一的神话”的不同方面,而在各类文学的具体作品中,人们可以发现相似的原型和模式。因此,原型批评又被称为“神话批评”。与单纯关注某一部或者某一类文学作品的批评家不同,弗莱从德国作家斯宾格勒(Oswald Spengler)及人类学家那里汲取了“整体进化”的思想,把从古到今所有类型的文学当作相对独立于历史背景的有机整体进行考察,探寻出它们遵循“神话—传奇—高模仿、低模仿—反讽—神话”循环演变的规律,从而描绘出文学总体的发展演变史。这一总体性文学观,以其纵古通今的宏阔视野和富于启迪的结构分类,成为文学批评史上一种新的研究范型。

在原型批评方法于欧美兴盛之际,来自德国的文学理论家伊瑟尔抛出了“文学人类学”的元理论思考。面对文学在当代文化中的移位与变形现象,即昔日的纯文学与现代传媒之间界限的打破与模糊化,以及文本的概念变得异常宏大和包罗万象,伊瑟尔深切地感到,文学理论与文学批评必须要改变探讨的方向。因此,他从文学作为媒介的角度力图帮助我们最终摆脱一个永无休止的困扰:什么是文学中的文学性?事实上,伊瑟尔是想从哲学人类学或者说人类学本体论意义上去追问文学何以存在,人类为什么要虚构带有刨根问底等思辨特征的问题。因此,与弗莱那种具有实际操作性、实践性,属于一种批评理论的文学人类学不一样,伊瑟尔的理论与其称为“文学人类学”,不如改称为“文学心理学”或“文学哲学”。[2]

除了文学批评家对人类学进行学科构想外,人类学家和民俗学家也对该学科的研究对象、研究方法作出了积极思考。人类学家所提出的文学人类学思想,则主要以加拿大学者波亚托斯(Fernando Poyatos)的长篇论文《文学人类学:走向一个新的整合领域》为代表。[3]与以“神话-原型”派为代表的文学人类学不同,波亚托斯和恩尼格(Werner Enninger)等人类学家则运用跨学科与跨文化的全面视野从文学与人类学的结合部进行考察,注重对文本中的非语言交流系统的分析,尤其是对作品中描述的超语言的活动和人体动作的分析,这实际上指出了文学人类学研究的单位不是一种文体或一

1 Northrop Frye, The Anatomy of Criticism, Princeton: Princeton University Press, 1957, p.365.

2 屈雅君主编:《新时期文学批评模式研究》,西安:陕西人民教育出版社,1997年版,第96-97页。

3 [加]费尔南多·波亚托斯:《文学人类学:走向一个新的整合领域》,叶茵茵,李国太,译,徐新建主编:《文化遗产研究》(第6辑),成都:四川大学出版社,2015年版,第66-88页。

部文学作品，而是一种社会单位、一个人种。因此，这种旨在发现某一人种的文化知识的文学人类学就认为语言的文本只是文化文本的一个层面，文化知识还同样储存于其他文本之中，如“身体的文本”“对象的文本”和“环境的文本”。这样一来，文学的概念就得以拓展，不仅包括用文字书写的文本，也包括了用口语或行动表达出来的各种文本。正是由于人类学自身在20世纪后期对“书写文化”的反思和转向，即对民族志书写传统的认识论和方法论的批判性重构，催生出了“人类学诗学”和“民族志诗学”等派别。如果说人类学诗学的根本宗旨是用诗学与美学的方法去改造文化人类学的既定范式，使之更加适合处理主体性感觉、想象、体验等文化蕴含，那么，民族志诗学则是试图将那些完全丧失了在多媒体表演情境之中的传达效果的僵化文学还原为具体情境中丰富多彩的活的文学，进而发现和描述从口传到书写的文学变异，以及由此而产生的信息缺失、传达变形、阐释误读和效果断裂等。不管是“人类学诗学”还是“民族志诗学”，都是从广阔的文化视野中对文学文本进行研究，因此，这种由人类学自身催生出来的文学人类学实质上已经与文学批评家的文学人类学相去不远了。

从以上概述中可以看出，“文学人类学”在西方学界大致体现为文学研究者从事的文学人类学建构和人类学家提出的文学人类学。前者以弗莱和伊瑟尔为代表，他们分别拟构了具有很强实践性的“原型批评”理论和进行了具有强烈形而上意味的“文学本质”的讨论；后者偏重于对文学文本的文化符号分析，通过对口语文化、文本中的非语言交流的系统分析，使构成文学文本的物质媒介产生了革命性变化，为究诘文学本体和功能带来了新的角度。事实上，“文学人类学”一方面以族群为单位把文学现象置于相关的文化背景中进行分析，这是强调“地方性知识”的人类学研究所提供的特殊视角；另一方面以一种整体的和联系的眼光来看待文学，把文学作为人类普遍的实践经验来思考其规律和实质。这就是说，文学人类学把全世界各个国家和地区的文学一视同仁地纳入自身的研究范围，同时将文学看成一个不可分割的整体，在比较基础上用综合的方法对文学做全面的研究。如此这般，文学人类学就与比较文学跨越国别、语言、文化的“比较”及其走向“总体文学”的趋势有着内在的契合。

二、文学人类学的研究内容与方法

文学人类学研究的对象，一般从媒介的角度区分，可分为文字文本和口头文本(包括仪式文本)。文字文本，顾名思义，是指由文字符号组成的文本，包括传统文学研究关注的作家作品，还包括其他一些文字印刷品。口头文本一般指不依赖文字传递，由一个族群文化集体流传下来的史诗、歌谣、仪式、舞蹈等;同时,它还包括史诗、歌谣、仪式和舞蹈等在表演过程中的具体情境,即时间、环境、人物身份和仪态等。也就是说,口头文本是指一个文化事项被表演出来的动态过程。

文学人类学从人类学家那里学会了研究文化的整体结构和建构文化总体演变模式的方法,在进行文学文本分析时,强调从单个文本和文化整体的联系中去透视文本的意义。在书面的文学作品研究方面,以弗莱为代表的学者确立了一种“神话-原型批评”的文学总体研究范式,中国学者叶舒宪和萧兵等人则创建了跨文明“三重证据法”;在口头文本研究方面,研究者从语言形式、故事类型、表演过程和文化情境各个方面去解释人类共有的口头传统。[1]

(一)“原型批评”对书面文学的总体研究

弗莱在弗雷泽的人类学及荣格(Carl Gustav Jung)的“集体无意识”学说影响下创建的以神话-原型为核心的文学类型批评理论,其基本的目的是建立一种科学的文学批评方法。他认为文学是一个有机的整体,是一个自主自足的体系。在《文学的原型》一文中,弗莱把艺术和自然作了比较,认为文艺批评家应像自然科学家把自然当作一个有机的整体那样,把研究对象作为一个有机的整体,从对文学整体的考察中建立一个“概念框架”、一个“系统的知识结构”。因而他认为:“当今文学批评中所缺乏的是一种协调原则,一种像生物学中进化论那样能把它所观察到的现象视为属于整体之局部的重要假设。”[2]于是,弗莱主张将一首诗或一部作品放在作者的全部作品中去考虑,放到整个文学关系和文学传统中去考虑;也就是说,批评家还必须对文学进行宏观研究,必须找到一种更大的范式,去发现和阐释文学艺术的总体形式和普遍规律。这种更大的范式就是原型。所谓原型,按前面所述,就是指在最伟大的经典作品中不断重现的原始范式,它根植于“原始文化”的仪式、神话和传说之中。因而,探究各种原型的“神话-原型”批评方法便构成了一种文学的人类学,因为它涉及诸如仪式、神话和民间传说等文学前的形态如何渗透到后来的文学中来的问题。[3]弗莱从人与自然具有同构关系的理论出发,把原型概念从神话和宗教形式的领域拓展开来,使之成为今天的文学与过去一切传统相联系的中介。根据一年四季往复更迭的规律,每天日出与日落的循环,人的生命由青年、壮年、老年到死亡的更替和嬗变,他归纳出这样四种原型:

1 曹顺庆主编:《比较文学学》,成都:四川大学出版社,2005年版,第351页。

2 [加]诺思洛普·弗莱:《诺思洛普·弗莱文论选集》,吴持哲,编,北京:中国社会科学出版社,1997年版,第82页。

3 [加]诺思洛普·弗莱:《诺思洛普·弗莱文论选集》,吴持哲,编,北京:中国社会科学出版社,1997年版,第85页。

1. 黎明、春天和出生方面。这是传奇故事的原型，狂热的赞美诗和狂想诗的原型；

2. 天顶、夏天、婚姻和胜利方面。这是喜剧、牧歌和团圆诗的原型；

3. 日落、秋天和死亡方面。这是悲歌和挽歌的原型；

4. 黑暗、冬天和毁灭方面。这是讽刺作品的原型。[1]

与这四种原型类别相对应的则是不同的叙述程式，春天——喜剧；夏天——传奇；秋天——悲剧；冬天——嘲弄或讽刺。而在不同的叙述程式中，原型也各不相同。如，人的世界的喜剧景象是共享，代表了读者愿望的满足，原型是秩序、友谊、爱情的形象；而人的世界的悲剧景象则是残暴或混乱，是冒险故事中恃强凌弱的巨人，背信的或背叛的角色。此外，在动物世界、植物世界以及未成形世界中，原型都各不相同。在弗莱看来，自然界的这一切在文学中都被赋予了特定的乃至不变的意义。文学的世界正像自然的世界一样是循环置换的，其模式和原型则是一个"常量"，它所代表的，是一个自律而自足的共通的形式。比如就文学创作模式而言，弗莱根据作品情节中主人公活动能力的高低，把文学作品按时代先后划分为神话、传奇、高摹仿作品、低摹仿作品和讽刺作品。其中，神话是文学史中最古老、最基本的形式。"因此，神话的模式，即有关神祇的故事，其中人物具有行动的最大力量，是一切文学模式中最抽象、最程式化的模式"[2]，传奇、高摹仿作品、低摹仿作品和讽刺作品无不是神话模式的移位或变形。

我们从广泛存在于古代原始宗教中的"替罪羊"仪式中更能明了"原型"的循环置换和自律自足性。在神话中曾出现了三个不同类型的"替罪羊"式的人物原型：普罗米修斯、亚当（Adam）和基督（Christ）。他们象征着一个无辜的牺牲者为人类社会承担了本不属于他们的罪行。而在高摹仿作品、低摹仿作品和讽刺作品中都可以看到这种原型的"置换变形"。例如，在属于高摹仿作品的反讽悲剧中，"隐约地重新显现出牺牲仪式和将死的神的轮廓"。这表现为悲剧作家常常把主人公书写为一个替罪羊式的人物，如索福克勒斯（Sophocles）笔下的俄狄浦斯。

美国学者费格生（Francis Fergusson）从古代宗教仪式的角度研究发现，俄狄浦斯的故事源于古代"替罪羊"仪式。古犹太人为了使天神宣泄愤怒，赎去人间的罪恶，常在"赎罪日"向旷野放逐大批羊群，这些羊群称为"罪羊"。这个仪式流传开来，当自然环境或社会生活反常并危及人的生活时，有些部族往往将国王作为替罪羊杀死或放逐，以求天神宽恕，恢复正常的自然与社会秩序。费格生认为，索福克勒斯将传说改写

1 ［加］诺思洛普·弗莱：《诺思洛普·弗莱文论选集》，吴持哲，编，北京：中国社会科学出版社，1997年版，第90页。

2 ［加］诺思洛普·弗莱：《批评的剖析》，陈慧，等译，天津：百花文艺出版社，1998年版，第147-148页。

为剧本时,有意强化了这一点。他不是从俄狄浦斯出生写起,而差不多从故事的结束写起:忒拜城突然陷入到庄稼被毁,牲畜夭亡,妇女神秘地失去生育能力的危险境地,人们普遍认为这是神的震怒,而解救的唯一办法就是寻找一个"替罪羊"。[1]后来等到把俄狄浦斯杀父娶母的罪行揭露出来,并将他施以刺瞎双目、四处行乞的惩罚后,整个忒拜城才恢复了正常秩序。但就俄狄浦斯的内心来说是清白无辜的,他的杀父娶母完全是命运之神捉弄的结果,最终解除危机而受到惩罚的却是俄狄浦斯。

在当代社会中,"替罪羊"仪式虽已成为历史的陈迹,但是险象环生的社会斗争依然时时需要像俄狄浦斯之类的"替罪羊"来缓解社会矛盾。因而"替罪羊"式的人物依然活跃在各种各样的文艺作品中,如托马斯·哈代的《德伯家的苔丝》中的苔丝、伍尔夫《达洛卫夫人》中的赛普蒂默斯和卡夫卡《审判》中的K等。

同样,属于低摹仿作品中的反讽喜剧和列于讽刺性作品的侦探小说中,也常常出现类似驱除替罪羊仪式的情节。例如,莎士比亚笔下的夏洛克被剥夺了财富,莫里哀笔下的答尔丢夫被送进监狱,侦探小说中的侦探最终找出凶手,等等。这些例子说明基于作品的人物、意象、体裁、结构的"原型"是如何在神话时期形成又活跃在后世的文学作品里面的。

由此可见,"原型"不仅成为今天的文学作品与过去一切传统相联系的中介,而且可以从这个"中介"切入,来确定一部作品在整个文学传统中的地位,此外,还能借此勾画出作品从古至今的演变脉络,描绘出人类文学的总体景观图。

(二)"三重证据法"对书面文学的跨文明研究

由于弗莱的神话-原型批评把文学经验与人类原初性的思维经验结合在一起,这就使其得以从文学经由神话、仪式伸展到人类心理,成为超越西方文学批评的一种跨文明的研究范式。在此情势下,以叶舒宪和萧兵为代表的中国文学人类学学者突破了弗莱神话—原型批评囿于西方的文学总体框架的局限,对中国文学作品、世界文学作品中一些共通的文学主题进行了原创性的阐释。神话作为文学、宗教和初民思维的表现形式,具有非常重要的文化意蕴和哲理内涵。因而,神话学可以看作文学研究与人类学研究的共同兴趣所在,也是我们梳理文学与人类学关系的有效切入点。于是,叶舒宪以弗莱的文学"四季模型"为参照系,拟构出中国文学原型模式的时空坐标:

1. 东方程式:日出处,春天,青色,早晨,旸谷。

2. 南方程式:日中处,夏天,朱色,正午,昆吾。

1 徐葆耕:《西方文学:心灵的历史》,北京:清华大学出版社,1997年版,第28-29页。

3. 西方程式：日落处，秋天，白色，黄昏，昧谷。

4. 北方程式：日隐处，冬天，黑色，夜晚，幽都。

这个模式是建立在太阳运行的方位基础之上的，由于在古人的直观经验里，太阳从东方的地平线升起，运行到头顶上方偏向南边，再向西方下行，最后偏向北方，似乎沉落于地底。再联系到太阳运行带来的四季变化，古人就把东南西北四方位与春夏秋冬四个季节对应起来。从这个模式出发，就可以解释中国神话中存在的大量的象征观念。例如，阴间观念，就与太阳夜间的运行有关。古人看到太阳沉入地底，次日又从东方上升，就认为地底存在另一个世界让太阳通行。由于这个世界在地底，就被设想成一个阴暗的有水的空间，和头顶上方的光明的空间相对。鬼魂下到的地方就被称为"阴间"，并且和北方联系起来。夜间和冬天的太阳被称为"水帝""黑神"，也能够由此得到解释。

叶舒宪由太阳运行的模式进一步推断古人的神话宇宙观念，是由地下世界(水)、地上世界(陆)和天上世界(空)构成的"三分世界"。借助这个时空混同的神话宇宙模型，又可以解释"天子明堂""皇帝四面""混沌七窍"等具体形象中蕴含的神话思维，以及一些象征观念。在《中国神话哲学》中，作者把老庄哲学的核心观念"道"追溯到起于水而后又落于水的"太阳运行之道"。这一原型解释了老庄哲学"返璞归真"的理想乃是从太阳归于混沌之水的神话观念引申而来。同时，此书还引用了其他民族文化中类似的神话观念进行比较，从而在扎实材料基础上大大增强了说服力。[1]这种运用传世文献与考古材料之外的异文化材料，即民俗学、人类学的田野观察材料和跨文化的文学材料来透视中国古代文学变化规律的方法，叶舒宪称之为"人类学三重证据法"。从王国维的"二重证据法"到"三重证据法"的演进在某种程度上正是考据学、甲骨学同人类学相沟通、相结合的结果。[2]人类学所提供的域外的、原始的、民族的、民俗的资料，成为我们反观本土文学的第三重证据。这种以人类学为媒介的中外文化与学术范式的对话和沟通，对于坚守"夷夏之辨"、笃信"非我族类，其心必异"的国学传统而言，显然具有革命性的意义。

知识链接：叶舒宪后来又提出"四重证据法"，分别指：传世文献及传统文字训诂；考古发掘出土的甲金文字及竹简帛书等书写文献；来自人类学、民俗学及神话学的多民族(本土的或跨文化的)口传叙事与仪式礼俗等民俗或民间文学资料；考古发掘的

1　详见叶舒宪：《探索非理性的世界》，成都：四川人民出版社，1988年版；叶舒宪：《中国神话哲学》，北京：中国社会科学出版社，1992年版。

2　叶舒宪：《诗经的文化阐释：中国诗歌的发生研究》，西安：陕西人民出版社，2005年版，自序，第4页。

和民间传世的古代实物及图像。2013年，叶舒宪又提出了N级编码，即：一级编码是史前文物与图像，二级编码是汉字，三级编码是汉字书写的早期经典，N级编码是此后的相关主题写作。[⑩] 权雅宁：《文学人类学·四重证据法·N级编码通观》，见陕西师范大学文学院编：《长安学术》（第7辑），北京：商务印书馆，2015年版，第47页。

“三重证据法”已不仅仅是单向度的援西释中，而变为一种双向选择的“沟通”与“互释”，其出发点是国学的革故鼎新。叶舒宪运用这种方法大量地重读中国古代经典，并取得了令人瞩目的成就，这方面的代表作有《诗经的文化阐释》《老子的文化解读——性与神话学之研究》和《高唐神女与维纳斯——中西文化中的爱与美主题》等。这种跨文明阐释方法的优势在于能够解决一些通过诗文评论和训诂考证校勘等传统方法不能充分解答的疑难问题。比如《天问》中关于月兔、月蟾的争论，到后来发展到月兔是本土的还是外来的争论，一直没有令人信服的结果，原因就在于他们缺乏一种人类学的全局性眼光。叶舒宪运用三重证据法，从跨文明的视野对月兔、月蟾进行了全面考察后发现，月兔、月蟾观念不是哪个文明的专利，而是世界性的普遍现象。[1]这样一来，我们就不会还偏执地在训诂学的小圈子里打转，或陷入到月兔是本土的还是外来的无谓争论之中。这种以人类学视野来反观文学的方法，实际上多少顺应和体现了知识全球化时代的一种无法回避的人文学科大趋势。实际上，这种建基于神话宇宙模型和“三重证据法”之上的跨文明的原型批评，一方面可以获得重新审视本土文学的另一种眼光，另一方面则可以打破以国界来划分文学的固定框架，把中国文学放到世界文化的格局中，在世界文学和中国文学的联系和汇通处来寻求文学的批评之道。

（三）口头理论对口头文本的立体研究

文学人类学除了对文字文本进行研究外，还非常注重对口头文本的考察，由于口头文本不仅包括那些一般不依赖文字传递，而由一个族群文化集体流传下来的史诗、歌谣、仪式、舞蹈等，同时它还包括史诗、歌谣、仪式、舞蹈等在展演过程中的具体情境，即时间、环境、人物身份和仪态等，面对这种具体情境中的丰富多彩的活的文学，显然就必须提出相应的口头理论，以此来推动活形态的无文字族群的口头传统研究或根植于口头传承的文本研究。前者诸如中国蒙古族的《江格尔》史诗、藏族的藏戏、侗族的侗族大歌，等等。它们仍然活跃在当代某些族群和地区中，因而称之为“活形态”。后者如古希腊的荷马史诗、中国的《诗经》等。事实上，把荷马史诗和《诗经》等原来以为

1　叶舒宪：《文学与人类学——知识全球化时代的文学研究》，北京：社会科学文献出版社，2003年版，第250-256页。

是文人创作的作品视为口头传统来研究，标志着口头理论的萌芽。

口头理论分为口头程式理论、民族志诗学、表演理论三大派别。口头程式理论的代表人物是美国学者帕里(Milman Parry)和洛德(Albert Bates Lord)，其理论的精髓，是由程式(formula)、主题或典型场景(theme or typical scene)以及故事形式或故事类型(story-pattern or tale-type)组成的分析模型。[1]借助这个理论模型，帕里和洛德把古希腊荷马史诗和南斯拉夫地区的口传史诗作对比研究，总结出口头史诗的创作是高度程式化的。例如，荷马史诗使用了大量重复的套语，如“苦难深重的奥德修斯神”“牛眼的赫拉神后”“马人涅斯托耳”“飞毛腿阿喀琉斯神”等，还重复出现了宴饮、集会、哀悼、英雄归来等叙述范型；而南斯拉夫口传史诗也靠一些固定的叙事单位支撑起来，歌手在学艺和演唱的过程中靠这些语言单位来把握主要内容。帕里和洛德在上述对比所总结出来的口头文学的规律基础上，就可以非常有力地回应关于荷马史诗长久以来的“作者之争”：它起源于古希腊的口头传统，具有“由传统和口头本质规定了的种种特征”。

如果说口头程式理论主要提供了研究口头文本的形式和传承的工具，那么，表演理论和民族志诗学则关注口头文本的表现过程。归根到底，口头文本显现在活生生的场景中，而非起源于作家的书写。以美国学者鲍曼(Richard Bauman)为代表的表演理论强调表演者和观众的互动作用，着重表演行为的潜在含义，评估表演中各种因素之间的关系，等等，并在这些观察基础上进行口头文本的诠释。而以“民族志诗学”理论著称的泰德洛克(Dennis Tedlock)和海姆斯(Dell Hymes)侧重于语言的口头性特征，前者强调“声音的再现”，即在翻译文本中呈现口头叙事风格，比如用大写字母表示声音重的词语，用细小字体表示声音轻的词语，带有表情的声调则通过印刷符号中的长线来表示。后者强调“形式的再现”，关注印第安诗歌结构的诗行、诗句、诗节、场景、动作和步格等多层面结构要素。此外，民族志诗学还试图发现和描述从口传到书写的文学变异，以及由此而产生的信息缺失、传达变形、阐释误读和效果断裂等。

朝戈金的《口传史诗诗学：冉皮勒〈江格尔〉程式句法研究》是中国学者运用口头理论的一个较突出的成果。作者在前人研究的基础上，最后选择名为冉皮勒的歌手演唱的录音整理本对这部千百年来传唱的蒙古史诗进行了程式分析。在具体分析中，朝戈金从语词程式、程式化传统句法和程式的类型、系统和功能三个层次展开。语词程式

1　[美]约翰·迈尔斯·弗里：《口头诗学：帕里-洛德理论》，朝戈金，译，北京：社会科学文献出版社，2000年版，译者导言，第15页。

是史诗形式的最小单位，分为特性修饰语程式、马匹的程式、器物和场所的程式、数目和方位的程式、动作的程式。例如，“英明盖世的诺谚江格尔”“沉重的粟色白额骏马”“无边无际的白色荒原”和“反复三次”等程式在史诗中大量重复和系统化运用，一方面使句子流畅异常，便于歌手记忆和反复吟唱，同时又用很少的句型传达出诸多复杂的含义。同时，朝戈金还运用程式频密度分析方法，统计出频度最高的程式是“阿萨尔·乌兰·洪古尔”，这一短语在全部的652个诗句中出现了33次，加上和这个程式连接在一起的其他固定程式，占用了52个诗句，占整个诗章的8%。总之，程式的特点是：具有聚合倾向、需要反复表述，程式句法是线性的、可跨行以及减省。显然，这些程式运用在受众欣赏过程中，起着指示性与引导性的功能，在相当程度上强化了文本与受众的联系。这构成了口头文本和书面文学不同审美特征的一个分野，口头性通过程式突出地表现出来。[1]

以上论述了文学人类学目前的两大研究内容和研究范式。但由于一个学科话语的形成与其对象的立场和描述密不可分，因此，随着新的学科材料的不断发现和积累，与“田野调查”密切相关的文学人类学在研究视域和方法论上也必然相应地有所推进和拓展。目前的问题是，在全球化的语境下，大量正趋于消失的口头传统亟待记录、整理和研究，同时，中国的文学人类学还面对本土话语建构及其与世界话语融合的问题。因而，中国的比较文学学者在文学人类学的进一步发展中需要整合内部多视点的地方性文学现象，并在西方强势话语的压力下构成足以和对方并置的“他者话语”，在相互的对话和交流中走向跨文明的总体文学。

学术动态：乐黛云在《漫谈文学人类学》一文中说：一个世纪以来，西方学院式文学专业教育遮蔽和压抑了本土知识的发展，形成了文本中心主义、大汉族主义、中原中心主义三大流弊，中国的文学人类学提出应更加重视活态文学，多元族群互动文学和口传文学，充分发挥其融合故事、讲唱、表演、信仰、仪式、道具、唐卡、图像、医疗、出神、狂欢、礼俗等的文化整合功能，逐步从仅仅局限于文学性和文学内部研究的范式，走向文学的文化语境还原性研究范式，重建文学人类学的本土文学观。这种文学观的更新将大大扩展我们对本土遗产的多样性、丰富性和独特性的认识。[2]

1　详见朝戈金：《口传史诗诗学：冉皮勒〈江格尔〉程式句法研究》，南宁：广西人民出版社，2000年版。

2　乐黛云：《乐黛云散文集》，南京：译林出版社，2015年版，第370页。

思考题:

1. 文学人类学的定义是什么,它的主要研究内容和研究范式包括哪些?

2. 请结合具体实例,运用神话—原型批评和口头理论来进行文学人类学方面的研究。

第四节 比较文学与文化研究

导 读

文化研究对经典文学艺术研究的冲击有目共睹。比较文学学科自然也难以避免这股大潮的冲击。面对这种汹涌而至的文化研究大潮,一些传统的比较文学研究者不寒而栗,怀疑比较文学学科是否有存在的必要和价值,担忧有着一百多年历史、并已逐步发展成一门相对独立学科的比较文学终将被淹没在范围更广的文化研究的大潮中。但一些持比较开放和宽容态度的学者则十分欢迎文化研究,认为它的崛起能使比较文学学科摆脱危机,从而使比较文学研究逐渐扩展为比较文化研究。那么,比较文学与文化研究到底能否共生共荣呢?

一、何谓文化研究

文化研究(Cultural Studies)并非传统意义上的经典文化研究,而是专指盛行于当代北美文化学术界的对当代大众文化的研究,甚至包括对传媒和消费文化的研究。

当代文化研究发轫于英国,利维斯(Francis Raymond Leavis)是文化研究的先驱。利维斯主张文学要有社会使命感,强调文学必须具有真实的生活价值,能够解决20世纪的社会危机。[1]作为精英文化的代表人物,利维斯的精英思想根深蒂固。他认为,要想提高劳动人民的文化修养,必须开出一个文学名著的书目,让大家去阅读这些名著,通过对这些文学名著的阅读和欣赏,实现文学的启蒙教育,最终使人民大众逐步提高自己的文化修养。他在《伟大的传统》一书中,就提倡以经典文学来启蒙人民大众,借助文学艺术经典的力量,拯救现代社会,恢复传统的社会价值观念。以理查德·霍加特(Richard Hoggart)、雷蒙·威廉姆斯(Raymond Henry Williams)等为代表的“伯明翰学

1 陆扬主编:《文化研究概论》,上海:复旦大学出版社,2008年版,第10页。

派”，在批评方法和文化观念上受到利维斯的影响，但没有接受他的精英主义的文化观念，在对待大众文化的态度上与其截然相反。他们对西方传统知识分子的精英主义表示不满，更加关注社会的中、下层阶级，以及与他们相关的通俗文化。20世纪80年代以来，“文化研究”走出了欧洲，产生世界性的影响。

知识链接：1964年，理查德·霍加特、雷蒙·威廉姆斯、E.P.汤普逊（Edward Palmer Thompson）、斯图尔特·霍尔（Stuart Hall）等人在伯明翰大学成立了“当代文化研究中心”，这些在“中心”工作、学习过的成员和与“中心”具有密切学术渊源的学者称为“伯明翰学派”。该学派以研究通俗文化和媒体而著称，其成员大多出身于中下层或工人家庭。这一学派采取与以往精英知识分子不同的态度去对待、研究通俗文化，力图重估其价值。认为过去上层的知识分子之所以攻击通俗文化，是由于他们想一劳永逸地保有自己在原有文化秩序内的权威位置。因此该学派主张充分利用现代传媒的新的可能性去造就一种真正民主的文化。该派前期成员还注意对一些亚文化现象进行研究。如对青少年亚文化的研究，揭示了主流意识形态对其的歪曲和误解，在承认“代际”差别的同时，突出了阶级意识的作用。认为青少年的种种“拒绝”与“反抗”只不过停留在象征水平，并不会对统治结构构成实质性的威胁。后期伯明翰学派成员致力于在行为科学指导下用实证的手段进行媒体文化研究，主要是针对传媒对受众的暗中控制和操纵进行揭示。通过一些诸如问卷、采访、“文化考察”等貌似客观的手法，揭开了隐身在“常识”“一致”“真实”“自然”等神话下面的“编码-解码”机制，主张要在充分理解“编码”意义结构的基础上，对统治或霸权话语进行全盘的颠覆性诠释。

文化研究成为一种新的显学，冲击着旧有的学术规范。文化研究具有反体制性和批判性。文化研究考察其研究对象在文化时间层面上的意义及其与权力的关系，揭示这些关系影响和塑造文化实践的方法。文化研究不希望被纳入某个固定的学科，再度打开了自足而封闭的文化文本，将它与社会历史、社会政治经济、社会实践连接在一起。文化研究与“后结构主义”的理论密切相关。福柯（Michel Foucault）的“知识考古学”和“知识谱系学”，德里达的“解构主义”理论，波德里亚（Jean Baudriard）的“文化仿真”理论，以拉康（Jacques Lacan）等人为代表的“后弗洛伊德精神分析学”等，都对文化研究产生过重要影响。

文化研究实现了三个转向：一是从精英文化转向了大众文化的研究，或从中心转向了边缘的研究，精英文化和大众文化的界限日益模糊，东方文化和第三世界文化纷纷从边缘走向中心，进而步入主流研究的层面。二是从以文字为载体的文化研究转向了影视、图像的现代文化的研究，使广告、绘画、摄影作品、影视、服装、建筑成为热门话题。三是从纯文学研究转向阶级关系、性别、种族、亚文化等文化领域中复杂的文化身份、文化认同等问题，关注大众文化和消费文化。[1]

当然，由于文化研究把人类社会几乎所有的现象都纳入自身研究的范围，存在丧失自身特定的研究对象和研究领域的危险。在文化研究观念的引导下，人们观察、挖掘过去不太关注的某些文化现象，固然不乏可喜的发现，但也确实出现越来越趋于边缘、零碎的倾向，解释和改造世界的有效性大大降低。迈入21世纪后，文化研究等后现代思潮呈现出衰退、迷惘的态势。在这种情况下，新自由主义、新保守主义卷土重来。[2]不少恪守传统观念的学者，出于对文学研究命运的担忧，对文化研究抱有一种天然的敌意。他们认为比较文学与文化研究之间存在对立关系。

二、比较文学 与文化研究的对立

比较文学和文化研究往往被人们认为是对立的两种研究方法或学科领域。早期的比较文学学者必须具备很高的资质，必须掌握几种语言和广博的文学知识，因而很少有文学研究者能被看作比较文学学者。而文化研究属于非精英的跨学科研究，它所研究的对象主要是当代非精英文化产品，因此人们常常认为它与精英文学研究是天然对立的，特别之于欧洲中心主义意义上的比较文学。一般认为，比较文学秉持的是对文学的独特关注和精英立场，其基础仍旧是研究“文学性”，植根于对文学文本，特别是对已有定评的经典文学和世界文学的解读上；而文化研究从外部处理大众文学甚至是非文学的事物，实质上是使审美价值政治化、意识形态化，从而导致美学领域的特殊性和文学固有的文学性的丧失。

在当今这个经济全球化的时代，传统的经典文学研究正在受到大众文化甚至消费文化的挑战，这使得文学和文化市场变得日益萎缩。文化研究的特色是从理论阐释和分析批判的视角来研究当代大众文化及其产品。文化研究学者尽管有不少本来是从事文学研究的，但此时也大都力图去发掘那些长期被压抑的边缘话语力量，他们很少关注精英文化及其产品。传统意义的“文学”正在毫无节制地扩大，以致竟然把那些非

1　黎跃进：《多重对话：比较文学专题研究》，北京：中国社会科学出版社，2012年版，第95-116页。

2　谭惠娟：《重新定位，抑或三位一体？——论比较文学、翻译学和文化研究的关系》，《浙江大学学报》（人文社会科学版），2006年第1期。

精英的文学作品也包括了进来,文学经典的合法地位正在受到挑战。文学研究话语充满了从其他学科借来的各种文化概念和理论术语,文学理论再也不像过去那么"纯净"了,它正在被更具有包容意义的"批评理论"取代。实际上,大多数文化研究者们都热衷于探讨经典文学现象以外的任何东西,他们偶尔也以文学现象作为研究对象,但只是将其当作可在一个广阔的社会文化语境下进行分析的众多研究材料之一种,其目的并不在于丰富文学理论自身的建设。面对文化研究的冲击,一些长期从事比较文学和文学理论研究的学者看到了比较文学的危机,担忧有着一百多年历史、并已逐步发展成一门相对独立的比较文学学科终将被淹没在范围更广的文化研究中。

此外,面对大众文化的挑战,一些严肃的学者,包括比较文学研究者,不得不把研究的触角指向当代大众文化,并从理论的视角对各种大众文化和文化工业现象进行阐释和分析。当强劲的解构主义浪潮将文学的自身本质特征消解殆尽,文学变成一堆"漂移的能指"或"语言的游戏"之后,文学自身的失落必然会令比较文学变成纯语言学、符号学、修辞学的研究,呈现出非文学化的倾向。此外,新历史主义打破了学科界限却缺乏理论上的有机统一,将文学文本与非文学文本混为一谈;女性主义和新马克思主义将关注焦点始终停留在文化层面,都导致比较文学向比较文化转型。今天许多比较文学学者实际上在从事文化研究,例如电影研究、后殖民研究和大众文化研究等,他们的实践使得传统的精英取向的文学研究变得不那么纯了。许多比较文学学者实际上只是在机构内利用自己的职业做其他的工作:他们为学生讲授文学课,但是写的东西却是自己感兴趣的非文学话题,比较文学正在失去自己的身份和学科意义。由高雅文化产品构成的传统的文学经典已经被后殖民的和非西方的文学作品弄得"混杂"。也即,今天的比较文学研究已经和文化研究混为一体了。

对于比较文学研究的这种"非文学化和泛文化化"倾向,有学者表达了担忧,认为比较文学的范围一天天扩大,疆界变得越来越模糊,其作用和地位在某种程度上正在逐步被文化研究取代。如美国文学理论家乔纳森·卡勒(Jonathan D. Culler)在《归根到底,比较文学是比较"文学"》一文中就认为,把比较文学扩大为全球文化研究将使其面临又一次危机,因为照此发展下去,比较文学的学科范围就会大得无所不包,其研究对象可以包括世界上任何种类的话语和文化产品。他主张比较文学应该将文学研究作为自己的中心,研究方法则可以多姿多彩。[1]刘象愚在《比较文学的危机和挑战》一文中认为,比较文学的非文学化和泛文化化倾向,将使比较文学丧失作为文学研究的规

1 黎跃进:《当代文化研究对比较文学的挑战与彼此的互补》,《山东社会科学》,2012年第1期。

定性,进入比较文化的疆域,导致比较文化湮没、取代比较文学的严重后果。曹顺庆也清醒地认识到:“在国际比较文学研究日益走向文化研究的学术背景下,有学者公开打出了泛文化的旗帜,主张比较文学走向比较文化。……比较文学的‘泛文化’化,必然导致比较文学学科的危机,甚至倒向比较文学学科的消亡。因此我认为:比较文学的‘泛文化’化,是比较文学研究的歧路。”事实上,比较文学不可能涵盖所有的学科,“既然什么研究都是比较文学,那比较文学就什么都不是”。[1]

三、比较文学与文化研究的融合

但也有一些学者认为,把文学现象放在一个广阔的文化背景下来考察研究,这样实际上并没有损害传统的比较文学研究,反而使日益陷入危机的比较文学学科走出狭隘的领地,焕发勃勃生机。崛起后的文化研究能够与比较文学形成丰富的学科互动关系,两者能达到某种程度的融合。

比较文学的多元性和开放性一直是它不断确立自身研究合法性的前提,这种兼容并包和理论话语的整合给比较文学研究提供了无穷的活力和广阔的视野。文化研究关注并讨论全球化时代的国别社会文化的命题和方式,与比较文学的学科精髓相吻合。比较文学研究和文化研究在更广泛的层面上对话,构筑新的理论图景,这无疑将大大促进交往、对话和理解,乃至更具体的文化参与和文化实践。比较文学和文化研究从产生和发展的历史上看虽然完全不同,但是它们的内在脉络是相通的:比较文学也不仅仅是一门学科,而与文化研究一样,更近乎于一种精神,这种精神既存在于人们对美学的热爱和对科学的执着之中,也一直存在于人类的感知经验和人们对社会生活和人类当下境遇的关注和焦虑当中。[2]

1993年,时任美国比较文学学会会长的伯恩海默(Charles Bernheimer)主持了一个由10人参加的会议,专门讨论比较文学的现状,提出一份题为“跨世纪的比较文学”的“伯恩海默报告”。该报告就偏重传统的比较文学与新兴的文化研究之间的互动关系,展示了比较文学与文化研究可能融合的路径与趋势。报告以“多元文化”为标题,强调批评理论与文化研究的重要性,直接挑战20世纪六七十年代形成的欧洲中心的精英文学传统。[3]报告宣称在多元文化主义的时代要扩展比较的空间,提倡对文学进行语

1 曹顺庆:《是“泛文化”还是“跨文化——世纪之交比较文学研究的战略性转变》,《社会科学战线》,1997年第1期。

2 王昶:《先锋的终结——比较文化研究》,北京:北京大学出版社,2012年版,第65-66页。

3 张英进:《文学理论与文化研究:美国比较文学研究趋势》,《中国比较文学》,2005年第3期。

境化(contextualizing)方式的研究,即把文学置于被扩展了的话语、文化、意识形态、种族、性别等诸领域,这自然与过去在作家、国别、时代和文类等领域进行的传统文学研究有天壤之别。报告提出,“文学”这个词可能再也不足以涵盖比较文学的研究对象了,在比较文学的教学和科研中,文学现象不再是比较文学关注的唯一焦点了。[1]可以看出,该报告根据近年来文学批评典范的变革,比较文学向文化研究靠拢的趋势,明确提出比较文学不应该只聚焦于文学作品,要扩展到对其他文化文本的研究。尽管报告也提及比较文学不要和文化领域混为一谈,但承认并强调了两者的亲缘关系。

其实,从近20多年国际比较文学学会年会的中心议题来看,文化研究的含量变得越来越明显,即使讨论纯文学,也大多基于新的角度。其中,从文化角度著述者尤多。如国际比较文学学会1988年在慕尼黑召开第12届年会,主题是“文学的时间与空间”;1991年在东京召开第13届年会,主题是“欲望与幻想”;1994年在加拿大召开第14届年会,主题是“多元文化语境中的文学”;1997年在荷兰莱顿召开第15届年会,主题是“作为文化记忆的文学”;2000年在南非召开第16届年会,主题是“多元文化主义时代的传递与超越”;2004年在香港召开第17届年会,主题是“‘在边缘处’:文学与文化的边缘、前沿、创举”;2007年在里约热内卢召开第18届年会,主题是“超越二元对立:比较文学中的不连续与位移”。这些主题看似与文化无关,但其实依然与文化密切相关,如其分会主题为“正在形成的身份:多元文化主义、混血、杂交”、“民族主义与性:性别、阶级与权力关系”等。2010年在韩国首尔召开第19届年会,主题是“拓展比较文学的疆界”,6个议题内容为“比较文学的全球化:新理论与新实践”、“超文本时代的文学定位”、“不同传统中的自然、技术和人文学科”、“冲突与他者的书写”、“翻译差异与连结世界”和“比较范式变化中的亚洲”,不仅涉及传统意义上的文学内涵,更包含了与时代发展相契合的前沿文化课题。[2]在这些会议上,文化问题越来越受到重视,学者们的发言也超越了对文学现象本身的考察和研究,拓展到了对文化问题的反思和批判性分析。

显然,比较文学学者已经注意到,绝不能把自己局限于狭窄的文学领地中,因为当今时代文学的空间越来越大,曾经被视为难登大雅之堂的一些东西今天已经堂而皇之地进入了文学的殿堂,传统的文学理论正在被更具有包容性的文化理论所替代。比较文学研究从其最高的意义上应该以一种跨越语言、跨越文化和跨越学科疆界的方式来进行。它不仅仅要关注形式主义意义上的“文本”,还要关注社会和意识形态意义上的

---

1 Charles Bernheimer, The Bernheimer Report, 1993: Comparative Literature at the Turn of the Century, Comparative Literature in the Age of Multiculturalism, Baltimore: The Johns Hopkins University Press, 1995, p.40.

2 黎跃进:《当代文化研究对比较文学的挑战与彼此的互补》,《山东社会科学》,2012年第1期。

“文本”或“语境”。比较文学学者在进行文学研究时，清醒地认识到，如果不涉及文化和意识形态问题，比较文学的研究是无法深入进行的。

文化研究并非一定要对经典文学或比较文学研究构成威胁，如处理得当，倒是有可能促使比较文学研究者开阔视野，通过对传统的经典文学研究的挑战来扩大比较文学研究的范围，使得愈益狭窄的比较文学研究领域变得越来越宽阔。王宁认为，要缩小比较文学研究与文化研究之间的鸿沟，一个切实可行的办法就是把文学研究置于一个广阔的文化研究的语境之下。因为文学也是文化的一个部分，与文化有着密不可分的关系。

文化研究者所热烈讨论的理论课题实际上都来自文学研究，如20世纪五六十年代崛起于北美批评理论界的加拿大比较文学学者诺思洛普·弗莱的著述和批评实践，实际上就是把文学置于一个更加广阔的文化语境中来考察研究。他开创的神话原型批评理论，是对经典的比较文学研究的超越。同样，许多在文化研究领域内颇有影响的学者都曾经是英美文学或比较文学领域内的著名学者，如英国文化研究先驱利维斯、霍尔和威廉姆斯等，同时也是成就斐然的文学研究者。此外，文化研究所运用的多学科、多维度的方法也可以启发跨学科的比较文学研究，比较文学虽然以文学研究为己任，但研究的方法和角度可以是多姿多彩的。比较文学可以最大限度地借用文化研究中经受了诸多考验的研究方法，这与其跨文化、跨学科特征并不矛盾。因此，这两种治学方法没有必要彼此排斥或相互对立，沟通和对话是有可能实现的。[1]

相当一批比较文学学者呼吁扩大文学研究的疆界，把研究的触角指向那些从来就为人所忽视的文化现象，诸如族裔、性别问题、大众传媒、社区生活等，攫取这些话题并从自己的视角出发来对文学作品进行重新阐释，从而得出一些新的洞见。[2]如叶舒宪认为，随着文化交往升级和文化对话的空前扩大，一种以多元取代一元、边缘挑战中心为特征的超学科的文化研究正方兴未艾，预示着新世纪人文社会科学新趋势和新格局的到来。他提出文学人类学的可能性，并以此作为比较文学发展的中远期理论目标。[3]

比较文学与文化研究虽然有渐趋融合之势，但是要注意，比较文学并不等同于文化研究。对于比较文学与文化研究的关系，米歇尔·里法泰尔(Michael Riffaterre)在其论文《论比较文学与文化研究的互补性》中的说法较为中肯：“我认为本学科的未来不在于部分地或全部地与文化研究相融合，而在于对它们各自研究任务的重新分配，并

1　王宁：《经济全球化时代的比较文学和文化研究》，《文艺报》，2001年4月10日，第003版。

2　王宁：《比较文学：面对文化研究的挑战》，《中华读书报》，2011年12月7日，第016版。

3　叶舒宪：《文学与人类学——知识全球化时代的文学研究》，北京：社会科学文献出版社，2003年版，第174页。

且把两种研究方法定义为互补的而不是两极对立的。”[1]比较文学和文化研究的互补性恰恰在于它们各自有不同的研究任务，由于不能简化为文化命题，文学就依然是比较文学的知识基础。或许正如法国当代比较文学家谢夫莱尔（Yves Chevrel）所说，文化研究并不代表着比较研究的未来路线，特别不是一种排他性的路线，但是它肯定能让比较文学受益匪浅。[2]

四、文化研究对中国比较文学的意义

可以看出，文化研究与比较文学的关系是动态的、辩证的，既对立又相融合。文化研究与比较文学研究虽然在观念上和方法论上有不少差异，但在很多方面是相同的，若是将比较文学研究置于广阔的跨文化语境之下，可以使这门正受到严峻挑战的学科重新焕发生机。

文化研究是不可能取代比较文学研究的，它只能与后者形成共存和互补的关系，从新的理论视角和以新的方法论来改进并充实后者。一方面，文化研究指向比较文学者很少关注的非精英文学和文化现象，其特征体现在与传统的精英文学研究的对立。另一方面，文化研究与比较文学具有一定的互补性和对话性，具体体现在文化研究对于重新建构一门新的比较文学学科做出了重要的贡献。传统的文学研究者过去不屑于去研究的东西现在却成了同时进行比较文学和文化研究的学者们研究的对象。从这个意义上说，并非是文化研究占领了比较文学研究的领地，而恰恰是文化研究拓展了文学研究固有的领地并为之增添了一些文化因素。当然，这种跨越学科界限和不同文化的比较文学研究的出发点及其最后的归宿依然应是文学。比较文学学者在进行文化研究时，应当对各种文化现象的影响持一种批判的态度，应当始终清醒地认识到，文化研究只是一个使各学科、各艺术门类得以沟通和对话的一个基点，比较文学始终应当将文学材料作为分析的对象。

文化研究在消解并颠覆有着鲜明欧洲中心色彩的比较文学学科的同时，也对一门新的比较文学和世界文学学科的重建产生了积极的影响，通过给既定的经典增添一些非经典取向的东方文学作品而使得世界文学的重新构图成为可能。[3]因此，从这种意义上看，文化研究对中国比较文学具有更积极的作用，对中国比较文学的学科构建既

1 Charles Bernheimer, The Bernheimer Report, 1993: Comparative Literature at the Turn of the Century, Comparative Literature in the Age of Multiculturalism, Baltimore: The Johns Hopkins University Press, 1995, p.67.

2 杨乃乔主编：《比较文学概论》，北京：北京大学出版社，2002年版，第51–54页。

3 王宁：《面对文化研究的挑战：比较文学的未来》，《文艺理论研究》，2012年第5期。

是挑战，又是机遇。

众所周知，文化上的全球化是经济全球化的一个直接后果，它体现于西方的尤其是美国的文化价值观念，正在全世界广为传播。因此在全球化的时代，欧洲文化也照样受到无所不在的美国文化的影响。所造成的结果便是，世界文化变得越来越趋同，弱势文化的民族身份变得越来越模糊。所以毫不奇怪，这一企图便受到文化上的本土化的抵制。

只要文化全球化的大计向前推进，那么它就必然受到文化本土化尝试的抵制。世界文化实际上就是在这两股力量的协调中发展的：二者时而交流和对话，时而摩擦和冲突，最终通过协商和对话而达到共存和共融。在全球化的语境下，21世纪的新的世界文化格局将体现这样的特征：不同的文化在一定的程度上对话和共融，而非像亨廷顿于1993年所预言的“文化冲突”。对于这种新的世界文化格局的绘制，中国的比较文学学者将大有作为。

在这样一种文化语境下，可以很容易地看到，比较文学已经而且将继续扮演一个独特的角色：既然世界文化仍然朝着多元方向发展，那么比较文学学者就必将对世界文化与文学的未来做出应有的贡献。在20世纪的上半叶，随着美国的崛起，欧洲中心主义早已宣告破产，但是它很快便摇身一变，以西方中心主义的面目出现。全球化时代，中国文化不可避免要受西方的影响。中国的比较文学学者首先要顺应这一潮流，承认全球化是这个时代无法抗拒的趋势。但同时，又不能只是跟着它跑，正确的态度是，在不损害中国文化精神本质的前提之下，利用全球化的契机来大力发展中国文化，使得中国文化在全世界的广为传播成为可能。中国的比较文学学者不仅要挑战由来已久的欧洲中心主义和西方中心主义思维模式，还要努力传播中国的文学经典，将中国文化主动输送到美国，输送到欧洲，使中国文化走向世界。中国的比较文学学者必须充分认识到，中西方文学和文化的比较研究是一个长期的工作，万万不可急功近利。

思考题：

1. 请谈谈文化研究与比较文学的关系。
2. 在全球化时代，中国比较文学应该如何应对文化研究的挑战？

小　结

本章从总体文学角度来观照比较文学。总体文学把文学当作一个与人类文化密切相关的有机整体来研究,从跨越国家、民族、语言、文化、学科等文学现象中总结出文学的一般规律。本章重点论述了民族文学、世界文学、比较诗学、文学人类学、文化研究等概念及其与比较文学的关系,有利于从不同侧面把握比较文学的学科特性与学术追求。

民族文学是在某个民族土壤上产生的保持着自己独特的民族文化传统,并遵循共同的美学标准、反映本民族文化心理结构、用民族语言文字创作所保留下来的具有本民族特质的书面与口头作品。国别文学是出于政治性和地域性的考虑,在国家意识和国家利益之上人为划分成的文学。世界文学是指各个不同国家的民族用文学来进行的一种对话,是各民族共同的精神产品中的经典。比较文学是打破传统民族界限,面向世界的文学研究,是民族文学走向世界文学的桥梁。

诗学是指有关文学本身的、在抽象层面展开的理论研究。比较诗学指不同国家(民族)和不同文化体系的文学理论之间的比较研究。首先,诗学和比较诗学的研究对象不同。首先,诗学以文学作品为对象,研究总结文学创作经验,并将之上升到理论层面,建立一套话语体系,多采用归纳分析的方法。而比较诗学以各民族、文化体系中的诗学为对象,通过互补、互识、互证,达到共建一般诗学的目的,多采用比较研究的方法。其次,诗学和比较诗学的研究范围不同。诗学一般在统一文化体系内部进行,而比较诗学要求在异质文化之间展开。

文学人类学是文学和人类学两个不同学科的交叉与结合,体现为自觉运用和借鉴人类学的视野和模式,对各时代、各地区、各族群的各类文学作品、文学现象进行比较研究,提炼和总结人类文学内在模式、结构、规律,并在本体论层面进一步追问和反思"文学"的含义。文学人类学蕴含比较文学的总体性研究的目标,即对人类文学的本质与功能的认识。

文化研究是指盛行于当代北美文学界的对当代大众文化的研究。文化研究具有反体制性和批判性,考察其研究对象在文化时间层面上的意义及其与权力的关系,揭示这些关系影响和塑造文化实践的方法。文化研究打开了自足而封闭的文化文本,将它与社会历史、社会政治经济、社会实践连接在一起。文化研究与比较文学的关系是动态的、辩证的,既对立又统一。将比较文学研究置于广阔的跨文化语境之下,可以使比较文学学科重新焕发生机。

参考文献

[1][丹麦]勃兰兑斯:《19世纪文学主流》第二分册《德国的浪漫派》,刘半久,译,北京:人民文学出版社,1981年版。

[2][德]爱克曼辑录:《歌德谈话录》,朱光潜,译,北京:人民文学出版社,1982年版。

[3][德]赫尔穆特·施密特:《全球化与道德重建》,柴方国,译,北京:社会科学文献出版社,2001年版。

[4][德]胡戈·狄泽林克:《论比较文学形象学的发展》,方维规,译,《中国比较文学》,1993年第1期。

[5][法]艾田伯:《比较文学之道:艾田伯文论选集》,胡玉龙,译,北京:生活·读书·新知三联书店,2006年版。

[6][法]巴柔:《比较文学意义上的形象学》,孟华,译,《中国比较文学》,1998年第4期。

[7][法]布吕奈尔等:《什么是比较文学?》,葛雷,张连奎,译,北京:北京大学出版社,1989年版。

[8][法]梵·第根:《比较文学论》,戴望舒,译,上海:商务印书馆,1937年版。

[9][法]梵·第根:《比较文学论》,戴望舒,译,长春:吉林出版集团有限责任公司,2010年版。

[10][法]马法·基亚:《比较文学》,颜保,译,北京:北京大学出版社,1983年版。

[11][法]克劳德·列维-斯特劳斯:《结构人类学——巫术·宗教·艺术·神话》,陆晓禾,等译,北京:文化艺术出版社,1991年版。

[12][法]罗贝尔·埃斯卡皮:《文学社会学》,王美华,于沛,译,合肥:安徽文艺出版社,1987年版。

[13][法]罗杰·法约尔:《法国文学评论史》,怀宇,译,成都:四川文艺出版社,1992年版。

[14][法]伊夫·谢弗勒:《比较文学》,王炳东,译,北京:商务印书馆,2007年版。

[15][古罗马]贺拉斯:《诗艺》,杨周翰,译,北京:人民文学出版社,1962年版。

[16][古希腊]柏拉图:《理想国》,郭斌和,张竹明,译,北京:商务印书馆,1986年版。

[17][汉]刘向辑:《楚辞》,上海:上海古籍出版社,2015年版。

[18][汉]司马迁:《史记》卷四十七孔子世家,清乾隆武英殿刻本。

[19][加]诺思洛普·弗莱:《诺思洛普·弗莱文论选集》,吴持哲,编,北京:中国社会科学出版社,1997年版。

[20][加]诺思洛普·弗莱:《批评的剖析》,陈慧,等译,天津:百花文艺出版社,1998年版。

[21][加]马克·昂热诺等编:《问题与观点:20世纪文学理论综述》,史忠义,等译,天津:百花文艺出版社,2000年版。

[22][美]J.希利斯·米勒:《世界文学面临的三重挑战》,《探索与争鸣》,2010年第11期。

[23][美]M.H.艾布拉姆斯:《镜与灯——浪漫主义文论及批评传统》,郦稚牛,等译,北京:北京大学出版社,1989年版。

[24][美]爱德华·W.赛义德:《赛义德自选集》,谢少波,韩刚等译,北京:中国社会科学出版社,1999年版。

[25][美]迪尼,刘介民主编:《现代中西比较文学研究》(第2册),成都:四川人民出版社,1988年版。

[26][美]厄尔·迈纳:《比较诗学——文学理论的跨文化研究札记》,王宇根,等译,北京:中央编译出版社,1998年版。

[27][美]勒内·韦勒克,奥斯汀·沃伦:《文学理论》,刘象愚,等译,北京:文化艺术出版社,2010年版。

[28][美]乌尔利希·韦斯坦因:《比较文学和文学理论》,刘象愚,译,沈阳:辽宁人民出版社,1987年版。

[29][美]约翰·迪尼,刘介民:《现代中西比较文学研究》(第一册),成都:四川人民出版社,1988年版。

[30][美]约翰·迈尔斯·弗里:《口头诗学:帕里-洛德理论》,朝戈金,译,北京:社会科学文献出版社,2000年版。

[31][明]凌濛初:《初刻拍案惊奇》,呼和浩特:内蒙古人民出版社,2014年版。

[32][南北朝]刘勰:《文心雕龙》,南京:凤凰出版社, 2011年版。

[33][南北朝]颜之推:《颜氏家训译注》(精编本),北京:商务印书馆,2016年版。

[34][日]三岛由纪夫:《金阁寺》,唐月梅,译,上海:上海译文出版社,2014年版。

[35][瑞士]弗朗西斯·约斯特:《比较文学导论》,廖鸿钧,等译,长沙:湖南文艺出版社,1988年版。

[36][宋]李昉等编:《太平广记》(6),哈尔滨:哈尔滨出版社,1995年版。

[37][唐]魏征:《隋书》(简体字本)(下册),北京:中华书局,2000年版。

[38][意]达·芬奇:《芬奇论绘画》,戴勉,编译,北京:人民美术出版社,1979年版。

[39][意]伊塔洛·卡尔维诺:《看不见的城市》,张宓,译,南京:译林出版社,2006年版。

[40][英]爱德华·泰勒:《原始文化》,连树声,译,桂林:广西师范大学出版社,2005年版。

[41][英]弗雷泽:《金枝:巫术与宗教之研究》,徐育新,等译,北京:中国民间文艺出版社,1987年版。

[42]《翻译通讯》编辑部编:《翻译研究论文集》(1949-1983),北京:外语教学与研究出版社,1984年版。

[43]中共中央马克思恩格斯列宁斯大林著作编译局译.《马克思恩格斯全集》第7卷,北京:人民出版社,1959年版。

[44]中共中央马克思恩格斯列宁斯大林著作编译局译.《马克思恩格斯选集》第1卷,北京:人民出版社,1972年版。

[45] Charles Bernheimer, The Bernheimer Report, 1993: Comparative Literature at the Turn of the Century, Comparative Literature in the Age of Multiculturalism, Baltimore: The Johns Hopkins University Press, 1995.

[46] Ezra Pound, The Cantos. New York: New Directions, 1972.

[47] Gary Snyder, Riprap and Cold Mountain Poems. San Francisco: Grey Fox Press, 1965.

[48] Homi Bhabha, "Difference, Discrimination and the Discourse of Colonialism", from Francis Barker, Peter Hulme, Margaret Iverson, Dianna Loxley, The Politics of Theor,. Colchester: University of Essex, 1983.

[49] Homi K. Bhabha, "Signs Taken For Wonders-questions of ambivalence and authority under a tree outside Delhi, May 1817", from The Location of Culture, London: Routledge, 1994.

[50] Northrop Frye, The Anatomy of Criticism, Princeton: Princeton University

Press, 1957.

[51] Susan Bassnett, "The Translation Turn in Cultural Studies", Susan Bassnett, André Lefevere, Eds., Constructing Cultures: Essays on Literary Translation, Shanghai: Shanghai Foreign Languages Education Press, 2001.

[52]北京师范大学中文系比较文学研究组编:《比较文学研究资料》,北京:北京师范大学出版社,1986年版。

[53]曹顺庆,李卫涛:《比较文学学科中的文学变异学研究》,《复旦学报(社会科学版)》,2006年第1期。

[54]曹顺庆:《把握世界学术基本动向与学术前沿:跨文明研究》,《中外文化与文论》,2006年第1期。

[55]曹顺庆:《比较文学学科理论的"跨越性"特征与"变异学"的提出》,《中外文化与文论》,2006年第1期。

[56]曹顺庆:《比较文学中国学派基本理论特征及其方法论体系初探》,《中国比较文学》,1995年第1期。

[57]曹顺庆:《变异学:比较文学学科理论的重大突破》,《中外文化与文论》,2009年第1期。

[58]曹顺庆:《是"泛文化"还是"跨文化——世纪之交比较文学研究的战略性转变》,《社会科学战线》,1997年第1期。

[59]曹顺庆:《中外文论比较史:上古时期》,济南:山东教育出版社,1998年版。

[60]曹顺庆:《中西比较诗学》,北京:北京出版社,1988年版。

[61]曹顺庆等:《比较文学论》,成都:四川教育出版社,2005年版。

[62]曹顺庆主编:《比较文学教程》,北京:高等教育出版社,2006年版。

[63]曹顺庆主编:《比较文学教程》,北京:高等教育出版社,2010年版。

[64]曹顺庆主编:《比较文学学》, 成都:四川大学出版社,2005年版。

[65]曹顺庆主编:《比较文学学科史》,成都:巴蜀书社,2010年版。

[66]朝戈金:《口传史诗诗学:冉皮勒〈江格尔〉程式句法研究》,南宁:广西人民出版社,2000年版。

[67]陈焘宇编选:《哈代创作论集》,北京:中国社会科学出版社,1992年版。

[68]陈惇,刘象愚:《比较文学概论》,北京:北京师范大学出版社,2000年版。

[69]陈惇,刘象愚:《比较文学概论》,北京:北京师范大学出版社,2010年版。

[70]陈惇，孙景尧，谢天振主编:《比较文学》(第二版)，北京:高等教育出版社，2007年版。

[71]陈惇，孙景尧，谢天振主编:《比较文学》，北京:高等教育出版社，1997年版。

[72]陈挺:《比较文学简编》，上海:华东师范大学出版社，1986年版。

[73]陈寅恪:《金明馆丛稿初编》，北京:中华书局，1980年版。

[74]辞海编辑委员会编:《辞海》，上海:上海辞书出版社，1989年版。

[75]董衡巽编著:《海明威研究》，北京:中国社会科学出版社，1980年版。

[76]干永昌等选编:《比较文学研究译文集》，上海:上海译文出版社，1985年版。

[77]戈宝权:《中外文学因缘——戈宝权比较文学论文集》，北京:北京出版社，1992年版。

[78]郭绍虞:《中国文学批评史》(下)，北京:商务印书馆，2010年版。

[79]郭绍虞主编:《中国历代文论选》(第1册)，上海:上海古籍出版社，2001年版。

[80]黄维樑，曹顺庆编:《中国比较文学学科理论的垦拓——台港学者论文选》，北京:北京大学出版社，1998年版。

[81]黄药眠，童庆炳主编:《中西比较诗学体系》，北京:人民文学出版社，1991年版。

[82]黄忠彩主编:《中国人类学民族学研究会优秀论文集》(第1辑)，北京:知识产权出版社，2016年版。

[83]季羡林:《比较文学与民间文学》，北京:北京大学出版社，1991年版。

[84]乐黛云，叶朗，倪培耕主编:《世界诗学大辞典》，沈阳:春风文艺出版社，1993年版。

[85]乐黛云:《比较文学与中国现代文学》，福州:福建教育出版社，2015年版。

[86]乐黛云:《比较文学原理》，北京:中华书局，1989年版。

[87]乐黛云:《比较文学原理》，长沙:湖南文艺出版社，1988年版。

[88]乐黛云:《多元文化语境中的文学》，长沙:湖南文艺出版社，1994年版。

[89]乐黛云:《乐黛云散文集》，南京:译林出版社，2015年版。

[90]乐黛云:《中西比较文学教程》，北京:高等教育出版社，1988年版。

[91]黎跃进:《当代文化研究对比较文学的挑战与彼此的互补》，《山东社会科学》，2012年第1期。

[92]黎跃进:《多重对话:比较文学专题研究》，北京:中国社会科学出版社，2012

年版。

[93]李欧梵:《人文六讲》,北京:中国人民大学出版社,2012年版。

[94]李子贤,李存贵主编:《形态·语境·视野》,昆明:云南大学出版社,2011年版。

[95]刘洪涛:《世界文学:学科整合与历史承担》,《外国文学研究》,2003年第2期。

[96]刘介民:《比较文学方法论》,天津:天津人民出版社,1993年版。

[97]刘介民编选:《比较文学译文选》,长沙:湖南人民出版社,1984年版。

[98][美]刘若愚:《中国的文学理论》,田守真,饶曙光,译,成都:四川人民出版社,1987年版。

[99]卢德俊,许霆:《十四行诗在中国》,苏州:苏州大学出版社,1995年版。

[100]卢康华,孙景尧:《比较文学导论》,哈尔滨:黑龙江人民出版社,1984年版。

[101]鲁迅:《鲁迅全集》(第1卷),北京:人民文学出版社,1981年版。

[102]鲁迅:《鲁迅全集》(第8卷),北京:人民文学出版社,1981年版。

[103]陆扬主编:《文化研究概论》,上海:复旦大学出版社,2008年版。

[104]罗根泽:《中国文学批评史》,上海:上海书店出版社,2003年版。

[105]罗根泽:《中国文学批评史》(上、下),上海:上海人民出版社,2015年版。

[106]孟华:《中法文学关系研究》,上海:复旦大学出版社, 2011年版。

[107]孟华主编:《比较文学形象学》,北京:北京大学出版社,2001年版。

[108]孟昭毅:《从民族文学走向世界文学》,《中国比较文学》,2012年第4期。

[109]敏泽:《中国文学理论批评史》(上册),北京:人民文学出版社,1981年版。

[110]钱穆:《现代中国学术论衡》,长沙:岳麓书社,1986年版。

[111]钱念孙:《论世界文学与民族文学的关系》,《文艺理论研究》,1986年第6期。

[112]钱中文:《论民族文学与世界文学》,《中国文化研究》,2003年春之卷。

[113]钱中文:《文学原理——发展论》,北京:社会科学文献出版社,2007年版。

[114]钱锺书:《谈艺录》,北京:中华书局,1984年版。

[115]屈雅君主编:《新时期文学批评模式研究》,西安:陕西人民教育出版社,1997年版。

[116]邵光远主编:《中华王朝史》(第11卷)/《大清王朝》,北京:中国戏剧出版社,2006年版。

[117]孙景尧:《沟通——访美讲学论中西比较文学》,南宁:广西人民出版社,1991年版。

[118]孙景尧等:《西方比较文学要著研读》,上海:上海教育出版社,2014年版。

[119]谭惠娟:《重新定位,抑或三位一体?——论比较文学、翻译学和文化研究的关系》,《浙江大学学报》(人文社会科学版),2006年第1期。

[120]汪加千等编著:《人体律动的诗篇:舞蹈》,北京:高等教育出版社,1990年版。

[121]王昶:《先锋的终结——比较文化研究》,北京:北京大学出版社,2012年版。

[122]王国维:《人间词话》,上海:上海古籍出版社,2009年版。

[123]王来法主编:《马克思主义宗教观概论》,杭州:浙江大学出版社,2016年版。

[124]王宁:《比较文学:面对文化研究的挑战》,《中华读书报》,2011年12月7日,第016版。

[125]王宁:《经济全球化时代的比较文学和文化研究》,《文艺报》,2001年4月10日,第003版。

[126]王宁:《面对文化研究的挑战:比较文学的未来》,《文艺理论研究》,2012年第5期。

[127]王向远:《比较文学学科新论》,南昌:江西教育出版社,2002年版。

[128]温儒敏,李细尧编:《寻求跨中西文化的共同文学规律——叶维廉比较文学论文选》,北京:北京大学出版社,1987年版。

[129]伍蠡甫:《中国画论研究》,北京:北京大学出版社,1983年版。

[130]萧兵:《对想象力和理性的考验——中国社会科学院文学研究所座谈〈山海经〉研究》,《淮阴师范学院学报·哲学社会科学版》,2006年第2期。

[131]谢天振:《译介学》,上海:上海外语教育出版社,1999年版。

[132]徐葆耕:《西方文学:心灵的历史》,北京:清华大学出版社,1997年版。

[133]徐新建主编:《文化遗产研究》(第6辑),成都:四川大学出版社,2015年版。

[134]杨乃乔主编:《比较文学概论》,北京:北京大学出版社,2002年版。

[135]杨宪益:《译余偶拾(三)》,《读书》,1979年第9期。

[136]叶舒宪:《诗经的文化阐释:中国诗歌的发生研究》,西安:陕西人民出版社,2005年版。

[137]叶舒宪:《探索非理性的世界》,成都:四川人民出版社,1988年版。

[138]叶舒宪:《文学与人类学——知识全球化时代的文学研究》,北京:社会科学文献出版社,2003年版。

[139]叶舒宪:《中国神话哲学》,北京:中国社会科学出版社,1992年版。

[140]叶维廉:《叶维廉文集》(第1卷),合肥:安徽教育出版社,2002年版。

[141]于民主编:《中国美学史资料选编》,上海:复旦大学出版社,2008年版。

[142]余嘉锡:《世说新语笺疏》,北京:中华书局,1983年版。

[143]张福才编著:《百科知识手册》,牡丹江:黑龙江朝鲜民族出版社,1986年版。

[144]张隆溪:《道与逻各斯》,南京:江苏教育出版社,2006年版。

[145]张隆溪:《钱锺书谈比较文学与"文学比较"》,《读书》,1981年第10期。

[146]张隆溪:《诗无达诂》,《文艺研究》,1983年第4期。

[147]张隆溪选编:《比较文学译文集》,北京:北京大学出版社,1982年版。

[148]张英进:《文学理论与文化研究:美国比较文学研究趋势》,《中国比较文学》,2005年第3期。

[149]张哲俊:《东亚比较文学导论》,北京:北京大学出版社,2004年版。

[150]赵沛霖:《庄子哲学观念的神话根源》,《文史哲》,1997年第5期。

[151]赵心愚,余仕麟主编:《文学——从文化启蒙到思想激荡》,成都:四川大学出版社,2014年版。

[152]赵毅衡:《〈管锥编〉中的比较文学平行研究》,《读书》,1981年第2期。

[153]赵毅衡:《是该设立比较文学学科的时候了》,《读书》,1980年第12期。

[154]赵毅衡:《修辞学复兴的主要形式:符号修辞》,《学术月刊》,2010年第9期。

[155]赵毅衡:《重访新批评》,天津:百花文艺出版社,2009年版。

[156]中国文史出版社编:《魏书、北齐书、周书》,北京:中国文史出版社,2003年版。

[157]周发祥编:《中外比较文学译文集》,北京:中国文联出版公司,1988年版。

[158]周本淳主编:《活页文史丛刊》(1990年卷),郑州:中州古籍出版社,1990年版。

[159]朱光潜:《诗论》,北京:北京出版社,2005年版。

[160]朱立元主编:《现代西方美学史》,上海:上海文艺出版社,1993年版。

[161]宗白华:《美学散步》,上海:上海人民出版社,1981年版。

附录一:国际比较文学学会历届年会主题

国际比较文学学会(International Comparative Literature Association,简称ICLA)于1954年在牛津大学成立,1955年在威尼斯举行第一届年会,1956年在巴黎注册。学会旨在促进国际比较文学领域的研究、交流与合作,搭建世界各国语言、文学与文化方面学术沟通的桥梁,成为推动世界比较文学事业发展的重要平台。ICLA年会为三年一度的国际型“学术沙龙式”研讨会,是一场比较文学领域的“奥运会”,至今已在亚洲、欧洲、美洲举办过21届年会。

第1届大会(1955,意大利威尼斯)的主题是:现代文学中的威尼斯。

第2届大会(1958,美国北卡罗来纳州教堂山)的主题是:欧美文学关系。

第3届大会(1961,荷兰乌特勒支)的主题是:世界上非主要语言的文学研究和共同术语研究。

第4届大会(1964,瑞士弗里堡)的主题是:文学观念与术语:模拟、影响与独创。

第5届大会(1967,南斯拉夫贝尔格莱德)的主题是:文学运动与思潮的国际性、口述文学与书写文学的关系以及其他文学对斯拉夫文学的诠释。

第6届大会(1970,法国波尔多)的主题是:1.文学与社会;2.地中海世界的文学;3.文学与传播;4.文学的继承与更新。

第7届大会(1973,加拿大蒙特利尔/渥太华)的主题是:1.美洲的文学:从依赖、独立到相互依赖;2.比较文学与现代文学研究。

第8届大会(1976,匈牙利布达佩斯)的主题是:欧洲文学史上三个塑造时代的改变(历史、意识形态、美学及其他改变因素),这三个时代是指文艺复兴、启蒙运动与20世纪初。

第9届大会(1979,奥地利因斯布鲁克)的主题是:1.文学里的典型;2.文学的交流与接纳;3.文学与其他艺术;4.小说的演化。

第10届大会(1982,美国纽约)的主题是:1.文学史的一般问题;2.比较诗学。大陆首次派北京大学的杨周翰、张隆溪和复旦大学的林秀清参加了大会;杨周翰当选为执行委员,另一执行委员是香港中文大学的郑树森。

第11届大会(1985,法国巴黎)的主题是:1.比较文学的新领域;2.文化的对话。

第12届大会(1988,德国慕尼黑)的主题是:文学的时间与空间。

第13届大会(1991,日本东京)的主题是:欲望与幻想。

第14届大会(1994,加拿大埃德蒙顿)的主题是:多元文化语境中的文学。

第15届大会(1997,荷兰莱顿)的主题是:作为文化记忆的文学。

第16届大会(2000,南非比洛陀利亚)的主题是:多元文化主义时代的传递与超越。

第17届大会(2004,中国香港)的主题是:"在边缘处":文学与文化的边缘、前沿、创举。

第18届大会(2007,巴西里约热内卢)的主题是:超越二元对立:比较文学中的不连续与位移。

第19届大会(2010,韩国首尔)的主题是:拓展比较文学的疆界。

第20届大会(2013,法国巴黎)的主题是:作为一种批判方法的比较文学?。

第21届大会(2016,奥地利维也纳)的主题是:比较文学的多样语言。2016年7月21日至27日,国际比较文学学会在维也纳召开第21届学会大会。在27日会议闭幕式上,北京大学校友、北京大学燕京学堂特聘教授张隆溪当选ICLA主席。

第22届大会(2019,中国深圳)的主题是:世界文学与比较文学的未来。2019年国际比较文学学会(ICLA)第22届年会的承办权花落深圳大学,这将是国际比较文学学会在中国大陆召开的首届会议,年会举办时间为2019年7月21日至25日,共持续5天。

附录二:中国比较文学学会历届年会主题

中国比较文学学会成立于1985年,最初由中国社会科学院、北京大学、北京师范大学等三十四个单位联合发起,并经国务院批准的国家一级学会。建设宗旨:协调我国比较文学的研究工作,加强国际学术交流。组织刊物:《中国比较文学》。学会首任会长:北京大学季羡林;第二任:北京大学杨周翰;第三任:北京大学乐黛云和中国人民大学杨慧林共同担任;第四任:四川大学曹顺庆;第五任:清华大学王宁。

第1届大会(1985,深圳)的主题是:比较文学在中国的复兴。

第2届大会(1987,陕西西安)的主题是:文学的空间与界限。

第3届大会(1990,贵州贵阳)的主题是:欲望与幻想:世界文学格局中的中国文学。

第4届大会(1993,湖南张家界)的主题是:多元文化语境中的文学。

第5届大会(1996,吉林长春)的主题是:文化对话与文化记忆。

第6届大会(1999,四川成都)的主题是:迈向新世纪——多元化时代的比较文学。

第7届大会(2002,江苏南京)的主题是:新世纪之初:跨文化语境中的比较文学。

第8届大会(2005,深圳)的主题是:承接古今,汇通中外。

第9届大会(2008,北京)的主题是:多元文化互动中的文学对话。

第10届大会(2011,上海)的主题是:当代比较文学与方法论建构。

第11届大会(2014,吉林延边)的主题是:比较文学与中国:百年回顾与展望。

第12届大会(2017,河南开封)的主题是:比较文学视野中的世界文学。

后 记

经过三年多的不懈努力和多方面的支持和帮助，普通高等教育“十三五”规划教材《比较文学概论》终于和读者见面了。首先要感谢西南大学出版社的编辑，他们的学识和认真负责的工作态度是本教材得以顺利出版的保证。

本教材是集体合作的成果，编写者全部具有比较文学与世界文学博士学位或博士后经历，长期工作于比较文学教学科研第一线，具有丰富的理论知识与实践经验。各章节的编写分工具体如下：

付飞亮　西南大学文学院　绪论、第一章第二节、第四章第一节、第五章第一节、第五章第四节

黄文虎　华侨大学文学院　第五章第一节

李应志　西南大学文学院　第一章第三节、第三章第一节

龙　娟　重庆师范大学初等教育学院　第二章第一节、第二章第二节

周仁成　长江师范学院文学与新闻学院　第二章第三节、第二章第四节、第四章第二节

乔　艳　长安大学文学艺术与传播学院　第三章第二节、第五章第二节

邝明艳　西南大学文学院　第三章第三节

肖伟胜　西南大学文学院　第五章第三节

付飞亮对全书作了通读、校对，在此基础上，写作了大部分章节的导读与小结，并最终定稿。虽然力求各章节风格统一，但难免疏漏，望各位专家、同仁以及广大的读者不吝指正！

编者

2018年孟冬于重庆